KB193346

자살의 연구

앨 앨버레즈 지음 최승자 · 황은주 옮김

The Savage God:
A Study of Suicide by Al Alvarez

Copyright © A. Alvarez 1971
All rights reserved.

This Korean edition was published by Eulyoo Publishing Co.,
Ltd. in 2025 by arrangement with The Estate Of Al Alvarez
c/o Aitken Alexander Associates Limited through KCC(Korea
Copyright Center Inc.), Seoul.

암실문고
자살의 연구

발행일
2025년 3월 5일 초판 1쇄
2025년 3월 30일 초판 4쇄

지은이 | 앨 앨버레즈
옮긴이 | 최승자, 황은주
펴낸이 | 정무영, 정상준
펴낸곳 | (주)을유문화사

창립일 | 1945년 12월 1일
주소 | 서울시 마포구 서교동 469-48
전화 | 02-733-8153
팩스 | 02-732-9154
홈페이지 | www.eulyoo.co.kr

ISBN 978-89-324-7539-4 04800
ISBN 978-89-324-6130-4 (세트)

자살의 연구

The Savage God:
A Study of Suicide by Al Alvarez

암
실
문
고

옮긴이. 최승자

시인이자 번역가. 시집으로 『쓸쓸해서 머나먼』, 『이 시대의 사랑』, 『즐거운 일기』 등이 있고, 역서로 『침묵의 세계』, 『빈센트, 빈센트, 빈센트 반 고흐』, 『짜라투스트라는 이렇게 말했다』 등이 있다.

옮긴이. 황은주

서울대학교 철학과를 졸업하고 대학원에서 철학과 불문학을 공부했다. 현재는 영어와 프랑스어 책을 우리말로 옮기고 있다. 옮긴 책으로 『루소의 식물학 강의』, 『다가올 사랑의 말들』 등이 있다.

일러두기

† 본 작품은 『The Savage God: A Study of Suicide』을 번역한 것이다. Weidenfeld & Nicholson의 1971년 판본과 Bloomsbury의 2002년 판본을 함께 참조했다.

† 본문 번역은 『자살의 연구』(청하, 1995)를 기반으로 전면 개정했으며(최승자 역), 해당 판본에 누락돼 있던 4장 챕터 1~3 번역을 추가했다(황은주 역).

† 각주 가운데 '원주'라 표기된 주석 및 모든 미주는 원작자가 작성한 것이며, 그 외에는 한국어판 옮긴이와 편집자가 작성했다. 기호로 표시된 주석은 각주이며, 숫자로 표시된 주석은 미주다.

머리말

✝

우리 이후의 잔인한 신

—— 예이츠 ——

✝

테스카틀리포카 신은 진짜 신으로 여겨졌다. 그는 눈에 보이지 않
으며 하늘이든 지상이든 사자(死者)들이 있는 곳이든 그 어디로
나 들어갈 수 있었다. 그가 지상에 있을 때는 사람들을 충동질해
싸우게 만들고 적의와 불화를 만들어 내고 수없는 고뇌와 불안을
야기했다고 한다. 그는 사람들을 서로 적대시켜 전쟁을 일으켰고,
그리하여 그는 '쌍방의 적'이라 불렸다.
    그만이 세상이 어떻게 다스려지는지를 알았으며 그만이 번
영과 부를 가져다주었고, 그런 뒤에는 그것들을 마음대로 앗아 갔
다. 부와 번영과 명성과 용기와 지배력과 위엄과 명예를 주었고,
그리하여 자신이 뜻한 바대로 그것들을 도로 앗아 갔다. 이 때문
에 그를 두려워하며 숭상했으니, 흥망성쇠가 그의 수중에 있었다.

—— 베르나르디노 데 사아군, 『새로운 에스파냐의 풍물사』

머리말

학창 시절에 유난히도 마음 좋고 별로 격식을 차리지 않는 물리 선생님이 있었는데, 우스갯소리하는 투로 끊임없이 자살 얘기를 하는 사람이었다. 그는 자그마한 체구에다 넓적하고 불그스름한 얼굴과 곱슬곱슬한 회색 머리칼로 뒤덮인 큼직한 머리통, 그리고 언제나 떠나지 않는 근심이 떠도는 미소를 가진 남자였다. 대부분의 동료 교사들과는 달리, 그는 케임브리지대학교의 자기 학과에서 수석을 차지했었다고 했다. 어느 날한 수업 끝에 그가 넌지시, 누구든 목을 베어 죽으려는 사람은 언제나 세심하게 먼저 자기 머리를 자루 안에 넣어야 한다고, 그렇지 않으면 끔찍한 혼란이 남게 될 거라고 말했다. 그 말에 아이들이 모두 웃었다. 이윽고 1시를 알리는 벨이 울리고 남자아이들은 모두 점심을 먹으러 떼 지어 나갔다. 물리 선생님은 자전거를 타고 곧장 집으로 돌아가 자루에 머리를 넣고 그대로 자기 목을 베었다. 큰 혼란은 없었다. 나는 그때 매우 깊은 인상을 받았다.

그 적적하고 폐쇄된 지역에서 그만큼 좋은 사람을 찾아보기도 힘든 일이었으므로, 다들 그 선생님이 없는 걸 몹시 서운해했다. 그 뒤를 이어 은밀히 떠도는 온갖 소문들을 들으면서도 내겐 그가 뭔가 잘못을 저질렀다는 생각 같은 건 추호도 떠오르지 않았다. 나중에 가서, 스스로 우울과의 오랜 싸움을 겪은 뒤에야 나는 차츰 선생님이 왜 그렇게도 절망적인 길을 택하고 말았는지 이해하게 되었다. 아니, 이해한다고 생각했다. 바로 그 직후에 나는 실비아 플라스와 알게 되었다. 그녀가 자신의 죽음에 앞선 비상한 창작 시기에 다다라 있던 때였다. 우리는 이따금 자살에 관한 얘기를 주고받곤 했다. 그러나 다른 여느 주제처럼 태연하게 얘기했을 따름이었다. 그녀가 스스로 목숨을 끊은 뒤에야 나는 나 자신이 자살이라는 행위에 대해 거의 백지상태였음을 깨달았다. 그토록 오랫동안 내심으로는 자살을 이해한다고 주장해 왔음에도 불구하고 말이다. 이 책은 그러한 일들이 어째서 일어나는지 알아보려한 시도이다.

이 책은 실비아 플라스에 대한 회상으로부터 시작된다. 그 회상은 단순히 그녀가 우리 시대의 가장 재능있는 작가 가운데 하나라는, 그녀에게 바치는 찬사에 그치지 않는다. 그 회상은 이 책에서 내가 어느 면을 강조하는지 보여 준다. 나는 이 책이 상세한 개인의 역사로 시작하고 끝나도록 함으로써 어떤 이론 혹은 추상적 개념이 따라오든 간에 결국에는 특정한 개개인에게 근거할 수 있게 했다. 자살만큼 모호하고 극히 복잡한 동기를 가진 행위를 한 가지 이론으로 풀 수는 없기 때문이다. 그리하여 이 책의 머리말과 맺음말은 해석이란 늘 얼마나 불완전할 수밖에 없는가를 상기시키기 위해 쓰였다. 나는 이런 생각을 품은 채 실비아 플라스를 죽음으로 이끌어 간 감정의 변화와 혼란을 내가 이해하는 바대로, 그리고 할 수 있는 한 객관적으로 그려 보려고 노력했다. 실비아 플라스의 죽음이라는 이 한 가지 실례로부터 출발해 자살이라는 주제가 덜 개인적인 영역으로 이어지는 곳까지 추적해 보았다.

그것은 결국 기나긴 추적임이 드러났다. 처음 시작할 때는 순진하게도, 자살에 관해 쓰인 것이 별로 많지 않은 줄로만 알았다. 카뮈의 아름다운 철학적 에세이인 『시지프 신화』, 에밀 뒤르켐의 무척 권위 있는 대작,[†] 펭귄 핸드북 시리즈 중 나일 어윈 스턴절의 매우 귀중한 저서, 자일스 로밀리 페든이 쓴 (뛰어나지만 지금은 절판되고 없는) 자살에 대한 역사적 개관 정도가 다일 거라고 생각했다. 그러나 곧 내가 잘못 알았다는

---

†   뒤르켐의 『자살론』을 말함.

것이 밝혀졌다. 자살이라는 문제에 관해서는 엄청난 양의 자료가 있었고, 심지어 해마다 불어나고 있었다. 하지만 그 많은 자료 가운데 전문가 외의 사람들에게 많은 관심을 불러일으키는 것은 별로 없고, 보통 사람들이 자살에 대해 개인적으로 아는 것과 관계있는 자료는 더더욱 드물다. 특히 사회학자들과 정신과 의사들이 남긴 자료는 못 말릴 정도로 유별났다. 하지만 그들의 수없는 저서와 논문들 태반은, 자살의 공통적 실태 즉 그것이 더럽고 혼란스럽고 고뇌에 찬 위기와 관련된 것임을 전혀 실감하지 못하는 듯하다. 아니, 태반이 아니라 대부분이라고 보아야겠다. 심지어 정신분석학자마저 그 문제를 회피하는 것 같다. 자살 문제는 대개 그들의 연구 작업 속에서 다른 것들을 논의하는 도중에 이따금 포함될 뿐이다. 물론 주목할 만한 몇몇 예외가 있긴 하지만 ── 그들에게는 뒤에 마땅히 감사를 표해야 할 것이다 ── 나는 전문적인 분석과는 상관없는 입장에서, 즉 이 문제에 관심 있는 외부인의 견지에서 정신분석학상의 갖가지 자살 이론들을 내 나름대로 할 수 있는 데까지 조각조각 맞춰 보지 않을 수 없었다. 그것은 전부 제3장에 들어 있다. 그러나 자살의 실태와 통계에 대한 상세한 개관, 이론, 현 단계 연구 진행 상황에 대한 개요를 알고 싶은 사람이라면 스턴절 교수의 명쾌하고 호소력 있는 연구서인 『자살과 자살미수 *Suicide and attempted suicide*』를 참조해야 할 것이다.

　　전문적인 연구서를 점점 더 많이 읽어 갈수록 더

욱더 확신한 바가 있다. 바로 자살이 어떻게 또 어째서 예술 창조자들의 상상 세계를 물들이는가를 알아 내기 위해 내가 취할 수 있는 최고의 방법은 자살을 문학의 측면에서 살펴보는 것이라는 점이었다. 그건 내가 문학이라는 분야를 좀 알기 때문이기도 하지만, 그보다도 문학이란 역시 파베세[†]가 말한 대로, 그 무엇보다도 "산다는 이 일"[‡]과 관련된 것이기 때문이다. 예술가란 천성적으로 자신의 동기에 대해 대개의 다른 사람들보다 더 많이 의식하고 또한 자신을 더 잘 표현할 수 있는 사람들이므로, 사회학자·정신병리학자·통계학자들이 놓치는 설명들을 예술가가 제공할 수도 있음직하다. 그 보이지 않는 가느다란 맥을 쫓아가던 나는 어느 정도 오늘날의 예술이 무엇인가를 밝혀 주는 한 이론에 도달했다. 그러나 어째서 자살이 현대 문학 작품에서 그토록 중심적인 위치를 차지하는 것처럼 보이는가를 이해하기 위해서는 먼저 머나먼 길을 되돌아가야 했다. 지난 500~600년 동안 자살이라는 주제가 상상 세계 속에서 어떻게 발전해 왔는가를 알아보아야 했던 것이다. 거기엔 아마 따분한 설명이 상당히 많이 포함

[†]   Cesare Pavese, 1908~1950. 이탈리아 시인이며 소설가로, 『동지』 『달과 모닥불』 등의 작품을 남기고 자살했다.

[‡]   파베세 사후 1952년에 출판된 그의 일기인 『산다는 이 일 *Il mestiere di vivere*』의 제목이다.

되었을 것이다. 그러나 나는 이 책을 문학 전문가를 위해 쓰고 있는 게 아니다. 이 책이 결국 그런 모습으로 나타난다면 나는 실패한 셈일 것이다.

　나는 아무런 해답을 제공하지 않는다. 사실 해답이 있으리라고 믿지도 않는다. 각 자살은 서로 다른 시대, 서로 다른 사람들의 각기 다른 사정들을 의미하기 때문이다. 페트로니우스†에게 자살은 고상한 품위에 바친 한 인생을 최후로 끝맺음하는 멋진 장식음이었다. 토머스 채터턴‡에게 자살이란 느릿느릿 다가오는 아사의 대안이었다. 실비아 플라스에게 자살은 자신의 시에 의해 절망의 궁지로 밀려난 그녀가 그곳에서 벗어나려고 행한 시도였다. 파베세에게 자살은 내일 또다시 해가 뜨는 것만큼이나 불가피한 것이었으며, 세상의 그 모든 찬사나 성공으로도 연기할 수 없는 이벤트였다. 우리는 이러한 자살을 막기 위한 여러 가지 해결책을 생각해 볼 수 있겠지만, 자살자 본인의 입장에서 기대할 수 있는 유일한 해결은 이런저런 종류의 도움이다. 그가 겪고 있는 것을 동정적으로 따뜻하게 이해해 주는 사마리아인 혹은 성직자들의 도움, 그의 말에 귀 기울여 줄 만한 시간과 의향을 가진 소수 의사들의 도움, 정신분석학자들의 전문적인 도움, 또는 스턴절 교수가 희망을 걸고 얘기하고 있는 것, 즉 그러한 내적 비상사태에 대처하기 위해 특별히 조직된 '치료 단체'의 도움 같은 것 말이다. 그러나 이런 것들이 존재한다 해도, 자살자 본인이 도움을 원치 않을 수도 있다.

해답을 내놓는 대신 나는 그저 두 가지 편견을 보완하고자 노력했다. 그중 첫 번째는 고압적인 종교적 논조——요즘에는 대개 스스로 종교를 언급하길 꺼리는, 교회에 속하지 않은 사람들이 오히려 그런 논조를 가장 많이 사용하지만——로, 자살에 심한 증오감을 보이면서 그것을 생각조차 할 수 없는 도덕적 범죄나 질병으로 치부하는 태도이다. 두 번째는 현재 유행하는 과학적 태도, 즉 자살을 진지한 연구 소재로 취급하는 과정에서 자살자의 절망감을 뼈대뿐인 통계로 환원함으로써 자살이 지닌 심각한 의미를 모두 박탈하는 태도이다.

거의 모두가 자살에 대해 자기 나름의 의견을 갖고 있다. 여기서 일일이 이름을 들어 가며 점잖게 감사를 표현할 수는 없지만, 아주 많은 이들이 참고 자료와 상세한 이야기와 생각할 점을 제공해 주었다. 그중 특히 커다란 빚을 진 사람은 토니 고드윈이다. 내가 이 책을 쓸 수 있으리라는 확신을 지녔던 그는 그에 반대되는 모든 증거에도 굴하지 않고 후한 선금을 마련해

---

† 1세기경의 인물. 『사티리콘 *Satyricon*』의 작가로 일반적으로 추정된다.

‡ Thomas Chatterton, 1752~1770. 영국 시인으로, 당대에는 그의 시가 '진짜'인가 하는 점 때문에 많은 논란이 있었다. 이후 4장에서 그의 이야기를 자세히 다룬다.

주었다. 그 덕분에 나는 이 책을 쓸 자유를 얻었다. 고맙게도 결정적인 순간에 보조금을 내 준 영국 예술협회에도 감사한다. 원고와 씨름해 가며 꼼꼼하게 거듭 타이핑해 준 다이애나 하트에게 감사한다. 그리고 그 무엇보다도 나를 도와주고 비평해 준, 다시 말해 내가 이 책을 끝낼 수 있도록 해 준 아내 앤에게 감사한다.

자살의 연구

—— 앨 앨버레즈

차례

제 I 장

프롤로그·실비아 플라스

†

죽는 것
그것은 예술이다, 다른 모든 것이 그러하듯.
나는 그것을 기막히게 잘 해낸다.
나는 해낸다 그것이 지옥처럼 느껴지도록.
나는 해낸다 그것이 진짜처럼 느껴지도록.
그걸 나의 천직이라고도 할 수 있겠지.

—— 실비아 플라스 ——

†

파괴에 대한 열정은 또한 창조적 열정이기도 하다.

—— 미하일 바쿠닌 ——

제1장
프롤로그·실비아 플라스

내가 기억하기로, 실비아 플라스와 그녀의 남편을 만
난 건 1960년 봄 런던에서였다. 내 전처와 나는 스위스
코티지 근방, 문인들이 많이 사는 햄스테드의 그 지저
분한 변두리의 한 건물에서 살고 있었다. 보기 흉한 벽
돌로 지어진 높다란 에드워드 시대 건물이었다. 그곳
은 뭐랄까, 녹이 슬고도 한참 오랫동안 방치한 보일러
의 색깔, 막 녹슬어 갈 때의 밝은 녹빛마저 다 떨어져
나간 듯한 색깔을 띠고 있었다. 우리가 그곳으로 이사
해 들어간 건 (악랄한 건물주들에게 제약을 안긴 라크만
스캔들이 터지기 전만 해도 그렇게도 잘나가던) 엉터리
토지회사가 그 건물의 개조 공사를 막 끝냈을 때였다.
아니나 다를까, 그런 회사가 해 놓은 개조 공사는 엉

망진창이었다. 건물에 장치한 비품들은 싸구려였고 벽의 웃칠도 아주 형편없었다. 창틀은 벽돌로 만든 벽과는 어울리지 않게 작아 보였고, 이음새마다 엉성한 틈새가 커다랗게 벌어져 있었다. 우리는 바닥을 모래로 닦고, 환한 색깔로 다시 페인트칠했다. 그 뒤에는 초크 팜에 있는 중고 가구 상인에게서 자질구레한 것들을 이것저것 사들인 다음 거기에도 페인트칠을 했다. 그러고 나서야 그곳은, 어딘가 얄팍하고 피상적이기는 해도 꽤 활기 있어 보였다. 거기가 바로 내가 첫 아이와 최초의 저서와 최초의 진짜 불행을 얻은 곳이었다. 1년 반 뒤 우리가 떠날 무렵에는 창을 새로 냈던 바깥벽이 갈라진 틈투성이가 되었다. 그 무렵엔 우리의 생활도 갈라져 터진 틈투성이였기에, 그 모두가 꼭 서로 어울리는 것 같았다.

그 무렵 『옵서버』에서 정기적인 시 비평을 담당했던 나는 작가들을 별로 만나지 않았다. 내가 비평하는 상대들을 알게 되면 곤란한 일들이 많이 생길 듯 싶었다. 썩 괜찮은 사람이 썩 좋지 않은 시를 쓰는 경우가 흔하고, 좋은 시인이 괴물 같은 인간일 수 있으며, 결국 어느 사람과 그의 작품을 똑같이 놓고 말할 수 없는 경우가 비일비재했다. 이름을 보고 얼굴을 떠올리지 못하는 쪽이, 그래서 오로지 인쇄된 글만 보고 판단하는 쪽이 여러모로 쉬울 듯했다.

　　테드 휴스†가 근처에 살고 있다는 얘길 들었을 때

조차 나는 그러한 내 나름의 규칙을 지켰다. 그는 바로 프림로즈 힐 너머에서 미국인 아내와 조그만 갓난아이와 함께 살고 있다고 했다. 나는 3년 전 그가 출간한 『빗속의 매 *The Hawk in the Rain*』에 크게 경탄한 터였다. 그러나 그의 시들을 보면 뭐랄까, 내가 그 시들을 어떻게 생각하든 그는 그런 것에 구애받지 않으리라는 생각이 들었다. 그의 시들은 완전히 자기만의 것에서 출현하는 듯했다. 마치 물리적이고 자연적인 세계가 무언가에 몰두하듯 말이다. 그 모든 노련한 기교가 구사되었음에도 불구하고, 그의 시들은 그 저자가 소위 '문학적인 것'들에 관심을 두지 않는 듯한 인상을 풍겼다. 이런 말을 들은 적이 있다. "염려 마십시오. 그 사람은 결코 자기 전문 분야만 얘기하는 사람이 아니니까." 또 다른 이가 말한 바에 따르면 그에겐 실비아라는 아내가 있었다. 역시 시를 쓰는 그녀는 "무척 날카롭고 지적인 여자"라고, 그는 내게 장담하듯 말했다.

1960년에 휴스가 쓴 『루페르칼 *Lupercal*』이 나왔다. 내가 『옵서버』에서 정규적인 일을 시작한 이래 읽어왔던 젊은 시인들의 책 가운데 가장 훌륭한 책이었다. 한 평론에서 내가 그런 얘길 쓰자, 『옵서버』는 그에 관한 다른 짧은 글을, 좀 더 가벼운 가십 기사 면에 실릴

†   Ted Hughes, 1930~1998. 톰 건, 필립 라킨과 더불어 영국 3대 시인 중 한 사람이다.

만한 글을 써 달라고 청했다. 나는 그에게 전화를 걸었고, 우리는 아이들을 데리고 프림로즈 힐을 산책하기로 정했다. 모두에게 딱 맞는 근사한 생각 같았다.

휴스 부부는 리전트 공원 동물원에서 멀지 않은 한 자그마한 연립 주택에 살고 있었다. 그들 집에 난창은 다 쓰러져 가는 황폐한 광장에 면해 있었다. 손질하지 않고 버려 둔 산만한 정원 주위로 겉칠이 다 벗겨진 집들이 서 있었다. 프림로즈 힐로 더 가까이 갈수록 점잖은 티가 나는 집들이 연달아 나타났다. 근사한 일요신문에 광고를 내는 부동산 중개업자들이 그들의 간판을 세워 두었고, 각 집들의 현관문은 모두 그 당시 유행하던 캔털루프, 탠저린, 블루베리, 템스 그린 등의 색으로 칠해져 있었다. 어느 집이든 눈부시게 하얀 실내 장식이 되어 있을 것 같았고, 오래된 집들은 새로 단장한 덕분에 더욱 크고 으리으리해진 듯했다.

그러나 휴스 부부가 사는 광장은 아직 그렇게까지 변하진 않았다. 더럽고 갈라진 틈투성이인 그곳은 아이들 소리로 시끌시끌했다. 광장에서 꺾어 들어 줄줄이 늘어진 집들은 80년 전에 노동자 계급을 위해 지어진 것인데, 아직도 그때처럼 노동자들이 살고 있었다. 그 집들을 맵시 있게 단장해 가격을 네 배로 불려 받아먹는 사람들은 아직 나타나지 않았다. 물론 머지않아 그렇게 될 터였지만 말이다. 현관에 놓인 유모차와 자전거를 지나쳐, 지저분한 계단을 하나 올라가면 휴스 부부가 사는 층이었다. 그곳은 너무 협소해서 모든 게 기울어져 보였다. 복도에 들어서면 너무 비좁고 물건들이 꽉 차 있어서 코트를 간신히 벗을 수 있는 정도의 공간뿐이었다. 부엌은 한 번에 한 사람이 들어가기에 알맞을 듯한 크기였고, 두 팔을 펼치면 부엌의 양벽에 닿았다. 거실에선 책이 들어찬 한쪽 벽과 그림이 걸린 맞은편 벽 사이에 세로 방향으로 한 줄로 나란히 앉아야 했다. 거기서 갈라져 들어가는 침실엔 꽃무늬 벽지가 발라져 있었고, 침대 외에 다른 건 전혀 들여놓을 자리가 없어 보였다. 그러나 그 빛깔들은 상쾌했고 자질구레한 물품들도 예뻤다. 전체적으로 어떤 생동감, 무엇인가 일이 이루어지고 있다는 느낌이 풍기는 곳이었다. 타자기 한 대가 창 옆 자그마한 테이블 위에 놓여 있었다. 둘이 그걸 교대로 사용하는데, 한 사람이 작업하는 동안 다른 사람이 아이를 돌보았다. 밤에는 그것을 치우고 거기다 아기 침대 놓는 자리를 만들었다. 훗날 그들은 미국 시인 W. S. 머윈에게 방을 하나 빌렸고, 그곳에서 실비아는 아침 시간에, 테드는 오후 시간에 교대로 일했다.

이때가 테드의 시대였다. 바야흐로 그는 상당한 명성을 얻어 가는 중이었다. 이전에 나온 그의 첫 번째 책은 좋은 평가를 받았고 미국에서 온갖 상을 탔는데, 그러면 대개는 그 두 번째 책부터 내려앉기 마련이다. 하지만 『루페르칼』은 아주 손쉽게도, 『빗속의 매』가 약속했던 것을 모두 실현하고 또 능가했다. 단조로운 영국 시단에 부인할 수 없이 강력한 존재가 나타난 것이다. 그는 천성적으로 우유부단하고 자기 작품을 불신했지만, 그렇더라도 분명 자신의 위력과 성공을 의식하고 있었을 것이다. 그가 앞으로 얼마나 멀리까지 나아갈지는 아무도 모르는 일이었지만, 적어도 한 가지 중요한 방면에서 그는 이미 목적지에 도달해 있었다. 키 크고 강인한 외모를 가진 남자였던 그는 검은색 코듀로이 재킷과 검은색 바지를 입고 검은색 구두를 신고 다녔다. 검은 머리카락은 제멋대로 앞으로 늘어져 있었고, 입은 길쭉하고 재치 있게 보였다. 전체적인 모습은 당당했다.

그 당시 실비아는 시인으로서의 존재는 지워진 채 젊은 엄마와 가정주부의 자리로 물러앉은 듯 보였다. 그녀는 길고 마른 몸, 예쁘진 않지만 빈틈없고 정감 어린 얼굴, 생기가 감도는 입, 멋진 갈색 눈의 소유자였다. 갈색 머리칼은 단단하게 틀어 올려 묶었다. 청바지와 산뜻한 셔츠를 입은 활달한 미국인. 요리 광고에 나오는 젊은 여자처럼 밝고 깨끗하고 친절하면서도 어떤 거리감이 느껴졌다.

그 당시 나는 전혀 몰랐지만, 그녀의 배경은 가정주부 같은 그날의 분위기와는 완전히 어긋나는 것이었다. 어릴 땐 신동이었고——그녀의 시가 처음 게재된 건 여덟 살 때였다——웰슬리고등학교에 진학한 뒤에는 명석한 학생이 탈 수 있는 상을 모조리 휩쓸었다. 스미스대학에선 줄곧 장학금과 전체 A 성적을 받았고, 파이 베타 카파† 회원이었으며, 이런저런 대학 단체의 회장이었고, 갖가지 상을 탔다. 뉴욕의 패션·문화 잡지인 『마드무아젤』은 그녀를 뛰어난 가능성을 지닌 여성으로 선정해 와인을 대접한 뒤 맨해튼을 누비며 사진 촬영을 했다. 그렇게, 거의 판에 박힌 이야기처럼, 그녀는 풀브라이트 장학금을 따내 케임브리지로 갔고 거기서 테드 휴스를 만난 것이었다. 그들은 1956년 블룸스데이‡에 결혼했다. 실비아의 뒤에는 자기희생적인 홀어머니가 있었다. 학교 교사인 어머니는 자신을 기반 삼아 두 자식이 화려하게 꽃피도록 해 주었다. 실비아의 아버지 ─ 조류학자, 곤충학자, 어류학자, 땅벌 연구의 세계적 권위자이며 보스턴대학교 생물학 교수 ─ 는 실비아가 아홉 살 때 죽었다. 둘 다 독일계로 평소에 독일어로 말했던 실비아의 양친은 학문을 사랑하는 지식인들이었다. 실비아와 테드 역시 케임브리지에서 학업을 마친 후 미국으로 가기만 하면 분명 화려한 대학 교수직을 얻을 수 있을 터였다.

　　이것은, 표면상으로는 전형적인 성공담이었다. 그 어떤 수단으로도 도저히 따라잡을 수 없을 만큼 빠른 속력으로 무지막지하게 돌진하는 재능을 가진, 자신

---

†　미국의 대학 우등생들로 조직되는 친목회 또는 그 회원들을 말한다.

‡　제임스 조이스의 『율리시스』에 나오는 인물인 블룸의 어느 하루를 말하는 것으로, 작품 속에서는 1904년 6월 16일로 되어 있다.

에게 주어진 시험을 아무렇지 않게 통과한 어느 능력자의 성공담이었다. 그 성공은 평생 지속될 수도 있었다. 그 운동력을 방해하는 요소만 없었다면, 그리고 그 모든 승리를 실어다 주던 운반 도구가 순전히 그 자신의 속도와 압력으로 인해 산산이 부서지지만 않았다면 평생토록 계속될 수도 있었다. 그러나 그녀의 오름세는 이미 두 번이나 비틀거린 뒤 정지한 상황이었다. 『마드무아젤』에 특집 기사가 실린 달과 스미스대학에서 보낸 마지막 학년 사이에는 신경쇠약과 자포자기에 기반한 심각한 자살 기도가 있었고, 바로 그 경험이 그녀의 소설 『벨 자 *The Bell Jar*』†의 테마가 되었다. 이후 그녀는 스미스대학 교단에 자리를 잡았고 — 동료 교수들은 그녀를 "뛰어난 선생"이라고 말했다 — 그러고 나자 학계의 찬사 따위는 더 이상 얻으려고 애쓸 만큼 가치 있는 것으로 보이지 않았다. 결국 1958년에 플라스는 대학 교직 생활을 내팽개친 뒤 — 테드는 그런 생각을 진지하게 해 본 적이 한 번도 없었다 — 자기가 가진 시인으로서의 행운과 재능을 믿고 프리랜서로 전향했다. 이 모든 사실을 나는 그날로부터 한참 뒤에야 알게 되었다. 지금, 실비아는 그저 추진력을 줄이고 기세를 누그러뜨린 채 딸아이에게 몰두해 있을 뿐이었다. 다정하면서도 거리를 두게 만드는, 다소 형식적이고 깊지 않은 맛이 느껴지는, 미국식의 다정함이었다.

테드는 유모차를 준비하려고 아래층으로 내려갔고 실비아는 아기에게 옷을 입혔다. 나는 조금 뒤에 선 채, 내 아들의 코트 지퍼를 채웠다. 갑자기 실비아가 아무런 감정도 드러내지 않은 채 내게로 몸을 돌렸다.

"당신이 그 시를 뽑아 줘서 정말 기뻐요." 그녀가 말했다. "제가 가장 좋아하는 시들 중 하나였는데, 다른 사람들은 아무도 그 시를 좋아하지 않는 것 같았거든요."

한순간 나는 완전히 멍해졌다. 그녀가 무슨 얘길 하는 건지 몰랐기 때문이다. 그녀가 그걸 알아차리고 날 구해 줬다. "1년 전에 『옵서버』에 실어 주셨던 그 시 말이에요, 밤의 공장에 관한 시였죠."

"아! 이런, 실비아 플라스로군요." 이젠 내가 지껄여야 할 차례였다. "미안해요, 참 아름다운 시였어요."

'아름다운'이란 단어는 결코 적절한 표현이 아니었지만, 밝고 젊은 가정주부한테 달리 뭐라 말하겠는가? 미국에서 날아 온 한 무더기의 시들 가운데서 나는 그 시를 선정했다. 꼼꼼하게 타이핑한 그 모든 시들이, 국제 우표와 주소 표기로 장식된 봉투에 담겨 도착했다. 그 미국 시들은 다들 세련되었고 각자만의 재능을 품고 있었지만, 그 시절에 그런 시는 그다지 드물지 않았다. 지난 1950년대는 미국 시 역사상 유달리 고상한 스타일이 돋보인 시대로, 제 이름값을 하는 대학마다 각각의 '뛰어난' 시 기술자들이 상주해 있었기 때문이다.

---

† 'bell jar'는 종 모양으로 생긴 유리그릇을 말한다.

하지만 그 시들 중에서 수사학적 우아함 이상의 가치를 가진 시는 딱 하나였다. 그 시엔 제목도 없었는데, 나중에 그녀는 『거상 The Colossus』(1960)에 그 시를 수록하면서 「야간 근무Night Shift」라는 제목을 붙였다. 그 시는 다음과 같은 부류의 시들 중 하나였다. 시작 부분에서 나오는 '무엇 무엇이 아니다'라고 말하는 어조가 너무도 강해서, 오히려 그 뒤에 이어지는 설명을 믿을 수 없게 되는 시들.

> 그것은 뛰고 있는 심장이 아니었다.
> 저 숨죽인 윙윙거림, 먼 곳에서 오는
> 저 금속성의 울림은. 그것은 둥둥 열을 모아 올리며

> 귓속에서 뛰는 피도 아니었다,
> 이 밤을 짓누르는 것은.
> 그 소리는 밖으로부터 왔다.
> 그것은 이 적요한 교외에
> 분명, 본시부터 있던,

> 폭발하는 금속음. 아무도
> 그것에 놀라지 않았다. 그러나 그 소리는
> 그 쿵쿵거림으로 땅을 흔들어 놓았다.
> 그것이 내 기원에 뿌리를 내린 소리였다

내가 보기에 이 시는 1950년대 스타일을 잘 활용한 작품 즉 도덕적 교훈으로 삼을 수 있는 훌륭한 묘사를 실은 작품 그 이상인 것 같았다. 어조는 환기되었고, 전체 장면의 세부 묘사들은 끊임없이 내부로 향하고 있는 듯했다. 내 생각에 이 시는 공포에 관한 시이다. 그 공포는 시가 전개되면서 합리적으로 설명되고 해석되지만(그 밤의 쿵쿵거림은 기계들이 돌아가는 소리가 내는 것이었다), 끝부분에 다다르면 화자는 다시금 주장하고 만다. 그 안에는 두려워해야 할 만큼 위협적이고 남성적인 힘들이 존재한다고 말이다. 물론 이렇게 잘 쓴 시에도 나름대로 어색한 순간들이 있었다. 그 예로는 월리스 스티븐스† 풍으로 멋을 부려 중간에서 화려하게 끊는 부분인 "분명, 본시부터 있던"을 들 수 있다. 그러나 청하지 않았는데도 매일 아침 내 우편함에 "쿵!" 하고 떨어지는 여러 잡동사니들에 비하면 그 시는 정말 진귀한 것이었다. 언제나 예기치 않게 찾아드는, 완전한 진짜 물건이었다.

나는 그녀가 누군지 몰랐던 게 낭패스러웠다. 실비아는 내 기억을 일깨워야 했다는 게 낭패스러운 모양이었고, 동시에 그 점에 풀이 죽은 것 같았다.

---

† Wallace Stevens, 1879~1955. 미국 시인으로, 하버드 및 뉴욕 대학교에서 법률학을 전공한 뒤 40세가 넘어서 첫 시집 『하모늄Harmomnium』을 발표했다.

그 이후로 나는 테드를 종종 보았고 실비아는 그 보다 더 드물게 만났다. 테드와 나는 프림로즈 힐이나 히스 숲 근처의 선술집에서 만나 맥주 한잔을 하곤 했다. 가끔은 아이들을 데리고 함께 산책했다. '전문 분야' 애기를 한 적은 거의 없었다. 시 애긴 입 밖에도 내지 않았다. 일은 접어 두고 싶었다. 그해 여름 언젠가 테드와 내가 함께 방송을 한 적이 있었다. 방송 녹음이 끝난 뒤 우리는 실비아를 집에서 데리고 나와 그곳 선술집으로 건너갔다. 녹음을 성공적으로 끝낸 우리는 선술집 바깥에 세워 둔 유모차 주위에 둘러선 채 맥주를 마시며 즐거워했다. 실비아 역시 전에 보았던 때보다 더 마음 편하고 더 재치 있어 보였다. 그리고 덜 긴장한 것 같았다. 그제야 나는 그녀가 지닌 진짜 매력과 추진력을 처음으로 알아보았다.

그 무렵 내 아내와 나는 스위스 코티지 부근에 있던 아파트에서 히스 숲 근처 햄스테드의 고지대에 위치한 주택으로 이사했다. 이삿날 이틀 전 내가 등반 사고로 다리를 삐는 바람에 무슨 일이든 어떤 사람이든 물리쳐야 했다. 다리야 어쨌든, 집 안은 꾸며야 했으니 말이다. 검은 타일과 흰 타일을 바닥에다 잇달아 끝없이 박아 가던 일이 생각난다. 쩍쩍 소리 내며 손가락과 옷과 머리칼에 너저분하게 달라붙던 암갈색 아교, 타일을 박느라 기어나가노라면 마치 관처럼 뒤에서 질질 끌려 오던 커다란 석고 깁스. 그때는 친구들과 어울릴 시간이 별로 없었다. 테드가 이따금 들르면 난 잠시 절뚝대면서 그와 함께 선술집으로 갔다. 실비아는 전혀 보지 못했다. 가을에 나는 한 학기 동안 가르치러 미국으로 갔다.

내가 미국에 있는 동안 『옵서버』가 그녀의 첫 시집을 비평해 달라며 책을 보내왔다. 그 시집은 내가 본 그녀의 이미지와 딱 들어맞는 듯싶었다. 진지하고 재능 있고 절제되어 있지만, 남편이라는 크고 무거운 그림자 밑에 아직은 얼마간 가려져 있었다. 남편에게서 영향을 받은 시들도 있었고, 시어도어 레트커†와 월리스 스티븐스의 울림을 지닌 시들도 있었다. 확실히 그녀는 아직 자신만의 스타일을 찾아 헤매는 중이었다. 그럼에도 실비아의 기술적 역량은 대단했으며, 아직 틀이 잡히지 않은 상태였는데도 풍부한 재능과 정서적 불안을 느끼게 했다. 나는 이렇게 썼다. "그녀의 시들은 결코 명백하게 드러나는 법이 없는 수많은 체험 가운데 확실하게 놓여 있다. 이 위협감, 마치 곁눈질로나 볼 수 있는 어떤 것으로부터 끊임없이 협박당하고 있는 듯한 이 위협감이 바로 그녀의 작품에 뛰어남을 부여한다."

아직도 나는 그 판단을 고수하고 있다. 그녀가 그다음 선보인 작품, 좀 더 설득력 있게 말하자면 그다음에 선보인 죽음에 비추어 볼 때 『거상』은 과대평가되

---

† 1908~1963. 미국 시인. 『각성』으로 풀리처상을 수상했다.

었다. "누구나 알 수 있듯, 그것[거상]은 수정과도 같은 형태로 한 치의 빈틈도 없다." 오늘날의 문학 비평은 그런 식으로 말한다. 심지어는 적나라하게 육박하는, 야수처럼 전면으로 공격해 오는 그녀의 성숙기 작품보다 더욱 우아한 초기 시를 더 좋아하는 비평가들도 있다. 그녀의 책이 처음 출판되었던 당시만 해도 그들 비평가의 평가는 무척 냉담했었는데 말이다. 한편으로 볼 때, 사후(死後)에 이루어진 판단은 어떤 시가 지닌 역사적 중요성은 바꿀 수 있어도 그 시 자체의 질을 바꿀 수는 없다. 『거상』은 그녀가 지닌 자격을 입증했다. 그 시집에는 아름다운 시들이 조금 들어 있긴 하지만, 그보다 중요한 것은 작품 자체의 순수한 가능성, 언어를 다루는 정확함과 집중력, 절제된 범위의 어휘들, 미묘한 리듬을 가려내는 식별력, 운과 반운을 다루고 조절하는 확실성이다. 분명히 이제 실비아는 무엇이 닥쳐오든 거기에 대처할 수 있는 기교를 길러 냈던 것이다. 내가 틀렸던 점은, 그녀가 현재 단계에서는 자신을 동요시키는 힘들을 스스로 인식하지 못하고 있다고, 어쩌면 앞으로도 인식하지 못하리라고 말한 점이었다. 하지만 그녀는 이미 그 힘들을 지나치게, 유감스러우리만치 잘 알고 있었던 것으로 드러났다. 즉 그 힘들이 열아홉 살 때의 그녀를 아슬아슬하고 위태로운 자살의 경지로까지 몰아갔던 것이다. 『거상』의 마지막에 수록된 「생일 시」라는 긴 작품에서도 이미 그녀는 그 힘들과 정면으로 맞부딪히기 위해 몸을 돌리고 있었다. 그

34

시에 나타난 레트커의 울림 때문에 그 점이 나에겐 선명히 드러나지 않았고 그래서 볼 수 없었을 따름이다.

1961년 2월 미국에서 돌아온 뒤 휴스 부부를 다시 만났다. 그러나 자주 보지는 못했고 그것도 잠깐씩만 만났다. 테드는 런던이 지겨워져 달아나지 못해 안달이었다. 실비아는 그동안 아팠고 ── 처음엔 유산, 그 다음엔 맹장염 ── 내겐 이혼이라는 문제가 있었다. 실비아가 『거상』의 논평에 감사하다면서 거기에 덧붙인 말이 기억난다. 자기도 그 논평 속에서 지적해 준 점에 동감한다는 것이었다. 그때 그녀는 무장이 완전히 해제된 것처럼 보였다. 또 한 가지 기억나는 것은 데번에서 낡고, 지붕은 이엉으로 이고, 판석이 깔리고, 과수원이 딸린 아름다운 집을 발견했다며 그녀가 열광하던 일이다. 그들은 이사했고 나도 이사했으며, 무엇인가 끝이 났다.

둘은 계속 『옵서버』에 시를 보내 왔다. 1961년 5월 『옵서버』는 실비아가 두 딸에 대해 쓴 시 「아침 노래」를 실었고, 그해 11월에는 「모하비 사막」을 실었는데, 이 작품은 그 뒤 수년간 시집에 묶이지 않고 그대로 남아 있었다. 그로부터 두 달 뒤에는 「라이벌」을 실었다. 시의 흐름은 점점 깊어지고 그 물살엔 여유가 생겼다.

그녀를 오랫동안 보지 못했던 나는 1962년 6월, 성령 강림절 주일을 보내러 콘월로 내려가는 길에 그들 집에 들렀다. 그들은 엑서터에서 북서쪽으로 몇 마일쯤 떨어진 곳에 살았다. 데번 기준으로 보자면 그곳은 아름답지 않은 마을이었다. 목재, 이엉, 꽃들보다는 회색 화산암과 우울로 이루어진 마을이었다. 한 번도 제대로 활짝 깨어나지 못한 듯한 인상을 풍기는 영국의 가장 순수한 촌마을 가운데서도 그들이 사는 마을은 아예 잠 속으로 물러앉은 것 같았다. 한때는 그곳이 그 주변 시골 지방의 중심이 되어 이런저런 사건들이 일어나기도 하는, 좀 볼품 있는 곳이었을지도 모른다. 이제는 전혀 아니다. 엑서터가 대신 들어섰고, 그 마을의 생기는 마치 이 세상에서 어느 한 가문이 몰락해 가듯 서서히 쇠잔했다.

휴스 부부의 집은 한때 그 지방 영주의 영지였다. 마을의 다른 집들보다 조금 높이, 12세기에 지어진 한 예배당 옆 가파른 오솔길 위에 세워진 이 집은 관록 있어 보였다. 지붕을 이엉으로 엮은 커다란 집이었는데 자갈이 깔린 안마당과 참나무에 조각을 새겨 만든 정문이 있었다. 벽과 통로는 돌이었고 방들은 새로 페인트를 칠해 흰했다. 우리는 가꾸지 않은 커다란 정원에 나와 앉아 차를 마셨고, 한편 이제 두 살 된 꼬마 프리다는 꽃들 사이로 오르락내리락 돌아다녔다. 사과나무와 벚나무 들이 조그만 군대처럼 무리 지어 있고, 눈부신 금련화들이 꽃망울과 함께 흔들리고, 채소밭에다 한쪽에는 외따로 자그마한 둔덕도 있었다. 실비아는 그 둔덕을 옛날 옛적의 무덤 언덕이라고 불렀다. 테드의 기호나 취향으로 치자면 그건 아무것도 아니었을 것이다. 꽃들이 곳곳에서 빨갛게 타오르고 키 큰 풀들

이 제멋대로 무성하게 자라 그 호사스러운 곳 전체가
여름으로 넘쳐흐르는 것 같았다.

그들은 1월에 새 아이를 낳았었다. 남자아이였다.
그리고 나서 실비아는 달라졌다. 이제는 강한 남편에게
달라붙어 있는, 말 없고 억제된 가정주부라는 부속물
이 아니었다. 그녀는 다시금 꿋꿋하고 완전한, 독자적
인 한 여성으로 변한 것 같았다. 어쩌면 남자아이의 탄
생이 새로운 확신에 찬 그 분위기와 관련이 있는지도
모르겠으나, 그녀에게는 그 이상의 어떤 날카로움과 명
쾌함이 있었다. 그녀가 내게 집과 정원을 두루두루 보
여 줬다. 전기 시설들, 새로 페인트를 칠한 방들, 과수
원, 그리고 무엇보다도 특히 그 무덤 언덕과 '옛적 시체
들의 벽'†을 보여줬는데, 그녀는 훗날 어느 시 속에서
그걸 "자신의" 재산이라고 불렀다. 그러는 동안 테드는
만족스러운 듯한 모양으로 그냥 뒤처져 꼬마 프리다와
놀았다. 프리다가 그에게 꼭 매달려 떨어지지 않기 때
문이었다. 튼튼하게 결합된 결혼으로 보였으므로, 나는
힘의 저울추가 잠시 그녀 쪽으로 옮겨 가도 테드가 별
로 개의치 않는 모양이구나 하고 생각했다.

떠날 무렵에야 나는 그 이유를 납득했다. "난 다시

---

† 그 '무덤 언덕'은 실은 옛날 옛적의 요새였다. 또한 내가 들은
  애기에 의하면, '옛적 시체들의 벽'이란 아마도 휴스 부부의
  정원과 거기에 이웃한 교회 부지 사이에 세워진 벽을 가리키
  는 것 같다. (원주)

쓰고 있어요." 그녀가 말했다. "진짜 쓰는 거예요. 당신에게 내 새로운 시들을 좀 보여 주고 싶어요." 따뜻하고 탁 트인 태도라, 마치 내가 믿을 수 있는 사람이라는 판단을 내리기라도 한 것 같았다.

얼마 전에 『옵서버』는 실비아의 「피니스테레」라는 시를 받았다. 우리는 마침내 그해 8월에 그 시를 실었다. 그러다가 그녀가 아름다운 짧은 시인 「물을 건너며」를 보내왔는데, 그건 시집 『에어리얼 Ariel』에는 들어가지 않았지만 거기 포함된 많은 시만큼 좋은 시다. 그 시는 형식적인 짧은 편지와 함께, 꼼꼼하게 우표를 붙이고 주소를 쓴 봉투 안에 담겨서 왔다. 그녀는 변함없이 잘 움직이고 있는 듯 보였다. 그러고 나서 얼마 뒤 런던에서 테드를 만났을 때, 그는 긴장해 있었고 다른 데 정신을 쏟고 있었다. 실비아가 손수 차를 몰고 가다가 무슨 우발사고를 냈다는 거였다. 말하자면 외견상 급회전한 직후 의식을 잃고 도로에서 벗어나 옛비행장으로 내달은 사고인데, 다행히도 그녀의 몸이나 그들의 낡은 왜건형 모리스 자동차는 상하지 않았다고 했다. 그 얘기를 할 때 테드의 어두운 풍모에는 암울한 그림자가 한층 더 짙게 드리워졌다.

8월이 되었을 때 나는 몇 주간 외국에 나가 있었고, 다시 영국으로 돌아왔을 무렵엔 벌써 가을이 시작되었다. 아직 9월 중순도 안 되었는데 낙엽이 거리에 여기저기 굴러다니기 시작했고 비가 내렸다. 그 첫날 아침 깨어나, 물바다가 되어 가는 런던 하늘로 눈을 돌렸을 때 여름은 지중해만큼이나 멀리 사라져 간 듯싶었다. 나도 모르게 옷들을 마구 껴입었다. 런던 사람의 '웅크림 병'이었다. 이제 우리는 긴 겨울을 치러야 했다.

9월 말 『옵서버』에서 「물을 건너며」를 실었다. 그로부터 얼마 지나지 않은 어느 날 오후, 작업을 하고 집안일을 해 주는 여자가 위층을 돌아다니며 쿵쾅거리고 있을 때 벨이 울렸다. 실비아였다. 맵시 있게 옷을 차려입은 채였고, 그러기로 단단히 결심한 듯 밝고 즐거운 모습을 하고 있었다.

"그냥 지나가는 중이었는데, 한번 들러 볼까 했죠." 그녀가 말했다. 정장하고 말끔하게 머리를 한 타래로 묶은 그녀는 흡사 고상한, 그러나 어쩔 수 없이 해야 하는 사교상의 의무를 행하고 있는 에드워드 시대 귀부인 같은 느낌이 들었다.

내가 빌린 작은 작업실은 낡은 마구간을 개조한 것이었다. 그곳은 기다란 통로 아래쪽 차고 뒤에 있었는데, 허물어져 가나마 아름답긴 했지만 편안치가 않았다. 마음 놓고 기댈 만한 게 전혀 없었다. 있는 거라곤 거미처럼 가느다란 등 높은 의자와 카펫을 깔지 않은, 피처럼 붉은 리놀륨 위에 놓인 모피 깔개 두 개가 고작이었다. 나는 그녀에게 술 한 잔을 따라 주었고, 그녀는 석탄 스토브 앞, 모피 깔개 위에 아주 편히 학생 같은 모습으로 자리 잡고 앉아, 위스키를 한 모금씩 마시며 유리잔 안의 얼음을 짤랑거렸다.

"이 짤랑거리는 소리는 미국이 그리워지게 만들어요." 그녀가 말했다. "꼭 이것만 그래요."

우리는 『옵서버』에 실린 그 시에 관해 얘기를 주고받았고, 그다음에 한가로이 나눈 얘기들은 딱히 특별한 건 아니었다. 그러다 결국, 왜 런던에 있느냐고 내가 물었다. 그녀는 세련된 쾌활함 같은 것을 띠며 대답했다. 집 사냥을 하는 중이라고. 그러면서 거기에 덧붙여 무심하게 하는 말이, 그녀와 두 아이들은 잠시 따로 살 거라고 했다. 나는 여름이 넘쳐흐르는 데번의 정원에서 그녀를 마지막으로 보았던 때를 떠올렸다. 그 목가적 생활은 다른 무엇으로도 깨질 듯싶지 않았었다. 그러나 나는 아무것도 묻지 않았고 그녀는 아무런 설명도 내놓지 않았다. 그 대신에 그녀는, 써야겠다는 새로운 충동이 덮쳐 왔다는 얘기를 하기 시작했다. 하루에 적어도 시 한 편씩, 가끔은 그보다 많이, 라고 그녀는 말했다. 그 말은 흡사 마귀에게 씌기라도 했다는 소리처럼 들렸다. 어쩌면 바로 그것 때문에 두 사람이 일시적으로나마 헤어진 것 아닐까 하는 생각이 얼핏 들었다. 그것은 이질성의 문제가 아니라 견딜 수 없는 동질성의 문제였다. 진짜 독창적이며 야심만만하고 시에만 전념하는 두 시인이 결혼으로 결합하여 둘 다 시를 생산할 때, 한 사람이 무슨 시를 쓰든 그 시는 어쩌면 상대방에게 그것이 꼭 자기 자신의 머릿속에서 도굴돼 나온 것만 같다는 느낌을 주게 될 것이다. 분명, 어떤 맹렬한 창조의 정점에 다다르면, 상대가 한 부대의 유혹자들과 놀아나며 자신을 배반할 때보다 뮤즈가 자신이 아닌 상대를 향하며 배반하는 쪽이 더욱 견디기 어려울 터였다.

"새로 쓴 시들을 좀 읽어 드리고 싶어요." 그녀가 말했다. 그녀는 옆에 바닥에다 놓아두었던 숄더백에서 한 묶음의 타이프 원고를 꺼냈다.

"물론이죠, 기꺼이." 시 원고에 손을 뻗치면서 내가 말했다. "자, 봅시다."

그녀가 고개를 가로저었다. "아뇨, 혼자 속으로 읽으시는 건 싫어요. 그 시들은 커다랗게 소리 내어 읽어야 하거든요. 그 시들을 '들려' 드리고 싶어요."

그렇게, 불편한 바닥에 책상다리를 하고 앉은 채, 위층에서 일하는 여자가 딸그락거리는 가운데, 그녀는 내게 「버크 해변」을 읽어 주었다.

이것은 바다, 그러므로 그 누구의
소유도 아닌 거대한 정지

실비아는 빠르게 읽었다. 콧소리가 약간 섞인 딱딱한 악센트로, 화가 난 양 말을 툭툭 끊어서 읽었다. 나에게는 지금도 그 시가 그 우회적 전개와 응집된 이미지들과 한꺼번에 밀집된 모음 생략 때문에 따라가기 힘든 시이다. 그때는 막연히 뭔가 병적이고 조금 고약하다는 인상을 받았는데, 지금 생각해 보면 내가 그 시를 많이 이해했던 것 같지는 않다. 그래서 그녀가 읽기를 끝마친 뒤 나는 다시 한번 읽어 달라고 청했다. 그때는 그 시를 조금 더 명확히 알아들었고, 자세한 내용에 관해 몇 마디 할 수도 있었다. 그녀는 내 말에 얼간은 만족한 것 같았다. 둘이서 약간 논쟁을 했고 그녀는 다른 시들을 좀 더 읽어 주었다. 그중 하나는 「달과 주목(朱木)」이었고, 또 하나는 「느릅나무」였을 것이다. 전부 여섯 편인가 여덟 편의 시가 있었다. 그녀는 그중 하나도 나 혼자 읽게 두질 않았고, 그래서 어땠냐고 하면 그 시들의 미묘한 맛을 많이 맛보지는 못했다. 하지만 어쨌든, 나는 지금 듣고 있는 시들이 강렬하고 새로우며 승복하기 힘든 것임을 깨닫고 있었다. 나 자신을 위한 일종의 방어 행위로서, 나는 할 수 있는 대로 그 시들의 세부적인 표현이나 자그마한 결점의 흔적까지 들추어 가며 그녀를 괴롭혔던 것 같다. 그녀는 그래도 역시 함께 논쟁하고, 공감하며 들어주는 게 기쁜 모양이었다.

"그 여자, 시인이지요, 안 그래요?" 그다음 날, 허드렛일해 주는 여자가 내게 물었다.

"맞아요."

"그럴 거라고 생각했어요." 완연히 만족스러운 낯빛을 하고 여자가 말했다.

그 이후로 실비아는 런던을 방문하는 길에 꽤 자주 들렀고, 언제나 새로 쓴 시들을 한 묶음씩 가져와 읽어 주었다. 그런 식으로 내가 처음으로 들었던 시들 중에는 무엇보다도 '벌' 시들과 「생일 선물」, 「지원자」, 「거기에 이르러Getting there」, 「화씨 103도 고열」, 「11

월의 편지」, 「에어리얼」 등이 있었는데, 특히 「에어리얼」은 상당히 비범한 시였다. 그녀가 쓴 것 중에서 그 시가 가장 좋은 작품이라고 말했더니, 그녀는 며칠 뒤 그 시를 정서해 보내 왔다. 획이 굵고 동글동글한 그녀의 필기체로 공들여 작성된 원고는 중세기의 원고처럼 꽃무늬와 장식문자로 꾸며져 있었다.

어느 날 ── 언제였더라, 기억이 확실치 않다 ── 그녀는 스스로 "좀 가벼운 시들"이라고 부르는 시들을 내게 읽어 주었다. 「아빠」와 「라자루스 부인」을 두고 한 말이었다. 그 시들을 읽어 가는 그녀의 목소리는 뜨겁고 원한에 차 있었다. 그즈음에 가선 나는 감상을 끌어내기까지 시간을 너무 오래 끌지 않았고, 석연치 않다는 느낌도 받지 않았다. 시를 똑똑하게 알아들을 수 있었다. 낭송을 들은 나는 소름이 끼쳤다. 처음 들었을 때 그것들은 시라기보다는 폭행이나 구타 같았다. 당시 나는 그녀가 살아온 길에 대해 이미 얼마간 알고 있었으므로, 그녀는 실제 자신이 그 시 속에 나오는 행위에 얼마만큼 관계되었는가에 관한 얘기를 회피하지도 않았다. 그런 부분에 관해 부연 설명을 했다는 것은 그 시들이 시로서 실패했다는 얘기처럼 들리겠지만, 실제로는 분명 실패하지 않았다. 언제나처럼 나의 방어 행위가 이루어졌다. 시의 세부적인 표현에 관해 잔소리를 늘어놓는 것 말이다. 내가 특별히 들춰내어 흠을 잡은 한 구절이 있었다.

신사 숙녀 여러분

이것이 내 손이고
내 무릎입니다.
나는 뼈와 가죽뿐일지도 모릅니다.
나는 일본인일지도 모릅니다

Gentlemen, ladies

These are my hands
My knees.
I may be skin and bone,
I may be Japanese

"왜 '일본인'이죠?" 나는 꼬치꼬치 물으며 그녀를 괴롭혔다. "바로 그 운(韻)이 필요해서 그런 겁니까? 아니면, 원폭 희생자를 끌어들여 손쉬운 도움에 편승하겠다는 건가요? 이런 종류의 폭력적인 소재를 사용할 때는 그걸 냉담하게 다루어야죠." 그녀는 날카롭게 반박해 왔지만, 나중에 그녀가 죽은 뒤 그 시가 마침내 출판되었을 때 그 구절은 삭제돼 있었다. 지금 생각하면 유감스러운 일이다. 그녀에겐 그 운이 꼭 필요했던 것이다. 그 시의 어조는 지극히 절제되어 있었고, 따라서 시 자체가 겉으로 보기에 완전히 점잖지는 못한 그 암시를 충분히 잘 지탱해 주고 있다. 그런데 나는 그 그

로테스크한 아름다움은 깨닫지도 못한 채 시의 초반에
나타나는 잔혹스러움에 과잉 반응을 일으켰던 것이다.

이런 일들이 있는 동안 죽, 실비아의 시들이 남긴
형적(形跡)과 그녀라는 인물이 남긴 형적이 완전히 달
랐다. 시에 나타나는 절망과 무자비한 파괴성이 그녀
의 사교적인 거동에는 흔적조차 보이지 않았다. 그녀
는 계속 그대로 냉혹하리만큼 밝고 정력적이었다. 데
번에서 두 아이와 벌을 키우느라 바쁘고, 런던에서 집
을 물색하느라 바쁘고, 출판사를 통해『벨 자』를 교정
하느라 바쁘고, 대개는 받아들이지도 않는 편집자들
에게 시를 타이핑해 보내느라 바빴다(그녀는 죽기 바로
직전에도 자신의 가장 좋은 작품들을, 지금은 고전이 되다
시피한 작품들을 영국 전역에 알려진 어느 주간지에 보냈
는데, 그중 한 편도 채택되지 않았다). 게다가 승마에도
손을 대 에어리얼이라는 이름의 아주 억센 말을 타는
법을 익히는 중이었고 그 새로운 흥분에 들떠 있었다.

붉은 바닥에 책상다리를 하고 앉아 시들을 다 읽
은 뒤엔, 그녀는 콧소리 섞인 뉴잉글랜드인의 음성으
로 승마 얘기를 해 대곤 했다. 그리고 아마도 나 또한
그런 부류에 속한 사람이라서 그런 건지는 몰라도, 그
녀는 내게 승마 얘기와 똑같은 투로 자살에 관해서도
얘기했다. 그와 더불어 10년 전 자신의 자살 기도 ──
당시 자신의 자전적 소설을 교정 중이던 그녀에겐 그
사건이 틀림없이 마음에 크게 걸려 있었을 것이다 ──
와 최근의 자동차 사건도 얘기했다. 그건 전혀 우발적

인 사고가 아니었다. 그녀는 죽기를 바랐고, 그래서 의
도적으로, 심각한 기분으로 도로를 이탈해 버렸다. 그
러나 그녀는 죽지 않았고 그건 이제 모두 과거의 일이
되었다. 바로 이 증언을 근거 삼아 지금도 내가 확신하
는 점은, 그녀가 그 무렵에는 자살을 진지하게 계획하
지 않았다는 점이다. 오히려 그 사건이 이미 지나간 일
이 되었기 때문에 그녀는 그토록 자유롭게 그것에 관
해 쓸 수 있었다. 자동차 충돌 사건은 그녀가 용케 살
아 넘긴 하나의 죽음이었고, 그녀는 자신이 그러한 죽
음을 십 년마다 한 번씩 겪을 숙명이라고, 그렇게 냉소
적으로 느끼고 있었다.

> 나는 다시 한번 그걸 해 냈다.
> 십 년에 한 번씩
> 그걸 나는 용케도 해 낸다
>
> 일종의 살아 있는 기적…
> 내 나이 겨우 서른
> 그리고 고양이처럼 나는 아홉 번을
> 죽어야 한다…
>
> 이것이 제3번이다…

시에서와 마찬가지로, 실제로도 그녀의 목소리엔 병적
인 흥분도, 동정을 구하는 호소도 없었다. 그녀가 자살

을 얘기하는 어조는 시험적으로 시도해 보는 아슬아슬한 여느 행위들을 얘기할 때의 어조와 똑같았다. 절박하고 사납기까지 했지만 자기 연민은 조금도 들어 있지 않았다. 그녀는 죽음을 어떤 육체적 도전으로 간주하고 자신이 그 도전을 다시 한번 극복했다고 생각하는 것 같았다. 그것은 에어리얼이라는 말을 타거나, 뛰쳐나가는 말을 길들이거나——그녀는 케임브리지대학에 다닐 때 그 일을 했었다——혹은 스키 타는 법도 올바로 알지 못한 채로 위험한 눈 비탈을 질주해 내려가는 것——이 사건 역시 실제 있었던 일로, 『벨 자』에 나오는 가장 훌륭한 부분 중 하나다——과 똑같은 성질을 가진 체험이었다. 자살은 요컨대, 죽음 속으로 소리 없이 사라지는 일이 아니며, '한밤중에 아무런 고통 없이 끝내기 위한' 시도 역시 아니다. 자살은 신경의 말초에 느껴지는 어떤 것, 맞서 싸워야만 하는 어떤 것이다. 자살은 그녀에게 그녀 자신만이 지닌 삶의 자격을 부여해 주는 하나의 성년식이었다.

아버지의 죽음이 어린 시절의 그녀에게 어떠한 상처를 입혔는지는 아무도 모를 일이지만, 그 사건은 십수 년에 걸쳐 한 가지 확신, 즉 성인이란 살아남은 사람을 뜻한다는 확신으로 변형되었다. 그래서 그녀에게 죽음이란 10년마다 한 번씩 치러야 하는 빚이 되었다. 성인 여성으로서, 어머니로서, 시인으로서 살아 있기 위해서는 자신의 삶으로써 그 빚을——뭐랄까, 수수께끼와도 같은 외곬의 방법으로——갚아야만 했다. 그런데

이 불가능한 탕감 시도는 또한 그녀가 사랑하는 죽은 아버지를 되찾고 그와 결합하려는 환상과 결부되어 있기도 했다. 따라서 (자발적인) 죽음은 증오와 절망, 그와 동시에 사랑으로 가득 찬 격정적인 행위였다. 그리하여 그녀는 그 기묘하고 혼란스러운 시 「벌 모임 The Bee Meeting」에 다다른다. 이 시에는 그녀가 사는 데븐 마을에서 열렸던 지방 양봉가들의 모임에 관한 묘사가 나오는데, 그 상세하고 의심할 바 없이 정확한 묘사는 점차 죽음의 의식을 불러일으키는 주문으로 변하고, 그 죽음의 의식 속에서 그녀는 제물로 바쳐지는 처녀가 된다. 마지막에는 그녀를 담을 관이 신성한 무덤에서 대기하고 있다. 왜 이런 전개가 일어나는가 하는 수수께끼는, 그녀의 아버지가 벌 연구의 권위자였다는 사실을 상기하면 아마 다소간은 풀리리라. 그녀의 벌 키우기는, 자신을 아버지와 결합하고 아버지를 죽은 이들의 나라로부터 되찾아오는 상징적 방법이었다.

이러한 후기 시 전체의 어조는 딱딱하고 사실적이며, 그 강렬함에도 불구하고 매우 말수가 적다. 웬일인지 묘하게도 나는 그녀가 스스로를 사실주의자로 여기지 않았을까 추측한다. 「라자루스 부인」의 죽음과 부활, 「아빠」의 악몽, 그리고 그 나머지 모든 일들은 그녀의 맥박 속에서 이미 사실로 입증된 것이었다. 그녀가 그러한 요소들에다 이미지와 연상이라는 비상한 내적 풍요를 부여했다는 사실은 지금의 논점에서 벗어나는 부분이다(시 자체에 있어서는 본질적으로 중요한 지점이지만 말이다). 그녀가 넉넉하게 비축해 둔 자신의 기교를 지극히 침착하게 구사할 수 있었던 건, 사실들을 일어났던 그대로 단순히 묘사하고 있다고, 그녀 스스로 그렇게 느꼈기 때문이다. 그리고 그러한 기교들, 미묘한 운과 반운, 유연하게 반향하는 리듬, 그리고 특히 즉흥적인 대화체를 통하여 그녀는 가장 괴로운 탐색에 임했을 때조차 완벽한 예술적 절제를 유지할 수 있었다. 그녀의 내적 공포는, 간신히 다룰 수 있는 종마 에어리얼을 타려고 몸을 쓰는 법을 익힐 때, 혹은 자동차를 박살 내려고 했을 때와 똑같이 실제로 존재하는 것이었으며 또한 정확히 그대로 체험된 것이었다.

그래서 그녀가 자살에 관해 얘기할 때는 쓰디쓴 초연함이 깃들어 있었고, 그 행위의 극적인 상태나 그로 인한 고통 같은 건 조금도 드러나지 않았다. 그녀의 첫 번째 자살 기도가 진지했으며 거의 성공할 뻔했었다는 사실은 그 행위가 분명 자긍심과 연결돼 있다는 것, 다시 말해 히스테리컬한 즉흥 행동이 아니었음을 말해 준다. 바로 그 점 덕분에 그녀에게는 자살을 어떤 강박관념이 아닌 하나의 주제로서 얘기할 자격이 있는 것 같았다. 자살은 그녀가 성인 여성이자 자유로운 행위자로서 스스로 청할 권리가 있다고 느끼는 행위였다. 또한 그녀는 그 행위가 자신의 발전을 위해 없어서는 안 될 것이라고 느꼈다. 성인을 정신의 강제 수용소로부터 살아남은 가공의 유대인이라고 받아들이는 그녀의 기묘한 지론에 따르면 이러한 결론은 자연

스럽다. 그러므로 자살의 동기가 무엇이냐라는 의문은
존재할 수 없다. 그렇게 하는 것이니까 그렇게 할 뿐이
다. 이는 예술가가 언제나 자신이 아는 것밖에는 알지
못하는 것과 꼭 마찬가지다.

　　이런 추측은 어쩌면 다음과 같은 질문의 답이 될
수도 있겠다. 죽음에 관한 그녀의 환상이 아버지와 그
토록 강렬하게 연결되어 있는데도, 어째서 그녀는 그
를 직접적으로 언급하는 일이 거의 없었느냐는 질문
말이다. 『벨 자』의 자전적 주인공은 지하실에 처박혀
50알의 수면제를 삼키기 직전에 아버지의 무덤에 올라
간다. 「아빠」도 바로 그 사건을 묘사한다. 거기서 그녀
는 자신이 자살하기 위한 이유들을 사무칠 정도로 되
풀이하며 통렬하게 못 박는다.

　　　　스무 살에 나는 죽으려 했다
　　　　그리고 당신에게로 돌아, 돌아,
　　　돌아가려고 했다.
　　　　　나는 내 골수까지 돌아가리라 생각했다.

내 추측으로는, 다시금 혼자가 된 것을 알아차린 그녀
는 초연해지려 애썼다. 하지만 결국 아버지의 죽음과
함께 겪었던 고뇌들이 모두 재발동했던 것 같다. 그녀
는 안 그러려고 하면서도 20년 전 어린아이일 때와 같
은 느낌을 받았다. 순전한 무방비 상태에서 버림받고
상처받은 느낌이, 분노와 상실이, 그동안 내내 내부 깊

숙이 차곡차곡 쌓아 올렸던 고통이 흘러넘쳐 나왔던 것이다. 그녀는 굳이 자살과 연관된 내적 동기들을 찾아보고 검토할 필요가 없었다. 그 일은 그녀를 대신해서 시들이 해 주었던 것이다. 그 무렵의 몇 달간은 그녀가 놀랄 만한 창작열에 휩싸인 시기였다. 그건 어쩌면 키츠의 '기적의 해'에 비견될 수 있을 듯하다(키츠는 마침내 자신의 명성을 굳혀 준 시들 중 거의 대부분을 그해에 썼다). 이전에 그녀는 세심하게 그리고 어느 정도 힘들여 가며 썼고, 또 많이 고쳐 썼으며, 그녀의 남편 말에 의하면 항상 『로제트 사전』에 의지했다고 한다. 그런데 이제 시들이 수월하게 흘러나오기 시작했고, 심지어 어떤 때는 하루에 세 편씩이나 쓰는 경우도 생겨났다(물론 그렇다고 해서 그녀가 힘들여 얻은 옛 기교와 단련을 버린 것은 아니었다). 게다가 그녀는 새 소설에 깊이 빠려 들어가 있다고 내게 말했다. 『벨 자』는 끝났다. 교정 작업도 출판사와의 관계도. 그녀는 『벨 자』에 관해 좀 당황스러운 투로, 자신이 과거로부터 벗어나기 위해 꼭 써야만 했던 자전적 습작이라고 말했다. 그러나 이제부터 쓸 새 소설은 진짜 순수한 물건이 되리라는 뜻을 넌지시 내비쳤다. 작업 환경을 고려하면 그녀의 생산력은 가공할 만한 것이었다. 그녀는 온 시간을 다 바쳐 두 살 난 딸과 몇 달 된 갓난아이와 집을 돌봐야 하는 주부였다. 밤에 두 아이를 잠자리에 들여보낼 무렵이 되면 그녀는 녹초가 되어 긴장을 요하는 일은 아무것도 할 수 없었다. '음악과 물 탄 브랜

디'가 고작이었다. 그래서 그녀는 아침마다 매우 일찍 일어나 아이들이 깰 때까지 작업했다. "나의 이 새로운 시들은 한 가지 공통점이 있습니다." 그녀가 BBC 라디오와 함께 준비했던, 그러나 결국 실제로는 방송되지 못했던 시 낭송을 위해 작성한 짧은 글에서 그녀는 그렇게 썼다. "이 시들은 모두 새벽 네 시경, 아기 울음소리도 아직, 우유병을 정리하는 우유 배달부의 유리 음악도 아직 시작되기 이전, 여전히 푸르스름하고 영원에 가까운 그 시각에 쓰였습니다." 이 밤과 낮 사이의 죽은 듯이 고요한 시간에, 정적과 고립 속에서, 그녀는 스스로 온 마음을 모아 자신 속으로 몰입할 수 있었다. 그것은 마치 생활이 그녀를 움켜잡기 이전에 지나가 버린 어떤 순수함과 자유를 되찾는 것과 흡사했다. 그렇게 해야 그녀는 쓸 수 있었다. 나머지 낮 동안은 두 아이와 집안일과 쇼핑에 몸을 쪼개어, 능률적으로, 부산스럽게 돌아다니며 괴로움에 시달리는 여느 주부와 마찬가지로 살았다.

그러나 새벽에 일시적으로 되찾는 이 지복의 감정만으로는 작품의 돌연한 개화와 그 변화를 설명할 수 없다. 그 단서는 기법적인 탐구를 통해 발견할 수 있다. 그녀가 자기 시들을 언제나 소리 내어 크게 읽어야 한다고 고집한 점을 상기해 보자. 1960년대에 낭독은 흔치 않은 절차였다. 그 무렵 시는 아직 고도의 형식주의 시대에 속해 있었고, 한편으로는 (그녀의 초기 작품이 증명하듯 실비아 자신도 유달리 노련하게 다루었던)

스티븐스 풍의 운율과 엠프슨†적인 모호함이 각광받고 있었다. 이는 본질적으로 학구적인 스타일, 즉 자기 감정에 한계를 부과하고 장인적 기능에만 편협하게 몰두하는 스타일을 뜻한다. 당시에는 이러한 장인적 기능성이 그다지 굉장하지 않은 단장격 시들과 고심해야만 겨우 분석할 수 있는 이미지들 속에서 내내 되풀이되고 있었다. 1958년에 그녀는 중대한 결정을 내린다. 청년기와 20대 전반 내내 스스로 그토록 공들여 준비해 얻은 대학 교직을 포기한 것이다. 창작 생활에 대한 전념은 그 뒤 4년 동안 점진적으로 그녀의 시 구조 속에 나타나, 고착된 낡은 굴레들을 무너뜨리고 리듬에 활력을 불어넣었으며 감정의 폭을 확대했다. 교직을 포기하겠다는 결심은 시인으로서의 정체성을 얻기 위한 결정적인 첫걸음이었으며, 그녀 자신의 표현에 따르면 이 결심은 두 아이의 탄생이 자신을 여자로 입증해 준 것과 같은 영향을 끼쳤다. 이 과정은 그녀의 마지막 시들 속에서 완벽히 마무리 지어진다. 시인과 시들이 하나가 되었던 것이다. 그녀가 쓴 시들은 그녀의 목소리에 달려 있었다. 두 아이가 그녀의 사랑에 달려

---

† William Empson, 1906~1984. 영국 시인, 평론가. 초기에는 주로 평론으로 명성을 얻었으나 1953년부터는 시를 통해 무브먼트파의 젊은 시인들에게 기교 측면에서 강한 영향력을 행사했다. 비평서로『모호성의 일곱 가지 유형』, 시집으로는『몰려오는 폭풍』등이 있다.

있었던 것과 꼭 같이.

그녀의 시적 성숙에 있어서 또 한 가지 중대한 요소는 로버트 로웰의 『인생 연구 Life Studies』가 선보인 사례였다. '영향'이 아니라 '사례'라고 말한 이유는, 실비아가 보스턴대학에서 앤 섹스턴, 조지 스타벅과 함께 로웰의 강의를 듣긴 했으나 유달리 전염력이 강한 그의 스타일을 따르지는 않았기 때문이다. 그녀는 로웰로부터 스타일이 아닌 어떤 자유를 취했다. 그녀는 영국 문화원의 한 탐방 기자에게 말했다.

> "무척 흥분했었죠. 뭐랄까, 새로운
> 돌파구다 싶은 게 로버트 로웰의 『인생
> 연구』와 더불어 나타났기 때문이에요.
> 이 새로운 돌파구는 매우 심각하고 무척
> 개인적인 정서 체험 속으로 열린 것인데,
> 기실 그러한 정서 체험은 지금까진
> 부분적으로 금기시됐던 것 같습니다. 예를
> 들면, 로버트 로웰의 정신병원 체험에 관한
> 시들이 제 관심을 많이 끌었습니다. 지극히
> 개인적인 데다 지금껏 금기시되어 온 그러한
> 소재들이, 제가 보기에는 최근의 미국
> 시에서 이미 탐구된 것 같습니다."

그녀가 시 바깥의 세상에서 가장 찬탄했던 특질이자 그녀 역시 풍성하게 가진 특질, 즉 용기라는 특질의 한 실례를 로웰이 그녀에게 제공했던 것이다. 로웰의 『인생 연구』는 그 나름대로 엘리엇의 『황무지』만큼이나 대담하고 혁명적이었다. 뭐니 뭐니 해도 『인생 연구』는 시단이 입을 굳게 다물고 있던 1950년대의 절정기에 등장했던 것이다. 그 순이론적 신비평의 시대, 의도의 오류Intentional Fallacy†가 득세하던 시대, 온통 정교하게 꾸며낸 강철 같은 도그마를 이용해 시 자체를 그 시를 만든 사람으로부터 철저하게 분리해 버린 시대에 말이다. 사실 과거의 로웰은 그 복잡한 가톨릭적 상징주의와 빽빽한 짜임새를 자랑하는 엘리엇-엘리자베스 시대풍 언어, 그리고 시행을 자신만의 독특한 리듬으로 재단해 내는 단호한 능력으로 신비평파의 총아가 되었던 인물이었다. 그러고 나서 10년에 가까운 침묵 끝에 그는 그 모든 것으로부터 등을 돌렸다. 상징은 자취를 감추었고, 언어는 정화되어 대화체로 변했으며, 주제는 집요하고도 고집스럽게 개인적인 것들만 택했다. 그는 정신병을 일으켰던 사람답게, 위험한 고비마다 나타나는 가족들의 유령에 시달리는 사람답게 썼다. 아무것도 회피하지 않고 썼다. 지난날 알렉산더 격

---

† 　20세기 중반 미국 신비평파가 창안한 단어. 문학 작품의 의미에는 작품 자체가 가진 의미와 작가가 작품에서 표현하려고 의도한 의미가 있는데, 이 둘을 구별하지 않으면 의도론의 오류에 빠질 수 있음을 경고하는 용어이다. 전자를 '실제의 의미'라 하고, 후자를 '의도로서의 의미'라고 한다.

시행을 자유자재로 구사하는 젊은 대가였던 그에게 남은 건 아직 그 누구도 따를 수 없는 기교와 독창성이었다. 로웰이라는, 자기 자신이라는 괴로운 존재를 회피하는 건 전보다 한층 더 힘들어졌지만, 이제 그는 거리낌 없이 말했다. 그리고 그런 방식은 신비평파가 주창한 모든 원칙에 위배되었다. 몰개성 대신 직접성이, 더할 나위 없이 훌륭하게 멋을 부린 정교함 대신 취약성이 들어섰다.

실비아는 그 모든 것들로부터, 무엇보다도 거대한 해방감을 끌어왔다. 흡사 로웰이 빗장 걸려 있던 문을 열어 준 것 같았다. 발전을 앞둔 결정적 순간에 이르자 더 이상 예전의 시적 습관에 갇혀 있을 이유가 없었다. 그녀는 자신이 기존에 써 놓은 시들이 세련되기는 했다고, 하지만 바로 그 세련됨을 더는 견디지 못하겠다고 생각했다. 너무 갑갑하게 느껴졌던 것이다.

그녀는 영국 문화원의 그 기자에게 말했다. "저는 이제 첫 번째 책 『거상』에 실린 시들을 크게 소리 내어 읽을 수가 없어요. 소리 내어 읽도록 쓴 게 아니었으니까요. 실은 지극히 개인적인 얘기입니다만, 전 거기 실린 시들이 지겨워요." 『거상』은 시 기술을 얻기 위한 그녀의 도제 수업이 다다른 극점이었다. 말하자면 『거상』으로 완료된 그녀의 기나긴 훈련은 이미 여덟 살 때에 시작된 뒤 대학 시절 선보인 시들——긴장될 정도로 팽팽히 펼쳐진, 맵시 있는 시들——을 통해 계속되어 온 것이었다. 그 시절에 쓴 모든 시는 말 하나하

나에 인색을 떨어 가며 마치 모자이크처럼 구축한 것
같았다. 그러나 그 모든 것은 이제 지난 일이 되었다.
성장한 그녀는 기존의 스타일 너머로 벗어났는데, 특
히 중요한 부분은 그녀가 이전까지 간접적이고 억제된
방식으로만 드러내던 인물상에서 벗어났다는 것이었
다. 이제부터는 힘들의 결합이 있었다. 어떤 힘은 의도
적으로 선택한 것이었고, 또 어떤 힘은 그녀를 위해 선
택된 것이었으며, 이 힘들의 결합에 이끌린 그녀는 실
제로 자신을 움직이는 그 힘들에 관하여 자신의 진정
한 중심이 말하는 것처럼 쓸 수 있는 경지에 이르렀다.
이제껏 오직 찬미만이 가능하도록 길들여졌던 세계와
는 동떨어진, 파괴적이고 격앙되고 귀찮고 성가신 한
세계에 관하여. 콜리지는 물었다. "단순한 연상 행위의
절정과 극치는 무엇인가? 착란 상태이다." 분명 지난
수년간 실비아는 형식이 지닌 미덕들과 거기 내재한
초연함을 받아들였고 그것을 추종했으며, 비트족 특유
의 자기 연민과 자기광고와 방종을 경원했었다. 그런
데 딱 알맞은 계기에 로웰의 『인생 연구』가 새로운 사
실을 그녀에게 입증해 보인 것이다. 자아의 폭력도 절
제 있고 정묘하게 쓸 수 있다고, 또한 냉정하면서도 틀
어막을 수 없을 만큼 강렬한 상상력을 이용해 쓸 수 있
다고 말이다.

내 추측으로는 바로 그런 이유로 그녀가 (나와는
그저 몇 번 얼핏 본 사이임에도 불구하고) 새로운 시들을
들고 맨 처음 내게로 온 것이 아닌가 싶다. 그녀의 『거

상』에 대한 나의 논평이 호의적이었고 『옵서버』로 하여금 그녀의 최근 작품들을 더 싣게 했다는 사실도 거기에 한몫 거들었을 것이다. 하지만 그런 요소들보다 더 중요한 역할을 한 것은 그 전해 봄 내가 편찬하여 펭귄에서 출판한 『새로운 시 *The New Poetry*』에 붙인 내 서문이었다. 그 서문에서 나는 영국 시인들이 오직 점잖음만을 신경과민적으로 편애하는 점을, 그리고 내적 생활과 현시대에 똑같이 내재해 있는 불안하고 파괴적인 실상들을 회피하고 있는 점을 공격했다. 그 서문이 그녀가 듣고 싶어 하는 얘기를 들려줬던 것이다. 그녀는 그 얘기를 자주 그리고 동조하는 뜻으로 언급했고, 자신이 그 책에 소개된 시인들 가운데 포함되지 못한 것을 서운해했다. (그녀의 작품이 다른 그 누구의 작품보다 더 훌륭하게 나의 논의를 입증했으므로, 나중에는 그녀도 그 책에 포함되었다. 그러나 책의 초판은 영국 시인들로만 한정돼 있었다. 두 명의 미국 노장 시인 로웰과 베리먼만이 예외였다. 그들이 전후 즉 엘리엇 이후의 시기를 향한 어떤 경향을 굳혔다고 생각했기 때문이다.) 그녀는 자신이 이제부터 해 나가려는 일을 누군가가 이미 비평적 사례로 다루어 놓았음을 알게 되었고, 어쩌면 그 사실로 인해 고민을 좀 덜 수 있었는지도 모르겠다. 혹은 조금 덜 외로워졌거나.

그래도 그녀는 애처로울 만큼 외로웠다. 그 쾌활한 거동은 외로움을 감추는 데 별 도움이 되지 못했다. 그녀의 시들은 강한 에너지를 갖고 있었지만, 그래도 그녀는 외로웠다. 그 무렵 나온 시들은 어느 면으로 보나 여러 가지 뜻을 지닌 묘한 작업이었다. 시 속에서 그녀는 침착하게, 시선을 회피하는 일 없이 자신의 개인적인 공포와 정면으로 맞섰지만, 그렇게 하는 데 수반되는 노력과 위험이 그녀에게 자극제와 비슷한 작용을 했다. 사정이 더욱 악화할수록 그녀는 그것에 대해 더 직접적으로 쓰게 되었고, 상상력도 더 풍요로워졌다. 재앙이란 그것이 마침내 닥쳐 왔을 때에는 결코 예상했던 것만큼 극심하지 않은 법이다. 그녀도 그와 같은 안도감을 갖고 글을 쓸 수 있었으며, 심지어 앞으로 다가올 공포에 미리 선수 치기 위해서인 양 쓰는 속도도 빨라졌다. 그녀는 어느 면에서는 이 공포야말로 자신이 살아오면서 내내 기다린 것이며, 지금처럼 그것이 당도한 상황에는 그것을 스스로 이용해야만 한다는 걸 알아차렸다. "파괴의 열정 또한 창조의 열정이다." 미하일 바쿠닌은 말했다. 그건 실비아에게도 들어맞는 말이었다. 그녀는 분노와 고통의 감각을 일종의 축제로 바꾸어 놓았다.

앞서 시사했듯 그녀가 지닌 냉정한 어조의 상당 부분은 그녀의 리얼리즘적 경향, 사실을 관찰하는 감각에 기인한 것이다. 몇 달이 흘러가는 동안 그녀의 시는 점차 더욱 극단적으로 변해 갔고, 모든 자질구레한 것들을 시로 변화시키는 재능도 꾸준히 자라, 마침내 그 최후의 몇 주일 동안에는 온갖 사소한 일들이 시를 위한 기회가 되었다. 손가락을 벤 일, 신열, 멍든 것까지, 단조로운 가정생활이 풍요롭고 거침없이 상상력과 융합했다. 예를 하나 들어 보자. 그 무렵에 그녀의 남편이 기묘한 방송극을 하나 만들었다. 그 방송극에서 주인공은 시내로 차를 몰고 가다가 산토끼 한 마리를 치어 죽이고는, 그 죽은 짐승을 5실링에 팔아서 그 피 묻은 돈으로 자기 여자에게 장미 두 송이를 사다 준다. 실비아는 이 방송극에 와락 달려들어 그 골자만을 똑 떼 내어, 자기 필요에 따라 그걸 해석하여 정리했다. 그 결과가 「온정Kindness」이라는 시인데, 이렇게 끝난다.

> 피의 분출은 시이다.
> 그건 막을 도리가 없다.
> 너는 내게 두 아이, 두 송이의 장미를
> 건넸다.

그야말로 막을 도리가 없었다. 그녀의 시는 어떤 이상하고도 강력한 렌즈 같은 역할을 했고, 일상생활은 그것을 투과한 뒤 놀랄 만큼 강렬한 모습으로 다시 나타났다. 어쩌면 글을 쓰는 행위 중에 꽤 자주 찾아드는 그 원기 덕분에 그녀는 자신이 세상 사람들을 향해 빠짐없이 내보이고 있는 미국인 특유의 그 밝은 측면을 계속 유지할 수 있었는지도 모른다. 그 시기에 그녀와 친했던 다른 사람들과 마찬가지로, 나는 그녀가 쓴 시들의 형적에도 불구하고 그 쾌활함을 믿기로 했다. 아니, 좀 더 정확히 말하자면, 그렇게 믿는 쪽이 좋다고 생각했지만 정말로 믿지는 않았다. 그러나 어쩔 수 있었겠는가? 나는 그녀에게 동정을 느꼈지만, 그녀는 그걸 원치 않는 게 분명했다. 쾌활함이 모든 동정을 앞질러 막아 버렸다. 그녀는 자기 시들은 그저 시일 뿐이라고, 실제 삶과는 상관없이 자율적으로 독립된 작품이라고 고집스레 주장했으며, 자기 시를 다른 방식으로 논의하는 건 완강히 거부했다. 만약 자살 기도가 어느 정신과 의사의 생각대로 도움을 청하는 외침이라면, 그렇다면 이 시기의 실비아는 자살 상태에 있지 않았다. 그녀가 원한 것은 도움이 아니라 확인이었다. 자신이 두 아이와 기저귀와 장보기와 창작으로 꽉 들어찬 일상생활에 썩 잘 대처하고 있음을 인정해 줄 누군가가 필요했던 것이다. 그리고 그보다 한결 더 필요했던 것은 자신의 시들이 잘 되어 가고 있으며 또 훌륭하다는 것을 확인하는 일이었다. 비록 로웰이 열어 준 문을 거쳐 나온 것이기는 했지만, 그녀는 이제 감히 따라오려는 사람들이 별로 많지 않은 유난히도 고독한 길을 따라 멀리까지 나와 있었던 것이다. 따라서 자신이 던진 메시지들이 뚜렷하고 힘차게 되돌아오고 있는지 확인한다는 건 의미심장한 일이었다. 그러나 그 단호하고 빛나는 독립적 행동마저 그녀로부터 마치 뜨거운 아지랑이처럼 거의 손에 잡힐 듯이 스며 나오는 외로움을 감춰 주지는 못했다. 그녀는 동정도 도움도 청하지 않았다. 남편을 잃은 여인이 초상을 치르는 날 밤

샘할 때처럼, 그녀는 단지 자신의 애도에 동석해 줄 사람을 원했을 따름이다. 그런 방식의 동참을 통해서, 그녀는 자신이 겪어 온 역경과 자기 내면이 제시하는 증거에도 불구하고 자신이 아직 존재하고 있음을 확인할 수 있었던 것 같다.

11월, 우울한 어느 오후에 그녀는 크게 흥분한 모습으로 내 작업실에 도착했다. 언제나처럼 그녀는, 썰렁한 거리를 터벅터벅 걸어 다니면서 의기소침한 채 그리고 얼마쯤은 그냥 하염없이 집 사냥을 하고 있었다고 한다. 그러던 그녀는 테드와 자신이 맨 처음 런던에 왔을 때 살았던 프림로즈 힐 부근의 광장으로부터 한 블록 떨어진 곳에 새로 단장한 어느 집 앞에 '세놓음'이라는 간판이 서 있는 걸 보았다. 콩나물시루처럼 초만원을 이루었던 그 지긋지긋한 시절에는 그런 집이 있다는 것 자체만도 무슨 기적 같은 일이었다. 그런데 더욱 의미심장하게도, 그 집에 붙은 푸른 장식 패가 한때 그 집에 예이츠가 살았음을 알리고 있었다. 그것은 그녀가 찾던 신호이고 확인이었다. 그해 여름에 그녀는 밸리리에 있는 예이츠 탑에 다녀왔는데, 한 친구에게 보낸 편지에서 그곳이 "세상에서 가장 아름답고 평화로운 곳"인 것 같다고 썼었다. 이제 그 위대한 시인과 공유할 수 있는 또 다른 예이츠 탑을, 그녀가 런던에서 가장 좋아하는 구역 안에서 발견할 가능성이 생긴 것이다. 중개인한테 황급히 달려가 보니, 정말 그랬을 성싶지는 않지만, 어쨌든 그녀가 그 집에 관해 문의한 최초의 사람이었다. 그건 또 하나의 신호였다. 집세가 경제적 여력에 부치긴 했지만, 그 자리에서 5년간 임대 계약을 맺었다. 그러고 나서 그녀는 어둡고 바람 부는 프림로즈 힐을 건너, 내게 그 소식을 들려주러 왔던 것이다.

그녀가 그토록 흥분했던 것은 단순히 집을 마침내 구했다는 것 때문이 아니었다. 그 장소와 그곳에 연관된 사실들이 무언가 미리 운명 지워진 것처럼 보였기 때문이다. 정도는 서로 다르지만, 그녀와 남편은 둘 다 비교(秘敎)를 믿는 것 같았다. 예술가로서 그럴 수밖에 없었으리라 생각되는데, 왜냐하면 둘 다 깊숙이 파묻힌 불안한 자아를 대신해 줄 목소리를 찾는 데 열중해 있었기 때문이다. 하지만 내 생각에 그들의 그러한 비교적(秘敎的) 믿음에는 그 이상의 무엇이 있었던 것 같다. 테드는 언젠가 "그녀의 영매적 기질은 거의 언제나 너무도 강렬하게 나타나기 때문에, 그녀는 자주 그것들을 떨쳐 버리고 싶어 했다"고 썼다. 그 기질이란 그저 모든 상황의 속 내용 즉 말해지지 않은 것들을 알아채는 그녀의 시인다운 재주일 수도 있고, 더 깊이 보자면 자신의 무의식에 더욱 수월하게, 본능적으로 접근하는 능력이었을 수도 있다. 두 사람 모두 점성술이나 꿈, 마술에 관해 꽤 자주 얘길 했지만——그것들이 우연히 호기심을 불러일으키는 수준을 넘어선다는 뜻이 은연중에 내비칠 정도였다——나는 둘의 태도가 근본적으로는 서로 완연히 다르다는 인상을 받았다. 테드는 자신이 한 말들을 끝까지 애써 비웃고 또 자신이 떠벌린 주장들을 일축해 버리곤 했음에도, 거기에는 언제나 그가 어떤 원시적 영역과 접촉하고 있는 듯한, 뭐랄까 그 젊은 문학인과는 아무런 상관도 없는 자아의 어떤 어두운 측면과 접촉하는 듯한 느낌이 있었다. 그건 결국 그의 시들이 가진 속성이었다. 즉 그것은 동물의 삶과 자신의 자아, 그 둘이 똑같이 지닌, 혹은 자아의 짐승다움이 지닌 폭력에 관한 직접적이고 육체적인 불안이었다. 그것은 또한 그의 신체적 풍모가 지닌 속성, 즉 그 민첩하고 간단명료한 거동 밑에 숨어 있는 불안이라는 특질이기도 했다. 학식과 세련됨과 장인적 기교에도 불구하고, 그는 한 번도 올바른 문명의 세례를 받지 못했거나 문명의 세례라는 것을 제대로 신뢰한 적이 없는 것 같았다. 문명이란 그저 편의를 위해 그가 냉소적으로 견뎌 내고 있는 겉껍질에 불과했다. 그래서 점성술, 원시 종교, 마술 등에 관한 그 모든 얘기는 (그가 아무리 아이로니컬하게 얘기하더라도) 테드 자신이 소유하고 있음을 스스로 인지했던 창조적 힘, 진동하되 불분명한 형태를 띤 그 창조적 힘에 관한 일종의 은유였다. 그렇기 때문에 점성술이나 마술 같은 모호한 화제들은 그에게 있어 직접성을 가진 소재가 되었고, 그 직접성을 통해 단순한 도락을 뛰어넘는 무언가로 변모했던 것이다. 어쩌면 내가 설명하고 있는 이 모든 것들은 그저 천재의 특질일 뿐인지도 모른다. 그러나 그것은 전통적인 낭만주의적 개념의 천재라는

말과는 별 상관없다. 말하자면 셸리의 빈틈 없는 초월
적 세계관이나, 그 못지않게 빈틈없는 바이런의 (그 자
신의 생애에 대한) 드라마 의식과는 별로 연관이 없다
는 말이다. 물론 테드 역시 대부분의 요크셔 지방 사람
들처럼 빈틈없고 실리적인 사람이며, 마지못해 억지로
속아 주는 사람이며, 문학이라는 기계의 이상음을 식
별해 내는 데 있어서는 레이싱 카 정비공 같은 민감한
귀를 가진 사람이다. 그러나 그는 역시 기묘하리만치
완전한 기인이었다. 그의 반응은 예측할 수 없었고, 준
거 기준은 독특했다. 이러한 유형에 속하는 천재의 가
장 극단적인 실례는 윌리엄 블레이크였을 것이다. 천
재 중 많은 이들, 어쩌면 그들 중 거의 대부분은 세계
를 전위시키는 능력이나 세계로 인해 전위된 능력을
가지고 있지는 않았다. 예를 들면 T. S. 엘리엇, 폴란드
시인인 즈비그니에프 헤르베르트†, 존 던‡, 존 키츠 등
은 모두 창조적 지성과 의식을 갖췄지만, 그것들은 본
질적으로 그들의 일상 세계 현실과 아무런 불화를 일
으키지 않았던 것 같다. 오히려 그들의 특수한 재능은
자신이 받아들이게 된 세계의 의미를 명백하게 밝히고

---

†   Zbigniew Herbert, 1924~1998. 1956년 폴란드의 정치적 긴장
     완화 이후에 나타난 시인으로, 초기의 역사적·신화적 주제
     로부터 후기에는 개인적 주제로 전향했다.

‡   John Donne, 1572~1631. 영국의 형이상학파 시인. 이후 4장
     에서 그에 대해 자세히 다룬다.

강화하는 재능이었다.

실비아는 내 생각으로는 이 후자 쪽에 속하는 것 같다. 그녀의 강렬함은 어딘가 도회지 풍이었고, 절규의 순간으로 육박해 가는 듯한 신경과민이 담겨 있었다. 그것은 또한 그 나름대로 테드의 그것보다 훨씬 지적이었다. 그녀의 천재성은 그녀가 대학생일 때 지녔던 맹렬함, 즉 뛰어난 성적을 거두며, 손쉽게, 굶주린 듯이, 하나하나 시험을 통과하며 공부하던 맹렬함에 속하는 것이었다. 바로 그 맹렬함으로 그녀는 두 아이와 승마와 벌 키우는 일과 심지어는 요리에까지 자신을 몰입시켰다. 모든 일을 훌륭하게 그리고 완벽하게 해내야만 했다.

그녀가 비교에 관심을 기울인 것 역시 마찬가지로 이해할 수 있다. 그녀의 남편이 비교에 관심을── 어떤 분명찮은 개인적인 이유에서든지 간에 ── 기울였으므로, 그녀 역시 십중팔구는 남편을 능가하고자 하는 욕구에서 그 속으로 몰입했던 것이다. 때마침 타고난 재능이 엄청났던 까닭에 그녀는 자신이 영매적 기질을 가졌음을 발견했다. 의심할 바 없이 그러한 몰입에서 나온 결과들은 진짜였으며 섬뜩하기까지 한 것이었지만, 내 생각에 그것은 오히려 가상의 심령체에 대한 정신의 승리였던 것 같다. 시에서도 바로 그와 똑같았다. 말하자면 테드의 시들은 위협과 폭력의 느낌을 직접적으로 그리고 반박할 수 없도록 표현함으로써 그 효과를 얻는다. 반면에 실비아의 시 속에서는 그러한 표현이——비록 표현 자체는 테드보다 강렬한 때가 많지만——그 대상을 이해하고자 하는 강박적인 욕구의 부산물로서 나온 것이다.

1962년 크리스마스이브에 실비아가 내게 전화를 했다. 그녀와 두 아이가 마침내 새 집에 자리 잡았으니, 그날 저녁에 한번 들러서 새 집도 구경하고 식사도 하면서 새로 쓴 시들을 들어 줄 수 없겠느냐는 것이었다. 공교롭게도 그렇게 할 수가 없었는데, 그녀가 이사 간 곳에서 몇 블록 떨어진 곳에 사는 친구들로부터 이미 저녁 초대를 받아 놓았기 때문이었다. 나는 그리로 가는 도중에 한잔하러 들르겠다고 말했다.

　　그녀는 달라진 것 같았다. 전에는 늘 교사처럼 한 타래로 단단하게 묶어 놓았던 머리칼이 풀어져 있었다. 텐트처럼 허리까지 곧장 늘어진 머리칼이 그녀의 창백한 얼굴과, 또 기다랗게 야윈 모습과 어우러져 기이하리만큼 황량하고 넋 나간 듯한 분위기를 자아냈다. 그녀는 스스로의 제식(祭式)에 의해 혼이 완전히 빠져나간 무당 같았다. 그녀가 나를 앞서 현관 복도를 걸어가 계단으로 올라갈 때——그녀는 그 집 맨 위의 두 층을 쓰고 있었다——그녀의 머리칼은 강렬한 냄새를, 짐승의 그것처럼 자극적인 냄새를 내뿜었다. 위층에선 아이들이 이미 잠자리에 들어 있었고 집은 고요했다. 새로 하얗게 페인트를 칠한 탓에 썰렁해 보였다. 내 기억으로, 그곳엔 아직 커튼이 걷히지 않은 채였고 밤이 창문을 싸늘하게 짓누르고 있었다. 그녀는 일부러 그곳에 아무런 가구도 놓지 않았다. 바닥에는 골풀로 만든 다다미, 선반에 얹힌 책 몇 권과 빅토리아 시대풍 소품 몇 점, 구름무늬가 든 푸르스름한 유리잔, 그리고 레온 바스킨의 목판화 두 개가 전부였다. 그곳은 간소하고 벌거벗겨진 대로나마 조금 아름다웠지만, 춥디추웠다. 허접쓰레기처럼 볼품없는 크리스마스 장식이 그곳을 이중으로 버림받은 것처럼 보이게 만들었다. 그 방의 하나하나가, 그녀와 두 아이들이 크리스마스 기간 내내 외롭게 버려져 있으리라고 되풀이해 말하고 있는 듯했다. 행복하지 못한 사람들에게 크리스마스는 언제나 지독한 사기이다. 사방에서 쳐들어오는 그 끔찍한 거짓 쾌활함과 친절과 평안, 가족 간의 즐거움을 외치는 떠들썩한 소리들이 외로움과 우울을 더욱 견디기 힘들게 만든다. 그녀가 그토록 긴장한 모습을 본 것은 처음이었다.

우리는 함께 와인을 마셨고, 언제나처럼 그녀는 내게 자신의 시를 읽어 주었다. 그중 하나가 「죽음 주식회사Death & Co.」였다. 이번엔 그 의미를 놓치려야 놓칠 수가 없었다. 이전에 그녀가 죽음에 관해 썼을 때 그것은 뭔가 살아 넘긴 것, 혹은 심지어는 이미 뛰어넘은 것이었다. 그래서 「라자루스 부인」은 부활과 위협으로 끝나며, 「아빠」에서는 이를 드러내고 싱긋 웃으며 어서 오라고 손짓하는 그 인물에게서 간신히 도망치면서 "아빠 아빠, 이 개새끼야, 이젠 전화 끊는다"라고 말한다. 어쩌면 그것 —— 도약, 도주, 물리침 —— 으로부터 그녀의 시들이 지닌 에너지가, 모든 것에 거역하는 섬뜩한 쾌감이, 그 거리낄 바 없음이 나온 것인지도 모른다. 그런데 이제는 시가 정말 흑마술 같은 것이 되어버린 듯했다. 그녀가 그토록 자주 그리고 오직 의기양양하게 물리쳐 버리기 위해 불러냈던 그 인물이 그녀 앞에 나타난 것이었다. 예전처럼 거부할 수 없는 최후의 모습으로, 음습하게. 그 인물은 언제나처럼 두 가지 모습으로 동시에 나타났다. 하나는 그녀의 아버지처럼 나이 들고 가차 없는 막 죽은 자의 모습이었고, 다른 하나는 그보다 젊고 더 매혹적인, 그녀 스스로 선택한 그녀 세대의 사람이었다.[†] 이번엔 그녀가 빠져나갈 길이 없었다. 그녀는 그저 그대로 가만히 앉은 채, 그들이 자신을 알아채지 못했으리라 믿는 수밖에 없었다.

나는 옴짝하지 않는다.
서리가 꽃이 된다.

[†]   BBC 방송을 위해 썼던 그 시에 관한 시작 메모에서 그녀는 이렇게 말했다. "이 시(「죽음 주식회사」)는, 죽음의 이중적 혹은 조현병적 본질에 관한 시입니다. 말하자면 블레이크의 데드마스크와도 같은 대리석처럼 단단한 차가움과, 뭐랄까, 벌레나 물, 다른 분해자들과 같은 섬뜩한 물컹거림이 동시에 한 쌍을 이루고 있습니다. 나는 죽음의 이 두 양상을, 나를 부르러 온 두 남자, 두 사업 친구로 생각했습니다." (원주)

이슬이 별이 된다.
죽음의 종이 울린다.
죽음의 종이 울린다.

누군가의 목숨이 끝났다.

어쩌면 그 종은 그녀가 아닌 다른 '누구'를 위하여 울리고 있었는지도 모른다. 그러나 그녀는 그렇게 믿으려 하지 않는 것 같았다.

무슨 말을 해야 좋을지 알 수 없었다. 그녀의 이전 시들은 모두 제 나름대로, 그녀가 그 누구의 도움도 원치 않는다고 주장했었다. 하지만 내가 돌연 깨달은 사실은, 아마도, 그러한 주장들은 누군가 자발적으로 힘써 주기만 한다면 그녀가 그 도움을 받아들일 수도 있다고 말하기 위한 것이었다는 점이었다. 그러나 이제 그녀는 아무도 닿을 수 없는 곳에 있었다. 맨 처음에 그녀가 그 공포감들을 불러내었던 것은, 한편으로는 그것들을 추방하려는 희망에서였고 또 한편으로는 자신은 전능하며 난공불락이라는 것을 과시하기 위해서였다. 그런데 지금 그녀는 그 공포감에 포위되어 있었다. 그녀는 자신에게 방어할 길이 없음을 스스로 알았다.

"발가벗은, 녹청 빛 콘도르(The nude, Verdigris of the condor)"라는 구절을 두고 공허한 말씨름을 벌였던 일이 생각난다. 나는 그게 너무 과장되었고 병적이라고 말했다. 그와 반대로 그녀는 콘도르의 두 다리가 정말 꼭 그렇게 보인다고 반박했다. 물론 그녀의 말이 옳았다. 나는 그저 그녀의 긴장을 누그러뜨리고 그녀만의 개인적인 공포로부터 마음을 잠시나마 돌리게 하려고 헛되이 노력하고 있었던 것이다. 그게 논쟁이나 문학 비평으로 해 낼 수 있는 일이기나 했겠는가! 그녀는 분명, 내가 어리석고 감수성도 없는 사람이라고 느꼈으리라. 실제로도 그랬고 말이다. 그러나 만일 내가 그녀를 다른 식으로 대했더라면, 거기에는 내가 원치 않는, 심지어 우울증에 빠져 있던 나로서는 애초에 감당조차 할 수 없는 책임들을 스스로 떠안겠다는 뜻이 담겨 있었을 것이다. 저녁 초대에 가기 위해 여덟 시경 그 집을 떠날 때, 나는 최후의, 결정적인, 용서할 수 없는 방법으로 내가 그녀를 쓰러뜨렸음을 알게 되었다. 그 이후 다시는 살아 있는 그녀를 보지 못했다.

이루 말할 수 없는 겨울이었다. 150년 만의 혹한이라고들 했다. 크리스마스 직후에 내리기 시작한 눈이 도통 멈추려 들지 않았다. 새해가 되었을 무렵엔 전국이 눈 더미에 뒤덮이면서 교통이 두절되었다. 기차들은 철로 위에서 얼어붙었고 버려진 트럭들이 도로 위에서 얼어붙었다. 별 소용도 없는 애처로운 전열기 수백만 개 때문에 과부하에 걸린 발전소는 끊임없이 정전되었다. 그러나 그 정전은 전열기 탓이 아니었다. 전기 기사들이 파업으로 대부분 자리를 비웠기 때문이었다. 수도 파이프가 꽝꽝 얼어붙었다. 목욕을 하려면 미리 책략을 써서 중앙난방식 집에 사는 몇 안 되는 친구들한테 아첨을 떨어야 했지만, 사태가 몇 주일이고 지리하게 계속됨에 따라 그런 친구들은 점점 더 찾기 드물어졌고 점점 더 불친절해졌다. 접시 닦는 일이 중요한 작업이 되었다. 낡아빠진 수도관에서 물이 주르륵거리는 소리가 만돌린 소리보다 더 달콤하게 들렸다. 설상가상으로 수도관 부설공을 부르는 일은 훈제 연어 요리보다 비용이 많이 들었고, 그나마 구하기도 힘들었다. 가스가 끊겨서 일요일의 고기 요리가 설익었다. 전깃불이 끊겼고, 물론 초는 구할 수도 없었다. 신경이 끊겼고, 결혼 생활이 산산조각으로 무너졌다. 최후로 마음이 끊겼다. 추위는 영영 끝나지 않을 것 같았다. 지겨워, 지겨워, 지겨워.

12월에 『옵서버』는 시집에 오래 묶이지 않았던 실비아의 시 「사건」을 실었다. 1월 중순엔 그녀의 또 다른 시 「겨울나무들」을 실었다. 실비아는 그 시에 관해 내게 짧은 편지를 써 보내면서, 어쩌면 함께 우리의 아이들을 동물원에 데려가야겠다고, 가서 내게 그 '발가벗은 녹청 빛의 콘도르'를 보여 주겠다고 덧붙였다. 그러나 그녀는 다시는 시를 들고 내 작업실에 들르지 않았다. 그달 더 늦게, 나는 한 유명한 주간지의 문학 담당 편집자를 만났다. 그가 내게 혹시 최근에 실비아를 보았느냐고 물었다.

"못 봤는데요. 왜요?"

"그냥 궁금해서 그랬죠. 그녀가 우리한테 시를 좀

보내왔었습니다. 무척 묘한 시들이더군요."

"시들이 마음에 듭니까?"

"아뇨." 그가 대답했다. "내 취향에는 너무 극단적인 시들이었어요. 그것들을 모두 되돌려 보냈습니다. 그런데 그녀가 좋지 않은 상태에 있는 것같이 느껴지더군요. 도움이 필요한 듯했습니다."

민감하고, 언제나 과로 중인 그녀의 담당 의사 역시 똑같이 생각했다. 의사는 그녀에게 진정제를 처방해 준 뒤 심리치료사를 만나 보도록 주선해 주었다. 전에 한번 미국 정신의학계에 된통 당한 적이 있었던 그녀는 심리치료사와 만날 약속을 하기 위해 편지 쓰는 걸 한참 망설였다. 그러나 우울이 끝내 걷히지 않자 마침내 그 편지를 보냈다. 아무 소용이 없었다. 그녀의 편지 혹은 상담 시간을 정하는 심리치료사의 편지 중 하나가 길을 잃었기 때문이다. 우편배달부가 그것을 틀린 주소에 배달했던 것이다. 심리치료사의 답신은 그녀가 죽은 후 하루인가 이틀 뒤에 도착했다. 이것이 그녀의 죽음으로 귀착되는 연쇄 고리, 예기찮은 우연과 동시 발생과 실수로 이어져 있는 연쇄 고리 중 하나였다.

내가 들어서 아는 사실들에 비추어 아직도 확신하는 부분은, 그녀가 이번에는 정말 죽으려고 하지는 않았다는 것이다. 그녀의 10년 전 자살 기도는 어느 모로 보나 죽음을 유발할 만큼 심각한 것이었다. 그녀는 수면제를 누가 훔쳐 간 것처럼 세심하게 위장하고, 종적이 드러나지 않게끔 갈피를 못 잡게 만드는 짧은 편지를 남겨 놓고서, 지하실에서 가장 컴컴하고 쓰이지 않는 구석에 숨었다. 그러고는 들어오느라 흐트러뜨렸던 묵은 장작더미들을 뒤에서 도로 정리해 놓은 뒤 가장 아래에 있는 광에 마치 해골처럼 틀어박혔다. 이어서 한 병에 든 수면제 50알을 전부 삼켰다. 그녀는 뒤늦게, 그것도 우연히 발견되었고, 기적적으로 간신히 살아났다. 그녀 속 생명의 흐름은 그녀가 그것에게 가한 폭력에도 불구하고 너무도 강했다. 방금 말한 표현은 그녀가 『벨 자』에서 이 사건을 언급하면서 직접 서술했던 것이다. 그게 거짓이라고 생각할 이유는 없다. 따라서 그녀는 성공적으로 자살하기 위한 조건들을 힘들여 배워야 했다. 말하자면, 사소한 일들까지 강박에 가까울 정도의 주의력을 기울여 위장함으로써 그 위장과 절망감 사이의 균형을 유지해야 했다. 그래야만 자살에 성공할 수 있을 터였다.

이러한 점들에 비추어 볼 때, 그녀는 최후의 자살 기도가 성공하지 못하도록 배려해 놓았던 것 같다. 그러나 이번에는 그녀를 파멸시키기 위해 모든 것이 공모했다. 한 직업소개소에서 실비아가 작업을 계속하는 동안 아이들과 집안일을 돌봐 줄 가사 도우미를 구해 놨었다. 호주 사람인 그 소녀는 2월 11일 월요일 아침 9시에 도착하기로 되어 있었다. 그러는 사이, 자주 재발하는 골칫거리인 충치 상태가 나빠졌고, 그녀가 사는 새로 개조한 층 내의 파이프들이 꽁꽁 얼어붙었다. 심리치료사로부터는 아직 전화나 기별이 없었다. 날씨는 그대로 여전히 끔찍스러웠다. 병, 외로움, 우울 그리고 추위, 거기에 보채는 두 어린 것들까지. 그녀는 너무도 견디기 힘들었다. 주말이 되자 그녀는 런던의 다른 지역에 사는 친구들 집에 묵으려고 아이들과 함께 집을 나왔다. 내 생각에는, 애초에는 월요일 아침 일찍 친구 집을 떠나 집으로 돌아와 가사 도우미를 맞이할 계획이었던 것 같다. 그런데 불현듯 실비아는 일요일에 돌아가겠다고 결정을 내렸다. 친구들이 반대했지만 그녀는 계속 우겼고, 그러면서 쾌활함을 가장하는 그 노련한 장기를 펼쳐 보였다. 그녀는 전에 얼마동안 그랬던 것보다 더 쾌활하게 굴었다. 그래서 친구들은 그녀를 보내 줬다. 그날 밤 11시경 그녀는 아래층에 사는 늙은 화가의 방문을 두드리면서 우표를 좀 빌려 달라고 부탁했다. 그녀는 바로 돌아가지 않고 문간에서 서성거리며 얘기를 나눴고, 결국 화가가 '나는 아침 9시가 되기 전에 잘 일어난다'는 얘기까지 꺼내야 할 지경이 되었다. 그제야 그녀는 잘 자라고 말하면서 위층으로 되돌아갔다.

그녀가 어떠한 불면의 밤을 보냈는지, 혹은 시라도 썼는지 그건 아무도 모를 일이다. 분명 그녀는 생애 최후의 날들에 해당하는 그 며칠 동안 자신의 가장 아름다운 시들 중 하나인 「가장자리」를 썼는데, 그건 구체적으로 자신이 이제 막 수행하고자 하는 행위를 두고 쓴 시였다.

여인은 완성되었다.
그녀의 죽은

몸뚱어리는 성취의 미소를 걸치고 있다.
어느 그리스인의 숙명의 환상이

그녀가 입은 주름 잡힌 토가 속에
흘러내리고
그녀의 맨발이
말하고 있는 듯하다.
자, 우리, 멀리도 왔구나. 이젠 끝났다.

똘똘 감긴, 죽은 아이들은 하나씩의
하얀 뱀,
이제는 비어 버린 자그마한

우유 주전자 옆에 하나씩.
그녀는 그 죽은 아이들을 되접어

자신의 몸뚱어리 속에 집어넣는다.
흡사, 뜨락이 빳빳해지고 밤꽃들의
달콤하고

깊숙한 목구멍으로부터 향기들이 피
흘리며 나올 때

장미가 그 꽃잎을 하나씩 하나씩
닫듯이.

뼈의 두건을 쓰고 내려다보는 달은
하나도 서러울 게 없다.

달은 이런 일에는 익숙해 있으므로
달의 검은 상복이 소리를 내며 질질
끌린다.

이것은 자기 연민은 추호도 섞이지 않은, 크나큰 안식
과 체념에 관한 시다. 무시무시할 정도로 가까이 다가
선 문제를 눈앞에 두고도, 그녀는 여전히 예술가라는
위치를 지키며 실제적인 과제에 몰두하고 있다. 각 이
미지가 저마다의 소리 없는 충만한 생명을 발현하도
록 이끄는 일에만 전념하는 것이다. 그녀가 자기 죽음
에 관하여 쓰고 있다는 사실이 오히려 이 시와 어울리
지 않는 것처럼 보일 정도이다. 또 다른 시 「말」을 보
자. 마찬가지로 후기작으로 꼽히는 이 작품 역시 인생
의 혼란이 사라진 뒤 언어만이 남아 메아리치는 상태
를 다루고 있고, 「가장자리」의 경우와 똑같은 투명한
고요함을 머금었다. 이 시들이 그녀가 마지막으로 쓴
작품이 맞다면, 내 생각에 분명 그녀는 여태껏 자기가
살아온 삶이 지니고 있던 논리를 받아들이고 거기 내
재한 무시무시한 필연성과 화해했던 것 같다.

새벽 6시경 그녀는 아이들 방으로 올라가, 가사
도우미가 도착하기 전에 아이들이 깨어나 배고파할까
봐 버터 바른 빵과 우유 두 잔을 접시에 놓고 나왔다.
그리고 나서 그녀는 부엌으로 다시 돌아가, 수건으로
문틈과 창틈을 한껏 꼭꼭 봉하고서 오븐을 열고 머리
를 눕히고 가스를 틀었다.

호주 소녀는 오전 9시에 정확히 도착했다. 그녀는
오랫동안 벨을 울리고 문을 두드렸지만 아무 응답도
받지 못했다. 그녀는 직업소개소에 전화를 걸기 위해
공중전화 박스를 찾아 나섰다. 하필 그때 현관의 초인
종에 실비아의 이름이 쓰여 있지 않았으므로, 그녀는
자기가 받은 주소가 맞는지 확인하고 싶었던 것이다.
만약 이때 모든 게 '정상적'으로 돌아갔다면 상황은 나
빠지지 않았을 터였다. 아래층 남자가 이미 일어나 있
었을 터였고, 설사 그가 늦잠을 잤다 하더라도 누군가
가 정문을 두드리는 소리를 듣고 잠에서 깼을 터였다.
그런데 공교롭게도 아래층 남자는 귀가 어두웠고 잘
때는 보청기를 끼지 않았다. 하지만 그보다 더 중대한
사실이 있었다. 그의 침실이 실비아의 부엌 바로 아래
에 있었다는 것이다. 위층에서 새어 내려온 가스가 그
를 기절시켰다. 호주 소녀는 다시 돌아와 애써 보았지
만, 여전히 집에 들어가지 못했다. 또다시 직업소개소
에 전화를 건 그녀는 어떻게 해야겠느냐고 물었다. 직
업소개소는 그녀더러 다시 집에 가 보라고 말했다. 11
시경이었다. 이번에는 운이 좋았다. 얼어붙은 집 전체

를 손보기 위해 도착한 건축업자 몇 명이 그녀를 집 안으로 들여보내 주었다. 그녀는 집 안으로 들어가 실비아가 사는 층의 문간을 두드렸지만, 아무런 응답도 없고 가스 냄새만 진동했다. 건축업자들이 잠긴 문을 강제로 떠밀고 들어가 보니 실비아가 부엌에 뻗어 있었다. 그녀는 아직 따뜻했다. 그녀가 남겨 둔 메모에는 "의사를 불러 주세요"라고 적혀 있었고, 그 의사의 전화번호도 함께 쓰여 있었다. 그러나 너무 늦었다.

모든 게 예정대로만 되었더라면, 아래층 남자가 소녀에게 문을 열어 주지 못할 정도로 가스에 중독되지만 않았더라면, 실비아는 분명 구출되었을 것이다. 나는 그녀도 그렇게 되길 바랐으리라 생각한다. 그렇지 않다면 무엇 때문에 의사의 전화번호를 남겨 놓았겠는가? 이번에는 10년 전의 경우와는 달리 그녀를 삶에 붙들어 매는 것들이 너무 많았다. 무엇보다도 두 아이가 있었다. 그토록 열성적인 어머니인 그녀가, 스스로 아이들을 잃거나 혹은 아이들이 엄마를 잃게 되길 원했을 리는 없다. 또한 당시 그녀는 자신이 엄청난 창조의 힘을 가졌음을 분명히 알고 있었다. 청하지 않았는데도 날마다, 막을 수 없을 정도로 시들이 쏟아져 나왔다. 그리고 한편으로는 드디어 망설이는 마음 없이 소설 작업에 매달릴 수 있게 되었다.

그렇다면 왜, 그녀는 스스로 목숨을 끊었을까? 어느 면에서 그것은 치명적으로 불발된 '도와달라는 외침'

이었다고 나는 생각한다. 또한 그것은 그녀가 자기 시들 속에 불러 모았던 죽음을 추방하기 위해 마지막으로 펼친 필사적인 시도이기도 했다. 이미 앞서 주장했듯, 그녀가 죽음에 관해 그토록 강박적으로 쓰기 시작했던 것은 두 가지 이유 때문인 듯하다. 첫째, 자의였든 아니든 남편과 별거하게 된 그녀는 어릴 적 아버지가 죽었을 때 느꼈던 기분을, 그 버림받은 듯한 감정을, 그 사무치는 슬픔과 상실감을 또다시 겪게 되었다. 둘째, 그녀는 지난여름 겪었던 자동차 충돌 사고가 자신을 해방했다고 생각했던 것 같다. 말하자면 이제 자신은 마땅히 치러야 할 빚을 치르고도 살아남은 자로서의 자격을 얻었으니, 이제 거기에 대해 쓸 수 있다고 생각한 모양이었다. 그러나 내가 다른 어디에선가 썼듯이, 예술가의 창조 행위가 반드시 그를 회복시키는 데 도움이 된다고 볼 수는 없다. 즉 예술가가 자신의 환상을 표현한다고 해서 그 환상으로부터 자동적으로 해방되는 건 아니다. 창조라는 행위에 내재한 어떤 기이한 논리에 따르면, '형식을 빌려 표현하기'라는 방법론은 예술가가 저 심연에서 끌어올린 소재들에서 벗어나기는커녕 거기에 더 가까이 다가가도록 도와주는 장치일 수 있다. 그런 소재들을 자기 작품 속에서 다룬 결과, 어쩌면 그 예술가는 자신이 그것을 끝까지 살아냈다는 기분을 느끼게 될 것이다. 요컨대, 예술가의 세계에서는 때로 자연이 예술을 모방한다. 혹은 상투적인 문구를 바꿔 말하자면, 예술가는 자연을 향해 거울을 처듦으로써 자신이 누구이며 어떤 존재인가를 알게 되지만, 그 앎이 예술가를 영영 변형시켜 버릴 수도 있다. 그는 자신이 비추어 내던 이미지로 변해 버리는 것이다. 나는 실비아가 어떤 식으로든 그 점을 의식했으리라 생각한다. BBC 방송에서 「아빠」를 소개하기 위해 쓴 짧은 글에서 그녀는 그 시 속의 화자에 관해 말했다. "주인공은 그 무시무시한 작은 알레고리를 다시 한번 실제로 행해야만 이 비로소 그것으로부터 자유로워질 수 있습니다." 문제의 알레고리란, 그녀가 본 대로 그녀 내부의 한 환상인 '나치 아버지와 유대인 어머니' 사이에서 벌어지는 투쟁이다. 하지만 어쩌면 그녀 자신이 악마에 썰 여자처럼 죽은 아버지를 자기 몸 안에 품고 있다(그 시 속에서 실제로 그녀는 아버지를 흡혈귀라고 부른다)는 환상 역시 그 알레고리에 해당할 것이다. 그녀가 아버지로부터 벗어나기 위해서는, 호리병에서 지니를 풀어 내놓듯 그를 방출해야만 했다.

그리고 그 방출이야말로 바로 시가 그녀를 대신해서 해 주었던 일이다. 시가 그녀의 내부에 갇힌 죽음을 구체화해 내놓았던 것이다. 그것도 몹시 생생하고 창조적인 방법으로. 죽음에 관하여 쓰면 쓸수록 그녀의 상상 세계는 더 강렬해지고 풍요로워졌다. 그리고 그것이 그녀에게 살아야 할 모든 이유를 주었다.

그녀가 결국에는 그 주제를 마지막으로 딱 한 번만 다루려 했던 게 아닌가 싶다. 그녀가 찾을 수 있던 유일한 방법은 '그 무시무시한 작은 알레고리를 다시 한번 실제로 행하는' 길뿐이었다. 그녀에겐 언제나 도박사 같은 면모가 있었고, 그래서 되든 안 되든 모험을 하는 버릇이 있었다. 그녀의 시가 가진 탁월함도 얼마간은 영감을 따라 미노타우로스의 소굴까지 곧장 내려가 버리는 그 대담한 고집에서 연유한 것이었다. 그러한 정신적 용기는 육체적 오만함 및 무모함과 짝을 이루었다. 그녀는 모험을 무서워하지 않았다. 오히려 그것이 자극적이란 사실을 발견했다. 프로이트는 이렇게 썼다. "산다는 게임에서 가장 큰 판돈인 삶 자체가 걸려 있지 않을 때엔 삶의 흥미가 줄어든다." 실비아는 거기에 도박을 걸었던 것이다. 어쨌거나 승산이 자기에게 있음이 이미 드러났으므로, 아마도 우울 속에서, 이기든 지든 크게 상관없다는 생각으로, 그녀는 최후의 내기를 걸었다. 계산은 빗나갔고 그녀는 졌다.

　그것은 실수였다. 그런데 그리고 그것으로부터, 한 신화 전체가 자라났다. 나는 그 신화가 그녀의 마음에 들었으리라고는 생각지 않는다. 왜냐하면 그것은 시인을 하나의 희생 제물로 보는 신화이기 때문이다. 뮤즈의 손에 의해 갖가지 괴로움을 거친 뒤 그 최후의 제단으로 끌려가 자신의 예술을 위해 스스로를 바치는 신화 말이다. 그런 식으로 보면 그녀의 자살 자체가 그 일화 전체의 주안점이 된다. 또한 그 자살 자체가 그녀의 시를 확인시켜 주며 거기에 흥미를 더하고 그녀의 진지함을 증명하는 행위가 된다. 그리하여 사람들은 『타임』이 장황하게 그녀를 대서특필했던 것과 거의 다름

없는 기분으로 그녀의 작품에 이끌려간다. 말하자면 시 자체 때문이 아니라 가십과도 같은 것 즉 문학 외적인 '인간적 관심' 때문에 말이다. 하지만 자살이 그녀의 시에 실제로 보태 준 건 하나도 없다. 또한 그와 마찬가지로, 그녀를 무저항의 희생 제물로 보는 '실비아 신화' 역시 실비아라는 실제 여성에 대한 철저한 왜곡이었다. 그 신화는 그녀의 생동감, 지적 욕구, 거친 위트, 위대한 상상력을 불러일으키는 내적 자원, 맹렬한 감정, 절제를 간과한다. 무엇보다도 그것은 불행을 예술로 바꿔 놓을 수 있었던 그녀의 용기를 간과한다. 내가 유감스러워하는 건 실비아 플라스 신화라는 게 존재한다는 사실 자체가 아니다. 유감스러운 건 그 신화가 부주의와 실수로 인해 너무 이른 죽음을 맞은, 한 대단한 재능을 가진 시인과는 전혀 상관없다는 사실이다.

그녀는 자신의 고통이 겉으로 드러나지 않도록 다소 조현병적인 방식으로나마 그 고통을 떨쳐 버리고 그것이 존재하지 않는 척할 수 있는 사람인 것처럼 여겨졌다. 그래서 나는 보통 그녀의 밝은 모습이 그저 허울일 뿐이라고 생각했다. 그러나 어쩌면 그녀가 자신의 불행을 억제할 수 있었던 건 자신이 그 불행에 관해 쓸 수 있기 때문, 즉 그 몸서리쳐지는 감정으로부터 뭔가 더 경이로운 것을 끌어내고 있음을 스스로 알았기 때문인지도 모른다. 그러나 그 주제를 더 이상 견딜 수 없다고 느껴지는 때가 끝내 왔다. 그녀는 그 주제에 관해서는 이제 더 쓸 게 없었고, 무언가 새로운 것을 받아들일 태세가 되어 있었다.

피의 분출은 시이다.
그건 막을 도리가 없다.

막을 도리가 없는 그것을 막는 유일한 방법, 그 당시
우울과 질병으로 가물가물해진 그녀의 시야에 들어왔
던 유일한 방법이 바로 그 최후의 도박이었다. 그렇게,
자기 나름으로는 구조될 방안들을 마련해 놓았다고 생
각했던 그녀는, 흡사 '이 일을 통해 어쩌면 나는 해방
될 것이다'라고 말하듯, 거의 기대감에 차서, 거의 안
도감을 가진 채 가스 오븐 앞에 누웠던 것이다.

2월 15일 금요일에, 캠든 타운 뒤에 있는 우중충하고
음습한 검시 법정에서 검시가 이루어졌다. 중얼중얼
낮게 말하던 증언, 긴 침묵, 눈물을 흘리던 호주 소녀.
그날 아침, 그보다 일찍, 나는 테드와 함께 모닝턴 크
레센트에 있는 장의사에게 갔었다. 관은 휘장으로 가
린 텅 빈 방 끝에 놓여 있었다. 그녀는 목에 우스꽝스
러운 레이스 칼라를 두르고 뻣뻣하게 누워 있었다. 그
녀의 얼굴만이 보였다. 밀랍처럼, 조금 투명해 보이는
회색 얼굴이었다. 죽은 사람을 보긴 난생처음이었다.
나는 그녀의 얼굴을 거의 알아볼 수 없었다. 그녀의 얼
굴 생김생김은 너무도 가녀리고 날카로워 보였다. 그
방에선 사과 냄새가 났다. 어렴풋하고 달착지근한, 그

러나 사과가 막 썩기 시작하는 듯 어딘지 청결치 못한 냄새였다. 지저분한 거리의 추위와 소음 속으로 나왔을 때 나는 차라리 기뻤다. 그녀가 죽었다는 게 있을 수 없는 일처럼 여겨졌다.

지금도 나는 그 사실을 믿기가 어렵다. 강한 골격을 가진 그녀의 길고 밋밋한 몸은 너무도 생기에 차 있었고, 멋진 갈색 눈을 가진 기름한 얼굴은 빈틈없이 감정으로 충만했었다. 그녀는 사실적이었고 솔직했으며, 열정적이었고 동정심이 깊었다. 나는 그녀가 천재였다고 생각한다. 때때로, 프림로즈 힐이나 히스를 걷고 있는 그녀와 우연히 맞닥뜨려 함께 지난번에 하다 만 이야기를 다시 시작하게 될 것만 같은 유치한 생각을 하는 나를 발견한다. 그건 어쩌면 그녀의 시들이 아직도 그토록 분명하게, 그녀의 억양으로 얘기하고 있기 때문이리라. 빠르고, 냉소적이며, 예측할 수 없고, 손쉽게 꾸며낸, 조금은 화난 듯한, 그리고 언제나 철저히 그녀만의 것인 그 억양으로.

†††

이 이야기는 그저 한 가지 실례에 지나지 않는다. 공식 통계에 의하면, 실비아가 죽은 그 주에 영국에만 적어도 99명의 자살자가 있었을 것이다. 그 외에도 공식 기록에 잡히지 않은 25~50명이 바로 그 기간에 역시 목숨을 끊었을 것이다. 미국에서는 그 수치가 네 배쯤 컸을 것이다. 인구 10만 명당 자살 비율은 두 나라가 대략 비슷하다. 헝가리는 그보다 두 배쯤 높다. 세계보건기구(WHO)의 보고에 따르면, 세계 곳곳에서 하루에 최소한 천 명이 스스로 목숨을 끊는다.

어째서 이런 일들이 일어날까? 자살이라는 낭비가 거의 정당화될 길이 없다면 그걸 설명할 길이라도 있을까? 실비아처럼 창조적인 사람들에게는 일종의 자살 전통 같은 게 있는 걸까, 아니면 그녀를 자살로 이끌어 간 준(準)문학적 에너지 같은 게 존재하는 걸까? 나는 이 책의 나머지 부분에서 이러한 문제들에 관해 대답해 보려 노력했다. 가장 먼저 다룰 부분은 자살이라는 행위의 배경과 그 역사, 그리고 자살이 서구 문화 속에서 어떤 기묘한 변형을 겪었나 하는 것이다.

자살의 역사적 배경

✝

죽어 가는 짐승에게는
공포도 희망도 따르지 않는다.
그러나 인간은 모든 것을 두려워하고 희망하면서
자신의 종말을 기다린다.
몇 번이고 그는 죽고
몇 번이고 그는 다시 일어난다.
살인적인 인간들에 대항하여
오만하게 맞서는 한 위대한 인간은
숨이 끊기는 일 따위에
비웃음을 던진다.
그는 죽음을 뼛속까지 안다.
인간이 죽음을 창조했기에.

—— W. B. 예이츠 ——

✝

죽음이 감히 우리에게 찾아오기 전에,
우리가 먼저 그 비밀스러운 죽음의 집으로 달려 들어간다면,
그것은 죄일까?

—— 윌리엄 셰익스피어 ——

✝

시시덕대는 것이 싫다면,
그 모임에 가입하지 말았어야 했다.

—— 오래된 격언 ——

제 2 장
자살의 역사적 배경

　　스스로 자기 목을 베었다가 도로
살아나게 된 한 남자가 교수형에 처해졌소.
자살이라는 죄목으로 그를 교수형에 처한
거요. 의사는 그의 목을 매달면 목의
상처가 벌어져 그 틈 구멍으로 숨을 쉬게
될 거라고, 그래서 교수형은 불가능하다고
경고했소. 하지만 사람들은 의사의 충고에
귀 기울이지 않고 그 사람을 꼭 매달았지.
당연히 그 사람 목의 상처가 금방 벌어졌고,
목을 졸랐는데도 또다시 살아나게 되었소.
결국 그를 어떻게 할 것인가 하는 문제를
결정하기 위해 시의 참사회원을 소집하는

데 시간이 걸렸소. 드디어 참사회원들이
모여, 그 사람 목의 상처 난 자리 아래쪽을
꼭꼭 졸라매었소. 그 사람이 마침내 죽을
때까지 말이오. 오 나의 메리, 이 무슨 놈의
미치광이 사회이며, 어리석은 문명이란
말이오.[1]

1860년경 니콜라이 오가료프는 자신의 정부 메리 서
덜랜드에게 런던 신문에 나온 뉴스를 전하며 그렇게
써 보냈다. 알코올 중독자였던 오가료프는 러시아 온
건 혁명파 정치 운동의 망명객이었으며, 부유한 지주
의 아들이었고 알렉산드르 게르첸과 절친한 친구였다.
그의 정부 메리 서덜랜드는 마음씨 좋은 창부였는데,
오가료프는 그런 그녀를 교화하며 서서히 교육하던 중
이었다. 그 신문은 그저 공개 처형에 관한 보기 드문
사례를 보도했을 따름인데, 그러한 상황이 지닌 야만
성을 인식하는 데에는 두 사람의 완전한 국외자 ── 그
중 하나는 개화되고 정치적인 외국인이었다 ── 가 필
요했던 것 같다. 물론 그 사건이 묘사한 정황은 뉴스거
리가 될 만큼 괴상한 것이긴 하다. 하지만 그 외에는
따로 코멘트가 필요할 정도로 충격적이거나 놀랄 만한
점이 없었다.

왜냐하면 그 불쌍한 자살자를 무시무시한 복수심
으로 추격한 ── 스스로 죽음에 처했다는 죄로 그를 사
형에 처한 ── 런던시 참사회원들은 사실 교회와 국가

가 똑같이 신성화한 '존경할 만한 전통'에 따라 행동하고 있었기 때문이다. 기독교 유럽에서 자살의 역사는 당국의 공식적인 분노와 개인의 비공식적인 절망으로 이루어진 역사였다. 자살이라는 이론의 여지가 없는 대죄를 묘사하는 그 무뚝뚝하고 사무적인 어조를 보면, 그에 관한 공식적 분노와 비공식적 절망을 가히 짐작할 수 있다. 엘리자베스 시대의 법률가인 풀벡은 1601년에 쓴 글에서 다음과 같이 말했다. 자살자의 "시체는 말에 이끌려 치욕의 형장으로 끌려가고 거기서 교수대에 달아 놓는데, 치안판사의 허가 없이는 아무도 시체를 끌어내리지 못한다." 말하자면 자살은 가장 흉악한 범죄와 다를 바 없는 흉악한 행위였다. 그로부터 시대가 흐른 뒤에도, 역시 위대한 법률가였던 블랙스톤이 자살자의 시체에 "말뚝을 박아 큰길에 묻었다"[2]고 기록한 것을 보면 자살자는 흡혈귀와 다를 바 없이 취급됐음을 알 수 있다. 자살자의 매장지로 선택하는 곳은 대개 공개 처형이 이뤄졌던 십자로였으며, 매장할 때는 죽은 사람의 얼굴 위에 돌을 올려놓았다. 말뚝과 마찬가지로 그 돌 역시 사자(死者)가 유령으로 일어나 산 사람 앞에 출몰하지 못하도록 막기 위한 것이었다. 분명 자살자에 대한 공포는 흡혈귀나 마녀에 대한 공포보다 더 오래 지속되었다. 자살자의 시체를 모독하는 일에 관한 영국 최후의 기록은 1823년에 남겨진 것으로, 그리피스라는 사람이 첼시 구의 그로브너 플레이스와 킹스 로드가 교차하는 네거리에 묻혔다고 한다. 그러나 그 뒤로도 자기 살해자들은 편안치 못했다. 그 이후로도 50년간, 찾아가는 이가 없거나 극도로 가난한 자살자의 시체는 해부용으로 학교에 보내졌다.

조금씩 차이는 있지만, 서로 비슷한 시체 모독이 유럽 곳곳에서 행해졌다. 프랑스에서는 (각 지방의 기본 원칙에 따라 조금씩 다르긴 하지만) 시체의 발을 수레에 매단 채 온 거리를 끌고 다닌 뒤 불태워 공공 쓰레기장에 던져 버렸다. 메츠 지방에선 자살자의 시체들을 모두 통 속에 집어넣은 뒤 모젤강 아래로 띄워 보냈다. 그 시체가 유령으로 출몰하고 싶어 할지도 모를 장소로부터 멀리 떨어뜨린 것이다. 단치히에서는 시체를 문으로 내갈 수 없었다. 그 대신 도르래를 이용해 창문으로 집 밖에 내려놓아야 했다. 그런 뒤에는 그 창문틀을 불태웠다. 플라톤이 살던 당시의 문명 도시 아테네에서도 자살자는 다른 무덤들과 격리되어 아테네시 바깥에 묻혔고, 자기 살해를 저지른 두 손은 잘라 따로따로 묻었다. 근소한 차이들은 있지만, 이러한 풍습은 테베와 키프로스에서도 마찬가지로 실행되었다. 형식에 충실한 스파르타에서는 그 규칙이 너무도 엄격하여, 아리스토데모스는 플라타이아 싸움에서 일부러 죽음을 추구했다는 죄로 사후에 처벌을 받았다.[3]

유럽에서는 이런 원시적 보복이 법률에 의해 공식적인 권위를 갖게 되었고, 그에 따라 국가에 경제적 이익까지 가져다주었다. 다소 뒤늦은 1670년, 태양왕 루이 14세는 공식 법전에 자살자 모독과 관련된 잔인한 관례들을 삽입하고는 자살자를 "영원한 왕명에 따라" 명예 훼손하겠다고 덧붙였다. 즉 자살한 귀족은 귀족 신분을 잃고 평민 신분을 선고받았고, 그의 가문(家紋)을 새겨 넣은 방패는 박살났으며, 그들 소유의 삼림은 벌목되었고 성은 파괴되었다. 영국에서는 자살자가 중죄인(felo dese) 선고를 받았다. 프랑스에서나 영국에서나 똑같이, 자살자의 재산은 왕에게로 되돌아갔다. 그러나 실제로는, 볼테르가 못마땅한 기색으로 언급한 것과 같이 "자살자의 재산은 왕에게 주어지는데, 그러면 오페라의 프리마돈나가 자신의 애인들인 고관대작 중 하나를 설복해 그 재산을 달라고 청하도록 만들고, 그러면 왕이 그 절반을 프리마돈나에게 준다. 그런 다음 나머지 절반은 법률에 의해 내국세 수입 안에 들어가게 된다".[4]

프랑스에서는 볼테르와 몽테스키외의 조소에도 불구하고 이 법률이 1770년까지 존속했으며, 18세기에 다다라서는 오히려 두 배로 강화되었다. 자살자의 재산 몰수와 사후의 명예 훼손은 마침내 프랑스 혁명과 더불어 사라졌다. 1791년의 새 형법에는 자살이 언급되지 않았다.[5] 그러나 영국에서는 사정이 달랐다. 재산 몰수와 관련된 법률들이 1870년까지 바뀌지 않았고, 1961년까지만 해도 자살 미수자를 감옥에 보낼 수 있었다.[†] 그리하여 변호사들은 이 공허한 법률에 대항하기 위한 변론으로서 "정신의 균형이 무너졌을 때의 자살"이라는 문구를 끌어냈다. 자살 중죄인이라는 선고가 내려지면 죽은 자는 종교적인 장례를 치를 권리를 잃고, 그 상속자에게 주어져야 할 재산은 모두 박탈될 터였다. 18세기의 한 풍자가는 그 상황을 이렇게 표현했다.

> 외국 사람이 우리나라의 공공
> 인쇄물들을 읽다 보면 당연히, 우리가
> 세상에서 가장 미친 사람들이라는 생각을
> 품게 될 것이다. 시체 검시관이 어떤
> 처참한 자살자의 시체를 조사한 뒤 정신
> 이상자라는 판결을 내렸다는 소식이 거의
> 날마다 들려온다. 그러나, 지극히 잘 알려진
> 사실이지만, 그러한 조사는 사실 고인의
> 정신 상태가 아니라 그의 재산과 가족
> 상황에 관해 이루어진 것이었다. 실제로
> 법률은 의도적인 자기 살해자를 짐승처럼
> 다루어야 하며, 장례 의식도 불허한다고
> 규정해 놓았다. 그런데 나는 연간 수백 명에
> 달하는 그 미치광이들에게 그러한 판결이
> 실제로 집행된 예를 본 적이 없다. 자기 가게
> 안에서 목매달아 죽은 가난한 구두 수선공

† 아무리 많이 변해봤자 … 1961년에 맨섬의 한 법정은 자살을 기도했다는 죄목으로 한 10대 청소년을 처형하도록 명했다. (원주)

한 명을 빼면 말이다. 한푼도 없는 가난한
녀석은 어차피 장례식 비용을 치를 만한
돈을 남기지 못하고, 자연히 교회 묘지에도
묻히지 못할 것이다. 그러나 우아한
장식이 박힌 권총이나 파리제(製) 자루가
달린 검으로 실행된 자기 살해는 다르다.
사람들은 그런 물건을 보유한 품위 있는
인물에게 오래 끌지 않고 순식간에 죽을 수
있는 권한과 더불어 웨스트민스터 사원에서
거창한 장례식을 치를 자격을, 그리고 그의
미덕을 밝히는 기념비를 세울 수 있는
자격을 준다.[6]

이런 지적으로부터 조드 교수의 이런 경구가 나왔다.
영국에서는 자살하지 말아야 한다, 실패하면 범죄자,
성공하면 미치광이로 간주되는 고통 때문에.

이러한 공식적·법적 부조리는 악독하고도 뿌리
깊었던 이 오래된 편견이 (다행히도) 마지막으로 피워
올린 창백한 불꽃이었다. 그 형벌의 잔인함은 자살이
라는 행위에 대한 공포에 비례하는 것일 테다. 그렇다
면 본질적으로는 그토록 개인적이라 할 수 있는 자살
행동이 어떤 이유로 그러한 원시적 공포와 미신을 불
러일으킨 것일까? 페튼은 자살에 대한 기독교의 응징
방식이 가장 원시적인 종족의 금기와 정화 의식을 적
당히 수정·반복해 온 것임을 시사하는 증거를 제시한

다. 자살자를 십자로에 묻어야 한다고 제정한 그 박식한 법학자들은 바간다의 마법사와 똑같은 편견을 갖고 있었다.[7] 이 문명인들은 네거리에서 제물이 제단 위에 바쳐지곤 하던 기독교 이전의 유럽 사회로 되돌아가고 있었다. 시체에다 말뚝을 박고 돌을 얹은 것과 마찬가지로, 매장지를 네거리로 택한 것은 그 위로 왕래가 끊임없이 이어지기 때문에 그 잠들지 못한 영혼이 몸을 일으키지 못할 거라는 희망 때문이었다. 만약 그 유령이 몸을 일으키는 데 성공하더라도, 네거리에는 길이 많아서 유령이 집으로 돌아가는 방향을 찾기가 어려울 터였다. 이후 기독교가 득세하면서 두 거리가 교차하는 십자로는 죽은 몸뚱이에 몰려 있는 사악한 기운을 내쫓는 상징으로 변했다.[8] 요약하면, 자살자에 관한 두려움은 부당하게 흘리게 한 피가 복수를 부를 것이라는 뿌리 깊은 공포와 연결돼 있다. 달리 말해 자살자에 관한 두려움은 죄책감이 만들어 낸 독특한 공포, 유독 당혹스러운 그 공포가 불러일으킨 문제다. 자살은 전위된 살인, 즉 목표물로부터 적의를 거두어들여 자신에게로 돌리는 행위라는 프로이트의 초기 이론은 기독교적인 미신과 법에 의해 지탱되는 듯하다.

원시 사회에서는 자살에서 복수로 이어지는 심리적 과정이 매우 간단하다. 자살자의 망령이 그를 박해했던 사람을 파멸시키든가, 혹은 그의 자살 행위에 어쩔 수 없이 이끌린 친척들이 그 복수를 대신해 주든가, 아니면 그 부족의 냉혹한 규율이 그 자살자의 원수로

하여금 그와 똑같은 방법으로 자살하도록 강요하는 것
이다. 그 방식은 각 나라의 관습에 따라 다르다. 어쨌거
나 그러한 상황에서 행해지는 자살은 이상할 정도로 비
현실적이다. 마치 자살자 자신이 진짜 죽지는 않을 거
라는 확실한 신념을 갖고 자살을 행하는 것 같다. 자살
자는 복합적이고 신비한 의식으로 시작하여 그의 원수
의 죽음으로 끝나는 주술적 행위를 수행하는 것이다.†

　　자살에 대한 원초적인 공포는 유럽에서 오랫동

---

† 이와 똑같은 주술적 사고방식이 아직 현대의 정치적 자살에
　도 만연해 있다. 1969년 1월에 얀 팔라치는 자신의 희생 말
　고는 소련의 체코 침공에 대해 효과적으로 대항할 길이 전
　혀 없다는 절망적인 신념에서 스스로 분신자살했다. 1년 뒤
　얀 팔라치의 사망 1주기가 우연히도 비아프라 사건의 종말
　과 일치했는데, 그 무렵 프랑스에서는 10여 일간 "무려 7명
　이" 대부분 그와 똑같은 끔찍한 방법으로 자살했다. 그중
　두 번째 희생자인 릴 출신의 19세 학생은 이런 말을 남겼
　다. "나는 전쟁과 폭력과 인간의 파괴적 어리석음을 거부합
　니다. (…) 내가 죽는다고 울지 마십시오. 내가 죽는 것은 나
　자신을 이 세상에 적응시킬 수 없었기 때문입니다. 나는 폭
　력에 대한 하나의 저항으로서 죽는 것이며, 관심이 아주 조
　금밖에 쏠리지 않는 이곳에 세계의 관심을 끌어들이기 위해
　서 죽는 것입니다. 죽음은 한 인간이 스스로 그러기를 원할
　때는 저항의 한 방편이 될 수 있습니다. 물론 인간은 당연히
　죽음을 거부할 수도 있겠지요."[9] 이와 같은 끔찍한 자살 방
　식, 그리고 이타주의와 이기주의가 동시에 뒤섞인 이 소년
　의 사고방식 뒤에는 어떤 원시적 주술의 찌꺼기가 남아 있
　다. 아마도 그 자살자는, 반대되는 그 모든 형적에도 불구하

안 살아남았는데, 이는 악의적으로 흘리게 한 피는 절대 그대로 사그라지지 않는다는 당시의 두려움에 기인한 것이었다. 실제로 이런 두려움은 자살의 의미를 살인과 동일한 것으로 간주하도록 만들었다. 추측건대 바로 그런 이유로 자살자가 사형에 처해질 만한 죄라도 지은 양 그의 시체를 교수대에 매다는 관습이 나왔는지도 모른다. 한편, 스스로 목숨을 끊는 행위를 나타내는 용어 역시 그러한 관습에서 나왔을 수 있다. 라틴어 계통에서 비교적 추상적인 언어인 'suicide'는 뒤늦게 나타났다. 옥스퍼드 영어사전은 그 용어가 최초로 사용된 연대를 1651년으로 잡고 있다. 그러나 나는 그 말이 그보다 앞서 토머스 브라운 경†의 『종교적 의술 *Riligio Medical*』에서 쓰인 걸 발견했다. 1635년에 집필해 1642년에 출판된 책이었다.‡ 하지만 그 용어는 꽤 오랫동안 별로 쓰이지 않았기에 1755년판 존슨 박사의 사전에도 등재되지 않았다. 그 대신 사용된 말들은 '자기 살인', '자기 파괴', '자기 살해', '자기 살육', '자기 학살' 등이었다. 그 모든 표현이 자살을 살인과 연결하고 있음을 드러낸다.

그 용어들은 또한 기독교가 스스로 내린 자살 금

고 자신이 끔찍한 방법으로 죽기만 한다면 마침내는 자신에게 어떤 사후의 길이 열릴 것이라고 믿는 듯하다. 그러나 내가 보기엔 그러한 낙관적 태도를 정당화해 줄 만한 것은 아무것도 없다. (원주)

지령을 합리화하기 위해 고심했음을 드러낸다. 교회로 선 그럴 수밖에 없는 것이, 신약에도 구약에도 직접적으로 자살을 금지하는 표현이 없기 때문이다. 구약에는 네 명의 자살자── 삼손, 사울, 아비멜렉, 아키토펠── 가 기록되어 있는데, 그중 아무에게도 불리한 설명이 붙어 있지 않다. 사실 그들에 대해서는 애초에 거의 아무런 주석도 없다. 신약에서 가장 큰 죄인인 유다의 자살도 무미건조하게 기록되어 있다. 자살이 그의 여러 죄목 중 하나로 첨가되는 게 아니라 오히려 참회의 한 방편으로 나타나는 것 같다. 성 마태오가 내린 무언의 판단을 완전히 뒤집은 신학자들의 주장, 즉 유다가 더욱 저주받은 건 예수를 배반해서가 아니라 자살했기 때문이라는 그들의 주장은 훨씬 뒤에 가서야 생겨난 것이었다. 초기 기독교에서는 자살의 죄악 여부가 모호했기 때문에, 초기 교회의 가장 불 같은 교부들 중 하나였던 테르툴리아누스는 심지어 예수의 죽음마저 일종의 자살로 간주했다. 테르툴리아누스는 신적존재가 육체의 처분에 맡겨진다는 것은 생각할 수 없는 일인 까닭에 예수는 자의에 의해 스스로 죽은 것이

†   Sir Thomas Browne, 1605~1682. 영국의 의사, 저술가, 웅변가.

‡   "여기에 그들의 극단이 있으니, 그들은 자기 자신의 살해자가 되고, 자살로 끝낸 카토의 종말을 높이 찬양하기도 하는 것이다."『종교적 의술』, 44절. (원주)

라고 지적했고, 오리겐도 이에 동의했다. 이러한 해석은 존 던이 영어로 쓴 최초의 정식 자살 옹호론인 『비아타나토스 *Biathanatos*』의 바탕을 이룬다. "우리의 거룩한 구세주는(…) 우리의 구원을 위하여 자기 목숨을 바치고 아낌없이 피 흘리는 길을 택하셨다."[10]

자살을 죄악으로 보는 관념은 기독교 교리에 뒤늦게 추가됐으며, 그것도 수정안으로 덧붙여지는 식으로 나타났다. 6세기에 이르러 비로소 교회는 자살을 금지하는 법률을 제정했는데, 그 당시 그러한 법률 제정의 유일한 성서적 근거는 "살인하지 말라"는 여섯 번째 계명을 독특하게 해석한 것이었다. 주교들은 성 아우구스티누스의 강요에 의해 그런 법률을 의결했다. 그러나 루소가 언급한 대로, 성 아우구스티누스는 자신의 논거를 성서가 아닌 플라톤의 『파이돈』에서 취해왔다. 아우구스티누스의 논법은, 무엇보다도 초기 기독교의 현저한 특징이었던 자살 예찬 때문에 더욱 신랄해졌다. 그 점에 관해서는 뒤에 다시 언급하겠다. 어쨌든 아우구스티누스가 자살을 금지한 이유는 근본적으로는 완전히 도덕적인 성질에 기반해 있었다. 모든 인간의 육체는 이 세상이 아닌 후세에 가서 심판받게 될 불멸의 영혼을 담는 그릇이라는 믿음 위에 세워진 것이 기독교이다. 인간의 영혼은 영원하므로, 그것을 담은 육신의 생명도 똑같이 소중한 것이다. 생명 그 자체가 신이 주신 선물이므로, 그것에 대한 거부는 신을 거부하는 것이며 신의 뜻을 헛되이 하는 것이다. 신의 형상을 한 사람을 죽이는 것은 신을 죽이는 것이다. 이는 영원한 저주로 떨어지는 길, 돌아오지 못하는 길을 의미한다.

　영아 살해 금지나 낙태 금지와 마찬가지로, 기독교의 자살 금지는 본래 생명에 대한 경외감을 기반으로 한 것이었다(이는 살인을 무심하게 보는 로마인의 태도 혹은 무관심과는 완전히 달랐다). 그런데 여기에 역설이 끼어든다. 데이비드 흄이 지적한 대로, 일신교는 지적으로 진지하게 받아들일 수 있는 유일한 형태의 종교다. 왜냐하면 우주를 지성적으로 이해할 수 있는 '체계적이고 단일한 전체'로 간주하는 종교가 일신교뿐이기 때문이다. 그럼에도 그 종교가 초래하는 결과는 독단과 광신과 박해이다. 반면 다신교는 지적으로 우스꽝스러운 데다 실제로 과학적 인식을 막는 결정적 장애물이 되기도 하지만, 한편으로는 관용을 베풀고 개인의 자유를 존중하며, 문명화된 숨 쉴 자리를 만들어내기도 한다. 자살의 경우도 마찬가지다. 애초에 주교들이 자살을 범죄라고 단정했을 때, 그들은 어떤 면에서는 자살이라는 행위가 습관적으로 되풀이되며 또 그것을 명예로운 행위라고까지 여기는 로마의 이교도들과는 현격히 다르게 도덕성을 중시했던 것이다. 하지만 유연한 도덕성과 계몽을 이유로 시작된 그 규칙은 결국 자살자의 시체를 모독하고 그의 사후 명예를 훼손하며 그 가족을 박해하는, 법적으로 정당화된 잔학 행위로 끝나고 말았다.

이렇듯 자살을 범죄로 보는 관념은 기독교가 뒤늦게 그리고 비교적 복잡 정교하게 고안해 낸 것이었고, 유대-그리스로부터 내려온 전통과는 크게 상관없는 것이었다. 그럼에도 그 관념은 유럽 전체에 안개처럼 퍼져 나갔다. 그러한 관념이 가진 힘은 기독교나 유대교나 헬레니즘이 아니라 그것들의 확산에도 불구하고 살아남은 원시적 공포와 편견과 미신으로부터 나왔기 때문이다. 잔인한 암흑시대와 중세 초기가 되면 야만적 정신은 분명 어쩔 수 없이 다시 한번 그 전성기를 맞게 될 터였다. 그 과정은 기독교의 연중 행사표가 이교도의 제전들을 흡수한 과정과 거의 비슷하다. 또한 멕시코에 파견된 에스파냐 최초의 선교단이 아즈텍족과 마야족이 섬기는 신의 제단 위에 그대로 자기들의 교회를 세우고는 그 교회를 봉헌할 대상인 성인(聖人)들을 '만들어' 낸 과정과도 비슷하다. 현대의 사업계에서는 그러한 과정을 폐업한 회사의 "호의(good will)를 사들인다"†고 한다. 그러나 적어도 자살에 관한 한, 기독교는 이교도의 악의(bad will)를 몽땅 사들인 것이었다.

　　그렇긴 해도, 그러한 야만적 정신이 늘 자살을 자연스레 두려워했던 건 아니다. 물론 사망자에 관한 원시적인 공포는 견디기 힘든 것이었을지도 모르며, 특히 부당하게 살해당했거나 혹은 자신의 의지로 스스로 목숨을 끊은 사람에 대한 공포감은 더욱 컸을 것이다. 대개는 이렇게 진정되지 못한, 잠들지 못하는 유령에 대한 방어 작용으로서 정교하고 복잡한 금기가 꾸며진

것이다.[11] 그런데 이렇게 원한을 품고 죽은 자를 두려
워하는 것은 죽음 그 자체에 대한 두려움과는 다소 다
른 성질을 지닌다.‡

† 한 회사가 기존에 가지고 있던 신용, 고객, 상호, 영업권 등
을 말한다.

‡ 현대에 사는 우리들 자신의 불안을 과거의 시기에다 투사하
는 일을 삼가야 한다. 죽음을 입 밖에 낼 수 없는 부자연스
럽기까지 한 것으로 여기는 생각은 특히 20세기가 만들어
낸 것이다. 예전에는 공개적이고 단순하고 평범했던 것이
이제는 개인적이고 추상적이며 소름 끼치는 것으로 변해서,
이제 죽음은 (한때 빅토리아 시대 사람들에게 섹스가 그랬
던 것처럼) 감추어야 할 은밀하고 비밀스러운 사실이 되었
다. 그럼에도 현대 사회의 폭력은 자연적인 평상 수준을 뛰
어넘고 있으며, 그 추세는 점점 가속화하고 있다. 일설에 의
하면 그 이유는 사람들이 식탁 위에 차려 놓은 폭력, 즉 영
화나 텔레비전이나 통속 소설, 심지어는 뉴스에서조차 끊임
없이 출현하는 폭력에 무방비하게 노출돼 있기 때문이다.
이런 주장은 심심찮게 들을 수 있는데, 아마도 맞는 말일 것
이다. 그러나 사라진 지 그리 오래되지 않은 과거의 관습들
을 떠올려 보면, 현대의 폭력이 완전히 이질적이거나 특별
히 비인간적이지는 않은 것 같다. 로마의 휴일 하루 동안에
는 검투사 대회에서 문자 그대로 수천 명이 죽어 나가는 학
살이 뒤따랐다. 노예였던 스파르타쿠스가 반란을 일으킨 뒤
에는 십자가에 못 박힌 노예의 시체 6천 구가 로마에서 카
푸아까지 마치 가로등처럼 줄지어 서 있었다. 기독교화된
유럽에서는 공개 처형이 로마인들의 원형 극장 역할을 대
신했다. 범법자들은 대중이 보는 앞에서 목이 잘리거나 교
수형을 당했으며, 또는 산 채로 사지가 토막나고 창자가 뽑

그리하여 어떤 무사 사회에서는 자살이 흔히 대단한 덕행으로 간주되었다. 폭력의 신이 관장하던 그 사회의 이상은 바로 용맹함이었기 때문이다. 예를 들면

혀 나왔다. 그들은 축제 분위기에 휩싸인 군중이 보는 앞에서 교수형에 처해지거나, 고심해 고안한 고문을 당했다. 그들의 잘린 목은 창에 꽂혀 전시되었고 잘린 몸통은 쇠사슬에 묶인 채 교수대에 매달렸다. 군중은 충격을 받기보다는 즐거워하고 흥분하고 희희낙락했다. 공개 처형은 오락과 같았으며, 더 성대한 행사일 경우에는 도제들에게도 그날 휴가를 주었다. 이 무심한 피의 굶주림은 자살자의 시체를 네거리에다 묻는 관습이 끝난 이후로도 오랫동안 계속되었다. 영국에서는 1868년까지 공개 처형이 이어졌다. 마치 마담투소의 밀랍 인형들처럼 시체들이 진열돼 있던 파리의 시체 공시소는 관광 명소였다. 그 공시소는 시설 개선을 위해 1865년에 재건되기까지 했고, 그곳의 공개 관람은 1920년대까지 허용되었다. 예전에는 전쟁할 때 단검, 비수, 도끼, 원시적인 총으로 맞붙어 싸웠고, 그 결과 전장은 흡사 푸줏간과도 같은 풍경이 되었다. 그러나 우리 시대의 학살은 그보다 규모는 엄청나게 더 클지 몰라도 대개 거리를 두고 원격조정에 의해서 치러진다. 과거의 치열한 커다란 싸움에 비해 현대의 그것은 거의 추상적인 것처럼 보일 정도이다. 그러나 오늘날 폭력을 전달받는 방식은 훨씬 강렬하다. 우리의 조상들은 고작해야 전쟁이 끝난 뒤에 그것을 기록한 글을 읽었을 따름이지만, 그와 달리 오늘날의 우리는 그 결과를 우리의 눈으로 실제로 본다. 텔레비전의 눈으로 볼 때는 신의 눈으로 볼 때와 마찬가지다. 아무것도 당황스러울 게 없다. 우리 집의 텔레비전에 등장하는 진짜 잔혹한 행위들은 우리의 오락을 위해 스튜디오에서 만들어지는 더하지도 덜하지도 않은 진짜 환상과 겹쳐진다. 이러한 상황에서 죽

바이킹의 천국은 '폭력으로 죽은 자들의 전당'인 발할
라인데, 여기서 오딘이 영웅들을 위한 잔치를 베푼다.
폭력을 통해 죽은 자만이 그 향연에 낄 수 있었다. 가
장 큰 명예와 가장 확실한 자격이 주어지는 자는 전투
에서 죽은 사람이며, 그다음이 자살한 사람이었다. 고
령으로 혹은 병으로 편안히 누운 채 죽은 사람은 영원
히 발할라에 들어갈 수 없었다. 오딘 자신은 전쟁을 맡
아보는 최고의 신인데, 프레이저에 의하면 그는 또한
교수형의 신, 교살된 자들의 신으로 불리기도 했다. 그
런 그를 기리기 위해 웁살라에 있는 성스러운 숲에서
인간과 동물들이 신성한 나무에 매달려 교살되었다.
「하바말Havamal」의 기괴하고 아름다운 시행은, 오딘
역시 스스로 자기 자신에게 바치는 희생물이 되어 그
와 똑같은 의식으로 죽었음을 시사한다.

> 바람받이 나무에 매달려
> 아홉, 꼬박 아홉 밤 동안
> 창에 찔린 채, 오딘에게,
> 내가 나에게 바쳐져 있었음을 나는
안다.[12]

음은 사람을 단번에 흥분시키는 비현실적인 포르노그래피
같은 것이 된다. "죽음은 우리가 두려워하는 것이지만 / 우리
를 솔깃하게 한다." (원주)

전해 내려오는 또 다른 문헌에 의하면, 오딘 신이 먼저 자신의 검으로 자신의 몸에 상처를 입힌 뒤에 그의 시체를 불태우는 의식이 거행되었다고 한다.[13] 어찌했거나 그는 자살자이며, 그의 숭배자들은 그의 신성한 전례에 따라 자살을 행했다. 그 비슷한 것으로서, 자살을 하나의 교리로서 장려하는 드루이드교의 잠언이 있다. "내세가 있도다. 그곳으로 친구들과 함께 가기 위하여 스스로 목숨을 끊는 자는 그들과 더불어 그곳에서 살게 되리라."[14] 이런 세계관은 아프리카의 몇몇 부족이 공통되게 갖고 있는 관습과도 연결된다. 그곳의 전사들과 노예들은 왕이 죽으면 그 왕과 함께 천국에서 살기 위하여 스스로를 죽음에 처했다. 그런 관습이 좀 더 복잡하게 변화한 게 바로 인도의 '사티(suttee)', 즉 '아내의 순사(殉死)'다. 이는 남편을 여읜 아내가 남편을 화장할 때 함께 불타 죽는 풍습이었다.

이런 세계관은 또 다른 곳에서도 발견된다. 이를테면 멀리 떨어진 곳에 사는 이누이트족이나 마르키즈제도 주민들은 폭력에 의한 죽음이 천국으로 가는 여권이라고 믿었으며, 특히 이누이트들은 그곳을 '낮의 나라'라고 불렀다. 반대로 자연적인 원인으로 편안하게 죽은 사람들은 '비좁은 나라'에서 영원한 밀실 공포에 갇힌다. 마찬가지로 마르키즈제도에서 편히 죽은 사람들은 하와이키의 나락에 떨어지게 된다.[15] 아즈텍족의 무시무시한 종교의식에서 희생 제물로 바쳐지는 나이 어린 사람들은 최후에는 자기 심장을 산 채로 도

려내게 한다는 조건으로 어느 기간 동안 신격화되는데, 심지어 이런 희생 제물이 되는 장본인조차 일종의 도착된 낙천주의적 태도를 갖고 제단으로 향한다.

폭력에 의한 죽음을 영광으로 보는 관념을 조장한 이유는 무엇일까. 분명 호전적인 정신을 효과적으로 유지하기 위해서였을 것이다. 미국인들이 그와 똑같은 원시적인 호전성을 자국 신병들에게 주입할 수 있었다면 아마도 베트남에서 겪었던 곤욕을 조금은 면할 수 있었을 것이다. 그리하여 고대에 유목 생활을 하던 스키타이인들은 너무 늙어서 유목 여정을 더 이상 따라가지 못할 때 스스로 목숨을 끊는 것을 최대의 영예로 여겼다. 말하자면 스스로 목숨을 끊음으로써 부족의 젊은 사람들에게 자기들을 죽이는 죄와 수고를 덜어 주자는 것이었다. 퀸투스 쿠르티우스는 그런 그들을 이렇게 사실적으로 묘사했다.

> 그들 중에는 흉포한 짐승이라고 해도
> 좋을 만한 사람들이 있는데, 그들에게
> 현자라는 이름이 주어진다. 죽을 때를
> 예측하고 그보다 앞당겨 죽는 일은 그들의
> 눈으로 볼 때는 영광스런 행위이므로,
> 그들은 고령이 되거나 병에 시달리기
> 시작하면 곧 자신을 산 채로 불태워 버린다.
> 그들에 따르면 나약하게 기다리다 죽음을
> 맞는 것은 생명에 대한 모독이며, 그래서

> 고령으로 죽은 사람의 시체에는 명예가
> 돌아가지 않는다. 불은 아직 살아 숨 쉬는
> 인간 희생물을 받지 못하면 더럽혀질 것이기
> 때문이다.¹⁶

뒤르켐은 이런 종류의 자살을 "이타적" 자살이라 칭했
다. 이런 예의 한 극치가 오츠 선장이다. 그는 로버트
팰컨 스콧과 그가 인솔한 불운한 탐험대원들을 돕기
위해 남극의 눈벌판에서 스스로 죽음을 향해 걸어 나
갔다.† 그러나 한 부족의 정신적 태도나 그 신화 전체
가 자살을 행복한 내세로 가는 길인 것처럼 여기는 곳
에서는, 스스로 목숨을 끊는 사람의 동기가 완전히 순
수하고 자기희생적이라고 볼 수 없다. 오히려 몹시 나
르시시즘적이라 할 것이다. "오딘에게, 내가 나에게 바
쳐져" 있는 것이다. 그레고리 질부르그는 썼다. "인간
은 자살이라는 원시 행위를 통하여 **상상적인 불멸**을 성
취한다. 즉 실제의 삶이 아닌 단순한 환상을 통하여 쾌
락적 이상을 방해받음 없이 성취하는 것이다."¹⁷ 그러
한 사람들에게 있어서는, 죽음은 어차피 불가피한 것
인 데다가 실제의 삶에 비해 중요치 않은 것이기도 하
기에, 자살은 결국 원칙의 문제가 아니라 쾌락의 문제
가 된다. 즉 내세에서 신들과 더불어 영원한 잔치를 벌
이기 위해 이승에서의 몇 날 혹은 몇 년을 희생시키는
것이다. 그것은 본질적으로 경박한 행위이다.

그와 반대로 진지한 자살은 하나의 선택 행위이

며, 그 선택을 결정할 조건은 전적으로 이 현세의 것이다. 즉 자신의 삶이 살 만한 가치가 없다고 생각하기 때문에 자기 손으로 죽는 것이다. 이런 종류의 자살은 그것이 가장 원초적인 본능, 즉 자기 보존의 본능과는 반대되는 행위라는 이유 때문에 흔히 고도의 문명을 나타내는 지표로 여겨진다. 그 나라의 자살률을 알면 그 나라 문화의 세련도를 알 수 있다는 얘기도 있다. 그러나 반드시 그렇지만은 않다. 예를 들어 태즈메이니아섬의 원주민들이 스스로 점차 소멸해 간 이유는 단순히 그들이 백인에 의해 캥거루처럼 한낮의 스포츠감으로 추적당했기 때문만이 아니다. 그들은 그러한 일들이 일어날 수 있는 세상을 더는 견딜 수 없었던 것이다. 그들은 번식을 거부함으로써 한 종족 전체의 자살을 감행했다. 아이로니컬하게도, 그 원주민들의 판단을 확증해 주기라도 하듯, 그 부족 최후의 생존자였던 한 나이 든 여성의 미라가 오스트레일리아 정부에 의해 박물관 전시품으로 보존되고 있다. 그 비슷한 사례로, 수백 명의 유대인이 로마 군대에 굴하는 대신 차라리 마사다에서 죽음의 길을 택했던 예가 있다. 더 극단적인 예도 있다. 에스파냐의 아메리카 대륙 정복 역

†   오츠 선장은 스콧이 남극을 발견하게 된 최후의 탐험에 참가했는데, 도중에 동상에 걸려 다른 대원들에게 부담이 될까 염려해 스스로 목숨을 끊었다.

사는 그곳 선주민들이 스스로 의도적으로 협력한 대량 학살의 역사라 할 수 있다. 그곳 선주민들은 에스파냐 사람들의 손아귀에서 너무도 잔인하게 다루어진 까닭에, 그 학대를 견디기보다는 차라리 천 명 단위로 스스로 목숨을 끊는 쪽을 택했다. 샤를 5세의 광산에 끌려와 노동하던 멕시코만 출신의 선주민 40명 가운데 39명은 굶어 죽는 길을 택했다. 에스파냐인들에게 붙잡혀 갤리언선에 실린 노예들은 이물 끝에 있는 방에 수용되었는데, 바닥짐†이 묵직하게 쌓여 목을 매달 만한 높이가 되지 않았던 그곳에서 목을 매달기 위해서는 어쩔 수 없이 웅크리고 앉거나 무릎 꿇은 자세를 취할 수밖에 없었는데도 그들 전부가 용케 스스로 목 졸려 죽었다. 에스파냐의 역사가 지롤라모 벤조니에 의하면, 서인도제도에서는 4천 명의 남자와 헤아릴 수 없이 많은 여자와 아이들이 절벽에서 스스로 뛰어내리거나 혹은 서로가 서로를 죽임으로써 모두 죽어 갔다. 또한 그가 덧붙여 말한 사실에 의하면, 아이티섬의 선주민 200만 명 가운데서 스스로 죽거나 혹은 서로가 서로를 죽인 결과 살아남은 사람은 150명도 채 못 되었다고 한다.[18] 그리하여 결국 곤란한 노동력 부족에 직면한 에스파냐인들은 선주민들에게 자기들 역시 자살하여 내세에서 한층 더 가혹하고 잔인하게 너희를 쫓아다니겠다고 위협하여 자살 전염병을 일단락지었다.

한 집단 전체의 자살로 끝나는 절망감은 다른 요소가 아무것도 섞이지 않은, 즉 특이할 정도로 순수한 현상이며, 그 비율로 볼 때 희귀한 것이다. 오직 극단적인 상황 하에서만, 자기 보존이라는 심리적 메커니즘은 도덕이나 신앙의 허용을 받지 않은 채로도, 그리고 아무런 열광에 지배되지 않고서도 한 나라 전체를 역방향으로 이끌어 간다. 그보다 덜 순수하고 더 복잡한 문화 속에서는 비록 무심하게 받아들여지는 경우라 하더라도 그 양상이 좀 더 복잡하다. 그런 사회에서는 신앙이 단순하지 않고 또 도덕도 개인에 따라 적당히 서로 다르기 때문이다. 이런 문화 속에서는 죽음이 또 다른 의미에서 절박한 문제로 변한다. 그 극단적 예는 고대 세계에 자살에 관한 관용을 퍼뜨리면서 이를 세련된 유행으로 바꾸어 놓는 로마인들이다.

자살에 대한 묵인은 그리스인들과 더불어 시작되었다. 심지어 아테네에서도 통용되었던 자살 행위에 대한 금기 —— 자살자의 시체는 아테네시 밖에다 묻되 두 손은 잘라 내 따로따로 묻었다 —— 는 친족 살해를 두려워하는 그리스인들의 뿌리 깊은 공포심과 관련된 것이었다. 추론해 볼 때 자살은 친족 살해의 한 극단적 경우이며, 따라서 그와 관련된 언어만 보더라도 자기 살해와 친족 살해 사이에 거의 구별이 없다. 그럼에도 자살은 그리스의 문학이나 철학 속에서 거의 아무

---

† 배에 실은 짐이 적을 때 배의 안전을 위하여 바닥에 실은 돌이나 모래.

런 주석도 가해지지 않은 채, 그리고 확신하건대 아무
런 비난 없이 게재되었다. 문학 작품에 최초로 등장한
자살, 즉 오이디푸스의 어머니 이오카스테의 자살은
견딜 수 없는 상황에서 빠져나가는 명예로운 방도로써
칭찬할 만한 일인 것처럼 그려져 있다. 호메로스는 자
기 살해를 늘 자연스럽고 영웅적인 행위로 기록하면
서 거기에 아무런 해석이나 이의도 덧붙이지 않았다.
수많은 그리스 신화들이 호메로스의 그런 태도를 확증
해 준다. 아들 테세우스가 괴물 미노타우루스에게 잡
혀 죽은 줄로 잘못 생각한 아이게우스는 바다에 몸을
던졌다. 그 이후로 그 바다는 그의 이름을 따 에게해†
가 되었다. 에리고네는 아버지 이카리오스의 살해당한
시체를 발견하자 슬픔을 못 이겨 목매달아 죽었고, 거
기에 뒤따라 아테네 여자들 사이에 목매달아 죽는 자
살 전염병이 퍼졌는데, 이 유행은 마침내 에리고네에
게 제를 올리는 아이오라 축제가 제정되어 그 피가 씻
길 때까지 계속되었다. 레우카카스는 아폴로에게 강간
당하지 않기 위해 바위에서 뛰어 내렸다. 또 언젠가는
델피의 신탁이 만일 아테네 왕을 죽이지 않으면 아테
네가 스파르타에 점령당할 것이라고 고하자, 당시 아
테네를 다스리던 코드루스왕은 변장한 모습으로 적진
에 들어가 한 병졸과 사소한 싸움을 일으켜 순순히 도
륙당했다. 시칠리아섬에 있던 그리스 식민 도시인 카
타나의 입법자 카론다스는 자신이 제정한 법을 어기게
되자 스스로 목숨을 끊었다. 또 다른 입법가인 스파르

타의 리쿠르구스는 자기가 델피 신전에 갔다가 돌아올 때까지 자신이 제정한 법률을 지키겠다는 서약을 시민들에게 억지로 받아낸 뒤, 자신의 새로운 법전에 관해 상담하기 위해 신전으로 갔다. 신탁이 이에 승낙하는 대답을 내리자 그는 그 사실을 편지로 써서 시민들에게 보내 알렸다. 그런 뒤 그는 스파르타로 돌아가지 않고 거기서 그냥 굶어 죽었다. 스파르타 시민들이 그가 돌아올 때까지 법을 지키겠다고 한 서약에서 절대 풀려나지 못하도록 만들기 위해서였다. 이런 사례는 허다하다.[19] 그런데 그 모두가 한 가지 공통적인 특질, 즉 어떤 고귀한 동기를 갖고 있다. 기록상으로 보면 고대 그리스인들은 오직 있을 수 있는 최상의 이유들 때문에 스스로 목숨을 끊었다. 비탄이나 애국적 의협심 때문에, 또는 치욕을 면하기 위해.

자살에 관한 고대 그리스인들의 철학적 논의는 비교적 초연하며 균형을 잃지 않는다. 그 비결은 중용과 높은 절조였다. 자살은 신에 대한 방자한 모독 행위처럼 보일 경우엔 허용되지 않았다. 그런 이유로 피타고라스학파는 자살을 즉각 부인했는데, 왜냐하면 후기 기독교도와 마찬가지로 그들에게는 인생 그 자체가 신이 정해 준 고행이었기 때문이다. 플라톤의 『파이돈』에 따르면, 소크라테스는 독약을 마시기 전에 찬성하

---

† 에게해는 그리스어로 아이가이온 펠라고스이다.

는 뜻으로 오르페우스교†의 교리를 이야기했다. 소크라테스는 다음과 같은 비유를 사용했다(이 비유는 이후에도 종종 되풀이된다). '보초를 서는 병사는 자기 위치를 떠나지 말아야 한다. 또한 인간은 신의 재산이므로, 인간이 만일 자살한다면 우리의 가축이 스스로 죽어 버렸을 때 우리가 그러하듯 신이 노하실 것이다.' 아리스토텔레스도 그와 거의 비슷한 논법을 사용하긴 했지만, 그 어조는 한층 더 엄격했다. 즉 자살은 종교적인 의미로는 국가를 더럽히는 행위이고, 거기에 더불어 유용한 시민을 파멸해 국가를 약화하는 행위이기 때문에 "국가에 대한 범죄"라는 것이다. 말하자면 그에게 있어 자살은 사회적으로 무책임한 행위였다. 그 논리상 분명 이 주장은 흠 한 점 잡을 수 없을 만큼 명백하다. 그러나 한편으로 이 명백한 논법은 자살이라는 행위와는 어쩐지 잘 들어맞지 않는 것 같다. 달리 말하면 막 스스로 목숨을 끊으려고 하는 사람의 심리 상태와는 거의 아무런 관련도 없을 듯싶은 형태의 논법이라는 말이다. 아리스토텔레스의 그 거창한 권위는 차치하더라도, 자살을 그토록 힘차고 설득력 있게 논의하고 있다는 사실 자체가 자살 문제에 대한 이상할 정도로 차갑고 냉담한 태도를 함축한다.

　반대로 플라톤의 논법은 그보다는 덜 단순한 대신한층 더 교묘하다. 소크라테스는 거침없는 합리적 논조로 자살을 부인하지만, 그와 동시에 죽음을 무한히 바람직한 것으로 보이도록 만든다. 즉 자살은 이상적 존재의 세계로 들어가는 입구이며 이 세상의 현실은 한낱 그 그림자에 불과하다는 것이다. 그런 뒤 마침내, 소크라테스는 그토록 즐거운 마음으로 독약을 마심으로써 죽음을 그토록 웅변적으로 입증했고, 그렇게 후세의 다른 사람들에게 하나의 모범을 심어 놨던 것이다. 그리스 철학자 클레옴브로투스는 『파이돈』에 자극받아 물에 빠져 죽었다고 한다. 카토는 검으로 자신을 찔러 죽기 전날 밤에 『파이돈』을 두 번이나 통독했다.

플라톤 역시 또 다른 의미에서 자살에 대해 온건한 태도를 보였다. 그는 만약 인생 자체가 지나치게 극단적으로 변한다면, 자살이 정당화될 수 있는 합리적 행위가 된다고 암시했다. 고통스러운 병이나 견딜 수 없는 속박은 자살할 만한 충분한 이유가 되었다. 종교적 미신이 사라진 뒤, 이러한 플라톤적 관점은 자살을 철학적으로 정당화해 주는 근거로 변모했다. 소크라테스가 죽은 지 100년이 채 되기 전, 스토아학파는 자살을 죽음에 이르는 모든 방법 가운데서 가장 합리적이고 바람직한 것으로 만들어 놓았다. 스토아학파나 에피쿠로스학파 모두 삶에도 죽음에도 초연할 것을 주장했다. 에피쿠로스학파의 원칙은 쾌락이었다. 무엇이든

† 윤회 이전 생의 영혼이 오르페우스의 신비스러운 의식과 고행의 청정한 생활로 구원되어 신적 생명을 얻게 된다는 교의를 가진 신앙.

쾌락을 증진하는 것이 선이고, 고통을 만들어 내는 게 악이었다. 스토아학파의 이상은 그보다는 좀 더 모호하고 좀 더 고상했다. 바로 자연과 조화된 삶이라는 이상이었다. 그런데 삶이 자연과 조화를 이루지 못하는 순간이 다가올 경우, 늘 '이성적'인 자연과 더 잘 어울리는 '이성적' 대안이 필요했고, 그것이 죽음이었다. 그리하여 스토아학파의 창시자 제논은 비틀거리다 넘어져 손가락 한 개를 삐자 순전히 짜증스러운 마음에서 목매달아 죽었다. 그때 그의 나이는 98세였다. 그 후계자 클레안테스도 그와 똑같이 이성적인 이유로 태연자약하게 죽었다. 잇몸이 곪은 그는 치료를 위해 절식하라는 지시를 받았다. 이틀 안에 곪은 잇몸이 나았으므로, 의사는 그에게 다시 평소대로 식사하라고 지시했다. 그러나 클레안테스는 "죽음의 여로에 올라 이토록 멀리까지 나왔으니 이젠 되돌아가지 않겠다"며 식사를 거부했다. 그리하여 당연히, 그는 굶어 죽었다.

　따라서 고전적인 그리스식 자살이란, 대체로, 다소 지나친 합리성이 지시하는 바에 차분히 따르는 행위라 할 수 있다. 고대 아테네에서 독미나리즙이 개발되었을 때, 죽고 싶어 하는 사람들에게 독약을 공급하는 일을 관리한 사람은 바로 고위 행정가인 집정관이었다(훗날 몽테뉴는 이 풍습에 자극받아 고상한 자살을 옹호하는 웅변적인 글을 썼다). 죽고 싶은 사람은 의회에 가서 그 이유를 진술하고 공식 허가를 받기만 하면 됐다. 그 권고가 명쾌하다.

누구든 더 이상 살고 싶지 않은 자는 의회로 가서 그 사유를 진술하여, 허가를 받은 뒤 스스로 목숨을 버릴 일이다. 삶이 혐오스러우면 죽으라. 비운에 사로잡혔을 땐 독약을 마셔라. 비탄에 빠지면 목숨을 버려라. 불행한 자는 자신의 불행을 상세히 열거하고 집정관은 그 치료법을 제공할진저, 그러면 그의 불행이 끝나리라.[20]

이들 초기 스토아학파는 헨리 제임스가 도덕에 대해 특별히 부여했던 것과 같은 수준의 정밀함을 자신들의 죽음 문제에 끌어들였다. 그들에게는 어떻게 죽느냐가 인간의 우열을 판가름하는 결정적 척도였으므로, 이는 합당한 일이었다. 플라톤은 외부 상황이 견딜 수 없을 때의 자살은 정당한 것이라고 보았다. 그리스 스토아학파는 플라톤의 그러한 태도를 자연과 조화된 삶이라는 이상에 따라 발전시키고 합리화했다. 로마 제국 말기에 더욱 진전된 스토아주의는 플라톤의 태도를 한층 더 발전시킨 것이었다. 그 논지는 본질적으로는 플라톤의 그것과 같았지만, 이제는 플라톤이 말한 그 외부 상황이라는 것이 내부 상황으로 바뀌어 있었다. 내부의 억압을 견딜 수 없을 때 생겨나는 문제는 이제 자기 목숨을 끊을지 말지가 아니었다. 어떤 방법으로 가장 영예롭고 용감하고 고상하게 목숨을 끊을 수 있을까였다. 달리 말하자면, 자살자로부터 원시적 공포감을 제거한 뒤, 마치 인간의 자살은 별 감정이 섞이지 않은 행위라는 듯 자살이라는 주제를 점차 이성적으로 다루게 된 것은 그리스인들이 이루어 놓은 일이었다. 반면에 로마인들은 자살 행위에다 또다시 감정을 뒤섞어 놓았고, 그러는 과정에서 그 감정을 역방향으로 전도했다. 즉 로마인들의 눈에 자살은 이제 도덕적으로 사악한 행위가 아니었다. 그와 반대로 어떤 식으로 스스로 목숨을 끊느냐가 그 자살자의 우월함과 고결함을 판가름하는 실질적인 시금석이 되었다. 안토니누스 피우스 황제가 죽던 날, 그날 밤의 암구호는 황제의 분부에 따라 "평안한 마음"으로 정해졌다.[21]

한 사회가 더 세련되고 합리적으로 바뀔수록 자살에 대한 공포는 더 멀리 사라지고 자살도 더욱 쉽사리 용인된다는 소신은 이미 밝힌 바 있다. 그 기본적인 예가 로마 스토아학파일 것이다. 스토아학파의 저술에는 자살에 대한 권유가 가득하다. 이런 권유는 전부 다, 앞서 리바니우스로부터 인용했던 아테네인의 권고를 얼마간 품위 있게 윤색한 것들이다. 그중 세네카의 것이 가장 유명하다.

어리석은 이여, 그대 무엇을 탄식하고
무엇을 두려워하는가? 그대가 둘러보는 곳
그 어디에서나 악의 종말이 보인다. 그대
입을 크게 벌린 절벽이 보이는가? 그것이
자유로 가는 길이다. 저 호수, 저 강, 저 물이

보이는가? 그 안에 자유가 산다. 저 발육이
정지되어 말라 비틀어진 초라한 나무가
보이는가? 그 가지 하나하나에 자유가 달려
있다. 그대의 목, 그대의 목구멍, 그대의
심장, 그 모두가 예속으로부터 빠져나가는
길이다. (…) 그대, 자유로 가는 길을 묻고
있는가? 그대 몸속의 핏줄 하나하나에서
그대는 자유를 찾을 수 있으리.

이것은 아름답고 운율 넘치는, 수사적 작품이다. 대개
수사학은 현실로부터의 피신처이며, 저자가 자기 자신
을 세상으로부터 보호하기 위해 걸치는 언어의 갑옷이
되어 주는 법이지만, 세네카는 결국 최후에 이르러 자
신의 권고를 실행했다. 그는 자신의 옛 생도였던 네로
황제의 복수를 피하기 위해 자신을 칼로 찔러 죽었다.
그의 아내 역시 그 못지않은 스토아학파적 사람이었으
므로, 그와 똑같은 방법으로 함께 죽으려 기도했지만
구조되었다.

　　그 시대의 풍조를 이해하는 데는 또 다른 예 한 가
지로 족하겠다. 세네카의 친구였던 금욕주의자 아탈루
스가 당시 불치병에 시달리면서 자살을 고려하고 있던
마르셀리누스라는 이에게 한 충고였다.

괴로워하지 말게 마르셀리누스, 뭐
굉장히 큰일이라도 생각하고 있는 것

같잖나. 목숨이란 위엄 있는 것도 소중한
것도 아닐세. 자네의 노예나 가축도 자네와
마찬가지로 목숨을 갖고 있네. 하지만
명예롭고 현명하고 용감하게 죽는다는 건
위대한 일일세. 먹고 자고 성욕에 빠져
지내는, 그 늘 똑같고 단조로운 절차에
얼마나 오랫동안 묶여 지냈는가 생각해
보게. 바로 그 안에서만 맴돌아 왔던 걸세.
현명한 사람, 용감한 사람, 혹은 비참한
사람만이 죽음을 원하는 건 아닐세.
면밀하고 결벽적인 사람들도 죽음을 원하는
법일세.[22]

이번에도 역시 수사학과 현실은 하나로 일치했다. 마
르셀리누스가 친구의 조언을 받아들여 굶어 죽었던 것
이다. 그 자살은 티베리우스 치하에 있던 로마의 야만
적인 방종에 대한 '결벽적인' 응답이었다.

그렇게 마르셀리누스 역시 고대 세계의 뛰어난 사
람들의 대열에 끼었다. 그런 사람들로는 앞서 언급한
바대로 소크라테스, 코드루스, 카론다스, 리쿠르구스,
클레옴브로투스, 카토, 제논, 클레안테스, 세네카, 파울
리나 등이 있다. 또한 그리스 웅변가 가운데 이소크라
테스와 데모스테네스, 로마 시인인 루크레티우스, 루
카누스, 라비에누스, 극작가 테렌티우스, 비평가 아리
스타르쿠스에다 이 모든 사람들 가운데 가장 결벽적

이었던 페트로니우스, 한니발, 보아디케아, 브루투스, 카시우스, 안토니우스와 클레오파트라, 코케이우스 네르바, 스타티우스, 네로, 오토 1세, 키프로스의 프톨레마이오스왕, 페르시아의 사르다나팔루스왕 등이 있다. 또한 폰투스의 왕인 미트리다테스도 있다. 적으로부터 몸을 지키기 위해 수년에 걸쳐 독약을 조금씩 삼켜 독에 대한 면역을 길러 온 그는, 정작 최후에 독을 마셔 자살하려 했을 때는 성공할 수 없었다. 그외에도 허다하다. 존 던이 고대 세계의 유명한 자살자들 이름을 열거한 목록은, 익살스러운 코멘트들까지 포함하면 모두 세 페이지에 달한다. 몽테뉴는 그 목록에 들어 있지 않은 또 다른 사람들을 한 무더기로 제시했다. 그나마 두 사람 모두 수백 명의 후보자 가운데서 얼마간 무작위로 추출한 것이었다. 그리고 그 수백 명의 후보자라는 것도 로마 스타일로 죽은 모든 사람 중에서 보자면 지극히 적은 일부분에 지나지 않는다.

따라서 로마인은 자살을 떠올릴 때 공포감이나 혐오감을 가지지 않았다고 볼 수 있다. 자살은 그들이 살아온 방식과 그들이 의지해 왔던 원칙에 대하여 고심한 끝에 선택한 '승인 행위'였다. 그 극단적인 (그리고 극단적으로 결벽스러운) 예가 코렐리우스 루푸스이다. 귀족이었던 페든에 의하면, 그는 "폭군 치하에서는 죽고 싶지 않다며 도미티아누스 황제의 집권 하에서는 자살을 끝까지 연기했다. 이 강력한 황제가 죽은 뒤에야 그는 편안한 마음으로 그리고 자유로운 로마인으로서 스스로 목숨을 끊었다."²³ 고상하게 산다는 것은 또한 고상하게, 그리고 바로 적절한 순간에 죽는다는 것을 의미했던 것이다. 좋은 삶과 죽음 모두가 뛰어난 의지와 합리적인 선택에 달려 있었다.

이러한 태도는 로마법에 의해 더욱 부추김을 받았다. 로마법에는 자살자에 대한 응징이나 시체 모독, 혹은 자살에 대한 공포와 두려움의 흔적이 보이지 않는다. 자살에 관한 로마법은 말 그대로 '규칙'이었다. 즉 실용적인 지침이었다는 말이다. 유스티아누스 법전에 의하면 보통 시민은 "병이나 고통을 참지 못하여, 혹은 기타의 이유 때문에" 혹은 "생활에 염증이 나서 (…) 미쳐서 (…) 혹은 치욕을 당할까 두려워서"라는 이유로 자살했을 때에는 처벌될 수 없었다. 그런데 거의 모든 합리적 이유들이 거기에 포함되므로 남는 것은 오직 "이유가 없는" 완전히 불합리한 자살뿐인데, 그러한 자살만은 "자신의 목숨을 아끼지 않는 사람이라면 남의 목숨은 더더구나 아끼지 않는 법이다"라는 이유로 처벌할 수 있었다.²⁴ 달리 말하자면, 불합리한 자살은 행위 자체가 아니라 불합리한 행동이라는 이유 때문에 처벌되는 것이었다. 처벌할 수 있는 또 다른 예외들이 있긴 하지만 그것은 한층 더 실제적인 이유에서이다. 예를 들면 노예가 스스로 목숨을 끊는 것은 범죄였는데, 그것은 순전히 노예란 그의 주인에게는 투자금을 의미한다는 이유 때문이었다. 자동차 보증과 마찬가지로 노예는 흠, 즉 숨겨진 육체적 결함이나 자살

혹은 범죄를 저지를 기질이 없음이 보증되어야 했다. 노예를 사들인 지 6개월 이내에 그 노예가 스스로 목숨을 끊거나 자살을 기도했을 때에는 그를 전 주인에게 돌려보낼——산 채로든 죽은 채로든——수 있었고, 그러면 그 거래는 자연히 무효화되었다.[25] 그와 마찬가지로 병사도 국가의 재산으로 간주되었으며 그의 자살은 탈영에 해당되었다. 로마법은 소크라테스가 그토록 웅변적으로 사용했던 두 가지 비유——병사와 가축의 비유——를 문자 그대로 받아들였던 것이다. 끝으로, 재산 몰수의 처벌을 받게 될 범죄를 저지른 사람이 그 판결을 피하기 위해 자살하는 것 역시 범죄였다. 이 경우, 그 자살자의 법적 상속인은 존재치 않는다고 선고되었다. 이때 죽은 이의 친척들이 그가 아직도 살아 있는 양 자살자인 피고를 위해 변호할 수는 있었다. 그 결과 그 자살자가 무죄가 되면 친척들이 재산을 갖게 되었고, 그렇지 않은 경우라면 재산은 국가에 귀속되었다. 요컨대 로마법에서 자살이 범죄로 간주되는 경우는 경제적 측면에 국한되었다. 즉 자살은 도덕이나 종교에 위배되는 범죄가 아니라, 다만 자본을 투자한 노예 소유 계급 혹은 국가에 대한 범죄였다.

이 시대의 냉철하고 영웅적인 행위들은 찬탄 받을 만하고 또 부럽기까지 한 것이지만, 오늘날 우리의 눈으로 보면 어딘가 기묘하리만큼 비현실적으로 보인다. 인간의 생활과 행동이 그토록 합리적일 수 있고, 위기의 순간에 이르러서도 자신의 의지를 그토록 신뢰할 수 있다니, 불가능한 일 같다. 로마인들이 스스로 그럴 수 있는 양 행동할 수 있었다는 사실 자체가 어떤 비상한 정신적 고행, 즉 그들로서는 그 존재를 믿지도 않았던 영혼의 고행을 은연중에 나타낸다. 한편 그것은 로마인들이 소속돼 있었던 그 괴물 같은 문명의 어떤 특징을 말해 주기도 한다. 앞서 언급한 바 있듯, 죽음을 '무덤덤하게 그리고 공개적으로' 취급하지 않게 된 것은 비교적 최근의 일이다. 그런데 로마 제국에서는 이런 무덤덤함이 광기의 지경에 이르러 있었다. 군중은 여흥을 즐길 때도 죽음이 등장하지 않으면 만족하지 못했다. 존 던은 학술적 근거를 인용하면서 한 달에 3천 명이 검투사 대회에서 죽었다고 말했다.[26] 한때는 사람들이 대중의 오락을 위해 약 120파운드의 돈을 받고 처형되기를 자원했고, 그 돈은 처형당한 자의 상속인에게 지급되었다고 프레이저는 말한다. 그가 덧붙이길, 목숨을 파는 그 '자발적 처형' 시장도 경쟁이 심했다고 한다. 이때 자원자들은 목을 잘려 죽기보다는 두들겨 맞아서 죽겠다고 먼저 제안했는데, 그쪽이 더 서서히 더 고통스럽게 죽으므로 더 흥미진진하기 때문이었다.[†27] 그렇다면 어쩌면, 스토아학파적 의연함은 로마 자체의 살인적인 천박함에 대한 최후의 방어였는지도 모른다. 이 냉정한 영웅들이 자기들 주위를 둘러본즉, 인생이 이루 말할 수 없을 정도로 너무나 잔인하고 불경스럽고 타락했고 분명 무가치했으므로, 그들은 마치 불쌍한 기독교도가 현세의 삶의 비참함에도 불구하고 (혹은 바로 그것 때문에) 신의 자비와 내세의 믿음에 매달렸던 것과 같이 그들 자신의 이성이라는 이상에 매달렸던 것이다. 스토아철학은 요컨대 절망의 철학이었다. 스토아학파의 가장 강력하고 유력한 대변자였던 세네카가 로마 황제 가운데 가장 사악했던 네로의 교사이기도 했다는 건 그저 우연이 아니다.

어쩌면 스토아주의의 냉정함이 초기 기독교의 종교적 히스테리와 그토록 쉽게 동화한 건 바로 그 때문인지도 모른다. 이성적 자살이란 속악한 일반 대중이 가진 '피를 향한 열망'이 빚어낸, 일종의 귀족적 대응 방식이었다. 가난한 사람들과 학대받는 사람들을 위한 종교로서 시작되었던 기독교는 그러한 피의 열망을 받아들이는 한편, 그것을 자살의 관습과 혼합하여 그 둘을 하나의 열망으로 변환했다. 바로 순교를 향한 열망이었다. 로마인들은 오락을 위해 기독교인들을 사자의 먹이로 내주었지만, 기독교인들이 그 짐승들을 영광과 구원을 얻기 위한 수단으로 환영할 줄이야 예측

† 18세기 후반기에 광고를 낸 한 남자의 예가 있다. 그는 일인당 1파운드씩 기꺼이 낼 수 있는 관객이 충분히 모이면 가난에 찌든 자기 가족을 위해 코번트 가든 극장에서 대중이 지켜보는 가운데 자살을 결행하겠다는 것이었다. 이 경우에는 잔인함을 즐기는 취향에다 그보다 한결 더 강한 '감상'벽이 가미되었다. 만약 현대인이 그런 제안을 했다면 당장 가장 가까운 정신병원으로 끌려가거나, 혹은 부조리 연극에서나 다룰 사례로 취급받기 십상일 것이다. (원주)

하지 못했을 것이다. "그 짐승들을 맛보게 해 달라." 이
그나티우스는 말했다. "그놈들이 실제보다 더 잔인하
길 원한다. 만일 그 짐승들이 내게 덤벼들지 않는다면,
나 스스로 그것들을 도발해 강제로 내게 끌어들이리
라."[28] 초기 기독교가 받았던 박해는 종교적이거나 정
치적인 이유 때문이라기보다는 기독교도들이 스스로
불러들인 도착 심리 때문이었다. 세상 물정에 닳고 닳
은 로마 행정관들은 대개 기독교도의 철석같은 고집
에 당황했다. 기독교도들은 로마의 기존 종교에 대해
형식적인 존중만 표해도 목숨을 구할 수 있었으나 그
러기를 거부했다. 설사 그런 행위는 할 수 없다 할지라
도, 그들은 자신들이 처형 판결을 받은 이후 도망갈 수
있는 기회를 포착했을 때조차 스스로 그 기회를 포기
했다. 기독교도들의 이러한 행동 방식을 접한 로마의
행정관들은 당황했다. 1960년대의 학생 혁명 전술가들
과 닮아 있는 이 자칭 순교자들은 로마의 관용에 계속
된 도발로 응했고, 결국 행정관들의 당황은 짜증으로
변했다. 그리고 그 짜증은 지긋지긋함으로 끝났다. 아
프리카 식민지의 한 지방 총독은 자신을 순교시키라
고 울부짖는 기독교도 무리에 둘러싸이자 그들을 향해
외쳤다. "가서 목매달아 죽든지 물에 빠져 죽든지 해서
행정관을 좀 편하게 해 달라."[29] 그 못지않게 지긋지긋
해했던 다른 행정관들은 그보다 한결 더 가혹했고, 그
렇게 영광의 순교자 무리가 아이들을 포함하여 수천
에 이르게 되었다. 그들은 목을 잘리거나 화형당하거

나 절벽에서 뛰어내리거나 불로 지지는 고문을 당하거나 난자당해 죽었는데, 그 모든 결과가 얼마간은 그들이 무턱대고 자청한 것으로서, 오히려 고의적인 도발 행위나 다를 바 없었다. 기독교 순교는 로마의 박해 결과였을 뿐 아니라 기독교가 스스로 창안해 낸 것이기도 했다.

초기 기독교가 로마의 종교 축제를 계승한 것과 똑같이, 그들은 죽음과 자살에 대한 로마인의 태도 역시 이어받았다. 그 과정에서 기독교도들은 로마식 죽음 및 자살관을 신학적인 면에서 부풀리고 왜곡하더니 마침내 완전히 거꾸로 전도해 놓았다. 어느 계층 사람이든, 로마인에게 있어서 죽음 자체는 중요치 않았다. 중요한 문제는 죽는 방식, 즉 적절한 순간에 점잖게 이성적으로 위엄 있게 죽을 수 있느냐였다. 말하자면 죽는 방식이야말로 그들이 삶을 판별하는 데 있어 최종적인 가치 기준을 형성했던 것이다. 초기 기독교 역시 죽음을 그와 똑같이 대수롭지 않게 여겼지만, 시선의 각도가 달랐다. 기독교의 천국 개념으로 보면 인생은 아무리 잘해봐야 사소한 것이고, 잘못하면 사악한 것이었다. 충실한 삶일수록 더 큰 죄의 유혹이 따른다. 따라서 죽음은 초조하게 기다리며 찾아야 하는 구원이었다. 달리 말해 기독교는 이 세상이 눈물과 죄와 유혹의 골짜기이므로 죽음이 그들을 영원한 영광 속으로 해방해 줄 때를 기다려야 한다는 생각을 신자들에게 강렬하게 불어넣었고, 그에 따라 자살의 유혹이 억누를 수 없을 만큼 커졌던 것이다. 죽음에 관해 가장 태연자약했던 로마인들조차 자살을 검토하고 실행한 건 오직 최후의 위안을 구할 때뿐이었다. 그들은 적어도 삶이 견딜 수 없어질 때까지 기다렸다. 하지만 원시기독교에서는 어떤 형편이든 간에 삶은 견디기 힘든 것이었다. 칼로 한번 찌르기만 하면 천국의 지복에 도달할 텐데, 어째서 구원받지 못한 채 살아야 하는가? 이러한 종교적 세계관은 자살을 부추기는 강한 유인이 되었다.

초기 기독교 교부들은 천국의 지복이라는 것만큼이나 강력한 또 하나의 유인을 갖고 있었다. 즉 그들은 사후의 영예를 제공했다. 순교자의 이름은 교회의 연중행사에서 연년세세 찬미되었고, 그들의 서거는 공식적으로 기록되었으며, 그들의 유품은 숭배를 받았다. 그 교부들 가운데 가장 피에 굶주렸던 테르툴리아누스는 신도들에게 박해를 피하려는 시도조차 명시적으로 금지하는 대신 그들에게 가장 달콤한 보상을 제공했다. 그것은 박해를 가한 자에 대한 보복이라는 보상이었다. 즉 "기독교도의 피를 뿌리게 한 어느 도시도 처벌을 면치 못했다"는 것이다.[30] 그리고 나면 순교자들은 자신들을 박해한 적들이 지옥에서 영원한 고문에 시달리는 모습을 천국에서 내려다보게 된다.

무엇보다도 순교는 확실한 구원을 주었다. 세례가 원죄를 정화해 주듯 순교는 그 뒤에 지은 범죄 모두를 일소해 주었다. 바이킹족이나 이누이트족에게 폭력을 통한 죽음이 천국으로 가는 여권이었던 것과 마찬가지로, 기독교도에게는 순교가 천국으로 가는 보증 수표였다. 다만 다른 부분은, 순교자는 전사로서가 아니라 수동적인 희생자로서 죽었다는 점이다. 즉 순교자들이 치른 싸움은 이 세상의 싸움이 아니며, 그들이 거두려는 승리는 모두 이 세상에서 수지를 맞추려는 승리가 아니었다.

신학적으로는 그러한 논리가 저항할 수 없으리만큼 매혹적인 것이긴 하지만, 거기에 따르기 위해서는 광기에 가까운 열광이 필요하다. 존 던이 마음 내키지 않는 듯이, 그리고 약간 곤혹스럽게 언급한 바대로 "그 시절엔 그렇게 죽길 원하는 타고난 순교의 욕구라는 질병이 만연했다. (…) 그 시대에는 그것[순교]에 점점 더 굶주려 탐식하게 되었으므로, 화형을 당할 수 있다는 것만으로 많은 사람들이 세례를 받았고, 스스로 불길 속에 던져질 수 있도록 사형 집행자를 괴롭히고 도발하는 법을 아이들에게 가르쳤다."[31] 이런 특성은 도나투스파에 의해 그 절정에 이르렀다. 도나투스파의 광적인 순교열은 완전히 극에 달해, 결국 교회는 그들에게 이단이라는 선고를 내렸다. 기번은 이 도나투스파의 기괴하고 이상야릇한 천상의 영광이라는 것에 관해 다음과 같이 훌륭하게 묘사했다.

도나투스파의 열광은 매우 이상한
종류의 광란에 의해 불타올랐다. 그러한

광란이 그들 사이에서 정말로 터무니없을 만큼 맹위를 떨쳤을 때는 심지어 어느 나라 어느 시대에서도 그러한 유례를 찾아볼 수 없을 수준이었다. 이 광신자들 대부분이 삶의 공포와 순교의 욕구에 사로잡혀 있었다. 그들은 자신들의 순교 행위가 정당화되기만 한다면, 즉 진정한 믿음의 영광과 영원한 행복의 희망을 향해 스스로를 바치려는 의도가 관철되기만 한다면 어떤 방법으로 누구의 손에 의해 죽느냐는 별로 중요치 않다고 봤다. 때때로 이들 도나투스파는 우상 숭배자인 이교도를 흥분시키고 그들 신을 모독한 것에 대한 복수를 유도하려고 일부러 이교도 신전의 신성을 더럽히거나 종교 축제에서 난폭한 소란을 피웠다. 법정에 억지로 떠밀고 들어가, 무서워 떠는 재판관에게 자신들을 처형하라는 지시를 내리도록 강요하는 때도 더러 있었다. 또한 길 가는 사람들을 붙들어 세우고 자기에게 순교의 일격을 가하라고 강요하면서, 만일 그 말을 들어주면 보답하겠다고 약속하고 그 희한한 친절을 베풀어 주길 거절하면 죽여 버리겠다고 협박하기도 했다. 이러한 모든 방편으로도 뜻을 이루지 못했을 때에는 몇 월 며칠에

친구들과 신앙의 벗들이 보는 앞에서 절벽
아래로 거꾸로 떨어지겠다고 공언했다.
이러한 수많은 종교적 자살자들에 의해
유명해진 절벽들이 많았다.[32]

4세기와 5세기에는 도나투스파의 활약——그렇게 말
해도 될지 모르겠지만——이 대단했다. 그래서 동시대
인이었던 아우구스티누스는 그들을 향해 "순교를 동
경한 나머지 스스로 목숨을 끊는 게 그들의 일상적인
오락이다"라고 꼬집었다. 아우구스티누스는 자살에 관
한 당시 기독교 교리의 논리적 딜레마를 깨닫고 있었
다. 죄를 피하기 위한 자살이 허락될 수 있다면, 세례
를 통해 원죄를 씻은 사람들에게는 자살이 그다음의
당연한 코스가 될 터였다. 순교자들의 자살 광기와 관
련된 이러한 궤변에 분개한 성 아우구스티누스는 자
살이 "혐오와 저주를 받아야 할 사악함"으로서 세례와
(하늘이 점지해 주신) 죽음 사이에 인간이 저지를 수 있
는 그 어느 죄보다도 더 큰 죄임을 입증하기 위해 여러
가지 논쟁을 전개했다. 앞서 언급했던 바대로 성 아우
구스티누스가 사용한 여러 논지 중 첫 번째는 제6계명
인 '살인하지 말라'에서 끌어온 것이었다. 그리하여 스
스로 목숨을 끊는 사람은 이 계명을 어겼으므로 살인
자가 되는 것이었다.[†] 더구나 한 인간이 자신의 죄를
보상하기 위하여 스스로를 죽인다면, 그것은 국가와
교회의 기능을 탈취하는 것이었다. 게다가 죄를 피하

기 위해 순결한 채로 죽는다면(자살한다면) 그 순결한 죽음의 책임이 자기 자신에게 돌아가게 된다. 그것은 그가 저지를지도 모를 다른 어떤 죄보다도 더 나쁜 죄였으니, 왜냐하면 자살한 자는 이미 죽었기에 속죄할 방도가 없기 때문이었다. 표면적으로 그는 플라톤과 피타고라스학파의 논지를 받아들였다. 즉 생명은 신이 주신 선물이고 인간의 고난은 하늘이 미리 운명 지운 것이기에, 인간이 스스로 죽음으로써 그 주어진 기간을 단축할 수는 없으며, 따라서 주어진 고난을 참을성 있게 견뎌 내는 일만이 인간 영혼의 위대함을 재는 척도가 된다는 논리였다. 이에 따르면 스스로 목숨을 끊는 행위는 그가 신의 뜻을 받아들이지 않았다는 증거가 될 따름이었다.

† 　바로 이 주장이 민법 속에 흡수되었다. "오늘날까지도 나는, 자살이 어떠한 범죄로 성립되는지, 즉 그것이 개별적인 범죄인지 아니면 살인죄의 특수한 한 사례인지 알지 못한다. 아마도 후자 쪽으로 보는 게 더 나은 견해이리라. 자살이라는 범죄가 가진 재미있는 또 다른 양상은, 그것이 공식적으로 서술되는 방식이다. 즉 다른 모든 범죄의 경우, 관습법은 범죄 자체를 규정한다('절도는 흉악한 의도를 갖고 훔치는 것이다' '살인은 불법적으로 사람을 죽이는 것이다' 등). 그러나 자살의 경우 범죄가 아니라 범죄자가 규정된다. '자신을 죽이는 사람은 중죄인이다'처럼 말이다. 기독교 교리와 마찬가지로 관습법 역시 가해자와 가해의 대상이 한 인물로 합쳐진 이 범죄의 딜레마 속에서 고심했다."[33] (원주)

성 아우구스티누스의 권위가 워낙 크기도 했지만, 여기에 더불어 순교자가 되려는 자들의 과도한 행위가 여론을 마침내 자살에 불리한 편으로 돌아서게 만들었다. AD 533년 오를레앙 종교회의는 범죄로 기소된 상태인 사람이 자살하면 그 장례식을 치르지 못하도록 했다. 그렇게 함으로써 교회는 자살자의 상속 재산에 대한 국가의 권리를 지키기 위해 만들어진 로마법의 취지를 계승했으며, 심지어 이를 넘어서 자살 그 자체를 하나의 범죄로 (그것도 어느 죄보다 심각한 범죄로) 선고한 셈이었다. 왜냐하면 보통의 다른 범죄자들에게는 여전히 마땅한 기독교적 장례식이 허용되었기 때문이다. 그로부터 30년 뒤, 자살은 심각한 범죄에 해당한다는 규정이 교회법에 의해 조건 없이 승인되었다. 562년 브라가 종교회의는 자살자의 사회적 위치나 그 사유 혹은 방법을 불문하고 '모든' 자살자들에 대한 장례식을 거부하도록 지시했다. 이에 관한 최후의 조치는 693년 톨레도 종교회의에 의해 취해졌다. 자살 미수자까지 파문하라는 규정이 확립된 것이다.

그때부터 문이 꽝 닫혔다. 로마인에게는 품위있는 대안이었고 초기 기독교도들에게는 천국으로 가는 열쇠였던 자살이, 이제는 죽을죄 가운데서도 가장 치명적인 죄가 되고 말았다. 성 마태오가 유다의 자살을 아무런 논평 없이 —— 심지어 그 침묵은 어떻게 보면 유다가 자살한 덕분에 그의 다른 죄들이 사함을 받았을 수 있다는 의미까지 함축한다 —— 기록한 부분을 두고,

후대 신학자들은 유다가 예수를 배반한 죄보다 자살한 죄 때문에 더 큰 저주를 받았다고 주장했다. 11세기의 성 브루노는 자살을 "사탄을 위한 순교"라고 불렀고, 그로부터 두 세기 뒤에는 성 토마스 아퀴나스가 그 문제 전체를 『신학대전』 안에 봉해 놓았다. 이 책에 따르면 자살은 생명을 주신 신에 대한 대죄이며, 또한 정의와 인간애에도 어긋나는 죄였다. 그런데 이후 기독교 교리의 중심이 될 『신학대전』이 자살에 관해 펼친 이 논지는 사실 비기독교적 출처에서 따온 것이었다. 자살이 신에 대한 죄라는 개념은 아우구스티누스가 그 비슷한 주장을 했을 때와 마찬가지로 결국은 플라톤으로부터 가져온 것이다. 또한 정의에 어긋나는 죄 — 토마스 아퀴나스는 정의를 공동체에 대한 개인의 의무라는 뜻으로 사용했다 — 라는 개념은 아리스토텔레스로부터 연유한 것이다. 인간애에 어긋나는 죄라는 측면에 대해서도 말해 보자. 아퀴나스는 인간애라는 것을 모든 인간이 자기 자신에 대해 품고 있는 본능적인 사랑, 다시 말해 인간이 미천한 짐승들과 똑같이 지닌 자기보존의 본능이라는 뜻으로 썼는데, 그러한 인간애를 거스른다는 것은 자연에 거스르는 일이 되므로 이는 곧 죽을죄라는 것이었다.† 이러한 논리를 최초로 사용한 사람은 히브리인 장군 요세푸스로, 그는 로마군에 패한 뒤 자기 병사들이 자살하지 못하도록 설득하려고 그러한 논리를 사용했다. (이때 그는 플라톤의 주장도 함께 차용했다.)

이처럼 그 주요 논지가 비기독교적 출처에서 나온 것들임에도 불구하고, 아우구스티누스의 시대로부터 아퀴나스의 시대에 이르기까지 기나긴 — 그리고 유독 미신적이었던 — 세월을 거치는 동안 자살은 기독교의 가장 큰 죄악으로 변했다. 아우구스티누스가 자살을 비난하고 나선 건 일종의 자살 예방책이었다. 순교를 향한 당시의 열망은 손댈 수 없을 정도로 심했던 데다, 4세기의 교회 사정에 적합하지도 않았다. 더구나 자살은 기독교 가르침의 본질 즉 '영혼을 담는 그릇으로서의 생명'을 존중하라는 주문을 거스르는 죄이기도 했다. 또 이런 문제도 있었다. 자기 자신을 죽이는 일이 허용된다면, '네 이웃을 네 몸처럼 사랑하라'는 말은 이치에 맞지 않는 얘기가 되어 버리는 것이다. 하지만 그렇다고 해서 초창기 교회들이 (순교라는 색깔로 얇게 덧칠한) 자살이라는 거대한 암석 위에 세워졌다는 사실은 변하지 않는다. 따라서 아마도 자살을 죄악으로 단죄할 때 내보이는 단호함이나 자살자의 죽은 몸

---

† 그렇지 않다. 글랜빌 윌리엄스가 학술적 근거를 인용하여, 때로는 개들도 자살한다는 사실을 보여 준다. "대개는 물에 빠져 죽거나 음식을 거부하여 자살하는데 그 이유도 여러 가지이다. 보통은 자기가 살던 집 주인에게서 쫓겨났을 때, 또는 섭섭함이나 후회 때문에, 심지어는 순전히 권태 때문에 자살한다. 이런 유의 동물의 자살은 지능이 발달한 표시로 간주할 수 있다." (원주)[34]

에 복수를 가할 때 드러내 보였던 끔찍함은 자살이라는 행위가 기독교의 상상력에 행사했던 영향력의 크기와 비례하는 듯하며, 또한 육체의 덫으로부터 가장 간단하고 가장 확실하게 도피하고 싶다는 저 어슴푸레한 유혹의 크기와도 비례하는 듯하다. 이렇게 자살이 부정적으로 재정립된 뒤인 13세기 초, 카타리파†가 초기 기독교 성자들의 전례를 따라 그야말로 자살적인 순교를 추구했다. 그런데 대외적으로 그 집단 순교는 성스러운 행위가 아니라 그저 그들이 앞서 행해 왔던 여러 이단 행위를 스스로 반성하고 청산한 행동으로 여겨졌다. 결국 카타리파는 순교를 통해 역설적인 결과를 얻었다. 그들은 자발적인 죽음을 통해 자신들을 잔인하게 도살한 외부 세력이 옳다고 인정하게 된 셈이었다.

페든은 아우구스티누스의 가르침과 로마법이 동시에 하나의 촉매로 작용하면서 자살에 대한 원시적 공포감을 모두 밖으로 풀어놓았다고 믿는다(그에 따르면 이성적인 시대일수록 자살에 대한 공포감은 억제되어 드러나지 않는다). 아마도 그의 말이 맞을 것이다. 그러나 실제로 일어난 현상은 그보다 더욱 의미심장한 것이었다. 즉 처음엔 예방책으로 시작되었던 것이 뒤에는 전반적인 성격의 변화로 끝났다. 자살이라는 행위는 서구 문명이 최초로 개화하던 동안에는 묵인되었고, 그 뒤에는 찬미되었으며, 그보다 더 뒤에는 열광적 신앙을 나타내는 최고의 표상으로서 추구되었다. 그러고는 결국 심한 도덕적 혐오감을 불러일으키는 대상으로 변했다. 후기 르네상스에 이르러 개인이 스스로 목숨을 끊을 수 있는 권리의 문제가 또다시 제기되었을 때, 그것은 기독교 신앙과 도덕의 전 체계에 도전하는 행위로 보였다. 존 던과 같은 이들은 자살이 혐오스러운 행위가 된 지 천 년 이상의 세월이 흐른 그 시점에 다시 한번 자살을 옹호하는 주장을 우회적 방법으로 펴기 시작했다. 그러자 그와 동시에 그런 이들을 비방하는 거칠고 결벽적인 도덕적 논조와 진지한 확언이 출현했다. 교회라는 거창한 권위를 등에 업고 있던 그 '도덕적 확신'들은 존 던과 같은 사람들의 주장을 쉽게 무효화할 수 있었다. 볼테르, 흄, 쇼펜하우어 등 철학자들의 주장은 점점 더 분명하게 그리고 합리적으로 변해 갔지만, 그것만으로는 교회의 권위를 등에 업은 사람들의 도덕적 확신을 동요케 하기 어려웠다. 신앙심 깊은 비방의 목소리가 더 날카로워지고 더 무례해지는 동안 학자들의 자신감은 떨어졌다.

이 모든 상태를 변화시키기 위해서는 과학의 반

---

† 12~13세기에 프랑스 남부 알비 지역에서 번성했던 한 종파로, 알비 십자군의 침공과 종교 재판에 의해 소멸되었다. 당시 한 십자군 병사가 교황 특사에게 '점령지의 민간인 가운데 카타리파와 가톨릭교도를 어떻게 구별하느냐'고 물었는데, 이때 특사가 한 대답은 이후 종교적 광기를 상징하는 문구가 되었다. "모두 죽여라. 주님께서는 누가 당신의 백성인지 아신다."

(反)혁명을 치러야 했다. 이탈리아의 정신의학 교수이며 자살 문제를 분석하는 데 통계를 이용했다는 점에서 뒤르켐의 가장 뛰어난 선배라 할 수 있는 헨리 모셀리는 1879년에 이렇게 썼다. "예전의 개인주의적 철학은 자살에 자유와 자발성이라는 특성을 부여했으나, 이제는 자살을 개인적이고 독자적인 기능의 표현으로서가 아니라 다른 민족적 요인과 결합한 사회적 현상으로 연구할 필요가 생겼다."[35]

즉 자살에 관한 논의가 개인에게서 사회로 옮겨가고, 자살이라는 현상은 도덕적 당위에서 해결해야 할 문제로 변한 것이다. 이는 사회적으로 엄청난 성과였다. 자살에 가해지던 법적 형벌은 점차 사라져갔고, 자살자의 가족이 상속권을 박탈당하는 일이나 정신병을 물려받았을지도 모른다며 모독받는 일은 이제 존재하지 않는다. 자살자의 가족들은 다른 사람을 여의었을 때와 똑같은 절차를 이용해 그를 매장하고 슬퍼할 수 있게 됐다. 또한 성공하지 못한 자살, 즉 자살 미수의 경우에도 이제는 교수대나 감옥으로 향하는 게 아니라 기껏해야 정신병원에서 일정 기간 관찰을 받을 뿐이다. 자살 미수자가 직면하는 가장 뼈아픈 문제는 그 자신의 끊임없이 계속되는 우울 상태뿐이다. 그 외에 그에게 부과되는 문제는 없다.

그러나 본질적인 면에서는 잃어버린 부분도 있다. 자살에 대한 교회의 유죄 판결은 (그것이 아무리 잔인하다 할지라도) 최소한 그 자살자의 영혼을 중히 여기는 관심을 기초로 한 것이었다. 그와 반대로 현대 과학의 자살 묵인은 인간에 대한 무관심 위에 세워진 것 같다. 자살 행위는 저주의 영역에서 빠져나오긴 했지만, 대신에 순전히 흥미롭고 지적인 문제로 변형되는 희생을 치러야 했다. 또한 자살은 여러 오명으로부터 벗어나긴 했지만, 그와 동시에 기존에 지니고 있던 비극성과 도덕으로부터도 벗어났다. 내 생각에는, 죽음을 텔레비전 화면 위에서 흥미진진하게 (또한 조금은 선정적으로) 벌어지는 해프닝으로 보는 관념과 죽음을 추상적인 사회학적 문제로 보는 관념 사이에는 별다른 차이가 없는 것 같다. 자살 방지 운운하는 그 많은 얘기에도 불구하고, 오늘날의 사회과학자들은 일찍이 기독교의 가장 극단적인 교조주의적 신학자들이 그랬던 것과 마찬가지로 자살자를 받아들이지 않는다. 그리하여 『종교 윤리 백과사전』의 자살 항목을 쓴 집필자마저 안도감을 그대로 드러낸다. "현대에 이르러 자살이라는 문제를 합리적으로 취급하는 데 가장 큰 공헌을 한 요소는 아마도 (⋯) 수많은 자살들이 실은 도덕과는 아무런 상관없는 행위이며 정신병 전문가들이 다루어야 할 행위라고 생각하게 된 점일 것이다." 그 속뜻은 명백하다. 현대인의 자살은 상처받기 쉽고 그때그때 변하기도 쉬운 인간의 세계로부터 쫓겨나 과학이라는 격리 병동 안에 꼭꼭 숨겨져 버린 것이다. 오가됴프와 그의 정부가 그러한 변화 속에서 감사할 만한 점을 많이 발견했을지 의문이다.

제 3 장

자살, 그 폐쇄된 세계

†

모든 사람은 자기 자신의 가장 큰 적이다. (…) 우리는 종종 스스로를 망치기 위해 애쓴다. 신께서 우리에게 주신 좋은 것들, 건강, 재산, 힘, 지혜, 학문, 예술, 기억과 같은 것을 자기 파괴를 위해 남용하는 것이다. (…) 우리는 스스로를 몰락시키기 위해 무장하며, 우리에게 도움이 되어야 할 이성이나 예술적 판단력 같은 것을 스스로를 망치는 도구로 사용한다.

—— 로버트 버튼

†

사람들이 살아가면서 스스로에게 자살의 요소들을 적용하는 모습을 어디에서나 볼 수 있었다. 그런 사람들에게는 자신을 대변해 주는 최후의 행위가 만들어 내는 확고한 결말이 주어지지 않는다. 이때 자살은, 간단히 말해, 매일 반복되고 늘 존재하는 삶의 문제이다. 그것은 정도의 문제이다. 나는 그것을 다양한 발전 단계와 절망의 모습으로 목격해왔다. 실패한 변호사, 냉소적인 의사, 우울한 주부, 분노한 10대. (…) 모든 인류는 일상적 활동이라는 거대한 음모 속에서 자신들의 삶에 반(反)하고 있었다. 자살의 의미, 자살의 진정한 의미는 아직 정의되지 않았다. 그것은 아직 그것이 마땅히 누려야 할 넓은 차원 안에서 창조되지 않았다.

—— 대니얼 스턴

제 3 장
자살, 그 폐쇄된 세계

1. 오해

자살에는 다 그럴듯한 이유가 하나씩은 있는
법이다.
—— 체사레 파베세

자살은 아직도 사람들이 색안경을 쓰고 보는 일 중 하
나지만, 그래도 지난 80여 년 사이에 그러한 태도에는
변화가 생겼다. 무조건 비난할 것만은 아니라는 태도
가 생긴 것이다. 다시 말하면, 자살에 대한 편견은 여
전하긴 하지만, 한때 그 편견에 위세를 부여해 주었던
종교적 계율들이 이제 그 자명성을 상당히 상실한 듯

이 보인다. 그 결과 마땅히 지탄해야 한다던 어조도 많이 누그러졌고, 결국 과거에는 대죄 가운데 하나로 단죄되었던 자살이 이제는 개인적인 비행 정도로 여겨지게 되었다. 말하자면 자살은 '대단치는 않으나 밝히기 거북한 망신거리', 피해 가야 하고 씻어 버려야 할 부끄러운 일, 입에 담기도 어렵고 어딘가 흉물스럽게 느껴지는 일, 자기 살해라기보다는 자기 모독처럼 느껴지는 일이 된 것이다.

이처럼 기이한 변화가 생긴 이유 중 하나는, 자살이 인간사에 있어 변함없이 충격적인 일이면서도 한편으로는 상당한 지위를 갖게 되었다는 데 있다. 무슨 말인가 하면 자살이 학문의 집중적인 연구 대상이 되었다는 것이다. 학문이란 무엇이든 상당한 위치로 끌어올릴 수 있으니 말이다. 변화는 1897년 에밀 뒤르켐의 고전적 저작 『자살론: 사회학적 연구』가 출판되면서부터 일어나기 시작했다. 이 책의 부제는 분명 문제의 정곡을 찌른 것이었다. 이 행위의 문제성을 도덕성에 두지 않고 그와 같은 절망적인 상황을 야기하는 사회적 상황에 둔 것이다. 그리하여 '죽느냐 사느냐'의 물음이 '왜?'라는 물음으로 대치되었다. 뒤르켐 이후로는 조금의 멈칫거림도 없었다. 자살에 대한 학술적 연구가 우후죽순처럼 불어났고, 특히 1920년대 이후가 그랬다. 그리하여 정신분석가, 정신과의사 겸 임상심리학자, 사회학자 겸 사회사업가, 통계학자 겸 의료인들이 너나 할 것 없이 앞을 다투어 내놓은 각종 임상 연구 보고, 통계 분석, 각양각색의 관점에서 본 각양각색의 이론들이 난무하게 되었다. 심지어는 보험 회사들까지 이를 연구하는 형편이다. 학술지에는 기고가 그칠 새 없고, 해마다 전문서들이 새로이 출간되며 두툼한 논문집이 한 권씩 거의 해를 거르지 않고 세상에 나온다. 사람들 말로는, 자살은 이제 주요 연구 주제 가운데 하나가 될 만큼 커졌고, '자살학(Suicidology)'이라는 독자적인 명칭까지 갖게 되었다. 볼티모어에 있는 존스홉킨스대학교의 그 유명한 의과대에는 고도의 편제로 활발히 운영 중인 자살학 연구기관이 병설되어 있다. 또한 미국 정부의 보건복지부는 『자살학 논집』이라는 잡지를 후원한다. 자살에 관한 대중의 관심도가 꾸준히 높아지는 것도 이 모든 연구 활동과 관계 있다 할 것이다. 고통받는 사람을 보면 그냥 지나치지 못하는 사마리아인과 같은 사람들이 1953년 런던에서 최초의 자살 방지 센터를 설립했다. 이들은 학자들이라면 10년 넘어 걸려 할 일을 한 달이면 실속 있게 해 낼 수 있는 사람들이라 하겠다. 처음에는 마리 스토프스 상담소†의 경우처럼 어려움도 컸고, 얼마간은 경원시되기도 했으나 이젠 영국에만도 100여 개의 지부가 있다. 영연방은 물론 북유럽 대부분의 지역에도 그와 비

---

†   Marie Carmichael Stopes, 1880~1958. 영국 최초로 여성의 피임 및 낙태 등의 재생산권을 주장하고 상담소를 설립했다.

슷한 사회봉사기관들이 세워졌고, 미국에도 로스앤젤레스를 중심으로 조직된 자살 방지 센터들이 있다. 또한 자살을 주제로 학술적 성격과 실질적 성격을 동시에 띤 국제 회의가 해마다 열린다.

　잠재적 자살자들이 지금까지 이 모든 활동으로부터 얼마나 도움을 받았는지는 대개 분명하지 않다. 그러나 최소한 과거의 그릇된 인식들이 대부분 불식된 것만은 확실하다. 이를테면 과거에는 자살이 으레 청춘들의 연애와 불가분의 관계에 있다고 생각되기 일쑤였다. 그 좋은 본보기로 젊고 이상주의적이며 정열에 넘치는 로미오와 줄리엣을 들 수 있다. 그러나 통계적으로 보면 로미오와 줄리엣이 자신들의 목숨을 성공적으로 끊을 수 있는 가능성은 자연사한 리어왕이나 미수에 그치고 말았던 글로스터가 자살에 성공했을 가능성보다 훨씬 작다. 자살 성공률은 연령과 함께 증가하여 55세부터 65세 사이에 최고에 이른다. 이에 비해 청년층은 시도를 많이 하며, 그런 경향은 25세에서 45세 사이에 정점을 이룬다. 이것은 아마도 청년층이 감정을 타고 충동적으로 행동하는 반면, 노년층은 알건 다 알고 한층 용의주도하여 자살을 기도하면 꼭 성공하기 때문일 것이다. 그러나 여기에는 무엇인가 더 근본적인 이유가 있지 않을까 추측해 본다. 어윈 스턴절 교수가 생각하듯이 자살 기도가 일종의 '도와 달라는 외침'이라고 한다면, 젊은이들은 그와 같은 자기 파멸적 행위에서조차 여전히 낙관적인 데가 있다는 것이다. 젊은이들이 나이 든 사람들에 비해 상처를 받기가 쉬울지는 모르나, 그들은 그럼에도 미코버 씨[†]처럼 무엇인가가 혹은 누군가가 나타나 주리라 기대하는 것이다. 플롯 면에서만 본다면 『로미오와 줄리엣』은 불발된 희극이다. 마치 『겨울 이야기』가 불발됨으로써 구제받은 비극이 된 것과 비슷한 식이다. 그러나 노인들은 다르다. 그들은 리어왕처럼 친구도, 가족도, 일자리도 없기 마련인 데다가 불치병 하나쯤은 으레 앓고 있기가 십상이어서 그런 환상 따위는 갖지 않는다.[‡] 요컨대, 과학주차 반박하기 어려운 진짜 오해는, 사람이 노년기

[†] 찰스 디킨스의 『데이비드 코퍼필드』에 등장하는 낙천적인 인물.

[‡] 다음은 최근에 영국에서 일어난 두 가지 극단적인 예이다.
　　　첫째는 어느 95세 퇴역 장교의 자살이다. 그 노인은 여러 해 동안 얼마 되지 않는 연금으로 호텔에서 살아가고 있었다. 그러던 어느 날 호텔 주인이 바뀌고 경영 방식이 달라지면서 노인이 감당하기 벅찰 만큼 방세가 올랐다. 노인은 자신의 생활 태도를 바꿔 이사를 해야겠다고 생각했다. 이사하기 며칠 전부터 그는 위통을 느껴 의사에게 가서 혹시 위에 '종양'이라도 생기지 않았는지 물어보았다. 의사는 노인을 진찰하고 나서 그의 근심을 건강 염려증이라며 일소에 부쳤다. 그런데 노인이 죽은 후 검시해 본 결과 위암이 상당히 진전되어 있었음이 밝혀졌다. 그는 이미 95세에 달해 있었지만, 그의 생존 감각은 (의사의 말을 믿지 않고) 자신의 죽음이 임박했음을 스스로 인식할 수 있을 만큼 강한 것이었는지도 모른다. 결국 (병원에서 밝히지 못한) 신체적 불편

에 평정심을 갖게 된다는 착각이다.

로미오와 줄리엣 역시 또 하나의 일반적인 오해를

에다 주거지를 옮기지 않으면 안 된다는 압박까지 겹치자,
그는 비닐봉지에 머리를 집어넣고 질식사했다.

두 번째 역시 같은 지방에서 같은 방법으로 자살한 어
느 노부인의 경우다. 그 부인은 85세였고, 건강하고 활달했
으며, 겉보기에는 늘 명랑한 얼굴이었다. 그러나 그녀의 남
편은 죽고 없었으며, 자식들은 모두 따로 나가 살고 있었다.
그러던 어느 날 아침, 부인은 커다란 비닐봉지에 든 양배추
를 쏟아 테이블 위에 가지런히 쌓아 놓은 다음——그 행동
은 아마도 그녀가 평생 알뜰한 살림꾼이었음을 말해 주는
것이리라——그 봉지를 머리에 뒤집어쓰고 질식사했다. 부
인이 발견되었을 때 두 눈에는 작은 양배추 이파리가 하나
씩 붙어 있었다.

그와 유사한 사례를 서술하며 K. R. 아이슬러는 이렇
게 언급했다. "나는 한 노인의 자살에 관심을 가진 적이 있
다. 그 노인은 오랫동안 중병을 앓던 참이라 병사하는 게 당
연한 수순이었을 것이다. 따라서 그의 자살은 다른 사람들
의 마음에 유난히 강한 반응을 불러일으켰다. 어떤 사람들
은 노인이 대단한 일을 한 것처럼 이야기했고 또 어떤 사람
은 노인의 과시적 행위를 못마땅하게 보기도 했다. 그러나
모두의 의견이 일치를 보는 부분은, 노인이 분명 굉장한 고
통을 겪어 왔으리라는 점이었다. 또한 모두가 그럴듯한 이
유를 내세우며 자살한 사례보다 그의 죽음에 더 큰 연민을
느꼈다. 여기서 사회의 양가적인 태도가 잘 드러난다. 자살
을 한 사람은 영웅이고, 그에 따라 그를 향해 존경과 분노라
는 상반되는 반응이 발생한다. 그는 죽음에 대항했기 때문
에 엠페도클레스처럼 존경받는다. 그러나 그는 도피해 버렸
다는 점에서 지탄받기도 한다."[1] 이러한 경우들이 야기하는

구체화한다. 대단한 정열 때문에 자살한다는 오해 말이다. 사랑 때문에 죽는 사람들은 실은 대개 실수거나 재수가 없기 때문에 죽는 듯하다. 런던 경찰들은 템스 강에서 건져 올린 자살자의 시체를 보면 사랑의 실패 때문에 투신한 사람들과 부채 때문에 투신한 사람들을 어김없이 구별할 수 있다고 한다. 사랑 때문에 죽은 사람은 다리의 교각에 매달려 살려고 발버둥을 치느라 손가락들이 거의 하나같이 찢긴 반면, 빚 따위에 시달려 죽은 사람들은 몸부림이나 뒤늦은 후회 같은 것 없이 시멘트 덩어리가 가라앉듯 물속으로 가라앉는 게 분명하다는 것이다.

세 번째 일반적인 오해는 자살이 나쁜 기후 때문에 발생한다는 생각이다. 18세기 초의 한 프랑스 소설은 다음과 같이 시작한다. "영국인들이 목을 매거나 강에 투신하는 암울한 11월에……" 자살이 어딘가 겨울과 관계가 있으리라는 생각은 아마도 자살 행위를 일종의 암흑 행위†로 보는 우리의 미신적 두려움의 잔재

연민에 대해 왈가왈부할 수는 없으나, 그 찬탄에 대해서만큼은 이야기해 볼 수 있겠다. 자살한 노인들을 향한 찬탄은 내가 보기에 죽음에 대한 대항과는 전혀 관계가 없다. 오히려 찬탄은 이러한 노인들이 내보이는 비상하리만치 현실적인 태도에 바쳐진다. 그들은 자신들이 부지하고 있는 생이 자신들에게 부여한 용인할 수 없는 조건들에 맞서서 그것을 직접 심판하고 싶었던 것이다. 노년의 미망과 자기 연민과 외곬의 이기심 속으로 피난하지 않고서 말이다. (원주)

때문이거나, 정신의 기상은 천기에 반영된다는 막연한 유아적 발상의 잔재 때문일 것이다. 그러나 사실을 살펴보면, 그 암울한 11월의 자살률은 연중 최저에 가깝다. 자기 파괴 행위의 주기는 자연의 주기를 그대로 따르는 것이다. 가을이 되면 쇠퇴하고 한겨울이면 최저에 이르며, 나무에 물이 오름에 따라 서서히 증가하기 시작한다. 최고에 이르는 때는 초여름인 5월과 6월 사이이며 7월에는 다시금 점차 하강한다. 더없는 인간애와 예민한 감성을 가진 스턴절 교수 같은 권위자조차 이러한 현상에 대해서는 설명을 못 하고 있다. 그는 이 현상이 "인간에게는 두드러지지 않지만 동물의 생활에서는 중요한 역할을 하는 생물학적 변화의 리듬"과 관계가 있을지도 모른다고 말한다.[2] 그러나 나는 그와는 정반대의 경우가 더 맞을 듯싶다. 자살 충동은 봄철에 증가하는데, 그것은 어떤 신비한 생물학적 변화가 있어서가 아니라 오히려 그러한 변화가 없기 때문이라는 것이다. 변화가 아니라 정체가 있는 것이다.

> 새들은 집을 짓는데 나는 짓지 못하네.
> 짓지 않고 견딜 뿐.
> 시절은 환관, 깨어나는 어느 것 하나
> 키워 내지 못하네.

† a deed of darkness, 즉 죄악.

나의 주, 오 생명의 주이시여, 나의
뿌리에도 비를 내리시라.

자살자의 우울 상태란 얼어붙어 생산도 없고 움직임도
없는 일종의 정신적 겨울이다. 자연이 더욱 풍요로워
지고 더욱 온화해지며 더 유쾌해질수록 그 내부의 겨
울은 그만큼 더 깊어 가고, 내부 세계와 외부 세계 사
이에 가로놓인 심연은 그만큼 더 넓어지고 견딜 수 없
는 것이 되어 가는 것 같다. 따라서 자살은 부자연스러
운 상태에 대한 자연적이 반응이라 할 수 있다. 우울증
에 빠진 사람들이 성탄절을 견디기 어려워하는 것은
아마 이러한 이유 때문일 것이다. 성탄절은, 마치 폭풍
우 치는 날 밤에 불빛이 새어 나오는 창문처럼, 이론상
으로는 무자비한 계절 속에 자리 잡은 따뜻하고 밝은
오아시스일 것이다. 그러나 집을 떠나 방황하는 사람
들에게 성탄절은 봄이라는 계절과 마찬가지의 영향을
끼친다. 즉 공적인 화기애애함과 흥청거림이 차가운
개인적 절망과의 간극을 더욱 크게 벌리는 것이다.

　　일반에 널리 퍼진 네 번째 그릇된 생각은 자살이
민족적 풍조와 관계있다는 것이다. 200년 전만 해도 자
살은 영국 사람들의 병으로 간주되었다. 프랑스인들은
'suicide'라는 단어를 영국에서 건너온 외래어로 받아들
였다. 근래에 '핫도그'나 '드러그스토어'와 같은 말을 미
국에서 받아들인 것처럼 말이다. 18세기에 어떤 프랑
스 에세이스트는 영국인들에 대해 다음과 같이 썼다.

그들은 제 손으로 목숨을 끊으면서도
마치 그 손을 타인의 것으로 여기듯
냉정하다. 작년에는 보름 동안 세 명의
여자가 사랑에 어떤 장애가 생기자 목을
매달았다. 그러한 사실을 나에게 전해 준
사람들도 그러한 경향을 걱정하기보다는
오히려 그중 두 명이 아일랜드인 때문에
죽었다는 사실에 더 관심을 보였다.
영국인들은 아일랜드인을 대단히 경멸하여,
그들이 애초에 사랑 같은 건 할 능력이 없는
민족이라고 여기고 있었기 때문이다.[3]

저 위대한 몽테스키외조차 이와 같은 황당한 이야기를
그럴듯하다고 생각한 나머지 『법의 정신』에 모셔다 넣
었다.

　　　우리는 로마인들이 이유 없이 자살한
예를 발견하지 못한다. 반면 영국인들의
자살에는 매우 설명 곤란한 점이 많다.
그들은 행복의 품에 안겨 있을 때도 종종
목숨을 끊는다. 로마인들의 자살 행위는
교양의 결과로, 그들의 원칙 및 관습과
연결돼 있었다. 그런데 영국인들의 그것은
심신상의 이상에 따른 결과라고 할 수 있다.
어쩌면 괴혈병과 관계있을지도 모른다.[4]

자살이 일종의 민족적 반사 작용으로 간주되는 나라는 이런 식으로 저절로 우스꽝스러운 꼴이 되고 만다. 이런 식으로 18세기 유럽에서 어릿광대처럼 정신적 희생양이 되었던 나라가 바로 영국이다. 당시 영국인들이란 대륙 문명의 가장자리에 걸터앉은 채 생존 불가능한 풍토 속에서 살아가는 자들로, 조금만 자극을 받아도 곧 제 목을 자르거나 자신에게 총질을 하고 목을 매다는 사람들이었다. 로런스 스턴†도 비꼬는 어조로 말했다. "프랑스인들이라면 더 멋지게 해 낼 텐데."

20세기에 들어와서는 공격의 화살이 스웨덴 사람들에게 돌려졌다. 아이젠하워 대통령은 지나친 사회복지가 어떤 결과를 불러 오는가를 보여 주기 위해 스웨덴의 경우를 예로 들었다. 아이젠하워는 다른 어느 때보다도 형편없이 단순한 보고를 받았던 모양이었다. 현재 스웨덴의 자살률은 사회복지 계획이 시작되기 이전인 1910년과 별반 다름이 없다. 이는 민간 기업과 조세 유인의 피난처인 스위스의 자살률보다 낮은 것이며, 세계보건기구가 발행한 최신 국가별 자살 통계표에도 실제로 9위에 머물러 있을 뿐이다.[5] 스웨덴인들은 아마도 꾸준한 중립주의 덕분에 세계 다른 나라들이 그처럼 오랫동안 휩쓸렸던 광분한 전쟁들을 치르지 않아도 되었고, 아마도 그 때문에 한때 영국인들에게

---

† Laurence Sterne, 1713~1768. 영국 소설가.

주어졌던 국제적 편견을 이제는 그들이 물려받게 된 것이리라. 스웨덴 사람들은 그들 나라의 날씨처럼 우울하고 침울하며 예측 불허한 성격을 가졌다고 여겨진다. 그러나 이러한 특징들도 자살률의 상승과는 아무런 상관이 없다는 사실이 곧 판명되었다. 스웨덴과 거의 비슷한 날씨를 가진 노르웨이의 자살률이 매우 낮기 때문이다. 그런데 또 한편으로는 소련인들만 빼고 누구나 부러워하는 핀란드 사람들, 심지어 스웨덴 사람들조차 상상력과 사교성이 풍부하다며 감탄해 마지 않는 핀란드인들이 세계에서 두 번째로 높은 자살률을 기록 중이다. 어쨌거나, 최근 이 폭풍의 진정한 중심지는 비교적 날씨가 온화하고 문화적으로 세련된 중부 유럽 국가들로 옮겨 간 것 같다. 헝가리가 가장 높은 자살률을 보이며, 오스트리아와 체코슬로바키아가 각각 3위와 4위를 차지하고 있다.† 침묵하는 다수의 대중을 대변한다며 떠들곤 하는 특정 문명 혐오자들은 어쩌면 그러한 현상을 정치적으로 이용하려는지도 모를 일이다.

에초에 통계학이란 그 '결론'을, 예컨대 일관된 국민성 따위를 알려주는 학문이라기보다는 어떤 사실이 수집되고 또 누락되는지와 같은 '과정' 속에 더 많은 것을 담고 있는 학문이다. 노르웨이는 이를테면 스웨덴의 절반도 안 되는 자살률을 보이는 반면, 사고사율은 거의 두 배나 된다. 아일랜드나 이집트처럼 자살을 대죄로 여기는 신앙심 깊은 후진국들은 그에 상응하여 자살률 세계 최하위라는 유쾌한 수치를 보인다. 더 언급할 필요는 없을 것이다. 스턴절은 "확실히 고도로 산업화되고 부유한 나라일수록 비교적 높은 자살률을 보이는 경향이 있다"고 말한다. 그러나 그러한 나라들은 또한 통계의 기초 자료를 형성하는 정보를 수집하는 방법이 비교적 정교하며, 정보 수집에 대한 대중의 편견 역시 비교적 적은 편이다.

　　오직 하나의 일반화된 사실만이 전적으로 확실하며 일반적인 동의를 얻고 있다. 즉 공식 통계라는 것은 기껏해야 실제 수치의 일부만을 반영한다는 사실이다. 각계의 권위자들이 추산하는 바에 의하면, 겉으로 드러난 수치는 실수치의 4분의 I에서 절반 사이를 오락가락한다고 한다. 종교적·관료적 편견, 가족의 체면, 검시 법정과 검시 해부 절차상의 적당주의와 비일관성, 자살과 사고사 사이의 불명확한 경계 등, 요컨대 자살을 자살로 인정하고 싶어 하지 않는 모든 개인적·공적·전통적 경향들은 자살이 사회에 어느 정도 만

---

† 　비민족적 단위 도표를 보면 세계 최고의 자살률은 번영하는 작은 민주 도시 서베를린이 기록하고 있다. 서베를린의 자살률은 서독 전체의 자살률보다 두 배 이상 높다. 이 도시가 바로 뒤르켐이 '아노미'라고 부른 것, 즉 도덕적·문화적·정신적·정치적·지리적 소외의 모델이 되었던 곳이다. 게다가 이 도시 주민의 상당 부분은 중년 및 장년층으로 이루어져 있다. (원주)

연해 있는지를 명확히 알지 못하도록 사실을 왜곡하고 축소하는 데 이바지한다. 한 남자가 혼자서 자동차를 운전하다가 충돌 사고를 일으켜 현장에서 즉사하거나 나중에 그 부상으로 사망한다. 어느 여자는 수면제를 과용했는데 그에 앞서 술을 지나치게 마셨다. 혹은 노령 연금을 받는 어느 노인이 화물 자동차 앞을 지나가다가 치인다. 또 어느 운동선수는 '총을 소제하다가' 머리에 구멍을 낸다. 이런 경우 검시 판결은 어김없이 '사고사'나 '과실치사'가 되고 만다. 메리 홀런드는 1967년 『옵서버』에 쓴 자살론에서 저 유명한 (아마도 전설적이라 할 만한) 웨스트오브아일랜드의 검시관 이야기를 했다. 그 검시관은 권총 자살을 한 어느 남자에 대해 사고사라는 답신을 보냈는데, 그 내용은 다음과 같았다. "그는 총구를 혀로 소제하고 있었던 것이 분명합니다."

자살이 자살로 인정받기 위해서는 자살 의사를 분명히 밝힌 유서가 남아 있거나, 생존한 사람들의 추리가 다른 쪽으로 흘러드는 경우를 허용하지 않을 만큼 정황이 명명백백해야 한다. 이를테면 밀폐된 창문, 꺼져 있는 가스난로, 시체의 머리밑에 받친 푹신한 베개 등등의 명백한 표징이 없을 경우, 자살자는 '확인하기 어려운 사실에 대해서는 가능한 유리한 판정이 주어진다는 법적 혜택'을 어김없이 받게 된다. 그가 그러한 혜택을 받아 보기는 아마도 처음일 것이다. 그리고 처음으로 받아 보았을 그 혜택을, 그는 분명 원하지 않았을 것임에 틀림없다. 왜냐하면 자살이란 결국 하나의 선택의 결과이기 때문이다. 누구든 자신의 목숨을 끊기로 결단을 내릴 때, 그 순간의 결정이 아무리 충동적이고 그 동기가 아무리 착잡한 것이라 할지라도 그는 일시적이나마 어떤 명징성을 획득하는 법이다. 자살은 어쩌면 실패로 점철된 생애의 역사에 내리는 파산 선고인지도 모른다. 그러나 한편으로, 그것은 그 한 가지 결단으로 종결됨으로써 그 결단의 궁극성을 통하여 적어도 완전한 실패로부터는 벗어나게 되는 생애의 역사라고 할 수 있다. 어떤 종류의 최소한의 자유가, 자신이 고른 방식으로 자신이 선택한 시간에 죽을 수 있는 자유가, 원한 적 없었던 저 모든 숙명들로 인한 난파로부터 그 생을 구원하는 것이다. 아마도 그 때문에 전체주의 국가들이 그들의 반체제 인사들이 자살했을 때 '당했다'는 느낌을 갖는 것이리라. 파베세는 이렇게 말한 바 있다. "자기 생활상의 어떤 문제가 중요하다는 이유로 다른 사람을 죽인다는 일이 가능할까? 그것이 가능하다면 자기 삶의 어떤 문제가 중요하다는 이유로 자기 자신을 죽인다는 일도 가능할 것이다. 다시 말해 자살은 어떤 사람이 자신의 여하한 야심을 초월했을 때라야만 실행할 수 있는 야심 찬 행동이다. 자살이 난해한 문제로 여겨지는 건 바로 그래서이다."[6] 체통과 관료주의 때문에 그 최후적이고 일방적이고 단독적인 승리를 부당하게 사고로 처리해 버리려 한다면, 그것은 무수한 실패에 최후의 실패를 덧붙이려는 것이나 마찬가지다.

자살자의 뒤에 남은 사람들은 말할 것도 없이 자살을 그런 식으로 처리하고 싶어 한다. 왜냐하면 그들은 자살의 여러 가지 속성 가운데서도 특히 (살아 있는 이들의 죄의식을 손쉽게 불러일으키는) 자기 파괴적 측면을 불쾌해하기 때문이다. 어린아이들도 이 점을 본능적으로 알기 때문에 화가 나면 "죽어 버릴 거야, 내가 죽고 나면 마음이 상하겠지!" 하고 소리를 지른다. 결국 자살에 관한 세상의 통념들은 하나같이 자살 행위를 유치한 짓으로 격하하려는 경향을 가진다. 이렇게 자살을 부정하고 거부하려는 온갖 기술 중에서 가장 대담한 것은 야바위 같은 건강법과 상식을 동원하는 것이다. 1840년 빅토리아 시대의 한 의사는 자살의 소지가 있는 어느 환자에 대해 이렇게 썼다.

여러 가지 치료 방법들을 시도해
보았으나 별 효과가 없어 매일 아침 냉수
샤워를 하라고 권했다. 열흘 후, 자기
파괴욕은 씻은 듯이 사라졌고 그 후 다시는
나타나지 않았다.
설사약의 적시 투여는 자기 파괴욕을
제거하는 것으로 알려져 왔다. 에스키롤
씨는 내장 활동이 좋지 않을 때마다 분명한
정신 이상 증세를 보이는 남자 환자를 알고
있었다.[7]

냉수욕과 설사약과 기도를 권장한다는 이 학파는 아직도 가장 끈덕진 두 가지 오류의 형태로 우리에게 남아 있다. 죽어 버리겠다고 말하는 사람은 절대로 죽지 못한다는 것이 그 하나이고, 자살을 기도한 적이 있는 사람은 다시는 죽으려 하지 않는다는 것이 다른 하나이다. 이 두 가지 믿음은 모두 틀렸다. 스턴절 교수가 추산하는 바에 의하면 자살 성공자 및 미수자의 75퍼센트는 자살 전에 자살 의도를 분명히 예고하며, 때로 이들은 자신들의 예고가 무시되거나 일소에 부쳐지거나 마야콥스키처럼 허풍으로만 취급될 때 자살을 결행해 버리는 수가 있다. 절망의 어느 한순간에 이르면, 사람은 자신이 진지하다는 사실을 보여 주기 위해서 자신을 죽인다. 또한 죽음의 벼랑까지 가 본 적이 있는 사람은 그러한 경험이 없는 사람에 비해 그 벼랑에 다시 갈 가능성이 세 배쯤 더 높다고 한다. 자살은 높은 다이빙대에서 뛰어내리는 일과 흡사해서 처음이 가장 힘들다.

오늘날 누적된 경험과 통계에도 불구하고, 또한 인간 행위의 일탈 가능성에 대한 인식이 증가하고 정신의 방어 기제에 대한 인식이 생겼음에도 불구하고, 앞에서 언급한 그릇된 생각들은 여전히 만연해 있다. 이러한 견해들이 만연한 이유는 그렇게 생각하는 편이 마음 편하기 때문이다. 그러한 생각들은 자살자의 고뇌를 신경증적인 엄살이라고, 혹은 멋없고 전시적이며 도가 지나친 관심 끌기 수단에 불과하다고 격하해 버린다.

결국, 자살이 거부당하는 이유는 사람들이 애초

에 자살 자체를 완강히 거부하려 들기 때문이다. 과거에 형성된 모든 그릇된 생각들은 자살자가 값비싼 대가를 치르며 얻은 승리를 부정하고 그것으로부터 의미를 박탈하려고 한다. 그러한 시도들 때문에 다음과 같은 견해들이 양산된다. 자살은 분별력 없고 자기만의 감정에 취해 있는 젊은이들의 특권이라는 것. 자살은 악천후나 기이한 국민성 —— 두 가지 다 인력으로는 어쩔 수 없다 —— 의 소산이라는 것. 실제로 자살을 결행하는 사람은 절대로 말을 앞세우는 법이 없으며, 따라서 실제 자살자는 자살에 관해 깊이 생각해 보지도 않는다는 것.

　이런 견해들이 암시하는 바는, 자살을 마치 신이 내린 행위처럼, 말하자면 돌연히, 아무런 예고도 없이, 아무것도 모르는 사람에게 내리치는 벼락처럼 여긴다는 것이다. 이런 생각에 따르면 자살은 그의 '정신 평형이 무너져 있을 때' 어디서부터 시작되었는지도 모르게 일어나는 행위로서, 그와 비슷한 원리를 가진 벼락이 그렇듯 한번 내려친 곳에는 절대 다시 내려치지 않는 속성을 갖고 있다. 이러한 그릇된 생각들은 모두 부인될 수도 번복될 수도 없는 자살 행위를 평가절하하기 위한 속임수일 뿐이다.

†††

사람의 운명은 짐승의 운명과 다를 바 없으니, 사람
도 짐승도 같은 숨을 쉬다가 같은 죽음을 당하는 것
을! 이렇게 모든 것은 헛되기만 한데 사람이 짐승
보다 나을 것이 무엇인가! 다 같은 데로 가는 것을!
다 티끌에서 왔다가 티끌로 돌아가는 것을! 사람의
숨은 위로 올라가고 짐승의 숨은 땅 속으로 내려간
다고 누가 장담하랴!

　　　──전도서

죽음은 우리에게 속도를 늦추라고 말하는 자연의
방식이다.

　　　──미국 보험업계의 속담

2. 이론

사람들에게 위안을 주기도 했던 이 모든 그릇된 인식
들은 연구가 진행됨에 따라 하나하나 그 세부적인 점
들까지 다 반증이 되어 왔다. 그런데 이 과정에서 다른
종류의 왜곡이 발생했다. 자살의 과학적 이해에 필요
한 절차들이 자살이라는 주제 자체를 비현실적인 것으
로 만들어 버린 듯한 느낌이 드는 것이다.

이것은 어느 정도는 저 위대한 사회학자 에밀 뒤
르켐 탓이기도 하다. 뒤르켐은 자살을 둘러싼 도덕적
분노의 방벽들을 허물어뜨리는 싸움을 통해, 모든 자
살은 과학적으로 세 가지 일반적 유형 가운데 하나로
분류될 수 있다고 주장했다. 이기적 자살, 이타적 자
살, 아노미적 자살이 그것이다. 그리고 그는 이 각각
의 유형은 특수한 상황의 산물이라고 주장했다. '이기
적 자살'이란 한 개인이 사회 내로 올바르게 통합되지
못하고 오직 자신의 힘에만 의지하고 있을 때 일어나
는 현상이다. 이 개념에 따르면 자유의지와 은총을 중
시하는 프로테스탄티즘은 가톨릭교회에 비해 자살을
더 부추기는 것 같다. 가톨릭교회는 의식과 교리에 대
해 더 철저한 순종을 강요함으로써 신도들로 하여금
제한되고 집단적인 신앙생활을 하게 하므로 자살 경
향이 적다. 그와 비슷하게, 과학의 출현은 자비롭고 전
지한 신에 의해 주재되었던 신념 즉 자연 세계의 기원
과 구조에 대한 소박한 신념을 밑동부터 잘라 버렸고,

그 결과 자살률의 증가를 불러왔다. 한편, 가족 형태의 변화로 인한 문제 역시 이 개념이 설명해 준다. 옛날의 가족 형태는——조부모와 부모와 자식들이 모두 한 지붕 아래 긴밀한 유대 속에서 모여 살던——가족의 일원이 자멸하려는 충동을 가지지 못하도록 막아 주었지만, 오늘날의 붕괴된 가족은——자식들은 뿔뿔이 헤어지고 부모는 이혼하는 등——자멸 충동을 오히려 조장 중이라는 것이다. 또한 이기적 자살 개념은 모든 국민이 국기 주위에 모여 문자 그대로 재단결을 다짐하는 때, 즉 전쟁이나 국가적 위기가 닥쳤을 때 자살률이 떨어지는 경향을 설명해 주기도 한다.

　　이 모든 특징에 완전히 반대되는 것이 바로 '이타적 자살'이다. 이타적 자살은 개인이 집단에 완전히 동화되어 집단의 목적이나 정체(identity)가 바로 자기 것이 될 때 발생한다. 부족이나 종교나 집단 등은 그러한 집단 결속력을 가지고 있기 때문에 그 일원이 자신의 신념을 위해 기꺼이 목숨을 희생하고자 한다. 마치 저거너트의 수레바퀴†에 몸을 내던졌던 힌두교인들처럼 말이다. 또는 대의를 위해 목숨을 희생하려는 경우도 있는데, 이는 1930년대 후반 '모스크바 공개 재판' 때

---

†　　저거너트는 힌두교인의 우상으로, 그의 수레에 치여 죽으면 극락세계로 간다는 미신 때문에 자진해 깔려 죽는 사람이 많았다고 한다.

실재하지 않는 죄를 고백했던 공산주의자들의 사례를 들 수 있다. 또는 단순히 친구들의 목숨을 구하기 위한 경우도 있는데, 이는 오츠 선장과 같은 경우이다. 뒤르켐의 생각에 의하면 이타적 자살은 원시 사회의 특징으로, 오늘날에도 존재하는 원시적 성격의 엄격한 조직 집단 역시 이런 특징을 지니고 있다(군대를 예로 들 수 있다). 카뮈는 이 이타적 자살에 대해 한 이야기 속에서 다음과 같이 간결하게 요약한 바 있다. "살려는 이유라는 건 한편으로 죽기 위한 멋진 이유가 되기도 한다."

이기적 자살이나 이타적 자살 모두 개인이 그 사회에 통합되어 있는 정도와 관계가 있다(그 정도는 아주 작을 수도 있고 엄청나게 클 수도 있다). 반면 '아노미적 자살'은 개인의 사회적 위치가 급격히 변화하여 그 새로운 변화에 대처할 수 없게 되었을 때 나타나는 결과 중 하나다. 마권 당첨이나 주가 대폭락처럼 뜻하지 않게 굴러들어 온 막대한 재산이나 뜻하지 않게 겪는 엄청난 빈곤, 쓰라린 이혼, 또 어느 때는 가족의 죽음조차 한 사람을 과거의 모든 습관이 부정당하는 세계로, 그가 과거에 필요로 해 왔던 것들을 결코 충족시켜 주지 않는 세계로 던져 넣어 버릴 수 있다. 그러한 사람들에게는 사회 구조가 지나치게 느슨하다거나 지나치게 엄격하다거나 하는 수준이 아니라, 아예 구조 자체가 완전히 붕괴한 듯 보인다. 그는 좋든 싫든 자기가 익숙했던 세계가 붕괴해 길을 잃은 까닭에 자신을 죽이게 되고 마는 것이다. T. S. 엘리엇은 언젠가 "언어를 의미로 전위하는 일"에 대해 말한 적이 있다. 그러나 언어를 써서 시를 생산하는 그 전위의 과정도 삶의 관습에 적용되면 혼돈과 죽음을 초래할 수 있다. 다시 말하면 이기적 및 이타적 자살은, 『캐치-22』의 세계와 가미카제 비행사들의 세계가 드러내 보이는 격차만큼 엄청난 차이가 있다. 그리고 그 두 세계의 너머에는 말하자면 카프카의 변신과도 같은 아노미가 있다.

뒤르켐의 명저가 끼친 광범위한 영향은, 자살이 구제 불능의 도덕적 죄악이라기보다는 출생률이나 생산율처럼 하나의 사회적 사실이라고 주장할 수 있게 되었다는 점이다. 그가 말한 자살 현상이란 인식 가능한 법칙에 지배받으며, 합리적 논의와 분석이 가능한 사회적 원인들을 지니는 것이었다. 한편, 그 책이 끼친 가장 비관적인 영향은 자살이 실업처럼 사회적 수단으로 치료될 수 있는 사회적 질병에 해당한다는 인식을 퍼뜨린 것이었다. 물론 뒤르켐의 글이 프로이트가 나오기 이전에 쓰였다는 점은 인정한다. 또 그의 관심 범위가 넓고 치밀했던 만큼, 그가 글을 쓸 당시 정신분석학적 통찰을 접할 수 있었더라면 반드시 그것을 이용했으리라는 점도 인정할 수 있다. 그러나 그를 추종하는 아류들에게 끼친 그의 영향력은 이상하게도 점차 흐려져 갔다. 아마도 그의 권위가 너무 엄청나서, 그를 따르는 아류들은 그의 법칙이 가진 정신보다는 그 자구(字句)만을 받아들였던 것 같다. 그 결과 자살에 대해 쓰인 글이 많아질수록 그 영역은 오히려 더 협소해졌다. 그래서일까, 자살의 사회학에 관한 그 엄청난 연구서와 논문들은, 별로 길지 않은 첫 부분만 읽어도 기이한 기분이 든다. 물론 그 연구자들은 모두 다 진지한 사람들이며, 좋은 교육을 받은 박식한 사람들로서 때로는 뛰어난 재능과 인식력을 보여 주기도 한다. 그럼에도 그들이 실제로 글로 써 놓은 것은 어쩐지 다 맞는 말 같지는 않아 보인다. 오히려 그들이 자신의 관찰 결과를 신중하게 학술적인 문장으로 옮겨 놓았을 즈음에는 거기에 불가사의한 변화가 일어나 있다. 다시 말하면, 그들은 이제 인간에 대해서는 별 관심이 없고, 출처 불명의 사례 기록이나 통계나 그들의 이론을 뒷받침해 줄 만한 이상야릇한 사실에만 관심이 있는 것 같다. 그래서 정보의 양은 넘쳐흐를 지경인데도 그것들로부터 우리가 얻는 바는 하나도 없다. 일례로 어느 미국인 사회학자의 철두철미한 연구서 가운데서 비교적 평이하게 이야기 투로 쓴 부분을 살펴보기로 한다.

> 자살 행위는 행위자가 그 자살 행위를 행할 당시의 상황에 무언가 문제점이 있다는 식의 일반적인 의미 차원을 가진다, 라고 말하는 것은 우스꽝스러운 일이 아닐 수 없다. 이것은 거의 어떤 자살 행위나 갖는 지극히 기본적인 의미이기 때문에 그것에 관하여 진지하게 고찰하기가 어렵다.

　　　　그러나 자살 행위의 근본적인 의미가
내포하는 여러 가지 함축을 일반적으로
파악할 수 없게끔 하는 것은 바로 그 분명한
사실을 당연시하는 태도라 하지 않을 수
없다.
　　　　자살 행위들을 매우 효과적인 사회적
무기로 만드는 것은 바로 *자살 행위들이 갖는
의미의 그 반성적 차원*이다.[8]

내가 이해한 바대로 요약하면, 그는 이런 말을 하려는
것 같다. '인간은 자신의 생에 어떤 문제가 생기지 않
는 한 아무도 자살하지 않는다. 이와 같은 사실은 너
무 자명해서 때로는 무시된다. 따라서 우리는 자살 행
위가 지닌 한 가지 중요한 의미, 즉 자살자들은 세상
에 살아남은 사람들에게 세상일이 얼마나 잘못되어 있
는가를 보여 주고 싶어 한다는 사실을 놓친다.' 놀라운
일이다. 그는 이 말을 하기 위해 '자살 행위'라는 말을
6번 반복하고 있으며, 분리 부정사도 하나 동원한다.
　　　저 교수님이나 그가 사용하는 비잔틴풍의 문장이
나 어느 것 하나 이상할 것은 없다. 사실 그는 대부분
의 다른 사회학자들보다 더 박식하며 시야도 더 넓다.
그러한 사실을 토대로 한다면, 나는 다음과 같은 결론
을 내릴 수 있을 뿐이다. 그 결론을 그의 문체를 흉내
내서 써 보자. '사회학적 문장들이 갖는 의미의 반성
적 차원은 사회학적 문장의 전달력을 감소시키고, 그

로 인하여 논의되는 주제로부터 그 주제가 반성적이건 혹은 다른 무엇이건 간에 모든 의미를 박탈해 버린다.' 만약 다른 행성에서 온 어떤 우주 탐험가가 있다고 하자. 그리고 그에게 지구의 어려운 전문 용어들을 통찰할 수 있는 기적적인 능력이 있다고 치자. 과연 그는 저런 추상적인 표현과 이론과 숫자들이 난무하는 문서를 통해 '자살자'라는 말이 자기 목숨을 스스로 끊은 사람을 뜻한다는 사실을 깨달을 수 있을까? 아마 거의 불가능할 것이다. 자살자가 품은 그 고뇌들, 최후의 순간을 향해 서서히 긴장시켜 가는 자아, 돌이킬 수 없는 마지막 행위…… 이 모든 것들은 무엇을 위한 것인가? 하나의 통계 자료가 되기 위해서인가? 자살이란 영원히 모호한 행위이다. 따라서 대조, 추정, 또한 관찰 가능한 사실에 대한 객관적 관심 등은 그 모호한 현상을 과학적으로 연구하기 위해서는 필수적인 장치들이다. 그러한 것이 없다면 거기에는 오류와 편견과 무질서만이 존재할 것이다. 그러나 그러한 객관적 요소들을 파악한다고 하더라도, 거기에는 역시 무언가 빠진 게 있다. 그것은 아마도 자살에 관한 이전의 논의들이 윤리적 왜곡을 일으키는 과정에서 시나브로 놓쳐 버린 그 무엇과 같은 것일 터다.

이렇듯 때로 객관성이 균형을 잃곤 한다는 사실은 다음과 같은 현실을 통해 입증된다. 바로 뒤르켐과 같은 연구자들이 자살을 무엇보다도 사회의 어떤 문제를 나타내는 징후로 여긴다는 것이다. 그들은 자살률이 높을수록 사회적 긴장과 불안도 그만큼 크다고 본다. 말하자면 그들은 자살이 사회적 성격을 설명해 주는 한에서만 관심이 있다. 이것은 암암리에 자살이 사회 공학, 사회적 양심, 사회적 관심, 그리고 진정한 의미로 잘 발달한 사회 사업에 의해 해결될 수 있는 문제임을 암시한다. 그러나 자살로 악명 높은 스웨덴의 경우를 보면, 적어도 세계에서 가장 발달한 사회복지 제도라 할지라도 민족의 자살률과 별 관계가 없다는 사실을 입증한다. 한마디로 말하면, 사회란 고통스럽게나마 그리고 매우 느리게나마 개선돼 나가는 존재다. 다시 말해 사회는 본질적으로 인간성과는 무관하게 계속 성장한다. 스턴절 교수는 다음과 같이 문제의 핵심을 찌른다. "진화의 어떤 단계에서 인간은 짐승이나 동료 인간들뿐만 아니라 자기 자신까지도 죽일 수 있다는 사실을 발견했음에 틀림없다. 그 이후로는 인간의 생이 전혀 다른 것이 되었음을 추정할 수 있다."[9] 결국, 내가 보기엔, 제아무리 세련되고 그럴듯한 사회학적 이론들조차도 다음의 간단한 통찰로 인해 합선을 일으키고 만다. 자살이란 섹스와 마찬가지로 완벽한 사회조차 절대로 지울 수 없을 하나의 인간적 특성에 해당한다는 통찰 말이다.

예를 들어 피터 샌즈버리는 그의 선구적 연구서인 『런던의 자살』(1955)에서 사회적 고립이 "뿌리 깊은 가난"보다 자살을 더 크게 자극하는 요인으로 작용한다는 사실을 설득력 있게 설명한다. 그에 의하면 가진 것은 없으나 비교적 밀착된 생활을 하는 런던 이스트엔드의 노동자 계급 지역은 그보다 부유하나 외로운 침실들로 가득한, 그럭저럭 괜찮은 단기 체류 호텔이 많은 블룸스버리 인근보다 자살률이 놀라울 정도로 낮았다. 그의 이야기가 암시하는 바는(비록 직접 그렇게 말하진 않지만), 고독의 울타리가 깨뜨려질 수 있다면, 그리고 고립된 사람들이 그들의 음울한 방으로부터 비교적 유쾌한 분위기를 띤 공동체의 중심으로 이끌려 나올 수만 있다면 자살 '문제'는 해결되기 시작할지도 모른다는 것이다. 의심의 여지 없이 이는 일부 사실이다. 물론 노인, 환자, 생활이 불안정한 사람들, 외국인, 부랑자들에 대해 말 그대로 '최소한'의 관심만 두는 사회에도 얼마간 잘못이 있음을 부정할 수 없다. 그러나 또 한편으로는 자살자 본인이 그 자신만의 사회를 만들고 있는 것도 사실이다. 어둡기만 한 상자 같은 셋방에서, 자신을 다른 사람들과 단절한 채, 마치 멜빌의 바틀비처럼 날이면 날마다 창밖의 꼭 막힌 벽들만 응시하는 행위 자체가 이미 하나의 거부에 해당한다. 다시 말해 자기를 거부하고 있다고 여기는 세상에 대해 그 자신이 행하는 또 하나의 거부인 셈이다. 그런 행위는 바깥으로부터 주어지는 그 모든 제의와 모든 가능성을 향해 마치 바틀비처럼 "나는 내키지 않는다"고 말하는 것과 같다. 이런 태도는 사회 공학을 아무리 동원한다 해도 치유가 불가능하다. 이러한 상황에 대해 사회학자가 할 수 있는 최선의 행동이란, 그저 그가 발견한 요소들과 권고한 요소들이 개인의 그 '궁극적인 해결 방식'을 미연에 저지할 가능성을 높여 주길 간절히 바라는 것뿐이다.

물이 항상 스스로 수평을 유지하려 하듯, 절망은 항상 자신에게 걸맞은 환경을 찾아내려 한다. 그러한 까닭에 자살을 두고 구구하게 얽혀 있는 사회학적 이론들은 모두가 어느 정도씩은 옳다고 할 수 있다(물론 어떤 것이 다른 것보다 더 옳게 마련이고, 대부분은 상호 모순되기는 해도 말이다). 그러나 그 이론들은 또한 편협하고 순환론적이다. 이런 이론들은 겉으로 드러난 사회적 압력이 인간의 내면에 가하는 부정과 절망으로 끊임없이 되돌아간다. 그러나 인간 내면의 부정과 절망은 그런 압력들이 발생하기 이전에도 존재했으며, 마찬가지로 그러한 압력들이 제거된 이후로도 계속 존재할 수 있다. 빈의 정신과의사인 마가레테 폰 안딕스가 자살을 연구한 사례를 보자. 그녀가 믿는 바는 "자살의 상황은 (…) 인간 행동을 관찰하는 데 있어서 가장 특유하고 극단적인 실험적 조건"이라는 것이다. 다시 말해 그녀에게 있어 자살을 둘러싼 상황은 마치 실험 물리학자가 자연을 관찰할 때 마주하는 극단적 기온과 압력 등의 조건 같은 것이다. 빈에 있는 정신병원에 찾아간 그녀는 자살 미수자들을 가능한 한 자살 기도 직후에, 말하자면 아직 무방비 상태 속에 있느라 그들의 모든 모자람이 가장 확연히 드러날 때 면담했다. 그녀는 그들이 죽음을 택해야만 했던 이유를 알아냄으로써 거꾸로 생의 의미를 밝혀내려 했던 것이다. 그런데 이 방법에는 두 가지 결점이 있었다. 첫 번째는 분명하다. 자살 미수 후에 오는 혼란 속에서 아무리 교묘한 질문을 받는다 하더라도, 자살 미수자는 자신의 우울 상태와 수치심을 감추느라 변명과 그럴싸한 자기합리화 방안을 찾기에 바쁘다. 그 결과 폰 안딕스 박사는 자살 기도를 촉발하는 장치에 대해서는 어느 정도 알아냈으나 그 촉발을 일으키는 화학적 작용에 대해서는 거의 아무것도 알아내지 못했다. 또 하나의 결점은 폰 안딕스 박사가 알프레트 아들러의 원칙을 철저히 따르고 있었다는 점에서 기인한다. 아들러는 빈 정신분석학파의 원류를 이룬 사람 중 하나로, 인간의 근본 충동 가운데 사회적 열망보다 더 근원적인 것은 없다는 의견을 제출해 프로이트에게 파문당한 인물이다. 따라서 폰 안딕스 박사가 "생의 의미와 자살의 원인은 직장 동료나 이웃이나 가족들과의 관계에서 발생하는 사회적 성패를 통해 모두 설명될 수 있다"고 결론 내린 것은 자연스러워 보인다.

이와 같은 한계가 있긴 하지만, 그녀가 수집한 사례들은 그녀가 내린 결론보다 시종일관 훨씬 더 웅변적이다. 먼저 그녀의 결론에 대해 말하자면, 이를테면 그녀는 "상처받은 자존심"이 자살의 주요 동기 가운데 하나라면서 다음과 같이 말한다.

다른 사람들이 우리를 어떻게

생각하느냐가 중요한 이유는, 우리가 다른
사람들의 의견 속에서만 우리 자신의 가치를
인식할 수 있기 때문이다. 우리가 우리의
가치라고 부르는 것은 궁극적으로는 다른
사람들에게 행한 봉사(감정적이건 혹은
실제적이건) 속에 있을 뿐이다. (…) 우리의
가치는 다른 사람들에 대한 가치이며, 다른
사람들의 눈에 비치는 대로 매겨진 가치이다.
우리의 모든 개인적·실질적 업적이란 결국
다른 사람들을 목표로 하는 것이다.[10]

이 온건하고도 자신 없는 듯한 이론에 비하면, 그녀가
제시하는 사례들이 선보이는 세계는 훨씬 강렬하다.

> 패니는 29세의 여성으로 건축회사에
> 근무하고 있었는데, 기준 이하의 급료를
> 수락했다며 동료들에게 미움을 받고
> 있었다. 한번은 말다툼 끝에 남자 직원
> 하나가 그녀의 머리를 때렸다. "갑자기
> 산다는 것이 신물이 나더군요." 하고 그녀는
> 말했다. 그녀는 즉시 매일 재목을 나르는 데
> 사용하는 밧줄을 손에 쥐었다. 목을 매기
> 위해서였다.

박사의 말에 따르면, 패니의 사례는 앞서 기술한 "상처

받은 자존심"이라는 주요 동기의 세 번째 세목에 해당
한다. 그 세목은 이렇게 기술돼 있다.

> 성격이 소극적이라는 이유로 억울하게
> 욕을 먹고 부당하게 험담과 악담을 들었다는
> 사실이, 8명의 경우 자살의 직접적인
> 동기가 되었다. 자살 동기로서의 '싸움'이란,
> 사실은 욕을 먹고 창피를 당하는 일에 대한
> 굴욕감을 의미한다.

가없은 패니, 그녀에게 있어 최후이자 결정적으로 주
어진 모욕은 아마도 그녀가 받아 온 수모의 긴 내력이
그처럼 거만하고 시시한 말로 기술되고 말았다는 사실
이었을 것이다. 폰 안딕스 박사에 의해 너무 적나라하
게 표현된 패니는 마치 졸라의 소설에 등장하는 인물
처럼 보인다. 이 인물을 다시 살펴보자. 한창때가 지나
가 버린 그녀는 아마도 매력 없는 여자였을 것이다. 그
렇지 않았더라면 설사 노조 원칙을 지키지 않았다 해
도 그녀를 대하는 그곳 남자들의 태도가 훨씬 부드러
웠을 테니까 말이다. 그녀는 생활이 너무 곤란하여 막
노동판에서 일하고 있었고, 그렇지 않아도 형편없는
급료에서 그나마 기준에도 미치지 못하는 액수를 받
았다. (그때는 대공황기 무렵이어서 급료가 쥐꼬리만 했
다.) 그녀는 밤에 방을 덥힐 기름조차 살 수 없는 형편
이었다. 이것은 간단히 말해서 자신의 본질을 훼손당

할 정도로 뼈저린 빈곤의 문제다. 사회는 그녀에게 냉정하리만치 단호했다. 단지 여자라는 이유로 남자들이 나 하는 막노동을 면제받을 수는 없었다. 또 여자라고 해서 같이 일하는 남자들로부터 멸시받지 않는다거나 급료를 특별히 더 받거나 하는 것도 아니었다. 심지어는 두들겨 맞는 것조차 다른 남성들과 똑같아서, 그녀는 흡사 남자들처럼 폭행당했다. 바닥에 쓰러졌는데도 주먹질이 계속돼 일어나지도 못 할 지경이었다. 그러한 일을 겪고 나자 그녀에게는 죽는 일 이외에는 아무것도 남지 않은 것 같았다. 이 상황이 제기하는 문제를 뭐라고 부르건, 우리는 거기서 '상처받은 자존심'이나 '굴욕감'을 넘어선 무언가를 발견할 수 있을 것이다.

혹은 거의 아무것도 발견하지 못할 수도 있다. 폰 안딕스 박사와 같은 정신과 의사가 추론해 낸 '자살 행위 속에 담긴 사회적 의미'는 그 자살이 지닌 국부적이고 직접적인 원인을 얼마간 설명해 줄 수 있을지도 모른다. 그러나 그것들은 그 자살 행위에 이르기까지 장기간에 걸쳐 완만하게 진행되는 감추어진 과정에 대해서는 전혀 설명하는 바가 없다. 카뮈는 "이러한 행위는 위대한 예술 작품들의 경우처럼 가슴속의 침묵 안에 예비되어 있다"고 말했다. 사회적 이론들이 더 그럴듯해 보일수록 정작 그 이론의 바탕이 되는 자료들과 더 동떨어져 보이는 건 아마 카뮈가 지적한 이유 때문일 것이다. 사회적 이론들은 말하자면 상부구조를 이룬다. 그것들은 때로는 품위 있게, 때로는 친절하게 상황을 해설해 주지만, 그 기저에는 더없는 비참의 상태와 어떠한 사회 공학으로도 경감할 수 없는 최종적인 내부의 고독이 있는 것이다. 이는 그 가련한 패니에게도 해당하거니와 마릴린 먼로, 프로푸모 사건의 포주로 알려진 스티븐 워드†, 그리고 그 커다란 성공을 거둔 마크 로스코에게도 해당하는 말이다. 이들은 스스로 세운 모든 기준에 비추어 그들의 삶이 무의미하다고 판단했기 때문에 자살했다. 이혼과 마찬가지로 자살은 실패의 고백이다. 그리고 이혼과 마찬가지로 자살 또한 모든 정력과 열정과 욕망과 야망이 모두 유산되어 버렸다는 단순한 사실을 위장하기 위해 끝없는 변명과 자기합리화 속에 은폐된다. 또한 자살 시도 후 살아남은 사람들은 재혼한 사람들처럼 전혀 다른 종류의 기준과 동기와 만족을 가지고 변화된 삶을 살아간다.

외부적 불행과 자살이 비교적 무관하다는 것은 말할 나위도 없다. 저개발 국가보다 부유한 산업 국가의 자살률이 더 높으며, 가난한 사람들보다는 쾌적하고 전문적인 직업에 종사하는 안락한 중류 계층의 자살 수치가 더 높다. 나치의 강제수용소에서는 자살률이 보통보다 낮았다. 실제로 노골적인 상실감은 오히려 자극제 역할을 할 수 있다. 그것은 조지 오웰의 고전적인 경우가 증명해 준다. 그는 미얀마에서의 경찰직을 그만두고 모든 도움과 모든 기회로부터 등을 돌린 채 '파리와 런던의 따라지 인생'‡을 택함으로써 본격적인 예술가로 변모했다. 그보다는 최근의 일이지만, 젊은 러시아 작가인 안드레이 아말릭은 그가 선택한 것이 아니었음에도 자신에게 던져진 그와 비슷한 운명을 받아들여야 했다. 시베리아 벽지의 집단 농장으로 유배된 그는 심장이 약했음에도 고통스러운 육체노동을 견뎌야 했고, 나이 어린 젊은 아내와 함께 무너져 가는 오두막집에서 가정을 꾸리고 감자와 우유로 끼니를 연명해야 했다. 어미 소의 배 속에 든 새끼조차 얼어 죽을 만큼 추운 시베리아의 겨울에, 그는 하루에 꼭 세 번, 밥을 짓기 위해서만 스토브에 불을 지폈다. 그러나 그는 그 모든 상황에 굴복하기는커녕 형을 선고받기 전보다 더 큰 투쟁욕을 가지고 절망에서 벗어났으며, 그에 관한 체험을 토대로 두 권의 훌륭한 책을 냈다. 물론 그 책들 때문에 그는 전보다 더 긴 강제

---

† 스티븐 워드는 외과 의사이자 예술가로, 주요 공직자들의 초상을 그려 주며 정계와 인연을 맺은 인물이었다. 1963년, 전쟁부 장관 프로푸모의 외도 스캔들이 터졌을 때 워드가 프로푸모를 비롯한 유력 인사들의 성매매를 알선하는 포주라는 고발이 이루어졌다. 워드는 결백을 주장한 지 얼마 되지 않아 자살했는데, 그때까지 그의 지인이었던 유력 인사들은 아무도 나서지 않았다. 많은 이들은 워드의 갑작스러운 죽음과 석연치 않았던 재판 과정을 언급하며 그가 권력의 꼬리 자르기에 희생되었다고 말하기도 한다. 실제 재판에 관련된 기록물은 2046년까지 열람할 수 없는 상태다.

‡ Down and Out in Paris and London, 조지 오웰의 첫 작품 제목이다.

노동형을 재차 치러야 했지만 말이다. 요컨대, 어떤 정열적인 기질만 있다면 인간의 정신은 역경에 부딪혔을 때 오히려 한층 더 예리해지고 살아남으려는 충동도 더욱 강해진다고 하겠다. 독기같은 게 생긴다고 할까.†

그에 비해 자살은, 몽테스키외가 비판했듯이 제삼자에게는 아무런 동기가 없는 도착 행위로밖에 보이지 않는다. 자살은 "행복의 품에 안겨 있을 때조차도 (…) 설명하기가 곤란"한 이유로, 또 극히 사소하고 극히 알아보기도 힘든 이유로 덜컥 실행된 것처럼 보인다. 파베세는 자신의 창조력과 사회적 성공이 절정에 달했을 때 자살했는데, 알고 보니 그가 한때 잠시 알았던 어느 존재감 희미한 미국 여배우와의 불행한 관계 때문이었다. 그의 죽음이 알려졌을 때 그녀가 한 말이라곤 "그 사람이 그렇게 유명한 사람인지 몰랐어요" 뿐이었다. 옷을 입었다 벗었다 하는 게 참을 수 없이 귀찮다는, 그 완전한 권태와 고상한 취향 때문에 목을 매단 18세기 신사도 있다. 다시 말하면 자살자들에게 그 이유란 대체로 아무렇든 상관이 없는 것이다. 그것들은 기껏해야 뒤에 남은 사람들의 죄의식을 줄여 주고, 결백한 사람들의 마음을 위로하며, 그럴듯한 분류와 이론들을 끊임없이 탐구하는 사회학자들의 기운을 북돋아 주는 정도의 역할을 할 뿐이다. 자살의 이유란 대전쟁을 유발하는 사소한 국경 분쟁과 흡사하다. 사람들로 하여금 스스로 목숨을 끊게 하는 진정한 동기들은 그 직접적인 동기 바깥에 있다. 그것들은 일탈된 형태로 서로 모순을 이루며 미로처럼 엉켜 있으며, 그 대부분은 눈에 보이지 않는 심층의 세계에 속한다.

그럼에도, 묘하게도, 자살에 관한 정신분석학적 이론들은 아직도 거의 찾아보기 어렵다. 정신분석가들은 자살 문제에 대해서는 놀라우리만치 입을 굳게 닫고 있어서, 그들 가운데 한 사람이 이렇게 자문할 정도

---

† 이 같은 경우의 극단적인 예를 한 정신과 의사가 들고 있다. 그의 관찰에 따르면 신경증이나 정신병을 가진 사람들 가운데 많은 이들이 정치범 수용소 같은 곳에서는 아주 잘 지낸다는 것이다. 그는 이렇게 말한다. "불안증을 가진 환자들의 경우, 그들의 불안은 현실 속에 있는 실제 공포의 원인을 통해 배출구를 마련했다. 그러한 예가 많았다. 이러한 경우, 현실적인 불안이 신경증적 불안을 대신한 것이다. 그와 비슷하게, 우울증 환자가 회복되는 것은 처벌받고자 하는 그들의 내적 요구가 실제로 닥친 무서운 상황을 통해 충족되었기 때문이라고 설명될 수 있다. 이는 가끔 신체에 질병이 발생함에 따라 우울증 증상이 오히려 회복되어 가는 상황과 유사하다." 그 의사는 또한 나치의 정치범 수용소에서 자살률이 낮았던 이유를 이렇게 설명하고 있다. "나는 자살 기도자를 4명밖에 보지 못했다. 그중 3명은 간신히 생명을 건졌다. 그와 같은 끔찍한 상황에서 거의 3천 명이 살고 있었음을 감안하면, 자살 기도자의 수는 매우 적다 하겠다. 나는 이 점을 이렇게 설명할 수 있다고 본다. 그러한 극한 상황 속에서는, 삶을 지속할 욕구가 사라지더라도 적극적인 자기 살해 행위를 할 필요가 없었다. 그저 살아야겠다는 격렬한 투쟁, 즉 식량을 구하고 정신을 유지하기 위해 어떠한 일이라도 하겠다는 투쟁심을 (…) 포기하기만 하면 되었다. 그러한 투쟁을 포기하면 죽음은 저절로 왔던 것이다."[11] (원주)

이다. "과학적 접근에 있어 중요한 문제는 다음과 같다. 자살에 관한 금기는 얼마나 강력하기에 정신분석가조차 이 분야의 증례나 개인적 체험들을 노출하기를 꺼리게 되는가?"[12] 그들이 그 문제를 유난히 회피하는 이유는 여러 가지가 있겠지만, 그중 하나는 분명하다. 정신분석가에게는 자살에 성공한 환자가 있다는 사실 자체가 하나의 분명한 실패를 의미하기 때문이다. 왜냐하면 그들이 진행하는 치료의 궁극적 목적은 환자 본인의 생각 혹은 삶이 어떠한 것이건 관계없이 그 인생을 포기하지 않도록 이끌어 주는 데 있기 때문이다.[†] 또한 그들에게는 또 다른 어려움도 있는데, 이 어려움은 보다 단순하지만 실질적인 문제다. 즉, 정신분석가는 자살이 우려되는 환자와 자살 미수자만을 다룰 수 있을 뿐이라는 것이다. 자살에 성공해 버린 경우는, 어떠한 의미에서도 그들의 손이 미치지 못한다. 따라서 자살은 지금까지 대체로 측면에서부터 접근할 수밖에 없었다. 다시 말해 더 확실하고 검증 가능한 임상 자료를 제공해 주는 사례와의 연관을 통해서만 다뤄진 것이다. 과거 50년 동안 정신분석학적 사고에는 많은 변화가 있었지만, 1970년대에 다다른 지금도 자살에 관한 이론들은 그 문제에 대해 프로이트가 비교적 초기에 시도했던 실험적 방법들에서 멀리 벗어나지 못하고 있다.

1910년 4월, 프로이트의 빈 정신분석협회가 자살에 관한 심포지엄을 개최했다.[14] 당시 대부분의 이론화 작업은 스테켈과 아들러에 의해 이루어졌는데, 그

들은 얼마 안 있어 프로이트와 결별하고 독자적인 수

† 뚜렷한 예외가 하나 있다. 그것은 루트비히 빈스방거 씨가
길고도 상세하게 남긴, 그러나 태반은 지극히 불투명한 분
석인 '엘런 웨스트의 증례'이다. 엘런 웨스트는 자살하기 직
전에 아마도 생전 처음으로 평온하고 행복해 보였다고 한
다. 이와 같은 '쾌활한 기분'에 대해 빈스방거 씨는 이렇게
설명한다. "엘런 웨스트의 실존은 죽음을 맞을 수 있을 만큼
충분히 성숙해 있었다. 말하자면 이 경우 죽음은 이 실존이
갖고 있는 삶의 의미를 완성하는 필요 조건이었던 것이다.
(⋯) 엘런 웨스트 양은 젊은 여자였으나 이미 늙어 있었다고
봐야 옳다. (⋯) 실존적 노화가 생물학적 노화보다 빨리 진
행되었던 것이다. 즉 '산 사람 가운데의 송장'이나 마찬가지
였다 할 수 있을 그 실존적 죽음이 생명의 생물학적 종말보
다 앞질러 왔다. 이 경우의 자살은 이러한 실존적 상황의 필
연적이고 자의적인 귀결이라 할 수 있다. 우리는 노년의 즐
거움을 설명할 경우 '죽음을 향해 무르익어 가는 실존이 전
하는, 실제 죽음에 앞서 맛볼 수 있는, 그 죽음의 가장 본질
적이고 감미로운 맛'이라고 말할 수밖에 없는데, 스스로 불
러들인 죽음의 경우에도 마찬가지다. 죽음이 마치 무르익은
열매처럼 실존 깊숙이 떨어질 때, 기쁨과 즐거움이 넘칠 수
있다."[13] 내가 이해하는 바로는, 빈스방거 씨는 엘런 웨스트
양의 자살이 불가피했을 뿐 아니라 그녀에게 있어 가장 완
벽한 의미를 가진 행동이었으며, 따라서 그녀의 전 생애는
피할 수 없이 그 하나의 행동을 향해 그녀를 몰아갔다고 말
하고 있는 듯하다. 또한 그는 자신의 실존적 분석이 그녀로
하여금 그녀 자신의 입장을 이해시키는 데 도움이 되었다고
넌지시 암시하는 것 같다. 그리하여 그녀의 자살은 그의 치
료법을 변호하는 일이나 마찬가지가 되어 버렸다. 내가 그
의 글을 잘못 이해하고 있는 것인지도 모르겠지만. (원주)

정주의자의 길을 택했다. 그들은 각각 자살 문제를 이용하여 자신의 의견을 예증하려 했다. 아들러는 열등감과 복수심과 반사회적 공격성에 대해 상세히 설명했고, 스테켈은 자살을 자위행위 및 그에 수반되는 죄의식과 관련지었다. 그는 또한 후에 많은 이론들의 토대가 되는 그 유명한 원칙을 발표했다. "타인을 살해한다거나 최소한 타인이 죽기를 바라는 마음을 가져 보지 않은 사람은 자살을 하지 않는다"는 원칙 말이다. 역사적인 관점에서 보면 이 모든 변화는 13년 전 뒤르켐이 『자살론』을 낸 이래 지배적인 사상이 되어 왔던 사회결정론으로부터의 대변혁을 의미했다. 그러나 그것은 자살을 단순한 심적 메커니즘에 불과한 것으로 설명하려 했고, 프로이트는 그 점을 선뜻 인정하려 하지 않았다. 논의가 끝날 때까지 시종 침묵을 지키고 있던 그는 논의가 끝날 무렵에야 입을 열었다. 자살은 비탄 및 우울증과 관련된 복잡한 과정들이 충분히 밝혀지기 전까지는 이해될 수 없을 거라는 말이었다.

하지만 프로이트는 그렇게 말한 사람치고는 자살을 꽤 깊이까지 이해하고 있었다. 그러한 사실은 그가 초기에 남긴 모든 병력 기록(5세 소년 한스의 경우만 제외하면)을 보면 알 수 있다. 표현되는 방식은 다 다르지만, 그 모든 기록 속에 자살에 관한 그의 통찰이 담겨 있다. 프로이트의 난점은 통찰력이 아니라 이론적인 데 있었다. 즉 자기 파괴 충동과 쾌락 원칙을 어떻게 조화시킬 수 있느냐였다. 본능의 근원적인 충동이

리비도와 자기보존의 욕구라고 하면, 그에 반하는 자살 행위는 부자연스러운 것일 뿐만 아니라 불가해하기 까지 한 것이었다.

우리가 본능적 삶이 시작되는 제1단계로 인식하는 자아의 자기애는 대단히 강렬하다. 생명이 위협받는 공포스러운 상황에서 방출되는 자기애적 리비도의 양도 막대하다. 그래서 우리는 그 자아가 어떻게 자신의 파괴에 동의할 수 있는지 이해할 수 없다. 신경증 환자들이 자살 생각을 품을 때, 그들의 그러한 생각은 타인에 대한 살해 충동을 자기 자신에게로 전환한 것이라는 사실은 우리가 이미 오래전부터 아는 바이지만, 우리는 어떤 힘들 사이의 어떠한 상호 작용이 그러한 목적을 달성시킬 수 있는가에 대해서는 설명할 수 없었다. 그런데 우울증의 분석 결과가 다음과 같은 사실을 밝혀 주었다. 즉 자아의 대상 집중(object-cathexis)이 자아 자신으로 되돌려져 그 자신을 대상으로 삼을 수 있을 때만, 그리하여 외계의 대상물에 대한 자아의 근원적인 적대감을 자아로 되돌릴 수 있을 때만, 비로소 자아는 그 자신을 죽일 수도 있게 된다는 것이다. 이렇듯 '자기애적 대상 선택(object choice)'으로부터 후퇴함으로써 그 대상은 제거되지만, 이때 그 대상이 자아 자체보다 한층 강력하다는 점이 판명된다. 예를 들어 열렬한 사랑과 자살이라는 전적으로 반대되는 두 상황에서는, 비록 완전히 다른 방식을 통해서이긴 해도, 자아가 대상에 의해 압도된다.[15]

위의 글은 프로이트가 앞서 말한 자살에 관한 심포지움 5년 뒤에 쓴 「비탄과 우울」이라는 매우 함축성 있는 논문에서 뽑은 것으로, 1917년까지는 발표되지 않은 것이다. 이 대목은 자살이란 전이된 적대감에 불과하다는 정신분석학 창시자의 생각에 찬사라도 보내기 위해서인 듯 자주 인용된다. 그런데 이것은 사실 프로이트가 후에 그려 나가려고 생각했던 더없이 복잡한 인간 내면세계의 양상에 대한 최초의 스케치였다.

프로이트가 가진 천재성의 본질은 하나하나의 증례들이 지닌 이론적 의미들을 신비로울 만큼 명료하게 통찰할 수 있었다는 것과, 자기 자신이 이미 구축해 놓은 성역과도 같은 학문적 입장에 구애받지 않고 자기가 새로이 발견하는 의미들을 따를 수 있었다는 데 있다. 이렇듯 끊임없이 탐구하고 회의하는 그의 모습은 이 논문에서 두 가지 테마를 통해 나타난다. 하나는 정신의 구조에 관한 것이었고, 다른 하나는 사디즘과 마조히즘에 대한 것으로 후에 그가 "죽음 본능"이라고 부르게 된 개념이었다.

그래서 그는 우선 비탄과 비탄의 병리학적 등가물인 우울증을 통해 다음과 같은 사실을 밝혀냈다. 자아는 처음에는 상실된 대상과의 동일시에 의해, 그런 다음에는 상실된 대상 자체와의 일체화 즉 내투사(introjection)에 의해 그 잃어버린 대상 자체를 회복시키려 한다는 것이다. 그리하여 비탄에 빠진 사람은 상실된 대상을 자신의 자아 내부에서 재생시킴으로써 그것이 자기 자아의 일부가 되게 하여 계속 살아 있게끔 한다는 것이다. 프로이트가 도입한 이 개념은 정신을 설명할 때 선보였던 그의 정교한 언어처럼 새로운 것이었을 테다. 하지만 그 발상 자체는 적어도 존 던까지는 거슬러 올라갈 수 있을 만큼 오래된 것이었다. 존 던은 이별의 슬픔을 노래한 시 속에서, 서로 사랑하는 연인들은 각자의 가슴에 사랑하는 연인의 영혼과 모습을 간직하게 된다는 주제로 되돌아가곤 했다. 마치 위안을 주는 어떤 오래된 진리로 돌아가듯 말이다.

이런 감언을 믿고 살자.
잃어버린 연인들은 서로가 서로의
마음속에 있다는 것을.

정상적인 비탄의 경우, 사랑했던 대상이 이젠 정말 이 바깥세상에는 존재하지 않는다는 사실을 서서히 받아들여 가는 고통스러운 과정은 그 대상을 자신의 자아 속에 집어넣음으로써, 그리하여 그 대상을 내게 힘을 주는 어떤 존재로 확립시킴으로써 점차 보상된다. 그리하여 하디의 후기 시에서는 한때 그가 불행한 사랑을 바쳤던 여성들이 상냥하고 너그러운 망령으로 되돌아와 들끓게 된다.

반면 우울증 속에서는 죄의식과 적대감이 견딜 수 없을 만큼 격렬하다. 우울증 환자는 사별이나 이별, 혹은 거부에 의해 상실된 것은 그게 무엇이든 자신이 살해했다고 믿는 것 같다. 따라서 그것은 내면의 박해자가 되어 돌아와 그에게 벌주고 복수하며 보상을 요구한다. 실비아 플라스는 그녀의 죽은 아버지에 관한 시 「아빠」에서 이것을 분명하고도 스스럼없이 밝힌다.

> 내가 한 사람을 죽였다면 나는 두
> 사람을 죽인 것.
> 흡혈귀는 자기가 당신이라고 말하고
> 나의 피를 일 년 동안 빨았다.
> 더 정확히 말하면 칠 년 동안. 아빠,
> 당신은 이제 드러누워 계세요
> 당신의 살찐 검은 심장에는 말뚝이 박혀
> 있어요.

그녀는 살인을 범한 죄 많은 여자이기도 하고, 흡혈귀에게 피가 빨리는 순진무구한 피해자이기도 하다. 이

것이 바로 우울증적 악순환이다. 이와 같은 우울증 환자는 자기가 사랑하는 사람이 죽은 데 대한 환상적 죄의식을 보상하기 위해, 그리고 그 죽은 사람이 자신의 내부에 계속 살아 있으면서 햄릿의 부친처럼 복수를 요구하고 있다는 느낌 때문에 스스로 자신의 목숨을 끊을 가능성이 있다.

프로이트는 이후에 「자아와 이드」라는 논문에서 초자아의 개념을 발전시킨다. 초자아는 흔히 우리의 마음을 약하게 만드는 통상적인 양심보다도 훨씬 더 깊은 무의식의 차원에서 작용하는 검열과 비판의 힘이다. 프로이트가 생각했던 바에 의하면 초자아는 이렇게 형성된다. 우선 어린이들이 부모에 관한 상(像), 아니 부모에 대한 환상과 자신을 동일시하고, 그런 다음 그 동일시가 내부로 투사되어 그 어린이 자신의 일부로 자리 잡는다. 양심의 소리란 실은 어린이의 공상 속에서 반향하는 부모의 격렬한, 그러나 왜곡된 목소리라고 그는 말한다. 프로이트 이후의 정신분석학자, 특히 멜라니 클라인은 이 이론을 훨씬 더 진전시켰다. 클라인이 보기에 무의식의 영역에 속한 초자아는 프로이트가 생각했던 것보다 훨씬 빨리 성장하는 것이었다. 말하자면 그것은 2~3세가 아니고, 유아가 외부 세계의 사물들이 자기들만의 독립된 존재를 지닌다는 것을 인식하기 이전인 생후 몇 개월 사이에 생성된다. 그 무렵 유아가 경험하는 체험, 즉 최초의 원시적인 현실 체험은 '부분 대상(part-object)'에 대한 체험이라 불리는데,

바로 그것이 쾌락과 고통, 만족과 좌절, 사랑과 분노, 선과 악의 근원이 된다. 쉽게 풀이하자면, 유아는 자신을 방어하고자 할 때 '악'을 분리하여 그것을 외부의 부분 대상에 투사하기도 하고 '선'을 동일시하여 그것을 자신 안에 받아들임으로써 자신을 방어하기도 한다. 이때 우리의 관심을 끄는 것은 투사와 내투사, 즉 세계를 임의로 분리한 뒤 그중 일부는 거부하고 다른 일부는 동일시하는 복잡한 방어 기제로부터 그에 상응하는 복잡한 정신의 이미지가 발생한다는 것이다. 그리하여 계란의 흰자위와 노른자처럼 의식과 무의식이 말끔히 나뉘어 있다거나 초자아와 자아와 이드가 세 겹의 케이크처럼 선명하게 나뉘는 모습은 그릴 수 없게 된다. 극히 어린 시기부터, 마치 지진대의 지층처럼, 빽빽히 모여든 정신 영역들 속 어딘가에 균열이 존재하게 되는 것이다. 이러한 성찰을 자살 역학에 적용시켜 보자. 그러면 외적 표상으로부터 자아를 향해 되돌아간다는, '밀었다가 당겨지는' 공격성이라는 단순한 모델이 반드시 적절하다고 볼 수는 없다는 사실을 알게 된다.

프로이트 정신분석학자인 칼 메닝거는 자살에 세 가지 구성요소, 즉 죽이고 싶은 욕망, 죽임을 당하고 싶은 욕망, 죽고 싶은 욕망이 있다고 말한 바 있다. 클라인의 이론에 따르면, 이러한 요소들은 고도로 복합적이며 애매모호해서 서로 분리하기 어렵다. 예를 들면 사람은 자신의 어떤 속성을 제거하여 다른 속성을 해방할 수 있으리라는 환상에 빠져 그 하나의 속성만을 죽여 없애고 싶어 할 수가 있다. 이런 사람은 죽이고 싶기도 하고 죽임을 당하고도 싶은 욕망을 가진 사람이다. 그러나 또 다른 면에서 생각해 보면, 여기서 죽음 그 자체는 부차적인 문제이다. 여기서 중요한 부분은 자살 그 자체가 아니라, 이 행위가 궁극적으로 손상된 부분을 회복시키고 건전하게 생장시켜 주는 극단적인 진정 행위에 속한다는 점이다. "그대의 눈이 그대를 괴롭히면 그것을 뽑아낼지니"라는 성경 구절의 경우와 같다. 그러나 내면의 혼란과 열등의식에 사로잡혀 판단력이 흐려진 자살자에게는 신체의 일부에 지나지 않는 '눈'이 그가 부지하고 있는 생 그 자체로 변한다. 결국 그는 바르게 살려다 생을 포기하게 된다.

이러한 심리적 이중성은 공격성이 가장 노골적인 양상으로 나타나는 듯 보이는 경우에도 일어난다. "죽어 버릴 테야, 내가 죽으면 속이 상하겠지"라고 부모에게 말하는 화난 어린이는 단지 앙갚음만을 하려는 것이 아니다. 그는 또한 그를 사로잡고 있는 죄의식과 분노를 그의 삶을 통제하는 사람들에게 투사하는 것이다. 바꾸어 말하면 그는 투사에 의한 동일시 기제를 통해, 즉 자신은 희생자요 그들은 가해자라는 심리 과정을 통해 자기 자신의 적대감으로부터 스스로를 방어하는 것이다. 이보다 더 복잡하기는 하지만 유사한 예로, 사람은 자기 내부의 파괴적 요소들을 더 이상 감내할 수 없다고 느껴 자기 자신의 생명을 저버리는 수가 있다. 그렇게 그는 자신이 지닌 파괴적 요소들을 스스로 떨쳐 버림으로써 살아 있는 사람들로 하여금 죄의식과 당혹감을 갖게 만든다. 마치 신조와 명성을 위하여 침착하게 자기 칼 위로 몸을 던진 고결한 로마인들에 대한 우리의 기억처럼, 그는 자신에 관해서는 오직 순화되고 이상화된 이미지만이 남겨지기를 바란다. 이러한 고고한 이상이 없이는, 자살은 그저 자신이 쉽사리 잊히지 않겠거니 확인하는 가장 극단적이고 야만적인 방법에 지나지 않는다. 이는 죽은 뒤에 다른 사람들의 기억 속에서 다시 살아남으리라는 믿음, 즉 일종의 사후 재생의 문제와 관계가 있다. 그것은 마치 천국은 격렬하게 전사하는 사람에게만 주어진다고 생각했던 원시 전사들의 사고방식과도 흡사하다. 그래서 이 전사들은 내세의 지복을 영영 얻을 수 없게 만드는 상황 즉 질병이나 노쇠에 의한 불명예스러운 자연사를 예방하기 위하여 스스로 목숨을 끊었다.

그러나 근친자와 사별한 사람들의 경우는 어떨까? 뉴욕의 두 정신과 의사는 50명의 자살 미수자들을 대상으로 조사한 결과 흥미로운 사실을 알아냈다. 이들 중 95퍼센트가 "그들의 근친자들, 즉 부모나 형제자매, 배우자 등이 극적이거나 때로는 비극적인 상황에서 죽은 사람들이었다. 이들 중 75퍼센트는 그들이 청년기를 벗어나기도 전에 그 같은 근친의 죽음을 경험했다."[16] 그 의사들은 이 같은 유형을 "죽음의 성향"이라고 불렀다. 그러나 불행하게도 그들은 그 사실로부터 다음과 같이 편협하기 짝이 없는 결론을 끌어냈을 뿐이었다.

> 자살에 관한 환상이 심각한 내적 갈등에
> 반응함으로써 발생한 형태라고 본다면, 또한
> 어떤 면으로는 문제 해결을 추구하는 행위를
> 뜻한다고 가정한다면, 우리는 본 연구로부터
> '죽음의 성향'이 자살 기도자의 환경에
> 내재할 경우, 그 성향이 그의 자기 파괴에
> 대한 고정관념을 실제 행동으로 변환시키는
> 소인을 이룬다고 결론지을 수 있다. 자살에
> 관한 환상과 긴장감을 거의 비슷하게 품고
> 있으면서도 어떤 사람은 자살을 기도하고,
> 또 어떤 사람은 그렇지 않은 것도 이에 의해
> 설명될 수 있다.

이러한 결론은 하나의 자살이 또 다른 자살을 촉발한다는 주장에 지나지 않는 것으로 보이는데, 그것은 마치 1마일 4분 주파의 장벽을 최초로 깨뜨린 육상 선수에 의해서 그 이후 선수들의 기록 갱신이 더 쉽게 이루어진다는 논리와도 같은 것이다. 그러나 이러한 현상은 때때로 발생하는 주기적인 기이한 자살 유행에서 볼 수 있는, 잘 알려진 증후군이었다. 예를 들어 플루타르코스에 의하면 언젠가 밀레토스의 처녀들이 충동적으로 목을 매달아 죽는 경우가 늘었는데, 이러한 유행은 그 도시의 한 원로가 죽은 처녀들의 시신을 저자

로 끌고 다니며 망신을 주자는 의견을 제시하고 나서
야 중지되었다. 망신을 당하고 싶지 않은 허영심이 정
신의 비정상성을 이겼던 것이다. 1772년, 파리의 정신
병원에서는 15명의 부상병이 같은 올가미에 목을 매고
죽었다. 이 자살 소동은 그 올가미가 제거되고 나서야
그쳤다. 17세기에는 수천의 러시아 농민들이 적그리스
도가 도래하고 있다는 믿음 때문에 분신자살을 기도
했다. 1833년부터는 수백 명의 일본인들이 미하라산의
분화구 속으로 뛰어들어 자살했는데, 이는 1935년 그
산으로의 접근이 금지될 때까지 이어졌다. 또 시카고
에 있는 이른바 '자살교'에서는 투신하는 시민들이 그
치지 않았는데, 그 유행은 마침내 당국이 별수 없이 다
리를 철거해 버릴 때까지 계속되었다. 이상의 모든 경
우에서 보면 하나의 극적인 선례가 광적인 연쇄 반응
을 불러일으키기에 충분했다.

그러나 '죽음의 성향' 개념은 더 미묘하고 심각한
면을 내포한 듯하다. 프로이트에 의하면, 비탄의 과정
은 상실한 대상이 무엇이든 그것이 어떤 식으로든 비
탄에 빠진 사람의 자아 내부에서 되찾아지고 나서야
끝나게 된다. 그러나 상실을 경험하게 되면 내투사를
완만히 전개하기가 한결 어려워질 뿐만 아니라 위태로
운 지경에까지 이른다. 부모 혹은 부모와 마찬가지로
열렬히 따르던 사람을 여읜 어린이는 죄의식과 분노
로부터, 그리고 극심한 자포자기의 상태로부터 벗어나
기 위해 최대한의 노력을 기울여야 한다. 무고한 어린

이는 이러한 상황을 이해하지 못하므로, 그의 자연 발생적인 슬픔은 곱절로 고통스러운 것이 된다. 전혀 까닭을 알 수 없고, 따라서 합당해질 수가 없는 이 적의로부터 벗어나기 위해, 어린이는 그 적의를 자신의 내부에서 분리해 죽은 사람에게 투사한다. 그 결과 공상을 통한 동일시는 제어할 수 없는 온갖 공포심을 수반할 가능성도 있다. 이 경우 그는 가슴 깊은 곳에 살의를 품은 사자를 간직하게 되며, 만족을 모르는 그 '분신(Doppelgänger)'은 결코 진정하는 법 없이 자신의 존재를 소리쳐 알리며 위기의 순간마다 나타나게 된다.

이에 따르면, 아마도 이 '죽음의 성향'은 생의 만년에 겉으로 드러나면서 그 많은 자살자에게 이상하리만큼 확고부동한 성격과 위로할 수 없는 완고함을 부여하는 것 같다. 몽유병자나 신들린 경험이 있었다고 믿는 사람들의 경우처럼, 이들의 움직임은 어둡고 보이지 않는 중심부로부터 조종받는 것이다. 그들의 유일하고 진정한 목적은 자신들의 목숨을 저버릴 적당한 구실을 찾아내는 데 있는 듯 보인다. 그리하여 자살 행위는 자살이라는 그 최종 행동을 추동하는 직접적인 이유나 그 상상적 보상, 맹목적인 충동 등이 아무리 그럴싸할지라도, 그 성패를 떠나 근본적으로는 악귀를 쫓아내려는 시도이다.

우연한 일인지는 모르나 작가들 가운데도 '죽음의 성향'이 작용한 사람들이 많았던 것 같다. 영국의 유명 문인 가운데 최초의 자살자였던 토머스 채터턴의 아

버지는 그의 아들이 태어나기도 전에 죽었다. 우리 시
대에서도 헤밍웨이, 마야콥스키, 파베세, 플라스 등이
모두 유년 시절에 부친을 여의었다. 헤밍웨이의 부친
은 총으로 자살했고, 그의 아들은 훗날 부친의 본을 받
았다. 존 베리먼의 부친도 그런 식으로 죽었는데, 이후
베리먼은 시인으로서 원숙 단계에 이르렀을 때 주로
비탄의 감정을 주제로 한 시를 썼다. 베리먼 역시 1972
년에 자살했다.

　　따라서 정신분석 이론은 자살의 역학을 간단하게
설명해 주지 못한다. 오히려 이 이론에 따라 자살에 접
근하면 할수록 문제는 더욱 복잡해지고 설명은 더욱
어려워진다. 기껏해야 이 이론으로는 자살 동기가 아
주 명백해 보이는 경우에도 그 동기가 실은 매우 불명
료한 것이라고 설명할 수 있을 뿐이다. 예를 들어 실비
아 플라스는 이렇게 썼다.

　　　　　그래요 아빠, 이제 마지막으로
　　끊겠어요.
　　　　　검은 전화기가 뿌리째 뽑혀,
　　　　　목소리들이 기어 나오지 못할 뿐인
　　걸요.

이때 그녀는 자살자들에게 내재한 모든 우울증의 전제
가 되는 완전한 외로움 이상의 것을 말한다. 그 목소리
라는 건 런던 교환국의 어딘가에서 연결되어 온 타인

의 목소리만은 아닐 것이다. 그녀를 사랑하고 지탱해왔던 자신의 일부로부터 들려오는 목소리이기도 할 것이다. 그러나 그 목소리는 그 언제부터인가 자기로부터 떨어져 나가, 이제 먼 곳에 자리 잡고 있어 들리지 않는다.

이러한 분리의 개념은 아마도 생명을 버리려는 어떠한 시도조차 극복하고 마는 불가사의한 힘 즉 '삶을 향한 집착력'을 설명할 때 도움이 될 것이다. 예를 들면 한 여자가 죽어야겠다는 생각에 빠진 나머지 50알의 바르비투르산염을 삼켰다. 그녀는 혼수상태에 빠진 채 사람들에게 발견되어 급히 병원으로 옮겨졌으나 어떤 치료에도 반응을 보이지 않았다. 마침내 의사들도 포기하고 말았다. 그럼에도 그녀의 심장은 계속 뛰었다. 혼수상태에 빠져 있는 동안 그녀는 다음과 같은 이상한 환시를 체험했다. 즉 그녀는 남편을 내려다보고 있었는데, 다른 차원에서 보는 것 같았다. 남편은 바로 곁에 있는 듯했지만, 어쩐지 서로 다른 차원의 세계에 살고 있는 것처럼 그들 사이의 심연을 건너뛸 수가 없었다. 남편을 물끄러미 바라보고 있는 동안, 그녀는 그에게 자기가 왜 이런 짓을 저질렀는가를 이야기하고 싶은 돌연하고도 절대적인 욕구를 느꼈다. 그것은 마치 신체의 경련처럼 뚜렷하고도 현실적인 느낌이었다. 그러나 그녀는 그럴 수가 없었다. 아무리 큰 소리로 외쳐도 남편은 들을 수도 없었고, 들으려고 하지도 않았다. 결국 지치고 내키지 않긴 했지만, 그녀는 남편에게 되돌아 내려가겠다고 결심했다. 이 일을 겪으며 그녀가 기억할 수 있었던 것은 그것이 전부였다. 혼수상태가 나흘 동안 계속된 뒤 그녀는 결국 회복됐다. 의식이 깨어났을 때 그녀는 자기가 살아남았다는 사실에 실망했는데, 그 이유는 자신의 삶은 물론 삶에 관한 태도마저도 별로 변화한 것 같지 않았기 때문이다. 그러나 그 절망 속 어딘가에 자리 잡은 그녀의 분열된 일부는 열정을 가지고 끈기 있게 살아 있으면서 굴복하기를 거부했다. 여러 의지가 뒤섞인 동기의 비일관성, 그리고 이와 같은 방식으로 하나의 심리 속에서 서로 대립하는 여러 힘 사이의 갈등. 이것이 프로이트가 후기에 다룬 주제였다. 「비탄과 우울증」이라는 논문에서부터 프로이트가 이 두 주제를 점차 발전시켰다는 사실에 대해서는 앞서 언급한 바 있다. 첫 번째 주제는 심리 상태가 세간의 예상보다 한층 복잡하다는 견해를 나타내며, 두 번째는 이후 '죽음 본능'으로 불리게 되는 것을 나타낸다. 프로이트의 여타 이론들과 마찬가지로, '죽음 본능'에 대한 최초의 미미한 암시는 인간 행위에 대한 빈틈없는, 그러나 세속적인 그의 통찰에 담겨 있었다.

> 결국 우울증 환자가 회한과 자탄에
> 빠진 정상인들의 방식과 꼭 같지는 않게
> 행동한다는 사실이 우리의 주의를 끈다.
> 무엇보다도 후자의 특징이 되는, 타인들
> 앞에서 느끼는 수치심이 우울증 환자에게는

결여돼 있거나, 적어도 두드러지지는 않는
것이다. 오히려 우울증 환자에게는 그와는
거의 반대되는 특징, 즉 자기 노출에서
만족감을 구하려는 끈질긴 수다스러움이
두드러진다.[17]

요컨대 우울증의 고통은 그 자체가 쾌감의 근원이 될
수 있는 것이다. 이런 통찰과 더불어 프로이트는 그가
후에 '마조히즘의 경제적 문제'라고 부르게 되는 주제
로 관심을 돌리는데, 이것은 그가 초기에 생각했던 것
처럼 마조히즘이 사디즘에 부수되는 특성이 아니라 그
자체로 근원적인 충동에 해당한다는 발상이다. 그러나
그 외에도 또 다른 근거들, 그가 제시해야 할 더욱 중
요한 근거들이 있었다. 이를 간단히 설명해 보자. 그의
초기작 『꿈의 해석』의 바탕에는 '모든 꿈은 소망의 충
족이다'라는 믿음이 있었다. 다시 말해 꿈은 갖가지 우
회적인 방식으로 본능적인 성충동을 만족시켜 준다는
것이다. 이로부터 그의 리비도 이론이 나오게 되었는
데, 이는 곧 더없이 왜곡된 공상들이라 할지라도 그 기
저에는 쾌락과 자아 보존 욕구가 편재하고 있다는 원
칙이다. 그러나 이후 그의 연구는 '반복 강제 현상'이
라고 불리는 결론과 마주했다. 어린이들의 몇몇 놀이
와 (더 본격적으로는) 제1차 세계대전 때 입은 정신적
외상으로 악몽에 빠진 군인들을 관찰하며 이끌어 낸
결론인 '반복 강제 현상'은 그의 초기 이론과 상반되는

것이었다. 이 연구 속 환자들은 꿈과 환영을 통해, 통상적인 꿈이 가져다주는 왜곡과 전위 없이 그들이 최초로 경험했던 고통을 거듭 겪게 되는데, 이는 마치 맥베스 부인이 잠에 빠진 채 집착적으로 자신의 범행 현장에 반복해 돌아가는 것과 같다. 간단히 말해서 어떤 신경성 증상들에는 모든 쾌락 원칙과 완전히 상반되는 힘이 작용하고 있었던 것이다. 거기서는 어떠한 소망도 성취되지 않았으며, 아무리 도착된 것일지언정 단하나의 만족감도 얻을 수 없었다. 오히려 반복 강제 현상의 목적은 이처럼 압도적인 비쾌락 원칙과 죽음 본능을 포용하려 하는 것이다. 프로이트에 의하면, 강박 관념에 사로잡혀 정신적 충격을 계속 반복해 경험하는 정신 질환자는 그 충격을 제어하려 노력하는 것이다. 이를 비유하자면 이렇게 말할 수 있겠다. 어떤 사람의 견해에 의하면, 물에 빠진 사람은 그의 일생이 주마등처럼 스쳐 가는 것을 느끼지만, 그때 그의 무의식은 어떻게든 이 끔찍한 위기를 벗어날 해결책을 찾기 위해 '고심한다'.

이 모든 생각들을 엮어 낸 프로이트는 죽음 본능에 관한 이론을 정립했다. 죽음 본능은 태어날 때부터 존재하는 힘이다. 그것은 끊임없이 연관 관계를 해체하고 살아 있는 것을 파괴함으로써 '무의 상태'와 '평화로운 비유기적 상태'로 환원시키려 하는 비에로스적 '원시 공격성'이다. 한편 쾌락 원칙인 에로스는 끊임없이 통합하고, 부활시키고, 보존하며, 자극을 주려 하는 힘을 말한다. 이때 죽음 본능은 일종의 기저가 되어, 저 모든 불안정한 복합적 욕망들이 그 기저 위에서 조직된다.

> 이 모든 것 너머에 홀로 되고픈
> 욕망이 있다.
> 하늘이 수많은 초대장들로 뒤덮여
> 어두워진다 한들,
> 성(性) 지침서들을 아무리 그대로
> 따른다 한들,
> 깃대를 배경으로 가족사진을
> 찍는다 한들,
> 이 모든 것 너머에 홀로 되고픈
> 욕망이 있다.

> 그 모든 것 아래로 망각의
> 욕망이 흐른다.
> 달력의 잘 짜인 긴장,
> 생명 보험, 풍요제의 행사 계획,
> 죽음을 외면하게 하는 값비싼 눈의
> 증오에도 불구하고,
> 이 모든 것 아래로 망각의
> 욕망이 흐른다.

이것은 필립 라킨의 시이다. 그가 시에서 반복해 표현

하는 주제는 쾌락 원칙에 굴복하지 않는다는 것, 즉 아무리 굶주리고 괴로워진다 한들 삶이 가져올 혼란과 요구와 소란을 피하리라는 것, 어떤 대가를 치르더라도 아무도 범할 수 없는 준엄성을 유지하겠다는 것이다.

자살에 관한 한, 프로이트는 죽음 본능이 우울증과 이어진 초자아적 질환의 일종이라고 생각했다. 그 질환이 심하면 심할수록 환자는 더욱더 자살 충동을 느끼게 된다.

> [우울증을 통하여] 우리는 의식을 지배해 왔던 지나치게 강한 초자아가 (마치 그 문제의 당사자가 가진 모든 사디즘을 총동원한 듯) 무자비하게 자아를 괴롭히는 것을 보았다. 사디즘에 대한 우리의 견해에 따르면, 파괴적인 요소가 초자아에 자리를 잡고 자아로부터는 등을 돌린다고 말할 수 있다. 이때 초자아에서 일어나는 지배적인 현상은, 말하자면 죽음 본능의 순수한 배양이다. 실제로 그것은 자아를 죽음으로 몰아가는 데 성공하기도 한다.[18]

어떤 복합적인 이유에 기인하건 간에, 결과적으로 자아가 약할수록 그것은 광포한 초자아의 공격을 받기가 쉬워진다. "우울에 관여하는 죽음의 공포를 설명하는 길은 한 가지밖에 없다. 즉 자아는 초자아로부터 사랑받는 대신 증오받고 박해받는다고 느끼기 때문에 스스로를 포기한다. 그러므로 자아에게는 산다는 것이 사랑받는 것, 다시 말하면 초자아로부터 사랑받는다는 것을 의미한다."[19]

다른 분석학파와는 달리, 클라인 학파는 죽음 본능을 기본적 임상 개념으로 받아들이고, 그것에 대해 구조적 치밀성이 부족한 해석을 내린다. 이들이 보기에는, 유아가 최초로 죽음이라는 개념을 갖게 되는 때는 '악'에 대한 유아의 방어가 실패함으로써 그 자신으로부터 유래한 파괴적인 분노와 고통에 휩싸이게 되었음을 자각할 때이다. 그때 유아의 내면세계는 조각나고 잔혹해지며 황량하게 느껴진다. 이와는 대조적으로, 유아가 삶을 긍정적이고 즐겁고 바람직한 것이라고 생각하게 되는 때는 감당하기 힘든 혼란이 내면 속에서 통합감으로 바뀌고 온전한 세계가 유지된다고 느끼게 될 때이다. 전자의 이미지는 배고픔과 욕구 불만 때문에 울어대는 아기에게서 찾아볼 수 있고, 후자는 평화롭게 젖을 먹고 있는 아기로부터 찾아볼 수 있다. 이러한 원초적 경험의 흔적은 마치 현대 도시의 저 깊은 지하에 파묻혀 있는 선사시대의 주거 흔적처럼 성인에게도 남아 있는데, 그 지하의 흔적은 기존의 정교한 상부 구조가 어떤 감정의 폭발에 의해 붕괴할 때 표면으로 드러나게 된다. 따라서 정신분석적 치료가 갖는 목적 중 하나는, 환자를 도와 그로 하여금 자기 내부에서 끊임없이 작용하는 파괴적 욕구, 즉 죽음 본능과 화해하도록 하는 데 있을 것이다.

프로이트 이론이 지닌 학술적인 문제, 혹은 프로이트 학파와 클라인 학파와의 복잡한 논쟁 등은 여기서 다룰 문제도 아니며, 또 나는 논할 자격도 없다. 여기서 논하려는 것은 인간 인격에 관한 프로이트의 전체적인 논조가 함축하는 바다. 그는 죽음 본능에 대한 이론을 『쾌락 원칙 너머』라는 저서에서 개설했다. 그 책은 1919년에 쓰이기 시작하여 1920년에 끝냈는데, 여기서는 그 집필 시기가 중요하다. 만년에 평화주의자임을 자처했던 프로이트는 몰지각한 제1차 세계대전의 대규모 파괴 행위에 공포와 절망으로 반응했다. 프로이트가 제시한 모든 임상 사례와 생물학적 이론들(이 이론들은 이제는 반박받고 있다)의 배후에는 더 크고 더 부인하기 힘든 종류의 증거가 있었던 것이다. 아마도 죽음 본능은 그저 '원시적 공격성'의 문제만은 아니었을 것이다. '죽음 본능'은 또한 그가 그토록 열렬히 믿고 있던 온 문명이 산산조각나기 시작하는 동안, 두려움에 사로잡힌 채 그 모습을 관망했던 탁월한 한 문화인의 '근원적 비관주의'를 수반했던 것이다.

시간이 훨씬 지난 1973년에, 암이 죽음 본능처럼 그를 괴롭히고 있을 무렵 프로이트는 「끝낼 수 있는 분석과 끝낼 수 없는 분석」이라는 논문을 썼다. 여기서 그는 자신이 전 생애를 바쳐 개진했던 치료법의 효과에 대해 의문을 제기했다. 그는 부분적으로나마 죽음 본능을 탓했다. 그 이론 때문에 환자가 자신의 질환에 완고하게 집착하고, 병을 치유하여 건강을 되찾을 수 있는 가능성을 받아들이기를 꺼린다는 것이었다. 죽음 본능이 본질적으로 지니고 있던 파괴력은 그의 초기 저서들을 구성하는 논리의 근간을 침해하는 것처럼 보였는데, 이제 그 힘이 그가 온 생애에 걸쳐 쓴 저서들을 향해서도 의문을 던지고 있었다. 죽음 본능이 소위 '고전적' 프로이트 학파들에게 아직도 받아들여지지 않는 건 바로 그 이유 때문일 수도 있다. 반면에 클라인 학파는 죽음 본능을 이론적 초석으로 삼고 있으며, 질투와 파괴성을 통한 죽음 본능의 역할을 거듭 강조한다. 따라서 그들은 인간 심리와 그 구조에 관하여 좀 더 복합적인 견해를 갖고 있으며, 그에 따라 때로는 말 그대로 '영원히'까지는 아니더라도 매우 오랜 시간에 걸쳐 정신분석을 계속 이어 가야 하는 경우도 생길 수 있다고 인정한다. 마찬가지로 불안과 회의에 물들어 있던 프로이트의 천재성도 그와 비슷하게 작동했다. 20세기에 막 접어들었을 무렵의 번화한 빈에서 부유하고 어여쁜 신경증 환자들을 치료하며 확립했던 원칙은 첫 번째 세계대전으로 와해돼 버렸고, 이후 또 하나의 대전을 준비하면서 대공황과 나치즘의 대두를 견뎌 내고 있던 1937년대에 다다라서는 아예 더 이상 합당하지 않은 것으로 여겨졌던 것이다. 그러한 상황에서는 인간이 —— 정신분석에 의해서든 아니면 무슨 만병통치약에 의해서든 —— 완벽해질 수 있다는 생각은 전적으로 부적합해 보였다. 더 무섭고 더 비극적인 반응이 필요했다.

그 이후부터, 분열과 붕괴의 힘으로 작용해 온 죽음 본능 이론이 일종의 역사적 은유로서 상당한 힘을 얻게 되었다. 프로이트의 병든 초자아처럼 점점 더 거칠어지고 억압적·전체주의적으로 변해 온 초강대국들 간의 대량 학살과 간헐적인 전쟁으로 점철되었던 60여 년이 지나는 동안, 문화가 제공하는 '가공된 자아 만족감'은 상대적으로 취약해 보이게 되었다. 이에 대한 예술의 반응은 쾌락 원칙을 그것의 가장 원초적인 형태, 즉 열광적이고 적나라하고 탈문명적인 형태로 환원하는 것이었다. 원시주의가 미적 세련의 새로운 전략이 되었다. 어느 라디오에서나 흘러나왔던 원시 부족의 리듬, 무대에서 시연되는 풍요의 의식, 안방에서 실제로 혹은 화면을 통해서 거행되는 골드코스트의 풍습, 언어와 표현을 넘어선 무언가를 웅얼거리는 구체주의 시인들, 자연 소음의 가능성을 탐구하는 전위 음악가, 산업 쓰레기를 예술 작품화하는 미술가, 로마 시대 카니발의 광대를 흉내 내는 급진적 정치가, 마약 중독으로 점차 만성적 자살에 빠지고 있는 청년 문화 등이 바로 그러한 원시주의의 양상이다. 쾌락 원칙이 점점 그 쾌락적 요소를 잃어 가고 광적 성향을 띠어 감에 따라 죽음 본능은 더 강력해지고 도처에 만연하는 것 같다. 게다가 핵전쟁에 의한 국제적 집단 자살의 가능성과 함께 모든 미래 전망이 사라지고 있다. 문명의 불만 그 자체가 자살을 요구할 만큼 극단적인 우울증의 상태까지 도달한 것 같다. 이러한 상태에 대해서는 프로이트가 이미 설득력 있게 묘사한 바 있다. "이제 초자아에서 일어나는 지배적인 현상은, 말하자면 죽음 본능의 순수한 배양이다. 초자아는 실제로 자아가 스스로 광란에 빠짐으로써 초자아의 압력을 제때 되받아넘기지 않는 경우 자아를 성공적으로 죽음으로 몰아가기도 한다. 만약 자아가 그 억압자를 조만간 방어한다 해도, 그 방어는 자아가 스스로 미쳐 버리는 경우에나 해낼 수 있는 것이다." 셰익스피어 역시 덜 전문적인 용어를 쓰기는 했지만 같은 과정을 이렇게 묘사하고 있다.

> 과식이 단식을 부르듯,
> 눈도 과도하게 사용하면
> 망가지나니, 우리의 본성도
> 독이 든 음식을 탐식하는 생쥐처럼,
> 목마른 악을 찾아, 마시고는 죽으리.

두 사람의 글이 보여 주는 전망은 다 황량하다. 테오도르 아도르노는 이렇게 썼다. "지금과 같은 세상은 아무리 두려워해도 부족하다."

††††

갓 태어난 아기가 탄생의 순간에 우는 소리를 들어
보라——그리고 죽음이 최후의 순간에 몸부림치는
것을 보라——그런 뒤 이러한 방식으로 시작하고
끝나는 것이 과연 즐거움을 의도한 것이라 할 수 있
을지 말해 보라.

참으로 우리 인간은 이 두 지점으로부터 가
능한 한 빨리 벗어나기 위해 모든 것을 한다. 출생
의 울음소리를 잊고 그것을 한 존재에게 생명을 주
었다는 기쁨으로 바꾸기 위해 가능한 한 서두른다.
그리고 누군가가 죽을 때 우리는 곧장 이렇게 말한
다. "그가 조용히 평화롭게 떠났다. 죽음은 고요한
잠이다." 그러나 이것은 죽은 사람을 위한 말이 아
니다. 우리의 말은 그를 도울 수 없기 때문이다. 이
것은 우리 자신을 위한 말이다. 삶을 향한 열정을
잃지 않기 위해서. 탄생의 울음소리와 죽음의 울부
짖음 사이, 어머니의 비명과 그것을 반복하는 아이
의 비명이 터지는 순간부터 그 아이가 언젠가 죽음
을 맞이할 순간까지, 그 안에 존재하는 모든 것을
삶에 대한 열정을 일깨우는 데 소용되는 것으로 바
꾸기 위해서.

어딘가 거대하고 호화로운 홀이 있어서 그곳
에서는 모든 것이 기쁨과 환희를 만들어 내기 위해
행해진다고 상상해 보라. 그러나 이 방으로 들어가
는 입구에는 더럽고 진흙투성이인 끔찍한 계단이 있
고, 이곳을 지나가면서 몸이 더러워지는 것을 피할
수 없다. 입장의 대가로 자신을 희생하는 것이다. 그
리고 날이 밝으면 환희는 끝나고, 사람들은 전부 다

시 쫓겨나야만 한다. 하지만 그 밤만큼은 모든 것이 환희와 쾌락을 유지하고 불태우기 위해 행해진다.

성찰이란 무엇인가? 바로 이 두 가지 질문을 성찰하는 것이다. 나는 어떻게 이곳에 들어왔는가? 나는 어떻게 다시 나갈 것이며, 이것은 어떻게 끝날 것인가? 생각 없음이란 무엇인가? 모든 것을 동원하여 입구와 출구에 대한 이 모든 것을 망각 속에 빠뜨리는 것이다. 모든 것을 동원하여 입구와 출구를 다시 설명하고 합리화하는 것이다. 탄생의 울음소리가 터지는 순간과 그 울음소리가 죽음의 몸부림 속에서 반복되는 순간, 그 사이의 기간에 완전히 길을 잃는 것이다.

——쇠렌 키르케고르

3. 감정

자살에 관한 정신분석학적 이론들은 이미 자명한 사실, 즉 어떤 사람으로 하여금 스스로 자신의 생명을 끊도록 하는 경위들은 적어도 그를 계속 생존케 하는 경위만큼이나 복잡 난해하다는 사실 이상은 증명해 주지 못하는 것 같다. 이 정신분석학적 이론들은 자살 동기의 복잡성을 해명해 주고, 죽음의 욕구가 갖는 깊은 모호성을 밝혀 주는 데는 도움이 되지만, 자살의 상황이 과연 무엇을 의미하는지, 또 그러한 상황이 도대체 어떻게 느껴지는지에 관해서는 별로 이야기해 주는 바가 없다.

무엇보다도 중요한 것은, 자살의 세계가 그 나름대로 반박할 수 없는 논리를 가진 하나의 폐쇄된 세계라는 것이다. 이는 물론 자살자들이 마치 스토아학파 철학자들처럼 자살을 이성적 방안들 가운데서 이성적인 선택 행위인 듯 냉정하고 신중하게 결행한다는 뜻은 아니다. 고도의 수련을 거친 로마의 스토아학파는 자살의 그 냉혹한 논리를 받아들일 수 있었을지 모르나, 만약 현대인 가운데 그들과 같이 수련된 사람이 있다면 그들은 결국 괴물과 같은 존재로 여겨질 것이다. 실제로, 괴물과 마찬가지로, 그들은 쉽게 눈에 띌 만큼 흔하지 않다. 1735년 스웨덴의 철학자 존 로벡은 자살이 정당하고 올바르고 바람직한 행위라는 스토아학파풍의 긴 자살 옹호론을 완성했다. 그런 다음 자기 재산을 전부 사람들에게 나눠 주곤 베저강에 몸을 던짐으로써 자신의 원칙들을 신중하게 실천에 옮겼다. 그의 죽음은 당시 일대 센세이션을 일으켰다. 그리하여 볼테르까지 『캉디드』 속 한 인물을 통해 다음과 같이 말할 정도였다. "나는 자신의 삶을 저주 속에서 지탱해 가는 수없이 많은 사람들을 보아 왔다. 하지만 내가 본 사람들 중에 자신의 불행에 자진하여 종지부를 찍은 사람은 겨우 12명에 지나지 않았다. 3명의 흑인과, 4명의 영국인, 4명의 주네브인과 로벡이라는 독일인 교수가 그들이다." 합리주의의 태두라 할 만한 볼테르에게도 순수한 의미의 이성적 자살이란 혜성의 출현이나 머리가 둘 달린 양처럼 무언가 경탄스러우면서도 한편으로는 기괴한 느낌을 주는 일이었던 것이다.

자살의 논리란 고대 극기주의자들이 의미한 바대로 합리적인 것은 아니다. 그도 그럴 것이, 이제는 거의 아무도, 심지어는 철학자들조차 이성의 명징성과 정직성을 믿지 않으며, 또한 자살의 동기들이 명백하게 드러날 수 있으리라는 사실 역시 믿지 않기 때문이다. 오든은 "마음의 욕구란, 코르크 따개처럼 구부러져 있다"고 말한 바 있다. 자살이 실제로 논리적일 경우, 그것은 논리적인 만큼 또한 비현실적인 것이 되기 마련이다. 에즈라 파운드가 주장한 사회신용론 같은 편집증적 체계들은 지나치게 단순하고 그럴듯하며 지나치게 절대적이라는 특성을 가진다. 정신 이상자들이 삼라만상을 설명하려 들 때 사용하는 방식처럼 말이

다. 그러나 자살의 논리는 다르다. 그것은 마치 해명할
수 없는 악몽의 논리와 같은 것이며, 갑자기 다른 차
원으로 투사될 수 있는 SF 소설 속 환상과도 같은 것
이다. 따라서 거기서는 모든 것이 의미를 가지고 제각
기 나름의 엄격한 규칙을 따르고는 있으나, 그와 동시
에 모든 것이 서로 다르고 비뚤어지고 전도되어 있다.
사람이 일단 자살하기로 결심하면 그는 완전히 폐쇄
되어, 난공불락이면서도 절대적인 확신을 주는 세계로
진입해 들어가게 된다. 이 세계 안에서는 가장 사소한
것 하나하나까지 모두 맞아 들어가고, 모든 일이 하나
같이 그의 결심을 강화해 준다. 술집에서의 생면부지
의 사람과 벌인 언쟁, 오기로 되어 있는데도 오지 않는
편지, 잘못 걸려 온 전화, 잘못 찾아온 손님, 심지어는
날씨의 변화에 이르기까지 모든 현상에 특별한 뜻이
담긴 듯이 여겨지는 것이다. 이 모든 것이 자살의 결행
을 돕는다. 자살의 세계는 예조(豫兆)로 가득 찬 미신
의 세계이다. 프로이트는 자살을 일종의 격정 상태, 이
를테면 상사병에 걸린 경우처럼 보았다. 그는 "열렬한
사랑과 자살이라는 전적으로 반대되는 두 상황에서는,
비록 완전히 다른 방식을 통해서이긴 해도, 자아가 대
상에 의해 압도된다"고 말했다. 마치 사랑에 빠질 때처
럼, 제삼자 입장에서 보면 별것도 아니고 따분하거나
우습게만 느껴지는 일들이, 정작 그 괴물의 손아귀에
붙들린 사람들에게는 엄청난 중요성을 가지게 된다.
따라서 아무리 분별 있는 설득이라 할지라도 그저 허

황된 소리로밖에 들리지 않는 것이다.

자기-파멸이라는 폐쇄된 세계 밖에 존재하는 그 어떤 것도 침입하지 못하도록 한 치의 틈도 허용하지 않는 불침투성. 그것은 너무나 무섭고 전면적이기에 거의 정신병적인 강박 상태를 가져온다. 따라서 이때 죽음 그 자체는 오히려 부차적인 문제가 된다. 19세기에 있었던 일이다. 빈에서 살던 한 70세 노인은 대장간에서 쓰는 커다란 망치를 써서 자기 정수리에 3인치 길이의 쇠못을 7개나 두드려 박았으나 어찌 된 일인지 곧 죽지 않았다. 그래서 노인은 마음을 고쳐먹고 피를 철철 흘리면서 병원을 찾아갔다.[20] 1971년 3월, 벨파스트의 한 사업가는 동력 드릴로 자신의 머리에 9개의 구멍을 뚫어 자살에 성공했다. 또 다른 예는 어느 폴란드 소녀가 남긴 것이다. 그 소녀는 가엾게도 사랑에 빠진 나머지 5개월 동안 숟가락 4개와 칼 3개, 동전 19개, 못 20개, 창문 걸쇠 7개, 놋쇠 십자가 1개, 핀 161개, 돌 1개, 유리 조각 3개, 묵주용 구슬 2개를 삼켰다.[21] 이러한 여러 예를 통해 볼 때, 이들에게는 모두 자살의 결과보다는 자살을 실행하는 방법 혹은 형식이 더 중요했던 것 같다. 사람들은 목적보다 방법 그 자체에 대한 강박관념에 더욱 사로잡혀 있을 때만 그와 같은 오페라적 자살을 기도한다. 그것은 마치 성도착자가 오르가슴보다는 성적 유희를 실행하는 의식 자체로부터 더 큰 만족을 얻는 것과 같다. 머리에 쇠못을 때려 박은 노인이나 동력 드릴을 사용한 회사 중역, 실연

이후 엄청난 양의 쇠붙이를 집어삼킨 소녀가 보여 준 그 난폭한 행위는 어떤 절망감으로 인한 결과일 것이다. 그러나 바로 그와 같은 행동을 취하기 위해서, 그들은 분명 그 행위의 세부적인 면들을 미리 연구해 놓았을 것이다. 그들은 마치 예술가처럼 하나하나의 세부 사항까지 선택하고 수정하는 과정을 거쳐 계획을 완성했고, 그렇게 자신들의 광증을 전무후무한 방식으로 표출하는 '단 한 번의 일회적 해프닝'을 창출해 냈다. 그들은 그 행위를 통해 진짜로 죽을 수도 있을 것이다. 그러나 이 경우 죽음이란 부차적인 일이라고 할 수 있다.[†]

그런가 하면, 이와 달리 정신병적 상태를 드러내는 드라마를 연출하지 않는 자살 형태도 있다. 이 형태는 더 흔하면서도 더 치명적이다. 바로 자해의 극단적인 형태이기 때문이다. 정신분석학자들의 주장에 따르면, 어떤 사람은 죽고 싶어서가 아니라 자신이 가진 어떤 특성 하나를 견딜 수 없다는 이유로 스스로를 죽일 수도 있다고 한다. 이러한 부류의 자살자는 일종의 완벽주의자라고 볼 수 있다. 자신의 성격적 결함이 마치 손에 잡히지 않는 어떤 내밀한 가려움증처럼 그를 격분시키는 것이다. 그래서 그는 돌연히 그리고 성급하게, 격분 속에서 일을 치르고 만다. 『악령』의 키릴로프도 그러한 자살을 하는데, 이때 그는 자신이 신이라는 것을 보여 주기 위해서 자살한다고 말한다. 그러나 따지고 보면 그는 자신이 신이 아니라는 것을 알기 때문에 자살한 것이다. 그의 오만한 성격이 조금만 덜했다면 그는 아마도 미수에 그쳤거나 자신을 불구로 만드는 정도로 그쳤을지 모른다. 그는 인간의 죽음의 운명을 일종

† 한 인간의 전 생애와 그의 소망들을 총집결시켜 놓았던 완벽한 자살의 한 본보기가 있다. 1970년 3월, 랜즈엔드 근처의 가파른 절벽 아래 30미터쯤 되는 곳에서 바위틈에 끼어 있는 시체가 발견되었다. 시체는 줄무늬 바지에 검은 상의를 입었고, 깨끗이 닦인 구두와 중산모 차림이었으며, 팔 위에는 단정히 접은 우산이 걸쳐져 있었다. 다시 말해 그는 신사풍의 정장을 완벽히 차려입고 있었다. 그는 신분증이 없었고, 서편 바다 쪽을 바라보고 있었다. 그의 사인은 다량의 수면제 복용으로 밝혀졌다. 경찰이 나중에 알아낸 바에 의하면 그는 한때 오랫동안 런던에서 살면서 그곳에서 일했던 미국인으로서, 영국을 좋아해서 영국화한 사람이라 할 수 있었다. 그는 결혼 생활에 실패했고, 결국 아내에게서 떠나야 했다. 그가 랜즈엔드를 죽을 자리로 택한 건 그곳이 미국과 가장 가까운 지점이었기 때문이다. 바위틈에 몸을 틀어넣은 그는 의식을 잃을 때까지 미국 쪽을 바라볼 수 있었다.
　　이보다는 좀 덜 기이한 예를 들어 보자. 어느 미국 청년 등산가의 경우다. 그는 매우 뛰어난 재능을 가진 미남이었는데, 사귀던 여자와 헤어지고 극심한 우울 상태에 빠져 있었다. 어느 토요일 아침, 그는 뉴욕 북단에 위치한 샤완건크스 산맥 근처에 있는 친구의 집을 찾아갔다. 그는 마음이 무척 평온해 보였고, 전부터 몹시 좋아하던 친구의 자녀들과 어울려 정원에서 놀았다. 그러고 나서 그는 차를 몰아 절벽으로 갔다. 600~900미터 높이의 깎아지른 듯한 절벽이었다. 그는 그곳에서 뛰어내렸다. 그 최후의 순간에도 그는 완벽한 스포츠맨답게 어디 한군데 흠잡을 데 없는 스완다이브 묘기를 선보이면서 절벽에서 떨어져 내렸다. (원주)

의 실수라고, 말하자면 견딜 수 없이 불쾌하게 느껴지는 실책이라고 생각했다. 그는 마침내 다 떨어진 누더기와도 같은 죽음의 운명을 떨쳐 버리기 위해서 권총의 방아쇠를 당긴다. 그러나 그 누더기가 다름 아닌 자신의 뜨거운 몸뚱이라는 것은 미처 생각지 못했다.

『악령』에 등장하는 다른 혁명적 인물들과 비교해 볼 때, 키릴로프는 한결 분별력 있고 민감하며 고결한 성품을 가진 사람으로 보인다. 그러나 신과 형이상학적 자유에 대한 관심이 바로 그를 또한 정신병의 언저리로 접근시켰던 모양이다. 그런데 이 점이 그를 폐쇄된 자살의 세계 속에 사는 대다수의 다른 사람들과 구별해 주는 점이라고 할 수 있다. 폐쇄된 세계 속에 사는 그들 주민에게 자살 행위란 무엇인가. 그것은 결코 성급한 것도 오페라적 행위도 아니고, 눈에 띄게 평형이 무너진 행위도 아니다. 오히려 그것은 교묘하게도 하나의 소명처럼 여겨진다. 일단 이 닫힌 세계에 들어서고 난 다음에는, 어느 한순간도 자살과 관련 없는 상황이 없었던 것처럼 느껴진다. 작가가 자신의 미숙했던 데뷔작을 부끄럽게 기억하고, 이후 한참 동안 콘래드처럼 해적 흉내나 내며 세월을 보냈다 할지라도, 그는 자신이 작가 이외의 다른 어떤 것도 아니었다고 생각할 것이다. 그와 마찬가지로, 자살자도 자신의 그 최후의 행위를 위해 어느 한순간도 은밀히 준비하고 있지 않았던 적이 없다고 생각하는 것이다. 그들의 이러한 기시감과 정당화의 사유에는 끝이 없다. 그들의 기억은 유년기의 길고 어두웠던 오후들, 아무런 기쁨도 주지 못했던 기쁨의 감각, 쓰라린 실패와 좌절등을 저장한 채 흠집 난 레코드처럼 끊임없이 반복되고 있는 것이다.

두 번씩이나 자살을 진지하게 시도했던 어느 영국 작가가 나에게 이렇게 말했다.

"자살할 생각을 품는 사람들이 실제로 그 문제를 얼마만큼이나 생각하는지 모르겠어요. 솔직히 말하자면, 사실 저 자신도 그 문제를 그다지 깊이 생각해 보지는 못했어요. 하지만 단 한 순간도 그 생각이 저를 떠난 적은 없었지요. 제 경우로 말하면, 자살이 일종의 끊임없는 충동이었다고 할까, 잠시도 그것이 약해지는 때는 없었으니까요. 물론 어느 순간엔 만사가 순조롭다는 느낌이 들기도 해요. 그런데 그럴 때조차도 흡사 치료받고 나은 알코올 중독자가 된 듯한 기분이에요. 술을 입에 대다 보면 또다시 끊을 수 없게 되겠지, 그런 생각들 때문에 감히 술을 입에 댈 엄두도 내지 못하는 상황하고 정말 비슷하단 말이죠. 한 번 생겨난 일은 절대 변하지 않거든요. 그렇게 패턴이 만들어지고, 그 패턴이 제 온 삶을 장악했다고 할 수 있어요. 자살에

관한 생각은 어떤 스트레스나 긴장 때문에
만들어진 거라고, 다른 이유가 있어서 그리된
건 아니라고 생각하고 싶어요. 하지만 솔직히
뒤돌아보면, 언제부터인지는 몰라도 그게
이미 아주 오래전부터 하나의 패턴이 됐다는
걸 깨닫게 돼요.

　　제 부모님은 죽음이라는 걸 퍽
좋아하셨어요. 죽음 애호가였다고 할까요?
어렸을 적 생각이지만, 아버지는 항상
끊임없이 죽음을 서두르고 계신 것
같았어요. 하시는 말씀 하나하나, 비유를
들며 꺼내는 이야기 하나하나가 모두
죽음과 관련이 있었죠. 한번은 이런 말씀을
하셨어요. 결혼이란 인생이라는 관에 박는
최후의 못이라고요. 그때 저는 여덟 살쯤
됐었어요. 부모님은, 서로 이유는 달랐지만,
두 분 다 죽음을 고통으로부터의 완전한
해방으로 보셨어요. 그분들은 같이 살면서
전혀 행복하지 않았는데, 그 사실이 제
안에 깊이 맺혀 있는지도 모르겠네요.
저 역시 아버지와 마찬가지로 인생이나
타인들과의 관계에 있어서 지나치게 많은
것을 바라 왔어요. 실제로 바랄 수 있는
것 이상으로 말이에요. 그런데 그 많은
소망들이 실제로 이 세상에서 이루어질

수 없다는 걸 깨닫고 나니 그때부터는 그
깨달음이 어떤 거부처럼, 말하자면 그것들이
존재하고 있으면서도 저를 거부한다는
느낌으로 와닿더군요. 그게 진짜 거부
같은 건 전혀 아니겠지만요. 단지 제가
바라는 게 존재하지 않는 것뿐이지요.
말하자면 빈 공간은 저를 거부한다기보다는
다만 '나는 비어 있다'고 말하고 있을
뿐이지요. 그런데도 저로서는, 거부든
실망이든, 두 가지 다 받아들일 수 없기는
마찬가지였어요.

　　오후가 되면 어머니나 아버지나 항상
잠 속으로 빠져들곤 하셨어요. 말하자면
죽음 속으로 빠져들어 가신 거죠. 두
분은 정말이지 오후 동안은 죽은 거나
다름없었어요. 아버지는 목사여서 특별히
할 일도, 해야 할 일도 없으셨어요. 할 일이
없다는 게 아버지에게 어떤 일이었을지
저도 이제 이해되기 시작해요. 저도
일이 없을 땐 아침에도 내내 잠을 자죠.
그렇게, 저는 이제 하루 종일 아무 생각을
하지 않아도 되게끔 수면제를 복용하기
시작했어요. 정말 아무 때나 잠들어 버릴 수
있도록 말이에요. 하루 종일 잠을 자려고
수면제를 복용한다는 건 죽을 목적으로

수면제를 복용하는 것과 큰 차이가 없지
않겠어요? 그저 조금 더 현실적이고 조금
더 비겁할 뿐이지요. 200알을 먹느냐, 두
알을 먹느냐의 차이일 뿐이에요. 하지만 그
어린 시절의 오후에는, 저는 항상 팔팔하게
살아 있었어요. 그때 제가 살던 집은 꽤
컸는데도 저는 감히 소리를 내지 못했죠.
혹시 두 분 중 누구라도 깨우게 될까 봐
전기 코드 하나 제대로 뽑지 못했지요.
그래서 몹시 따돌림받는 기분을 느꼈어요.
방문은 항상 닫혀 있었고, 두 분은 절대
접근할 수 없는 사람이었지요. 저에게 만약
무슨 무서운 일이 벌어진대도, 뛰어가서
'엄마 아빠, 일어나요. 저 좀 보세요' 하고
소리칠 수도 없을 것 같은 느낌이었어요.
그런 날 오후들은 한없이 길었지요.
전쟁이 일어나는 바람에 다시 집에 돌아가
부모님과 같이 지내게 되었지만, 무엇
하나 달라진 것 없이 예전 그대로더군요.
제가 스스로 목숨을 끊는 일이 생긴다면
그건 아마도 오후가 될 거예요. 사실 제가
처음 일을 치르려고 한 때도 오후였어요.
두 번째도 어느 끔찍한 오후를 보내고 난
다음이었죠. 게다가 그 오후를 보낸 장소가
시골이었어요. 저는 오후를 싫어하는 것과

똑같은 이유로 시골이라는 데를 싫어해요.
이유야 간단하지요. 제가 혼자가 될 때는 저
자신이 살아 존재한다는 사실이 전혀 믿기지
않거든요."

이 얘기를 하는 사람은 이제 한창 중년의 나이에 접어
들었으며, 자기 일에서 성공을 거둔 인물이기도 하다.
그러나 그녀의 내면에는 한때 자신이 겪었던 모습, 상
처받고 거부당했던 어린 시절의 모습이 아직도 강하게
살아남아 있다. 폐쇄된 자살의 세계를 아예 탈출 불가
능한 것으로 만들어 버리는 요소는 아마도 그러한 것
이리라. 즉 과거의 상처들이 마치 어부왕†의 그것처럼
좀체 치유되지 않는 것이다. 정신분석가들이 흔히 말
하듯, 자아는 너무 연약한 것이어서, 과거의 상처들은
치유되기는커녕 끊임없이 표면으로 뚫고 나와 현재의
변모된 쾌락들이나 현실 수용적 태도들을 말살하려고
한다. 자살자의 삶은 지나치리만큼 비관용적인 삶이
다. 그래서 그가 스스로 노력해서 이룬 것이든 운이 좋
아서 얻은 것이든, 그 어느 것도 상처 많은 그의 과거
를 달래 주지는 못한다.

---

†   Fisher King. 아서왕 전설에 나오는 인물로, 성배를 지키는
왕조의 마지막 왕이다. 하반신에 치유할 수 없는 상처를 입
은 그는 성배를 찾아갈 '선택받은 자'가 와서 자신을 낫게
해 주기를 기다린다.

1950년 8월 16일, 그러니까 파베세가 마침내 수면제를 먹어버리기 열흘 전, 그는 노트에 이렇게 썼다. "나는 1928년 이래 한 번도 그것의 그림자를 벗어나서 살아 보지 못했었음을 오늘에야 분명히 깨닫는다." 그런데 파베세는 1928년에 이미 스무 살이었다. 그의 황량한 유년 시절에 대해 우리가 아는 바를 토대로 한다면(부친은 그가 여섯 살일 때 죽었고, 모친은 더없이 완고하고 엄격하고 가혹했다) 그 그림자라는 것은 아마 그보다 훨씬 더 이전부터 그에게 드리워져 있었던 것 같다. 다만 그는 나이 스물에 그 그림자의 정체가 무엇인가를 선연하게 깨달았을 뿐이다. 서른 살이 된 그는 다음과 같이 썼다. 담담하게, 자기연민 없이, 마치 세상을 구성하는 어떤 기본적인 요소를 방금 막 알아차렸다는 듯이. "모든 사치에 대해서는 그 대가를 치러야 한다. 그리고 이 세상에 존재한다는 사실 자체로부터 시작해서 모든 것은 일종의 사치다."

이런 유의 자살자는 자살자로 태어나는 것이지 만들어지는 게 아니다. 앞서 말했듯, 그는 어려서부터 어떤 근거를, 즉 죄의식과 상실감과 절망감 사이의 어떤 연관성 속에 존재하는 그 나름의 근거를 받아들이고 있었다. 그것과 맞서 싸우거나 그것을 이해하기에는 너무 어렸기에, 그때 그가 할 수 있는 일이라고는 곧이곧대로 그것을 받아들이거나 자신을 방어하기 위해 최대한 노력하는 것이 고작이었다. 그가 그것들을 더 객관적으로 인식하게 되었을 즈음, 그것들은 이미 그의 감수성과 안목과 생활 방식의 일부가 되어 있었다. 자살이 인생의 행로에 있어서 어떤 돌연한 운명적 전환점이 되는 정신병적 자해자들의 경우와는 달리, 그의 전 생애는 서서히 내리막길을 가다가 막바지에 가서 문득 급경사가 지는 곡선을 이룬다. 그는 그 결론을 뻔히 알면서도 그 길을 따라 걸으며, 멈출 수도 없고 멈추려 하지도 않는다. 어떠한 성공도 그를 변하게 할 수가 없다. 파베세는 죽기 직전에 그 어느 때보다 훌륭한 글들을 썼다. 어느 때보다도 풍부하게, 더 힘차게, 더 쉽게 썼다. 그는 죽기 전 1년 동안 자기 작품 중 가장 훌륭한 소설 두 권을 냈는데, 둘 다 쓰는 데 두 달도 걸리지 않았다. 그는 최후가 오기 1개월 전에 이탈리아 작가에게 주어지는 최대의 영예인 스트레가상을 받았다. 그는 "지금처럼 기운이 넘치고, 지금처럼 젊은 기분을 가져 본 적이 없다"고 썼다.

그러고 나서 며칠 후 그는 죽었다. 아마도 창작열이 그에게 선사한 생동감 그 자체가 그의 타고난 우울을 더욱 견디기 어려운 것으로 만들었던 듯하다. 그런 창작열과 보람마저도, 도저히 답이 없을 정도로 열외감을 느꼈던 그의 내면에 속한 장치 중 일부였던 것이다.

자신이 가진 신조들도 별 도움이 되지 않는다는 점 또한 이런 유형의 자살자들이 가진 특징이다. 파베세는 공산주의자를 자처했지만, 작품이나 개인적인 메모 등에 그러한 정치관이 배어 있지는 않다. 내 생각에 그가 공산주의를 언급한 건 일종의 제스처였다. 자기가 좋아하지 않는 민족들에게 '너희가 아닌 다른 민족을 더 좋아한다'고 말하기 위한 수단이었던 것이다. 그가 공산주의자였던 건 어떤 확신을 가져서가 아니라 파시스트들이 그를 투옥한 적이 있어서다. 실제로는 그도 오늘날의 여느 사람들과 거의 비슷했다. 그 역시 회의적이었고, 실리적이었고, 방황했으며, 또한 기독교라는 종교나 당이라는 종교 중 어느 것 안에서도 안주하지 못했다. 이와 같은 상태에서 '산다는 이 일'은—이것은 그가 자기 노트에 붙인 표제이기도 하다—유달리 위태로운 일이 되고 만다. 종교 교리는 인간을 하느님의 종으로 예속시켜 버렸지만, 뒤르켐의 '아노미'는 신의 종이 되는 것보다 더 피폐해진 삶을 살게 된 인간들을 위해 창안된 사회적 개념이었다. 종교적 권위가 땅에 떨어지기 시작하면서† 그 역할을 대체하려 했던 과학과 정치는 만족스러운 결과를 가져다주지 못했던 것이다. 결국 유일한 대안으로 남은 건 불안하고 위험천만한 자유뿐이었다. 이것은 햄스테드의 어느 빈집에서 발견된 저 전율할 만한 유서에 다음과 같은 내용으로 요약되어 있다. "자살을 왜 하느냐고? 왜 하지 않는단 말인가?"

자살을 왜 하지 않는단 말인가? 인생의 기쁨(오감의 향락적 즐거움, 혹은 몰입을 통해서만 얻을 수 있는 복잡하고 난도 높은 즐거움, 거기서 더 나아가 설명할 길 없는 사랑에의 몰입과 같은 것들)은 때로 삶이 안겨 주는 좌절감보다 더 빈약하게 느껴지고, 대개는 더 드물게 경험되는 것 같다. 끊임없는 미완의 느낌, 이를테면 뭔가 일이 아직 끝나지 않았으며 또 끝낼 수도 없다는, 그 시끄럽고 초조하고 너저분하고 억눌린 듯한 느낌은 우리 곁에서 영영 떠나지 않는다. 따라서 만약 세속화된 인간이 쾌락 원칙에만 의존했다면, 불행보다 더 많은 기쁨을 보장받을 수 없는 인류는 이미 사멸하고 말았을 것이다. 그러나 바로 그 세속성이 인간의 강점일지도 모른다. 인간은 생을 선택한다. 그런데 그것은 인간에게 아무런 대안이 없기 때문이며, 죽음 다음에는 아무것도 없다는 것을 알기 때문이다. 카뮈는 『시지프 신화』를 쓸 때—— 1940년, 그러니까 그가 프랑스의 함락과 중병과 어떤 종류의 심각한 우울증을 겪고 난 후였다—— 자살 이야기로 시작했다가 개개의 삶에 대한 긍정으로 끝냈다. 개개의 삶은 궁극적 의미도, 형이상학적 근거도 없이 '부조리'하므로, 오히려 그것은 그것 자체로서 향유될 만한 고유의 가치를 지닌다는 것이었다. "생이란, 아무도 거절해서는 안 되는 선물이다"라

† "기독교 신앙의 근간을 뒤흔들어 놓은 것은 18세기의 무신론이나 19세기의 유물론이 아니었다(그들의 논리는 통속적이기 일쑤이고, 대부분은 전통 신학으로도 쉽게 논파될 수 있다). 그보다는 오히려 진정한 종교인들이 [이를테면 파스칼이나 키르케고르와 같은] 가졌던 구원에 대한 회의였다. 그들의 눈에는 전통적인 기독교 신앙의 내용이나 약속이 '부조리'하게 보이기 시작했던 것이다."[22] (원주)

고, 러시아의 위대한 시인 오시프 만델스탐은 그의 아내에게 말한 적이 있다. 그가 투옥되었다 풀려나 망명 생활을 하던 시절, 스탈린의 비밀 경찰이 다시 자기들을 체포하려고 하면 함께 자살해 버리자고 아내가 말했을 때, 그는 그와 같이 대답했던 것이다.† 햄릿은 자살을 방해하는 유일한 장애는 사후의 세계에 대한 두려움이라고 말한 바 있다. 그러나 그 말은 셰익스피어가 창조한 로마 사극 주인공들이 그처럼 서슴없이 실연(實演)할 수 있었던 그 모든 고결한 자살 행위들에 대한 답변치고는 충분하지 않았고, 한편으로는 지나치게 기독교적이기도 했다. 이와 같이 기독교라는 버팀벽 없이는, 혹은 도처의 콜로세움에서 오직 관중의 즐거움을 위해 수많은 인간의 생명을 소모품처럼 내버리던 세상에 대응하고자 고안된 그 냉엄한 스토아주의적 위엄이 없이는, 자살을 방해하는 그 합리적 요소들은 기이하게도 곧 연약하게 보이기 시작한다. 결국 고귀한 목적이나 종교의 정언적 명령 그 어느 것도 만족스럽지 않을 때 유일하게 남게 되는 것은 순환론적 논법뿐이다. 다시 말하자면, 자살을 반대하는 최후의 논거는 생 그 자체가 된다. 잠시 손을 멈추고 살펴보자. 그대의 가슴 속에는 심장이 뛰고, 창밖의 수목들은 신록의 잎사귀로 무성하며, 제비 한 마리 그 위로 바쁘게 날아내린다. 햇살은 뛰놀고, 사람들은 각자 할 일로 바쁘다. 아마 이것이 "살아 있다는 사실로부터 [자아가] 얻는 나르시시즘적 만족"이라고 프로이트가 말했을 때

의미했던 바일 것이다. 대개의 경우, 그와 같은 만족이
면 충분할 것이다. 어찌 됐든 우리가 현재 가지고 있

† 실제로 만델스탐은 다시 체포되어 시베리아 근처의 어느 강
제노동 수용소에서 죽었다. 그러나 그는 최후의 순간까지도
자살하자는 아내의 의견에 반대했다. 그의 아내는 나중에
이렇게 말했다. "내가 자살 얘기를 꺼낼 때마다 그는 이렇
게 말하곤 했어요. '왜 그렇게 서두르는 거요. 종말이란 어디
서나 똑같은 법인 데다가, 여기서는 그것 스스로가 서둘러
우리에게 오고 있지 않소.' 죽음이란 그래서 그만큼 삶보다
도 더 현실적이었고, 그만큼 더 간결해 보였어요. 그래서 우
리 두 사람은 이 세상에서의 삶을 연장하기 위해 애를 써야
만 했지요. 내일 바로 어떤 안식이 찾아온다고 하더라도 지
금 한순간을 더 오래 살아 보려고 했어요. 사람들은 전쟁에
휘말리거나 수용소에 갇혀 있을 때, 그러니까 공포의 시대
에는 죽음에 대해 평상시보다 오히려 덜 생각하는 것 같아
요(자살은 말할 것도 없지요). 이 세상의 어떤 끔찍한 공포
에 부딪혔을 때, 혹은 전혀 해결할 수 없을 것 같은 문제들
이 특히 강한 압력이 되어 우리를 짓누를 때, 그런 때는 항
상 생의 본질이랄까, 그런 일반적인 문제는 뒤로 물러나 버
리더군요. 세속의 현실적인 공포가 일상의 삶 속에 그처럼
뼈저리게 느껴지는 판국에 어떻게 자연의 위력이니 존재의
영원한 법칙이니 하는 것에 외경심만 품고 있겠어요? 이상
한 결론일 수 있지만, 세속의 그러한 공포는 한편으로는 우
리의 삶에 어떤 풍요로움을 가져다주는 것 같아요. 행복이
뭣인지는 아무도 단정해 말할 수 없지 않겠어요? 행복이라
는 것은 존재의 풍요로움과 강렬함이라는 면에서 좀 더 구
체적으로 따져 보는 게 더 옳을지도 모르겠어요. 그런 의미
에서는, 우리 부부가 그처럼 필사적으로 삶에 집착했던 데
에는 더욱 깊은 만족을 줄 수 있는 무엇인가가 있었기 때문

고, 앞으로 가질 수 있는 것은 그것들뿐이기 때문이다.

그러나 그것들 역시 자칫 깨지기 쉽기는 마찬가지다. 생을 보는 안목의 변화, 혹은 뜻하지 않은 사별이나 이별, 혹은 돌이킬 수 없는 어떤 행위 하나만으로도 우리 전 생애를 견딜 수 없는 것으로 만들어 버리기에 충분하다. 아마도 이것이 바로 "정신의 평형이 무너졌을 때의 자살"이라는 말이 의미하는 바일 것이다. 물론 이말은 고인을 법으로부터 보호하고, 유족들의 감정과 보험금의 혜택을 보장하기 위해 생겨난 법률상의 상용 문구이다. 하지만 이 말은 어떤 실존적 진리를 가진다. 즉 믿음으로 억제하지 않는다면 삶과 죽음 사이의 평형은 무너지기 쉬운 상태에 놓일 수 있다는 것이다.

깎아지른 듯한 벼랑 위에서 손바닥만 한 디딤돌에 의지해 몸을 가누고 있는 등산가의 경우를 생각해 보자. 발 디딜 곳이 비좁다든가, 경사가 가파르다든가 하는 등의 모든 요소는 그가 완전한 자기 통제력만 갖추고 있다면 그의 쾌감을 배가해 준다. 그는 몸으로 장기를 두는 사람이라 할 수 있다. 그는 앞으로 진행되어 갈 행마(行馬)의 과정을 훨씬 전부터 읽을 수 있기에, 그의 신체적 경제 ── 소모하는 노력과 비축해 두는 힘

이라고 봐요. 사람들이 일상적으로 평범하게 추구하는 일에서는 찾아낼 수 없는 어떤 큰 만족 말이에요."[23] (원주)

226

사이의 비율——는 결코 완전히 무너지는 법이 없다. 상황이 어려우면 어려울수록 그가 쏟아야 할 노력은 그만큼 늘어나며, 결국 그 모든 긴장으로부터 해방되었을 때 그의 혈관을 흐르는 피는 그만큼 더 기운차진다. 위험의 가능성은 그의 주의력과 통제력을 더욱 강화할 뿐이다. 이는 아마도 모든 위험한 스포츠들이 가진 논리적 근거일 것이다. 사람들은 일부러, 즉 마음으로부터 잡념을 제거하기 위해 노력과 집중이라는 판돈을 건다. 그것은 한 가지 차이만 빼놓고는 삶의 축도(縮圖)라고 할 수 있다. 즉 일상생활에서는 여러 가지 실수들이 대부분 벌충될 수 있고 어떤 식으로든 타협점을 찾아 땜질될 수도 있지만, 절벽 위에서는 아무리 순간적인 행위라 할지라도 생명을 좌우할 정도로 중대한 것이 된다.

이러한 사람, 즉 사는 동안 한 번도 얻지 못했던 평정과 통제력을 얻기 위해 스스로를 죽이려는 사람이 있을 것으로 생각한다. 생의 태반을 정신병원에서 보냈던 앙토냉 아르토는 다음과 같이 쓴 적이 있다.

> 내가 자살을 한다면 그것은 나 자신을
> 파괴하기 위해서가 아니라 나 자신을
> 원상태로 회복하기 위해서일 것이다.
> 자살은 나에게 있어서 폭력적으로 나
> 자신을 재정복하고, 야수처럼 나 자신의
> 존재를 침범하며, 예측할 수 없는 신의

접근을 예측하는 유일한 수단이 될 것이다.
자살을 통해 나 자신의 의도를 자연 속에
재도입하고, 내 의지의 형상을 최초로
사물들에게 부여하게 될 것이다. 나는 내
육신의 조건 반사로부터 나 자신을 해방한다.
그 조건 반사들은 나의 내적 자아에
지나치게 잘못 종속되어 있기 때문이다.
생은 나에게 있어서 더 이상 지시받은
내용만을 생각하게 하는 부조리한 우연이
될 수 없다. 이제 나는 내 생각과, 내 능력이
지시하는 바와, 나의 취향과, 나의 실체를
확인한다. 나는 나를 미와 추, 선과 악 사이에
위치시킨다. 나를 어떠한 내재적 편파성도
갖지 않은 중립 상태에 두며, 선과 악의 여러
유혹물 사이에서 균형 상태로 둔다.[24]

아르토에 비해 재능도 훨씬 덜하고 인식력도 훨씬 철
저하지 못한 사람들 중에는 죽음 그 자체를 원한다기
보다는 다만 혼돈으로부터 탈출하고자, 혹은 머리를
맑게 하고자 목숨을 끊는 경우도 많을 것으로 보인다.
그들은 그들 자신을 위한 아무런 장애도 없는 현실을
창조하기 위해서, 혹은 그들 자신도 모르게 그들의 생
에 얹혀져 있었던 강박과 필연의 양식들을 뚫고 나가
기 위해 고심한 끝에 자살이라는 길을 택하는 것이다.[†]
그런가 하면 그와 비슷하면서도 그보다는 덜 절망적인

사례, 즉 자살을 할 수 있다는 생각만으로 이미 충만해지는 또 다른 부류의 사람들이 있다. 자기 자신이 직접 선택한 특별 탈출 수단이 항상 준비돼 있다는 사실을 알고 있는 한, 그들은 제 할 일들을 썩 잘해 나간다. 이를테면 수면제를 남모르게 감춰 두었다거나, 서랍 깊숙이 권총을 넣어 둔다거나, 로웰의 시에서처럼 밤마

---

† 아마도 가장 유명한 예는 다음의 한 저명한 학자의 경우일 것이다. 그는 어느 우울한 미국 소설가의 소설집을 한정판으로 내기 위해서 수년 동안 작업해 왔다. 그는 아마도 그 길고 지루한 노역과 강박적일 정도로 많은 신경을 써야 하는 세부적인 일들 때문에 결국 죽어야 했던 것 같다. 꽤 음울한 정치적 스캔들과 한 사사로운 스캔들에 관한 소문이 모호한 채 떠돌고 있긴 했지만, 그런 것들은 별로 문제가 안 됐다. 어느 날 오후, 그는 자기 서류들을 모두 정돈해 놓은 다음 외상을 한 푼도 남김없이 깨끗이 청산하고 나서 친구들에게 하나하나 빼놓지 않고 마지막 편지를 썼다. 먼저 가서 미안하다는 내용이었다. 그런 다음 그는 고양이에게 먹을 것과 우유를 주고, 하룻밤 잘 행장을 꾸려 들고서 아파트 문을 조심스럽게 잠갔다. 시내로 나온 그는 편지를 부친 뒤——아마도 그가 죽은 다음에 도착할 터였다——택시를 타고 중심가로 나갔다. 그리고 한 초라한 호텔에 들어 2층 방 하나를 잡았다. 하나하나 세부적인 일들이 침착하게 이루어졌다. 그는 자기 생애에 최후의 주석을 달았다. 그런 다음 그때까지 강박적일 정도로 통제되고 치밀하게 조직되어 왔던 그의 전 우주가 폭탄과도 같이 폭발했다. 그는 방을 가로질러 돌진하여, 일부러 문을 열 필요도 없이 창문을 향해 몸을 내던졌다. 그는 거칠 것 없는 공중에서 터져 파열했고, 충격과 함께 지면과 충돌했다. (원주)

다 자동차 열쇠와 10달러짜리 지폐들을 허벅다리에 동여맨 채 잠든다거나 하는 식으로 말이다.

그런데 또 다른 부류의 자살자들이 있다. 아마도 숫자상으로는 한층 더 많을 것으로 생각되는 그들은 스스로 자신의 생명을 끊는다는 그 발상 자체를 대단히 못마땅해한다. 그들은 자신을 파멸시키기 위해서는 무슨 일이든 할 수 있는 사람들이다. 다만 그것이 자기가 추구한 행동이라는 것을 인정하지 않으려 할 뿐이다. 말하자면 그들은 자신의 행위에 대한 궁극적인 책임을 떠맡는 일만 아니라면 무엇이든지 할 수 있다. 이는 칼 메닝거가 "만성 자살자(chronic suicide)"라고 부른 모든 경우, 즉 견딜 수 없는 삶을 견딜 수 있을 만한 것으로 만들기 위해 필요한 조치를 취하고 있을 뿐이라고 시종 항변하면서 서서히 그리고 조금씩 자신을 죽여 가는 알코올 중독자나 마약 중독자 들의 경우를 말한다. 또한 그 외에 전혀 불가해한 사고사도 수천 가지나 있다. 운전을 매우 잘하는 사람들이 자동차 사고로 죽는다든지, 평소에 조심성 있던 사람이 길을 걷다가 자동차에 치인다든지 하는 경우가 그것인데, 이런 일들은 자살자 통계에 전혀 오르지 않는다. 앞서 말한 절체절명의 상황에 처한 등산가의 경우를 다시 생각해볼 수 있겠다. 그 등산가는 자신이 전혀 느끼지 못하는 어떤 우울 상태에 빠져 있을지도 모른다. 그는 그 사실을 전혀 깨닫지 못한 채 죽을 수도 있다. 그저 어딘가 초조해진 나머지 필요한 안전조치를 미처 취하지 못하고, 등반 속도를 지나치게 끌어올리고, 나아갈 코스를 미리 계획해 두지 않은 채 벼랑을 오르게 되는 것이다. 그러면 그 위험한 상황은 돌연히 균형을 상실하고 만다. 죽음을 초래하는 치명적 우연사의 경우에는 절망에 대한 어떠한 의식적인 생각이나 충동도 필요하지 않다. 주도면밀한 조치 따위는 더더욱 필요 없다. 그는 한순간 디딤돌 밑의 어두움 속으로 몸을 내맡기기만 하면 된다. 가장 조그만 실수만으로도, 즉 평형을 잠시 잃을 정도로 성급한 몸짓, 혹은 손을 쓸 수도 돌이킬 수도 없으며 구원의 가망조차 없는 곳에 자신을 던져 넣게 만드는 딱 한 번의 판단 착오 같은 것만으로도 그는 자신이 죽음을 원했다는 사실조차 깨닫지 못한 채 죽어 갈 수 있다. 발레리는 이렇게 말한 적이 있다. "희생자는 스스로가 희생당하게끔 행동하는 사람이다. 그리하여 마치 무심결의 실언과도 같이 그로부터 죽음이 새어 나오는 것이다. (…) 그는 자신을 죽인다는 일이 너무나 쉬운 나머지 자신을 죽인다."[25] 그런데 내가 의심스럽게 생각하는 부분은, 이른바 그 모든 '충동적 자살자들'이 어떠한 연유로 발생하느냐다. 일단 자살이 미수에 그치고 나면, 그들은 자신이 자살을 기하기 직전까지도 자살 따위는 꿈에도 생각해 보지 않았다고 주장한다. 그들은 일단 제정신으로 돌아오면 무엇보다도 먼저 당혹해하고 자신이 행한 일에 수치감을 느끼며, 자기가 진정 죽으려고 했다는 사실을 인정하려 들지 않는 듯하다. 아마도 강렬했던 자신들의 절망을 부인해야만, 그리고 잠재적이면서 의도적이기도 했던 선택 행위를 충동적이고 무의미한 실수로 변질시켜 버려야만 다시 생으로 되돌아올 수 있기 때문일 것이다. 그러나 사실 그들은 진짜 죽으려 했던 것처럼 보이지 않게 죽기를 원했던 것이다.

가끔은 이러한 경우들과는 정반대의 사례가 나타나기도 한다. 진정한 죽음과는 거의 아무 관계도 없는, 자살을 향한 순수한 동경이 있는 것이다. 19세기 초의 낭만주의는——진지한 창조적 운동으로서라기보다는 통속적 현상으로서의 낭만주의를 말하는 것이다—— 채터턴과 젊은 베르터라는 두 개의 별에 의해 지배당하고 있었다. 그들의 이상은 한창 젊고, 아름답고, 전도양양할 때 '한밤중에 아무런 고통 없이 고요히 끝내는 것'이었다. 저 둘을 통해 자살에는 하나의 극적이고 숙명적인 차원이 첨가되었으며, 이미 열대의 정글처럼 우거져 있었던 당대의 정서 생활에 아름다운 검은 난초 한 포기를 더하게 되었다. 그로부터 100년이 지난 후, '센강에 투신한 미지의 여자'를 둘러싸고 그와 비슷한 자살 숭배 경향이 자라나기 시작했다. 1920년대와 1930년대 초기에는 감수성이 예민한 유럽 학생이라면 거의 모두가 그녀의 석고 데스마스크를 가지고 있었다. 감미로운 미소를 띤 그녀의 젊고 풍만한 얼굴은 죽었다기보다는 평화롭게 잠들어 있는 듯 보였다. 전해지는 바로는 독일 여성 한 세대 전체가 그녀의 표정을 본뜨고 있었다고 한다.[†] 그 여자는 리샤르 르갈

리엔, 쥘 쉬페르비에르, 클레르 골 등이 쓴 '적절히 분위기 잡힌 소설' 속에 등장하며, 루이 아라공이 자신의 대표작으로 꼽는 장편소설 『오렐리앵』에서는 여성 주인공의 배후에서 그녀를 움직이는 혼이 된다. 이 설정은 작가가 공산주의자였던 점을 떠올려 보면 꽤나 기이한 느낌을 준다. 그녀가 널리 또 효과적으로 명성을 떨치게 된 계기는 라인홀트 콘라트 무슐러가 쓴 작품, 메스껍지만 수없이 번역되며 베스트셀러가 된 『미지의 인간』이라는 소설을 통해서였다. 무슐러는 그녀를 순진한 시골 처녀로 만든 뒤 파리로 보내 어떤 잘생긴 영국인 외교관과 사랑에 빠지게 한다. 물론 그 외교관은 작위를 가진 귀족이다. 그리하여 그녀는 짧지만 목가적인 로맨스를 경험한다. 그 후 그녀는 가엾게도 그 외교관이 자기 신분에 어울리는 귀족 출신의 영국인 약혼자와 결혼하기 위해 파리를 떠날 때 센강에 몸을 던지고 만다. 무슐러 소설의 판매고가 말해 주듯이, 그러한 스토리가 바로 그 수수께끼의 데스마스크에 대해 사람들이 기대했던 방식의 설명이었다.

---

†   나는 이 이야기를 서섹스대학교의 한스 헤세 씨에게 들었다. 그의 말에 의하면 '미지의 여자'는 1950년대의 브리지트 바르도처럼 당시의 성적 심볼이 되었다고 한다. 그는 엘리자베트 베르크너와 같은 독일 배우들이 그 여자를 모델로 삼았다고 본다. 그것이 나중에는 그레타 가르보라는 모델에 의해 대치되었다. (원주)

그러나 사실 그 처녀는 실제로 '정체가 밝혀지지 않은' 사람이었다. 그녀에 대해 알려진 것이라고는 그녀의 시체가 센강에서 건져 올려져 다른 수백 구의 신원 불명의 시체들과 함께 파리 시체 공시소의 얼음대 위에 진열되어 있었다는 사실뿐이다. 그녀를 알아보는 사람은 끝내 한 사람도 나타나지 않았으나, 그 평화로운 미소에 더 없이 감명을 받은 어떤 사람이 그녀의 데스마스크를 떠 갔다. 그 헤어스타일을 토대로 오스버트 시트웰은 그 여자가 죽은 시점이 1880년대 초기를 넘어서지는 않을 것으로 보았다.

그런데 한편으론 그런 사건이 전혀 일어나지 않았을 가능성도 있다. 이 사건을 다른 식으로 추적한 한 연구자는 파리의 시체 공시소에서 정보를 얻지 못하자 데스마스크가 제작되고 있는 독일의 공장으로 가서 그녀의 자취를 추적했다. 그 공장에서 그는 예의 그 '미지의 여자'를 직접 만나게 되었는데, 그녀는 죽기는커녕 함부르크에서 팔팔하게 살아 있더라는 것이었다. 그녀는 그 얼굴 모형을 팔아 부자가 된 공장 주인의 딸이었다.

그러나 그녀가 숭배되고 있었다는 사실만큼은 조금도 의심의 여지가 없다. 마치 요즘에 와서 젊은이들을 유혹하는 마약과도 거의 비슷하게, 그녀는 양차 대전 사이에 살았던 젊은이들을 사로잡았던 모양이다. 그녀는 시작하기 전에 선택할 수 있게 해 주고, 못마땅한 세상이 강제하는 공포스러운 투쟁으로부터 벗어나게 해 주고, 깊은 내면의 꿈속으로 빠져들 수 있게 해 주었던 것이다. 투신하여 자살하는 일이나 마약으로 정신을 망가뜨리는 일이나, 결국 환상 속에서는 같은 일이다. 감미롭고 어두운 이 행위들은 성공적으로 유아 상태로 되돌아가게 해 줌으로써 손쉬운 위안을 제공하는 수단인 것이다. 그리하여 그 '미지의 여자'에 대한 숭배는 진상의 부재 속에서, 아니 어쩌면 진상의 부재로 인해 더더욱 번성했다. 로르샤흐 검사의 얼룩 그림†처럼, 그녀의 죽은 얼굴은 보는 사람들이 원하는 대로 어떠한 감정이든 투영할 수 있는 감정의 저장소와도 같았다. 그 '미지의 여자'가 가진 마력은 마치 스핑크스나 모나리자의 그것과도 같은, 그 미묘하고 몽롱하며 평온을 약속해 주는 듯한 미소에 있었다. 그녀는 고뇌를 초월하고 책임을 초월한, 더없이 초연한 모습을 보여 주었을 뿐만 아니라 아름다움까지 갖추고 있었다. 그녀는 또한 젊은이들이 가장 잃기 싫어하는 것, 즉 청춘을 잃지 않았다. 시트웰은 에브뢰의 젊은이들 사이에 자살이 유행병처럼 번졌던 것을 그 미지의 여자 탓이라고 여겼지만, 나는 그녀가 죽인 사람들의 수보다는 생명을 구한 사람의 수가 오히려 더 많았을 것으로 생각한다. 자살이 가능하다는 것, 그리고 실제

† 잉크의 얼룩 그림을 해석시키고, 그 해석에 따라 성격을 판단하는 심리 검사법.

로 자살을 선택하는 사람이 있다는 것, 더 나아가 그것
이 지금도 실행되고 있다는 것을 알게 되면 온건한 자
살자의 불안쯤은 대개 해소되기 때문이다. 결국 낭만
주의적 자살 숭배의 기능은 다음과 같다. 바로 우울증
자들이 방황을 멈추고 몰입할 수 있는 하나의 초점을
제공하는 것이다. 여기에 자살 숭배가 있다. 하지만 그
로 인해 실제로 죽는 사람은 거의 아무도 없다.

　'미지의 여자'의 얼굴에 나타난 표정은 그녀의 죽
음이 쉽게 그리고 고통 없이 이루어졌음을 암시한다.
쉽고 고통이 없다는 이 두 가지가 현대의 자살과 과거
의 자살을 구별하는, 거의 이상적인 특질로 생각된다.
로버트 로웰은 언젠가 이렇게 말한 적이 있다. 우리
의 팔 위에 조그만 스위치가 달려 있고, 그것을 누르기
만 하면 즉시 그리고 고통 없이 죽을 수 있다면, 누구
나 조만간에 자살해 버리리라는 것이었다. 우리는 그
와 같은 지극히 의심스러운 이상을 향해 빠른 속도로
치닫고 있는 것 같다. 무엇 때문인지 그 이유는 알기
가 힘들다. 통계에 의하면——그 행위의 실용성 여부
는 별문제로 하고——영국, 프랑스, 독일, 일본 등지에
서는 약물 복용에 의한 자살이 엄청나게 증가하고 있
다. 닐 케셀 박사는「독물 복용」이라는 뛰어난 논문에
서 다음과 같이 썼다.

　　　　20세기 이전까지는 독물은 약물과 서로
　　다른 것이었다. 독물은 절대 복용해서는

안 되는 물질로서 의사가 아닌 마법사의
영역에 속하는 것이었다. 그것들의 속성은
마술적인 것에 가까웠다. 그것들은 실제로
'돌팔이 약장수들이 팔았던, 종부성사
때 바르는 기름'이었다. 19세기 후반에
이르러서야 과학은 마법을 몰아냈으며,
독물은 연금술사가 아니라 약종상에 의해
판매되기 시작했다. 그러나 그때도 독물은
여전히 약물들과 구별되어 있었다. 약물은
과도 복용 시에 좋지 못한 작용을 나타내는
것으로 인식되어 있었지만, 죽음을 초래할
수도 있는 약제라고는 거의 아무도 생각지
않았기 때문에 살생용으로는 사용되지
않았다. 독물 복용의 증가는 처방전 조제의
현저한 증가 및 치료에 이용되는 치명적
약제의 종류가 급속히 증가한 것과 함께
이루어졌다.

　　이러한 의료 체제상의 혁명적 변화
결과, 독물 구입은 한결 용이해졌다. 또한
비교적 안전하게 취급할 수 있게 되었다.
이렇게 해서 독물 복용이 범람하는 길이
열리게 되었으며 (…) 독물 복용의 편의는
이제 만인의 손에 미치는 곳에 있게
되었다.[26]

약물에 의한 자살의 증가와 함께 종래의 더 난폭한 방식, 즉 목을 매달거나 물에 뛰어들거나 총기를 사용하거나 칼을 사용하거나 높은 곳에서 뛰어내리는 등의 방식은 그에 비례하여 줄어들었다. 나는 그 이유가 자살에 있어서의 대대적인 변화, 바꿔 말하면 일종의 질적인 변화 때문이 아닌가 생각한다. 어떤 이유에서인지는 모르겠지만, 헴록†이 전면 사용 중지된 이래로 자살 행위에는 항상 대단한 신체적 난폭 행위가 수반되었다. 로마인들은 칼 위로 몸을 던지는 방법을 주로 사용했고, 개중에 온건하다는 방법조차 온탕에서 팔목의 혈관을 자르는 방식이었다. 결벽증이 심했던 클레오파트라도 스스로 뱀에게 물리는 방식을 택했다. 18세기에는 난폭성의 양상이 출신 성분에 따라 다르게 발현되었다. 신사들은 흔히 권총을 사용하여 목숨을 끊었고, 하층 계급은 목을 매달았다. 그 후에는 물에 뛰어들거나, 비소나 스트리크닌 같은 값싼 독물을 삼키고 나서 온몸이 뒤틀리는 격심한 고통을 감수하는 부류의 방식들이 유행했다. 자살에 대한 고대의 미신적 공포가 그토록 오랫동안 지속되었던 이유는, 아마도 그 과정의 격렬함으로 인하여 자살 행위의 본 모습이 노골적으로 드러나 버렸기 때문이라고 생각된다. 그런 상황에서는 자살 후의 안식과 망각 따위는 생각해 볼 겨를이 없었을 테다. 이 무렵 자살은 살인과 마찬가지로 생명에 대한 분명한 폭력 행위였다.

현대의 약물과 가정용 가스는 모든 것을 급변시

켰다. 그것들은 자살이라는 행위가 가져다주는 고통을 크게 경감해 주었을 뿐만 아니라, 자살을 주술적인 것으로 보이게끔 만들었다. 나이프를 들고 침착하게 자신의 목을 베는 사람은 곧 자신을 살해하고 있다고 볼 수밖에 없을 것이다. 그러나 누군가 가스를 튼 채 점화하지 않은 난로 앞에 누워 있거나 수면제를 복용한다면, 그는 죽어 가고 있다기보다는 그저 잠시 망각의 시간을 찾는 것으로 보일 것이다. 도스토옙스키의 키릴로프는, 세상 사람들 모두가 자살해 버리지 않는 이유는 단 두 가지라고 말했다. 고통에 대한 두려움, 그리고 내세에 대한 두려움. 우리는 이제 그 두 가지 모두를 얼마간은 제거한 것 같다. 자살에 있어서는—— 다른 대부분의 행동 영역에 있어서도 마찬가지지만—— 값싸고 비교적 고통이 없는 죽음을 민주적인 방법에 의해 만인에게 분배할 수 있을 만한 기술적 돌파구가 생기게 되었다. 아마 바로 그 점 때문에 자살의 문제가 이제 와서 그처럼 중시되고 또 그처럼 애써 탐구해야 할 주제가 된 것 같다. 또한 각 나라의 정부가 그 원인 규명과 예방 수단의 발견을 위해 조금이나마 돈을 들이는 이유 역시 그와 같을 것이다. 우리는 이미 자살학이라는 학문을 가지고 있다. 다행히도 우리는 아직 자살

---

† hemrock. 옛날 유럽에서 독약과 사약의 원료로 사용되던 식물이다.

행위 자체를 긍정하는 완벽한 철학적 근거를 가지지는 못했다. 그러나 그 근거는 결국 나오고 말 것이다. 핵전쟁이라는 전 세계적 자살 행위가 언제든 실현 가능한 가능성으로 남아 있는 이 세계에서는 말이다.

†††

대개의 경우 삶의 공포가 죽음의 공포를 압도하는 지점에 도달하는 순간 사람은 자신의 생을 끝내려 할 것이다. 그러나 죽음의 공포는 상당한 저항을 만들어내며, 마치 이 세계의 바깥을 향해 나 있는 문 앞을 지키는 파수꾼처럼 서 있다. 아마도 이러한 종말이 순전히 소극적인 성격을 지녀 존재의 갑작스런 중단을 의미할 뿐이라면, 살아 있는 사람 중 그 누구도 이미 스스로 목숨을 끊지 않았을 이가 없을 것이다. 하지만 죽음에는 어떠한 적극적인 측면이 있다. 육체의 파괴가 그것이다. 인간은 그 앞에서 움츠러드는데, 자신의 육체를 생의 의지의 표현이라고 인식하기 때문이다.

그러나 (…) 크나큰 정신적 고통은 우리가 신체의 고통을 느낄 수 없게 만든다. 그때 우리는 신체적 고통을 경멸한다. 아니, 정신적 고통이 더 압도적일 경우 신체적 고통이 우리의 생각을 다른 곳으로 분산시키기 때문에, 우리는 그것을 정신적 고통의 일시적인 중단으로 여기고 오히려 그것을 환영한다. 자살을 쉬운 일로 만드는 것은 이러한 감정이다. (…)

끔찍하고 소름끼치는 꿈을 꾸다가 가장 공포스러운 순간에 이르면 우리는 잠에서 깨어난다. 그 순간 밤이 만들어낸 모든 끔찍한 형상들이 사라진다. 그러나 삶 또한 꿈이다. 가장 공포스러운 순간이 우리를 그로부터 벗어나게 만들면, 그 뒤로도 같은 일이 일어난다.

자살은 하나의 실험으로 간주될 수도 있다.

인간이 자연에게 던지며 대답을 강요하는, 일종의 질문으로서 말이다. 그 질문은 이렇다. 죽음은 인간의 실존과 사물의 본질에 대한 통찰에 어떤 변화를 가져올 것인가? 이것은 까다로운 실험이다. 왜냐하면 이 실험에는 질문을 던지고 대답을 기다리는 바로 그 의식 자체를 파괴하는 과정이 포함돼 있기 때문이다.

———아르투어 쇼펜하우어

제4장

자살과 문학

✝

내면의 비극을 예술 형식으로 표현하여 자신을 정화하는 일은, 비극을 경험하는 와중에도 민감한 더듬이를 내밀어 섬세한 구성의 직물을 짜 나갈 수 있는 예술가, 즉 창조적 아이디어를 이미 배양하고 있던 자만이 성취해 낼 수 있는 것이다. 광란 상태에서 폭풍을 겪은 후에야 억눌린 감정을 예술 작품 속에 해방해 자살의 대안으로 삼는 일은 있을 수가 없는 것이다. 자신에게 닥친 어떤 비극으로 인해 스스로 목숨을 끊은 예술가들은 대개 시시한 노래나 지어 부르는 감각의 애호가에 불과하다. 그런 자들이 내뱉은 서정적 토로에서는 그들 자신을 갉아먹는 뿌리 깊은 종양에 대한 암시조차 찾을 수 없다는 것만 보더라도 내 주장이 진실임을 알 수 있다. 그리고 이 고찰을 통해 우리는 심연에서 벗어나는 유일한 방법이 그것을 바라보고 가늠하고 깊이를 측정하고 그 안으로 내려가는 것임을 배울 수 있다.

　　—— 체사레 파베세

✝

자살은 죽음의 귀족이었다. 신의 학생들은 신이 자신과 피조물들에게 허락한 선택지가 얼마나 제한적이었는지 증명하기 위해 그들의 테제를 실행에 옮겼다. 최상의 경우 그들의 행위는 탁월한 문학 비평이었다.

　　—— 대니얼 스턴

제4장
자살과 문학

내 주제는 자살과 문학이지, 문학에서의 자살이 아니다. 작가들은 문학이 시작되었을 때부터 자신이 창조한 인물이 스스로 비극적 죽음에 이르도록 해 왔지만, 그 모든 이야기가 내 관심사는 아니다. 물론 그러한 연구를 통해 간접적으로는 작가라는 존재에 대해, 보다 직접적으로는 당대의 사회적 관습과 기대에 대해 많은 것을 배울 수 있을 것이다. 그러나 이 책의 주제를 그렇게 명확하고 간단하게 규정할 수는 없다. 내 주제는 특정한 문학적 자살이 아니라, 자살이라는 행위가 창조적 상상력에 어떤 힘을 미쳤는지다. 이것이 문학을 바라보는 다소 전문적인 방식인 건 사실이지만, 그에 대해 양해를 구하지는 않을 생각이다. 만약 내 논의가 옳다면, 이 주제는 현대에 가까워질수록 극적으로 전문성이 덜해지기 때문이다. 하지만 불가피하게도 이 특별한 주제는 내게 문학에 관한 역사적 독해를 요구했고, 그런 다음에는 보다 이론적이고 논쟁적인, 전적으로 새로운 어딘가로 인도했다.

I. 단테와 중세

중세 시대에 자살은 문학을 넘어선 곳에 있었다. 자살은 치명적인 죄이자 공포스러운 것, 전적인 도덕적 혐오의 대상으로 간주되었으며, 자살자의 시신에는 교회와 법의 엄숙함은 물론 어떤 궁휼 속에서 잔학 행위가 가해졌다. 자살을 단념시키기 위해서라면 어떤 잔혹함도 정당화될 수 있었던 것이다. 중세 교회에서 자살이 금기시된 것은 트로츠키가 스탈린 치하의 소련을 끈질기게 위협하는 망령이 된 것과 같은 이유 때문일지도 모른다. 트로츠키는 너무도 강력하고 선동적인 인물이었기에, 훗날 스탈린식으로 개조된 사회가 그를 부정하게 된 뒤에도 그 안에 여전히 생생하게 남아 있었던 것이다. 그런 트로츠키가 전성기에 적군(赤軍)을 창설했던 것처럼, 과거의 교회 역시 순교자들의 영광스러운 군대에 의해 지탱되어 왔다. 한때 열렬히 추구했던 행위가 열렬한 증오의 대상으로 변하는 건 불가피한 과정인지도 모른다.

단테가 자살이라는 범죄에 대한 정통-종교적 판단에 의문을 표하지 않았다는 건 확실하다. 대신 그는 자살자들에게 「지옥」 편의 가장 음산한 칸토† 중 하나를

---

† 칸토(canto)는 이탈리아어로 '노래' '시의 장구'라는 뜻이며 단테의 『신곡』은 100개의 칸토로 이루어져 있다.

할애함으로써 정통적 판단을 지지했다. 불타는 이단자들과 뜨거운 피의 강에서 끓고 있는 살인자들 아래, 제7원에는 오솔길 하나 없는 어두운 숲이 있으며, 여기서 자살자들의 영혼은 영원히 뒤틀린 채 독을 품은 가시나무의 형상으로 자라게 된다. 거대한 날개와 털북숭이 배, 인간의 얼굴과 날카로운 발톱이 달린 발을 지닌 하르피이아이들이 제대로 자라지 못한 이 나무들에 둥지를 틀고 잎사귀를 쪼아 댄다. 숲 전체가 비명으로 가득하다. 그 광경을 이해할 수 없어 겁에 질린 단테가 잔가지 하나를 부러뜨리자, 피로 얼룩진 나무의 몸통이 "왜 나를 부러뜨리는가?"라고 외친다. 이 장면은 막대한 힘과 위협이 담긴 이미지로 표현된다.

> 마치 생나무 가지 한쪽 끝이 끝나면
> 다른 한쪽에서는 진물을 내뿜으면서
> 스치는 바람결에 피지직 소리를 내듯이,
> 부러진 나뭇가지에서는 말소리와 피가
> 동시에 솟아 나왔기에, 나는 그 가지를
> 떨어뜨렸고 두려운 사람처럼 서
> 있었다.[†]

그 나무에는 프리드리히 2세 황제의 법학자이자 수석 고문이었던 피에르 델라 비냐(Pier della Vigna)의 영혼이 깃들어 있다. 반역죄로 고발되어 공개적으로 수모를 당하고 눈이 먼 채 감옥에 갇힌 그는 단테가 태어나기 16

년 전 감방 벽에 머리를 찧어 목숨을 끊었다. 그가 시인에게 설명하길, 자살한 영혼이 자신의 육체에서 떠나 완전히 뿌리뽑히게 되면 미노스는 그것을 이 끔찍한 숲속에 내던지고, 거기서 영혼은 잡초의 씨앗처럼 싹튼 뒤 가시나무로 자라나게 된다. 그러면 하르피이아이들이 그 가지에 둥지를 틀어 잎을 뜯어 먹고, 영혼이 스스로에게 가한 폭력이 끝없이 반복된다는 것이다. 영과 육이 다시 결합하는 최후의 심판 날이 오면, 자살자들의 육신은 이 가시나무 가지에 매달리게 될 것이다. 신의 정의는 자살자들이 제 의지로 버린 육신을 그들에게 다시 되돌려 주지 않을 것이기 때문이다.

주석가들은 단테가 「지옥」의 제3곡에 유난히 깊이 관여하는 것처럼 보인다고 지적해 왔다. 이는 단순히 절망에 어울리는 풍경을 창조해 내는 시의 음울한 힘 때문만이 아니라, 시인-화자가 다른 곳에서와 달리 두려움·연민·공포와 같은 자신의 반응을 강조하고 있기 때문이기도 하다. 그는 지옥의 다른 죄인들에 대해서는 대체로 거리를 유지하고 있으며, 때로는 그들이 당하는 고문에 음산한 만족감을 보이기도 한다. 이에 비해 자살자들의 절망은 그에게 가까이 와닿았던 것으로 보인다. 단테 자신은 인정하지 않겠지만, 마치 자살

---

†   이 책의 『신곡』 번역은 다음을 따랐다. 단테 알리기에리, 『신곡』, 김운찬 옮김, 열린책들, 2022.

을 그 본질로부터 이해하고 있었던 것처럼 말이다.

　그의 위대한 작품의 도입부에 나타나는 이미지가 자살자들의 지옥이 묘사되는 방식과 유사한 것은 그 때문일 것이다.

> 우리 인생길의 한중간에서
> 나는 어두운 숲속에 있었으니
> 올바른 길을 잃어버렸기 때문이다.
> 아, 얼마나 거칠고 황량하고 험한
> 숲이었는지 말하기 힘든 일이니,
> 생각만 해도 두려움이 되살아난다!
> 죽음 못지않게 쓰라린 일이지만

이는 결코 우연한 이미지가 아니었다. 전통적으로 지옥의 문으로 가는 길은 가장 어둡고도 통과하기 힘든 원시림 속에 있었다. 또한 주지하다시피, 단테가 『신곡』을 쓰기 시작했던 때는 37세에 피렌체에서 추방되고 난 이후, 즉 그의 인생에서 가장 어두운 시기였다. 정신분석학자인 엘리엇 자크는 이 구절들을 그가 "중년의 위기"[1]라고 부르는 현상에 관한 고전적인 묘사로 해석하기도 했다. 이는 30대나 40대 초반의 어느 시기에 자주 나타나는 기나긴 절망과 혼란의 시기, 일종의 남성적 갱년기를 의미한다. 자크 교수에 따르면, 죽음과 죽음 본능이 창출해 내는 이 위기가 찾아오는 때는 바로 자녀들이 성장하고 부모가 세상을 떠나는 시점,

즉 이제는 자신이 줄의 맨 앞에 서 있다는 사실을 돌연 깨닫게 되는 시점이다. 그때 우리는 자기 자신도 정말로 죽게 될 것임을 받아들여야 하며, 자기 내면 안에서 자신에게 주어질 파괴가 이미 작동해 오고 있었음을 고통스럽게 인식하게 된다. 젊은 시절의 낙천성을 유지하기에는 너무 늦었고, 온전한 수용에 이르기에는 너무 이르다.

이 시기는 창조적인 예술가들의 작업에 새로운 요소와 음조를 가져다준다. 일부는 이 위기를 끝내 극복하지 못하기도 한다. 자크 교수는 모차르트, 라파엘로, 쇼팽, 랭보, 퍼셀, 슈베르트, 와토가 모두 30대에 사망했음을 지적한다. 마치 그들이 지닌 창조적 힘이 너무나도 강렬했던 나머지, 평균 수명의 절반만에 생을 전부 살아 버린 것처럼 말이다. 또 어떤 이들은 시벨리우스와 로시니처럼 침묵에 빠지기도 한다. 로시니는 40세부터 74세의 나이로 사망하기까지 오페라를 쓰지 않았다. 어떤 이들은 워즈워스처럼 젊은 시절의 영감을 되찾으려 헛되이 노력하며 시시한 작업을 이어 나간다. 어떤 이들은 중년에 이르러서야 처음으로 시작하기도 한다. 고갱은 가족과 직업을 버리고 그림을 그리기 시작했으며, 콘래드는 선장에서 대작가로 전향한다. 하지만 가장 위대한 예술가인 어떤 이들 —— 단테, 셰익스피어, 바흐, 디킨스, 도나텔로, 베토벤 —— 에게 중년의 위기는 그들이 이전에 성취한 그 어떤 것보다도 더 심오하고 비극적이며 성찰적인, 그래서 궁극

적으로는 더욱 담담한 경지에 오르는 최고의 작품으로
이어지는 길이 된다.

　자크 교수에 따르면, 자신의 죽음이 다가오고 있
으며 그 죽음의 씨앗이 이미 움트고 있음을 직면해야
하는 필요성은 길고도 쓰라린 우울의 시기를 초래한
다. 이 시기에는 당신의 모든 가치관이 느리고 고통스
러운 변화를 겪는다. 젊음의 낙관주의와 이상주의는
구원받을 길 없는 불안 속에서, 또한 가차 없는 세계에
대한 더 어둡고 덜 희망적인 감각 앞에서 사라져 버린
다. 이 우울의 미로 속에서 과거의 모든 작업은 하찮거
나 무가치하게 보이며, 검증된 적 없는 새로운 방향을
찾아 나서는 험난한 과업을 수행하기에는 현재 당신이
지니고 있는 내면의 자원이 아직 턱없이 부족한 것으
로 여겨진다. 이런 절망은 자살로부터 단 몇 걸음 떨어
져 있을 뿐이다.

　단테가 자살자들에게 『신곡』 전체의 도입부와 동
일한 풍경을 부여했다는 사실은, 적어도 그가 자살자
들의 괴로움을 어느 정도 이해했으며 자신이 속한 시
대 안에서 나름 그 괴로움을 공유했음을 암시하는 것
처럼 보인다. 그러나 단테가 자살을 분명하게 거부했
다는 징후 역시 명확하다. 실제로 그는 피에르를 다
른 점에서는 전적으로 덕성 높은 사람으로 설정했으
며, 특히 제 잘못이 아니라 다른 사람들의 질투 때문에
무너진 인물로 그려 냄으로써 자살 행위에 대한 공포
를 특별히 강조했다. 존 싱클레어는 다음과 같이 말한

다. "이 이야기는 사실상 단테가 피에르의 기억을 변호하는 내용이라고 할 수 있다. 살아생전에 고통받은 것은 물론, 사후 반세기가 지난 후에도 반역 혐의자로 낙인 찍혀 있었던 피에르의 편에 선 것이다."[2] 그렇게 단테는 피에르의 명예를 즉각 회복시키는 동시에 그에게 영원한 고통의 저주를 내린다. 이는 기묘하다 할 수 있는 양면적 태도다. 마치 예술가 단테와 기독교도 단테가 서로 반대 방향으로 끌어당기는 듯하다. 비록 시의 어조와 울림은 자살이라는 죄를 결코 용납하지 않지만, 그러면서도 자살을 어느 정도 이해 가능한 행위로 만들며, 이러한 '접근'은 암묵적으로 단테 자신이 경험했던 '덜 불의한 절망'과 연결된다. 만약 정통 신앙인이라면 그런 행동을 (공포에 질린 채) 단호히 부정하기만 했을 것이다.

　이 칸토를 끝맺는 마지막 말은 기독교도의 몫이다 (이는 어쩔 수 없다). 피에르가 말을 마친 뒤 낭비하는 자들——허영심으로 인해 세속의 재물들을 자기 목숨보다 탐한 자들——이 숲으로 도망치듯 뛰어들고, 이어서 또 다른 자살자가 입을 연다. 그는 단테가 굳이 언급할 필요도 없다고 여긴 이유로 스스로를 죽인 익명의 피렌체인이다.

　　　나는 내 집을 교수대로 만들었지요.

다시 말해 이 피렌체인은 자신의 이름, 집, 가족, 고향 도시, 종교에 이르기까지 모든 품위와 가치를 손상시킨 것이다. 천국에서도 피렌체에 대한 충성심이 이어질 만큼 강했던 단테에게 이러한 비열함은 경멸이나 용서를 논할 단계를 넘어서는, 아예 구원할 길 없는 악덕이었다. 단테는 모든 연민의 가능성을 차단하듯 위의 행으로 이 칸토를 마무리한다. 피에르처럼 더 고귀하고 정당화할 여지가 있는 자살에 대해서 약간의 연민을 보여 주었던 것과는 전혀 다르다. 결국 치명적인 죄는 치명적인 죄일 뿐이다. 교회가 지정한 죄를 시가 사해 줄 수는 없는 것이다.

2. 존 던과 르네상스

중세에 자살에 대한 금기는 죽음에 대한 강한 집착과
나란히 존재했으며, 그 집착은 무시무시한 디테일들을
동반했다. 벌레와 부패, 지상에서의 덧없는 영광, 무자
비한 퇴락, 가혹한 데 비해 그 의미는 찾을 수 없는 신
의 심판 같은 것들. 이 모든 것을 가장 대중적으로 표
현한 이미지 —— 교회에서 연극으로 공연되고, 그림으
로 그려지고, 조각으로 새겨지고, 값싸고 섬뜩한 목판
화로 유통되던 이미지 —— 는 '죽음의 춤'이다. 거기서
해골들은 다양한 계층의 사람들과 총 40회에 걸쳐 역
동적인 왈츠를 춘다. 누구도 죽음을 피할 수 없다. 그
의 지위나 직업이 무엇이건 상관없다. 죽음은 중세가
알았던 유일한 형태의 정치적 평등이자 공포의 평등이
었다.

> 죽음을 극도로 두려워하는 중세인들의
> 특성을 가장 명확히 드러내는 일화 중
> 하나는 당시 널리 퍼져 있던 대중적인
> 믿음이다. 그에 따르면 부활한 나사로는
> 자신이 다시 한번 죽음의 문을 통과해야만
> 한다는 생각에 끊임없는 고통과 공포에
> 시달리며 살아갔다고 한다. 의인이 이토록
> 두려움을 느꼈을진대, 어떻게 죄인이 자신을
> 위로할 수 있겠는가?[3]

삶은 음산하고 창백했고, 죽음은 말할 수 없을 만큼 나빴으며, 영원은 어쩌면 죽음보다 더 나빴다. 이처럼 공포에 사로잡힌 집착은 르네상스 시대의 차분한 어조와 근본적인 차이를 보인다.

> 게다가 죽음은 한 가지 병에만 듣는
> 처방이 아니다. 모든 불행에 대한 처방이다.
> 그것은 전혀 두려워할 것 없이 자주 찾아볼
> 만한 아주 든든한 항구이다. 모두가 하나로
> 귀결된다. 자기 스스로 종지부를 찍든,
> 고통스럽게 감내하든, 달려가 맞이하든,
> 기다리든 상관없다. 어디서 오든 간에
> 죽음은 언제나 자기 것이다. 어디서 실이
> 끊어지든, 거기까지가 애초에 전부다.
> 거기가 실타래의 끝인 것이다. 가장
> 자발적인 죽음이 가장 아름다운 죽음이다.
> 인생은 타인의 의지에 종속되어 있다.
> 죽음은 우리의 의지에 속한다.†4

이것은 몽테뉴가 '케아섬의 관습'을 옹호하며 쓴 글로서, 그곳의 관습에 따르면 삶의 목적과 의미를 잃어버린 사람들은 합법적으로 자살할 수 있다. 몽테뉴는 마치 이것이 세상에서 가장 자연스러운 행위이며 부활시켜도 좋을 로마의 고귀한 관습이기라도 한 것처럼 태평한 어조로 논의하고 있다. 여기서 그가 내세운 권위는 교회의 권위가 아니라 고전, 특히 세네카의 권위다. 이와 같은 참조 틀의 전환은——물론 여전히 막강했던 교회의 힘에 비하면 '고전'들이 지닌 영향력은 제한적이긴 했지만——막대한 영향을 끼쳤다. 몽테뉴는 또한 이렇게 말했다. "헤게시아스는 삶의 조건이든 죽음의 조건이든 우리가 선택할 수 있어야 한다고 말하곤 했다."[†] 고전의 재발견을 통해 만인의 죽음을 스스로 선택할 수 있는 영역으로 되돌린 것이다.

단테가 『신곡』을 쓴 때는 14세기의 여명기였다. 명시적으로 언급하는 이는 없었다 해도, 자살은 그로부터 채 200년이 지나지 않아 다시 한번 실질적으로 검토해 볼 수 있는 주제가 되었다. 『유토피아』에서 토머스 모어 경은 플라톤과 같이 자살을 일종의 자발적 안락사로 허용했다. 16세기 후반에 들어서는——기독교의 설교가들이 여전히 이 범죄의 중대성을 엄중하게 강조했음에도 불구하고——명예를 위한 죽음과 사랑을 위한 자살이 시인과 극작가들에게 흔한 소재가 되었다. 튜더와 엘리자베스 시대의 시인들에게 (자살한 여성) 루크레티아는 아내의 미덕을 상징하는 모범이었다.[5] 그러나 자살과는 달리 절망은 여전히 치명적인 죄로 남아 있었다. 『요정 여왕』[‡]에서는 자살자들의 시체

---

† 번역은 다음을 따랐다. 미셸 에켐 드 몽테뉴, 『에세 2』, 심민화. 최권행 옮김, 민음사, 2022.

로 둘러싸인 동굴에 웅크리고 앉은 우의적 존재인 '절
망'이 붉은 십자 기사를 시험에 들게 하는데, 이 장면
은 이 시에서 가장 아름다운 구절에 속한다.

> 만약 그 길에 약간의 고통이 있어
> 연약한 육신으로 하여금 그 쓰라린
> 물결을 두려워하게 한다면?
> 영혼을 고요한 무덤에서 쉴 수 있게
> 하고 긴 평안을 안겨주기만 한다면
> 짧은 고통쯤은 참아 낼 수 있는 것
> 아니겠는가?
> 수고 뒤의 잠, 바다의 폭풍 뒤의 항구,
> 전쟁 뒤의 평안, 삶 뒤의 죽음은 크나큰
> 기쁨이다.

스펜서가 절망에 대해 이처럼 훌륭하게 쓸 수 있었던
이유는, 아일랜드에 갇혀 불행하고 가난한 채로 인정
받지 못하던 스펜서 자신이 절망에 취약한 존재였기
때문인 것으로 여겨져 왔다. 그러나 그가 작품 안에서
사용하는 논변은 완전히 전통적인 것이다. (붉은 십자
기사가 말하길, 군인은 제 위치를, 즉 주어진 삶을 벗어나
서는 안 된다. 그러나 '절망'은 오래 살면 살수록 더 많은

‡   에드먼드 스펜서의 서사시.

죄를 지을 수밖에 없다는 이유를 들어 기사의 주장을 반박한다.) 마침내 기사가 스스로를 찌르기 위해 단검을 받아들일 때, 우나가 앞으로 나서며 단 하나의 시구로 그를 설득하여 자살을 포기하게 만든다. 그런 후 그들은 떠나고, '절망'은 절망 속에 남는다.

스펜서는 관습적인 사례를 우아하게, 그러면서도 관습의 테두리 안에서 표현하는 능력이 무척 뛰어난 작가다. 하지만 다른 작가의 글들에서는 관습을 향한 이러한 확신이 스펜서만큼 분명하게 나타나지 않는다. 예를 들어, 베이컨은 자살을 통한 죽음과 자연사를 도덕적으로 구분하지 않는다. 베이컨과 19세기의 사회학자 모르셀리에게 "시체는 시체일 뿐이다". 중요한 것은 행동에서의 품위와 죽음에서의 어떤 우아함이다. 이는 셰익스피어의 경우에도 동일하다. 다른 모든 주제에 대해서와 마찬가지로, 그는 중립적인 태도를 지키며 실천적인 극작가로 남는다. 셰익스피어 희곡의 수많은 자살 가운데 ── 페든에 따르면 8편의 작품에서 14번 등장한다 ── 작품 속에서 교회의 비난을 받은 사례는 가장 의도적이지 않은 자살이었던 오필리아의 죽음뿐이다. 그러나 라에르테스는 오필리아에게 온전한 장례의식을 치러 주기를 거부한 사제를 열렬히 힐난하며, 그 힐난에는 강한 확신이 담겨 있다.

네게 말하노니, 무례한 사제여,
네가 울부짖으며 누워 있을 때

나의 누이는 보좌하는 천사로 있을 것이다.

마찬가지로 성직자인 로런스 수사는 로미오와 줄리엣의 동반 자살을 이야기하면서 아무런 비난의 기색도 보이지 않으며, 베네치아의 독실한 가톨릭 신자인 카시오는 오셀로의 자살을 고결함의 징표로 여기기까지 한다. "나는 이것을 두려워했으나, 그가 무기를 지니고 있지 않으리라 생각했네. 그는 고결한 마음을 지닌 자였기에." 이것은 단테가 피에르 델라 비냐를 다루었던 방식과 정확히 반대된다. 오셀로가 범한 자살의 죄는 아무런 문제가 되지 않는다. 중요한 것은 그 비극적 불가피성, 그리고 그것이 영웅적 위상을 어느 정도로 고양하느냐다. 자살은 그를 벌하는 대신 고결함을 확고히 할 뿐이다.

이로부터 너무 멀리 도약하는 결론을 끌어 낼 수는 없을 것이다. 셰익스피어가 도덕적 문제에 대해 취한 태도는 기본적으로 작품의 소재에 대해 가졌던 태도와 동일했다. 그는 오로지 연극만이 중요했던 실용주의자였다. 자신의 종교적 편견이 무엇이었든, 그것이 실질적인 극적 효과를 추구하는 본능을 저지하는 일은 없었다. 그와 마찬가지로, 비극에 대한 르네상스 시대의 수준 높은 취향이 실제 자살에 대한 관용을 의미하는 것은 아니었다. 시극(詩劇) 속에서 거리를 두고 고귀하게 묘사된 비극적 영웅의 고통은 좀처럼 비극적이거나 웅장하지 못한 보통의 자살, 즉 대개 누추하고 우울하며 혼란스러운 무대 밖의 자살과는 문자 그대로 전혀 다른 세계에 속한 것이었다. 현실에서라면 오셀로의 시신이 말에 묶인 채 거리에 끌려다니다 교차로에 세워진 말뚝에 매달린다 한들 별 문제가 없었을 것이다. 심지어 성자 토머스 모어 경의 이상적인 공화국 (유토피아)에서조차 승인되지 않은 자살자는 "매장하지 않고 악취 나는 늪지대에 던져질" 터였다.

결국, 자살을 대하는 르네상스 시대의 태도가 중세와 구별되는 이유는 (실제적 계몽의 급작스러운 도래가 아니라) 개인주의의 재부흥 때문이라고 볼 수 있을 것이다. 개인주의는 삶, 죽음, 책임에 대한 궁극적인 도덕의 문제를 과거보다 더 유동적이고 복잡한 것으로, 즉 훨씬 더 열린 질문을 던질 수 있는 대상으로 만들었고, 르네상스 시대는 그 개인주의를 새삼 강조했다. 도덕적 세계의 자전축이 기울고 기후 전체가 바뀐 것이다.

이를 가장 잘 보여 주는 사례는 존 던이다. 그는 갖가지 재능과 탁월함으로 유명하지만, 그중에서도 자살에 대한 최초의 옹호인 『비아타나토스Biathanatos』를 쓴 인물로 가장 잘 알려져 있다. 책의 부제는 다음과 같다. 자살은 본질적으로 죄악이며 결코 다른 방식으로 여겨질 수 없다는 역설에 대한 해명 또는 테제.† 한때 학자들 사이에서는 존 던이 이 책에서 한 말이 진심으로 작성된 것은 아니었다는 해석이 널리 퍼지기도 했다. 그들에 따르면 이 책은 존 던이 자신의 재치와 학식을 과시하려 했던 또 다른 사례에 불과했다. 역설과 대담한 논리를 전개한 시의 저자로 유명했던 그가 '아무리 방어하기 어려운 주제라 해도 자신은 그것을 능히 옹호해 낼 수 있음을 증명'하려고 쓴 글이라는 것이다. 물론 이 책은 보통 그의 작품 중 덜 매력적인 것으로 평가받는다. 지나치게 복잡하고 세세하며, 이따금 과도하게 현학적이고 숨 막힐 정도로 학식에 매달린다. 달리 말하면, 이 책은 탄탄하게 논증되었을 뿐만 아니라 예상되는 비판에 맞서 치밀한 방어를 선보인다. 사실 『비아타나토스』는 던이 훗날 되고자 했던 엄격하고 음울한 기독교도의 성스러운 이미지와는 잘 어울리지 않는다.[†] 그러나 이 책을 쓰던 시기의 그는 자살이라는 주제가 자신에게 얼마나 친밀한 것인지 숨김없이 솔직하게 털어놓았다. 서문에서 그는 그 친밀함이 이 책을 쓴 이유라고 설명한다.

> 베자(Beza)처럼 (…) 영광의 절정에
> 있으며 빼어난 학식을 지닌 저명하고 걸출한
> 인물도 (…) 단지 머리에 퍼진 피부병의
> 고통 때문에 파리의 뫼니에 다리에서 물에
> 빠져 죽으려 했다고 고백한 바 있다. 그의

[†] 흥미롭게도 존 던은 어머니 쪽으로 토머스 모어 경과 친척 관계였다. (원주)

삼촌이 우연히 그곳을 지나가지 않았더라면
그는 목숨을 잃었을 것이다. 나 역시 이러한
병약한 충동을 종종 느낀다. 그 이유는 알
수 없다. 내가 최초로 교류하고 또 함께
교육받았던 사람들이 '억눌리고 고통받는
종교를 가짐으로써 죽음을 경멸하고 상상 속
순교를 갈망하는 데 익숙한 사람들'이었기
때문인지, 아니면 인류 공동의 적이 보기에

‡ 던 자신도 훗날 이 책을 골칫거리로 여겼다. 1619년 그는 이
책의 필사본을 앤크럼 백작 로버트 커 경에게 보내는데, 그
때 이 책을 쓴 죄 많은 재사(才士)와 이후 성직자가 된 자
신을 분명히 구별하는 편지를 동봉했다. "이 책은 내가 수
년 전에 쓴 것입니다. 오해받기 쉬운 주제를 다룬 책이기에,
나는 이 책을 불태우지 않았을 뿐 늘 출판을 금하려 했습니
다. 필사하기 위해 이 책을 거쳐 간 손도 없었고, 이 책을 읽
은 눈도 많지 않았습니다. 이 책을 썼을 당시 두 대학의 특
별한 친구 몇몇에게 보여 주고 의견을 나눈 것이 전부입니
다. 기억이 맞다면 나는 그때 이러한 답변을 받았습니다. 이
책에는 분명 잘못된 흐름이 있지만, 쉽사리 찾아지지는 않
는다는 것이었습니다. 그러니 바라건대 이 책을 각별히 신
중하게 보관해 주십시오. 또한 당신의 신중함이 이 책을 읽
도록 허락해 줄 사람들에게는 책의 집필 시기를 알려, 이 책
이 **던 박사**가 쓴 것이지 **잭 던**이 쓴 것이 아님을 알게 하십
시오. 내가 살아 있다면 이 책을 남겨 두어도 좋지만, 내가
죽은 후 이 책을 출판하거나 불태우는 것만은 금지합니다.
출판하지 말되, 불태우지도 말아 주십시오. 그것만 아니라
면 당신이 원하는 대로 해도 좋습니다."[6] 이처럼 던이 서품

내가 걸어 잠근 문 가운데 그쪽이 가장
허술해 보였기 때문인지, 아니면 우리의
교리 자체에 일종의 당혹스러움과 유연성이
내재해 있기 때문인지, 아니면 내 병약한
충동 속에 '신이 내린 선물에 대한 반역적인
불만이나 다른 죄스러운 사고가 섞여 있지
않음'을 스스로에게 늘 납득시켜 왔기
때문인지…… 혹은 그저 어떤 용감한 멸시나
나약한 비겁함 때문일지도 모른다. 어쨌든
나는 어떠한 고통이 나를 공격할 때마다
내 손안에 내가 갇힌 감옥의 열쇠가 쥐여
있음을 생각하게 되며, 그럴 때마다 내
마음속에 가장 먼저 떠오르는 해결책은 '나
자신이 가진 칼'이다. 이에 대해 자주 명상한
까닭에 나는 그들이 왜 그러한 행동을
하는지 좀 더 너그럽게 해석하게 되었으며,

식을 받은 후 4년이 지난 뒤에도 이 책에 대한 그의 감정은
여전히 복잡했다. 책에 담긴 섬세함과 학식에 대한 자부심
이 남아 있었던 한편, 아무리 사적인 방식이라 해도 그처럼
민감한 주제를 다루었다는 사실에 대한 당혹감도 남아 있었
다. 또한 이제 진중한 성직자 던 박사로 부활한, 하지만 여
전히 논쟁적인 인물 잭 던에게 느끼는 애정 같은 것도 일부
있었다. 당대인들은 그런 그의 감정을 존중했다. 『비아타나
토스』는 그가 사망하고 15년이 지난 후, 즉 그 책이 집필된
해로부터는 거의 40년이 지난 1646년에 출판되었다. (원주)

> 그들이 자신에게 그처럼 단호한 판결을
> 내리는 이유를 관찰하고 조사하려는 마음을
> 조금이나마 갖게 되었다.[7]

여기에는 어떤 회피도 없다. 그가 자살에 대해 쓴 것은 그 자신이 꾸준히 자살의 유혹을 느꼈기 때문이다. 책의 후반부에 던은 자신이 민법과 교회법의 복잡한 구문에 얼마나 숙달돼 있는지, 그 구문들을 얼마나 천재적으로 이해하고 있는지 심혈을 기울여 보여 주고자 한다. 그는 문자 그대로 모든 것을 읽은 사람처럼, 그리고 그 사실을 알리고 싶어 하는 사람처럼 쓴다. 그러나 이 서문만큼은 17세기 초반의 산문에서는 보기 드물 만큼 철저하게 개인적이다. 존 던은 그의 모든 행위에 깃들어 있던 독특한 지적 직관을 이용해서 자살에 대한 자신의 감정을 억눌린 예수회교도들 사이에서 보낸 어린 시절과 연결하며, 이 작업은 몹시 훌륭한 정신분석학적 스타일로 수행된다.

자살에 대한 던의 태도를 동시대인들의 더 단순한 스토아주의와 구별해 주는 것이 바로 이 내면성이다. 스토아주의적 자살의 본질은 숙고하는 신중함에 있다. 이는 견딜 수 있는 것과 견딜 수 없는 것을 판단하는 삶의 철학으로부터 나오는, 자의식적이고도 고결한 행위였다. 그리하여 스토아주의적 자살에는 늘 자기 극화의 측면이 조금 있으며, 이것이 셰익스피어가 이런 유의 자살을 매우 유용하게 생각했던 이유 중 하나였다.

그러나 던에게 자살은 선택이나 행동의 문제가 아니라 기분의 문제였던 것 같다. 자살은 흐릿하지만 구석구석 배어드는 비와 같은 것이었다. 어느 시점 이후 그의 삶에 일종의 자살적인 습기가 스며들었던 것이다.

따라서 『비아타나토스』를 썼을 때 던이 추구했던 바는 그저 자살에 대한 교회의 판결이 지닌 비일관성을 드러내는 게 아니었다. 그의 의도는 고의적이고 과시적으로 이단적 역설을 변호하는 것을 훨씬 뛰어넘는 일이었다. 비기독교 사회와 동물 세계에서 이루어지는 자살에 대한 방대한 조사를 거쳐 "모든 시대, 모든 장소, 모든 경우와 모든 조건에서, 사람들은 자살에 마음을 두었으며 자살로 이끌렸다"는 의기양양한 결론에 다다르는 전개는 원시적인 심리학 에세이, 즉 죽음 본능에 관한 프로이트 이론의 대략적인 초안이라 할 수 있다.[8] 이 관점에 따르면 죽음에 대한 던의 강박은 그가 성직을 받고 난 이후에도 사라지지 않았으며, 단지 "심리학의 영역에서 신학의 영역으로 전이되었"을 뿐이다. 이를 통해 그가 훗날 썼던 설교 원고들과 성스러운 시들이 지속적으로 죽음을 언급했던 이유를, 그리고 그의 인생 최후의 순간에 벌어졌던 기괴한 드라마를 이해할 수 있다. 당대인들에게 강렬한 인상을 남겼던 그 사건은 다음과 같다. 그는 임종의 병상에서 일어나 인생 마지막 강론이자 가장 위대한 강론, 이른바 "죽음의 결투"를 설교했던 것이다.

그가 설교대 앞에 서자 그를 지켜보던
사람들은 몹시 놀랐으며, 많은 이들은 그가
살아 있는 목소리로 고행의 설교를 하기
위해서가 아니라 쇠약해진 몸과 죽어 가는
얼굴을 직접 보여 주며 죽음을 가르치기
위해 나타났다고 생각했다. (…) 당시 그의
눈물과 텅 비어 희미해진 목소리를 보고
들은 많은 사람들은, 그가 성서의 말씀을
예언적으로 선택했으며 던 박사 본인이
자신의 장례 강론을 직접 설교하고 있노라
믿었다고 고백했다.[9]

존 던 자신도 그렇게 생각했던 것 같다. 이미 그는 수
의 차림으로 두 눈을 감고 두 손을 십자 모양으로 포갠
채 자신의 초상화를 그리게 한 바 있었다. 그는 시신과
도 같은 모습의 이 초상화를 침상 곁에 걸어 두었고,
그리하여 자신에게 남은 15일간 이를 바라보며 묵상할
수 있었다. 그의 마지막 행동은 묻힐 자세를 취하는 것
이었다. 마치 죽는다는 것이 어떤 느낌인지 미리 알고
싶어 했던 것처럼 말이다. "그의 영혼이 떠오르고 마지
막 숨결이 육신을 떠나갈 때, 그는 스스로 두 눈을 감
았고 수의를 덮으러 온 이들이 아무것도 손대지 않아
도 될 만큼 가지런히 두 손과 몸을 정리했다."[10]
　　로버츠 교수는 이 모든 것이 당대의 관습을 훨씬
넘어서는 과도한 행동이며, 죽음에 대한 던의 끈질긴

집착을 보여 주는 징표라고 생각한다. 아마도 그러한 측면이 있을 것이다. 하지만 이는 죽음을 대하는 중세적 태도 및 죽음·심판·천국·지옥이라는 네 가지 종말에 대한 격화된 묵상과 궤를 같이하는 보수적인 제스처이기도 했다. 던은 마지막 나날에 이르러 자신의 집착을 전통적인 형식으로 전환함으로써 이를 성화(聖化)했던 것이다. 월튼처럼 경건하고 전통에 충실한 인물이 이를 쉽사리 칭송할 수 있었던 것도 그런 이유에서일 것이다. 교회에 속하기 전까지는 우울하고 고통받는 20세기적 인물이었던 던은 천천히 전통적인 의미에서의 경건한 성직자로 변모하여 다음 생을 갈망하게 되었다.

전통과 새로운 것 사이에서 벌어지는 이런 충돌은 『비아타나토스』에서도 나타난다. 그는 자살을 정당화하고 자살에 대한 이끌림을 인정하는 데 있어 독특한—현대적인—노선을 취한다. 하지만 그와 동시에 자살에 반대하는 중세의 고통스러운 논증들을 모두 가져와 요약·정리하기도 한다. 그리하여 이 저작은 두 가지 상반된 문화적 압력 사이에서 벌어지는 투쟁이 된다. 방대한 학식과 형식 논리는 스콜라주의 세계에 대한 전반적인 헌신을 암시하지만, 그렇게 펼쳐진 논증은 자기 논리와 공식을 통해 스콜라적 세계관을 부정하기도 하는 것이다. 요컨대 그는 자살을 불가능한 주제로 간주한 중세의 믿음에 반박하기 위해 준(準)중세적인 저작을 쓴 것이다.

만일 서문이 없었다면, 이처럼 형식적이고 신랄하며 무미건조한 책『비아타나토스』는 던의 내밀한 관심사와 동떨어진 것으로 보였을 것이다. 그러나 이 책을 쓴 해인 1608년, 던이 절친한 친구 헨리 굿이어 경에게 보낸 편지는 이 책이 우울이라는 맥락 속에 확고히 자리 잡고 있음을 보여 준다.

> 하느님께서 우리의 감각과 영혼을
> 시험하고 단련하기 위해 우리에게 마련해
> 주신 가장 귀한 것 두 가지, 즉 다음 생을
> 향한 타는 듯한 갈망과 그를 향한 빈번한
> 기도 및 묵상은 종종 독이 되고 부패하며,
> 그 결과 우리를 타락한 질병의 길로 잘못
> 들어서게 만들곤 합니다. (…) 나는 이 중 첫
> 번째 것 즉 다음 생을 향한 욕망에 스스로
> 사로잡혀 있지는 않은지 종종 의심하곤
> 했습니다. 그러나 나는 이 욕망이 단지
> 지금의 삶이 가져다주는 피로감에서 나온
> 것만은 아님을 압니다. 지금보다 큰 희망을
> 갖고서 세상에 영합하며 살아가던 시절에도
> 동일한 욕망을 느낀 바 있기 때문입니다.
> 하지만 세속이 제게 지웠던 짐이 이
> 욕망을 더 부추겼을지도 모르겠습니다.
> 죽음이 잠들어 있는 나를 데려가길 원치
> 않습니다. 죽음이 나를 손쉽게 움켜쥔 채

내가 죽었다고 선언하길 원치 않습니다.
나는 죽음이 나를 이기고 압도하길
원합니다. 만약 내가 난파당해야 한다면,
나의 무능력이 조금이라도 변명의 여지를
지닐 수 있는 바다에서 그러하길 원합니다.
수초가 무성한 저 음울한 호수에서는 내게
헤엄칠 기회조차 주어지지 않을 것이기
때문입니다. 그렇게 보면 나는 기꺼이
무언가를 하고 싶어 하는 것인데, 그 점을
어떻게 설명해야 할지 모르겠습니다. 이는
놀라운 일이 아닙니다. 무언가를 하기로
결심하는 일은 하나의 행위에 해당하지만,
어떤 전체로부터, 어떤 공동체로부터 떨어져
나온 존재는 애초에 아무것도 행할 수 없는
공허에 불과하기 때문입니다. 그런 상황에
놓인 자는, 심지어 가장 위대한 자라 해도
결국에는 커다란 종기나 혹 같은 것에
불과하다 하겠습니다. 재치 있고 즐거운
대화를 나눌 줄 아는 사람들도 이 세상 속
공동체에 통합되어 그 조직을 유지하는
데 기여하지 못한다면 그저 장식물처럼
붙은 작은 점에 지나지 않습니다. 일찍부터
우리네 법률을 공부했던 나는 그때부터
내가 속한 공동체에 기여하기 시작했다고
생각했습니다. 하지만 나는 최악의 쾌락,

인간의 학문과 언어를 향한 수종(水腫)병을
겪는 환자 특유의 무절제한 갈망으로 인해
길을 잃고 말았습니다. 학문과 언어는
위대한 운명이 내게 선사한 아름다운
장식품들이었으나, 그 장식품들은 소명을
필요로 했습니다. 올바른 방향으로 인도해
줄 길이 필요했던 것입니다. 결국 내가
지닌 보잘것없는 재능을 활용할 수 있는
일을 맡게 되었을 때, 나는 드디어 올바른
길에 들어선 줄 알았습니다. 그러나
거기서도 나는 고꾸라졌습니다. 그럼에도
다시 시도하고 싶습니다. 왜냐하면 나는
지금에 이르기까지 아무것도 아니었거나
너무 미약한 존재에 불과했다고, 그래서
지금까지의 나는 내가 쓰고 있는 이 편지의
주제로 다루어질 자격조차 없다고 느끼기
때문입니다. 그러나 한편으로는 두렵기도
합니다. 나 자신이 이토록 미약함과
죽음을 친숙하게 여기는 이유 가운데
선한 것이라고는 단 하나도 없을까 봐서
말입니다.[11]

17세기 초반의 몇 년간은 존 던의 삶에서도 최악의 시
기였다. 1601년 크리스마스에 그와 앤 모어가 성급하
게 진행한 비밀 결혼은 그때까지 그가 화려하게 쌓아

가던 경력을 단번에 멈춰 세웠다. 젊은 앤의 아버지는 딸에 대한 거창한 기대가 무너진 것에 격분하여 던을 잠깐 감옥에 가두었고, 당시 맡고 있던 왕실 인장 관리자의 개인 비서직에서 그를 해임했으며, 딸의 지참금 지급도 중단했다. 시인은 감옥에서 아내에게 보낸 편지의 하단에 "존 던, 앤 던, 끝장난 이들(John Donne, Ann Donne, Undone)"이라고 썼다고 전해지며, 월튼은 이에 대해 "신께서 아시다시피 이는 너무나도 진실인 것으로 증명되었다"라고 덧붙였다. 그들은 거의 10여 년간 가난과 질병에 시달리며 아이처럼 친구들의 호의에 의지해 살았다. 그가 물려받은 유산은 결혼 이전에 이미 대부분 바닥났다. 비범한 재능을 지닌 그의 앞날은 실로 암담한 상황이었다. 『비아타나토스』와 굿이어에게 보낸 편지는 이 기나긴 어둠의 시절에 쓴 것이다. 언제나처럼 그는 병들어 있었고, 일자리를 구하려는 시도도 실패했다. 그는 자신이 진정 속해 있는 곳이라 느꼈던 런던 궁정이라는 태양으로부터, 그 폭풍과 소란으로부터 멀리 떨어진 채 "수초가 무성한 음울한 호수" 미첨에서 마지못한 은거 생활을 이어 갔다. 이는 각별히 고통스러운 시기, 중년의 위기를 나타내는 또 다른 사례라 할 수 있다. 이제 30대 중반에 접어든 던이 궁정에서 쌓아 놓은 경력들은 마치 그가 초창기에 선보였던 충격적인 연애 시편들처럼 돌이킬 수 없는 과거가 되고 말았다. 경력을 보존하기 위한 그의 노력은 수포로 돌아갔고, 또 다른 삶과 글쓰기 스타일은 아직 태어나지 않았다. 그가 교회에 받아들여져 당대의 가장 유명하고 매혹적인 설교자가 되기까지는 아직 몇 년 더 남아 있었다. 찬란한 젊은 시절의 열정과 야망, "인간의 학문과 언어를 향한, 결코 채울 수 없는 무절제한 갈망"은 이제 그 자살적 대립항인 "다음 생을 향한 타는 듯한 갈망"으로 대체되었다. 처음에는 에로스였던 것이 타나토스로, 즉 쾌락 원칙을 넘어선 죽음 본능으로 대체된 것이다. 던은 이 두 대립항이 '동일한 힘이 내보이는 두 개의 다른 얼굴'이라는 점을 감지했던 것으로 보인다. 실제로 그는 이 둘을 설명할 때 동일하게 수종(水腫)과 연관된 비유를 든다.

던의 많은 편지들, 특히 절친한 굿이어에게 보낸 편지들에서 그는 끊임없이 자신의 질병과 우울을 한탄하고 금전과 신분 변화, 타인의 성공 때문에 괴로워하는 만성적인 불평꾼의 면모를 드러낸다. 그러나 아내에게 보낸 편지는 질적으로나 내용상으로나 전혀 다른 모습을 보이며, 마치 그가 이해하든지(understand) 가라앉든지(go under) 둘 중 하나를 택해야만 하는 아슬아슬한 위기의 끄트머리에 다다라 있는 것처럼 읽힌다. 『비아타나토스』의 서문에서 자살에 대한 반복적인 유혹을 고백한 바 있는 그는 이 편지에서 그 부분을 더 소상히 설명한다. 그가 맞닥뜨린 현재의 곤경이 자살하려는 유혹을 증폭시켰을 수는 있지만, 그 유혹은 "지금보다 큰 희망으로 세상에 영합하며 살아가던" 때에도 존재했다. 하지만 과거에는 활동을 통해 우울로부터 자신을 방어할 수 있었고, 그를 통해 놀라운 경력도 쌓을 수 있었다. 최초의 그는 영재였고 —— 또 다른 피코 델라 미란돌라†로 불릴 정도였다 —— 그런 다음에는 재사이자 호남자이자 빼어난 시인이자 야망과 성공으로 채워진 공무원이 되었다. 하지만 활동의 가능성이 사라진 지금, 그 자신과 절망 사이에는 아무것도 남아 있지 않았다. 현대의 실존주의자들과 마찬가지로 존 던의 정체성은 행동 및 선택의 문제와 결부돼 있었다. "무언가를 하기로 결심하는 일은 하나의 행위에 해당하지만, 어떤 전체로부터, 어떤 공동체로부터 떨어져 나온 존재는 애초에 아무것도 행할 수 없는 공허에 불과하기 때문입니다." '세상 속 공동체'로부터 소외된 그는 잉여의 존재가 되었다. 돈 없이는 학식이 잉여에 불과하고, 직업 없이는 재능도 잉여에 불과한 것처럼 말이다. 이후 더 차분해진 상태에 접어든 그는 이 논지를 되풀이하면서 저 유명한 구절을 남긴다. "그 누구도 섬이 될 수는 없다(No man is an island)." 이때 그는 마치 심연의 다른 쪽 기슭으로 건너간 사람처럼 보인다.

다른 식으로 표현하자면, 그가 쓴 시의 본질은 그 자신이 "남성적이고 설득적인 힘"이라 부르곤 했던 것에 있었다. 이 힘은 다른 이들의 머뭇거림과 소심함에 조급함과 경멸을 느끼며 각각의 인식을 결론에 이르기까지 끊임없이 몰아붙이는 불안정하고 논리적인 추진력이다. 따라서 그의 시는 정념에 사로잡혀 있거나 다정함을 드러낼 때조차 각각 하나의 완결된 논증에 해당한다. 그의 텍스트는 분명한 거리를 이동하여 목표한 위치에 도달하는 과정이었다. 그의 초기 작품들이 지닌 이 능동적인 에너지는 주로 그가 지닌 재능과 언술에서 온 것이지만, 감각적 쾌락과 풍부한 학식과 무언가를 향한 경멸이 가져다주는 명백한 즐거움 역시 그 에너지의 일부를 구성하고 있었다. 반면에 그의 절망을 구성하는 본질은 이 모든 것의 반대편에 있었다. 가능성과 선택과 행동으로 생동하는 세계로부터 소외당함으로써 생겨나는 느낌, 그것은 바로 압도적인 '무능력함'이었다. 외부로 에너지를 발산할 수 있는 통로가 사라지면서 그의 에너지는 내면으로 방향을 틀었고, 그 과정에서 신랄한 것으로 변질되었고, 이 변질된 에너지는 그를 궤멸하려는 것처럼 보였다. 이러한 상황에 다다른 그에게, 자살은 그 자신의 정체성을 재확인할 수 있는 결정적 행위로 보이기 시작했다. 『비아타나토스』는 자기 파괴를 앞두고 울려 퍼지는 서곡으로 시작했다가 그것의 대체물로서 끝나게 된 작품이 아닌가 하는 의문이 든다. 그가 이 작업에 착수한 것은 기독교 신앙의 테두리 내에서—혹은 최소한 영원한 천벌을 피하기 위해—자신을 죽일 선례와 이유를 찾기 위해서일 수 있다. 그러나 책을 써 나가는 과정에서 그가 행한

---

†   Pico della Mirandola, 15세기 이탈리아의 철학자로 어릴 때부터 천재성을 드러냈다.

일들, 즉 복잡한 학식을 정리하고 변증법적 기술을 발
휘하는 등의 '행위'들이 결국 그의 긴장을 풀어 주고 자
아의식을 재건하는 데 도움을 주었을지도 모른다.

물론 앞서 내가 가져온 글들, 그가 늦깎이 신학자
나 서신 작가로서 남긴 글들은 그의 재능을 다 담아 냈
다고 볼 수 없다. 그의 가장 빛나는 재능은 그가 쓴 시
안에 있다. 그러니 지금까지 언급되었던 주제들이 그
의 가장 위대하고 난해한 서정시 중 하나인 「낮이 가
장 짧은 날, 성 루시아 축일 밤의 야상시(夜想詩)」로 통
합되지 않았다면, 이 모든 요설들도 위대한 인물에 대
한 (흥미롭긴 해도) 부차적인 이야기에 지나지 않았을
것이다.†

> 지금은 올해의 한밤중이며
> 하루의 한밤중,
>   일곱 시간도 얼굴을 드러내지 않는
> 루시아의 날,
>   해도 힘이 다했으며, 지금 그의
> 화약통들은
>   꾸준한 빛이 아니고 힘없는
> 폭죽을 쏜다.
>   세상의 모든 수액이 가라앉았다.
>   목마른 대지가 보편적 향유를
> 다 마셔 버렸고,
>   생명은, 침대의 발로 향하듯

졸아붙었다가,

　　죽어서 묻혔다. 그러나 나는
그것들의 묘비명,

　　나에 비하면 그것들은 모두
웃고 있는 것만 같다.

　　그렇다면 나를 연구하라, 다음에 올
세상에서,

　　말하자면, 내년 봄에 연인이 될
그대들이여.

　　왜냐하면 나는 죽은 것 자체이며,

　　사랑은 내게 새로운 연금술을
행했으니까.

　　왜냐하면 사랑은 심지어 무에서도,

　　우울한 결핍에서도, 그리고 깡마른
공허에서도

　　정수를 뽑아내는 재주가 있었기
때문이다.

† 『노래와 소네트』에 수록된 작품들이 쓰인 정확한 시기를 측
정할 수는 없지만, 이 시와 편지, 『비아타나토스』가 대략적
으로 비슷한 시기에 속한다고 가정할 만한 충분한 근거가
있다. 학자들은 '야상시'가 어떤 방식으로든 베드퍼드 백작
부인 루시와 관련이 있다는 데에 동의한다. 헬렌 가드너 교
수에 따르면 이 사실은 이 시가 "1607년 이후에 쓰인 것이
분명하다"는 의미다. 『비아타나토스』는 1607년 혹은 1608년
에 집필됐고, 편지는 1608년에 작성되었다. (원주)

사랑은 나를 파괴했고, 나는 실체가
없는 것들,
부재, 어둠, 죽음에서 다시 태어났기
때문이다.
다른 사람들은 모든 것에서 좋은 모든
것을,
생명, 혼, 모습, 정신을 끌어내어 존재를
취하지만,
나는, 사랑의 증류기로 인해, 존재 없는
모든 것의 무덤이 되었다. 우리 둘은
자주
홍수가 날 만큼 울었고, 그래서 세상
전부인
우리 둘을 익사시켰다. 우리가 다른
일에
마음을 쓰면 우리는 종종 두 개의
혼돈이 되었고
서로 헤어졌을 때는 종종 얼이 빠져
우리는 시체처럼 되기도 했다.
하지만 그녀의 죽음으로 —— 죽음은
당치 않은 말이지만 ——
나는 최초의 무의 정수가 되었다.
만일 내가 사람이라면 나는 내가 사람인
것을
당연히 알 것이다. 비록 내가 짐승이라

해도

어떤 목적, 어떤 소용됨이 있는 것을

더 좋아하리라. 그렇다, 식물이나 돌도 미워하고

사랑한다. 만물은 모두 어떤 속성들을 입고 있다.

내가 비록 평범한 무라 하더라도,

그림자가 그렇듯, 여기에 빛과 몸이 있어야 한다.

그러나 나는 무이니, 나의 해는 다시 뜨지 않으리.

연인들이여, 작은 해는 이 시간 그대들을 위해

새로운 욕망을 가져다주려고

염소자리로 들어갔으니

그대들은 여름을 한껏 즐겨라.

그녀는 그녀의 긴 밤 축제를 즐기고 있으니

나는 그녀를 맞을 준비를 하고, 이 시간을

그녀를 위한 밤샘이며 전야라 하리니, 오늘은

올해의, 그리고 오늘의 깊은 한밤중이기 때문이다.†

굿이어에게 보낸 편지에 담긴 궤멸적 우울과 『비아타나토스』에 담긴 절망적 논리 및 학식은 이 시에서 하나로 결합한다. 이 시는 모든 의미에서 '야상시'라 할 수 있다. 한 해 중 가장 긴 밤의 한가운데서 쓰였으며, 이는 그해 겨울의 한밤중이자 던의 생애에서 가장 어두운 한밤중이기도 하기 때문이다. 이러한 암흑 속에서 태양의 화약통들은 빛을 잃고, 대지는 죽어가는 사람이 침대의 바닥으로 향하듯 졸아붙는다. 다시 한번 이 치명적인 질병은 수종성을 띤다. 던 자신의 "인간의 학문과 언어를 향한 수종병 환자의 무절제한 갈망"이 그의 유산과 생명 에너지를 함께 빨아들인 것처럼, 생명 없는 땅은 만물에게서 생명력을 빨아들인다.

질병과 죽음, 숨 막히는 어둠, 시인의 단어들조차 쉬쉬하는 소리를 내는("일곱 시간도 얼굴을 드러내지 않는 루시아의 날") 고요한 배경에 맞서, 던은 "어떤 전체로부터 떨어져 나온 존재는 애초에 공허에 불과하"다는 자신의 주제 즉 부정과 공허함을 향해 더듬더듬 나아간다. 이는 의지와는 상관없이 이루어지는 행위다. 그는 자신으로부터 물러나듯 사회로부터 물러나고, 감정으로부터 물러나듯 행동으로부터 물러난다. 그런 뒤 그는 전기적 사실들을 늘어놓으며 자전적인 내용을 공

---

†   시 전문 번역은 다음을 따랐다. 존 던, 『던 시선』, 김영남 옮김, 지식을만드는지식, 2016.

표한다. 사랑 —— 즉 자신의 성급한 결혼 —— 은 "나를 파괴했고, 나는 실체가 없는 것들, 부재, 어둠, 죽음에서 다시 태어났기 때문이다". 활발한 연인, 궁정인, 사상가이자 재사였던 그가 기괴한 연금술의 수동적 희생자로 변모한 것이다. 그 연금술에서 사랑은 그가 이미 겪어 내고 있던 "우울한 결핍"에 영적인 부정을 더하여, 그를 "심지어 무에서" 뽑아낸 "정수"로 압축한다. 이제 그가 지닌 특별함은 오로지 공허를 넘어선 공허, 의지와 영혼의 마비 상태이기도 한 박탈뿐이다.

이제 이 미로에서 빠져나갈 방법을 찾으려는 필사적인 시도가 이어진다. 심지어 그는 자신이 초기에 썼던 사랑 시로 돌아가기까지 한다. 거기서 과거의 자신이 지속적으로 사용해 왔던 이미지와 아이디어들을 가져온 그는 비통함으로 물든 축약본을 만든다. 이를테면 우주적 홍수와도 같은 연인들의 눈물, 혼돈으로부터 완전한 세상을 창조해 내는 그들의 능력, 살인과도 같은 이별에 대해서 말이다. 그런 다음 그는 시에서 철학으로 나아간다. 네 번째 연에서 그는 아리스토텔레스와 신학자들의 영혼에 대한 교리를 샅샅이 뒤진 뒤 끝까지 비틀어 짠다. 그 끈질기고도 뒤틀린 논리에 의존해서라도, 그는 자신이 존재한다는 것을 믿게 해 줄 어떤 논증 형식이나 철학적 진리를 찾고자 한다.

그러나 그런 것은 존재하지 않는다. 이유를 찾고자 하는 광적인 추구는 "그러나 나는 무이니"라는 간결하고도 단호한 선언으로 돌연 중단된다. 이제 할 수 있는 건 시를 그것이 시작된 곳으로 돌려놓는 일뿐이다. 여전히 욕망에 휘둘리는 연인들을 향해 아이러니하면서도 약간은 경멸적인 작별 인사를 고한 뒤, 시인은 자신에게 두 개의 심상을 준다. 길고 어두운 한겨울밤의 깨어 있음, 그리고 절망을 받아들이는 마음이다. 절망은 한밤 그 자체처럼 극복될 수 없는, 단지 견뎌 내야만 하는 것이다. 그러나 "나는 무이니"라는 선언의 최종성은 시에 새로운 빛을 던져 준다. 이 작품은 자신이 다루는 주제에도 불구하고 기이한 불안의 에너지에 힘입어 계속 앞을 향해 나아갈 수 있었다. 그러나 이 에너지가 존재하는 것은 전적으로 부정 속에서다. 논증의 각 단계는 무를 향해 점점 더 깊이 물러나는 것으로 끝을 맺는다. "세상의 모든 수액이 가라앉았다" "나는 그것들의 묘비명" "나는 죽은 것 자체이며" "사랑은 나를 파괴했고" "실체가 없는 것들" "나는 (…) 모든 것의 무덤이 되었다" "우리는 시체처럼 되기도 했다" "나는 최초의 무의 정수가 되었다" "내가 비록 평범한 무라 하더라도" "그러나 나는 무이니". 다른 곳이었다면 무척이나 설득적이고 효과적이었을 논증의 "남성적이고 설득적인 힘"은 이 시에서 강력하고도 부정적인 흐름으로 변형되고, 결국 그 힘을 불러온 시인을 고립 속으로 밀어붙인다. 시인은 한 걸음씩 뒷걸음질치게 된다.

　그렇지만 결국에는 자살조차 선택지가 될 수 없었다. 던의 기독교적 훈련과 헌신은 그의 지성 에너지가 그러했던 것처럼 궁극적으로 절망보다 강했다. 이 야상시의 마지막 행이 처음으로 돌아가는 순환적 운동을 보여 주는 것은 아마 그런 이유에서일 것이다. 이 시는 자살조차 초월할 만큼 불모가 된 어느 마음의 상태에 관한 이야기다. 마침내 던은 목숨을 내놓는 대신 성직을 받음으로써 중년의 위기를 극복해 낸다.

『비아타나토스』와 달리 이 시는 자살에 대한 시가 아니다. 대신 이 시는 마치 자살 행위 안에서 쓰인 것처럼 보인다. 이 시는 자살적 마음 상태와 절대적 영에 도달하는 것이 어떠한 느낌인지 규정할 뿐만 아니라, 그 안에서 사유하는 것이 어떠한 느낌인지도 묘사한다. 그런 점에서 이 시는 시대를 앞선다. 흡사 던을 통해 예고된 키르케고르와도 같다.

하지만 아마도 이 시는 던의 동시대인들에게 특별히 기이한 것으로 비치지는 않았을 것이다. 그들은 이를 당시 유행하던 질병인 '멜랑콜리'의 작용을 표현한 것으로 이해했을 것이기 때문이다. 한때 우리에게 '신경증'과 '소외'가 그러했던 것처럼, 로널드 랭과 그의 제자들에게 '조현병'이 그러했던 것처럼, 엘리자베스 시대에 '멜랑콜리'는 천재성에서부터 정신이상에 이르기까지 모든 종류의 기이한 감수성을 아우르는 포괄적 용어였다. 멜랑콜리한 자들 중에는 자신이 늑대나 요강이라고 여기거나, 유리나 버터, 벽돌로 만들어졌다고 생각하거나, 뱃속에 개구리가 있다고 믿는 이들도 있었다. 자신이 시인이라고 생각하는 멜랑콜리한 자들도 있었음은 물론이다. "광인, 연인과 시인은 모두 상

상력으로 만들어진다."『말피 공작부인』에서 늑대인간
이 된 퍼디낸드, 광기를 꾸며 내고 자살을 떠올리는 햄
릿, 자신을 시인이라 상상하며 도덕을 설파하는 멜랑
콜리한 인물 제이퀴즈는 모두 각기 다른 방식으로 우
울한 자들이었다. "[엘리자베스 시대와 스튜어트 시대의
영국에서] 멜랑콜리가 대중적 인기를 얻었던 주된 이
유는 그것이 우월한 정신, 천재의 속성이라는 생각이
일반적으로 널리 받아들여졌기 때문이다. [이러한] 아
리스토텔레스적 개념은 멜랑콜리한 성격에 다소 음울
한 철학적 품위와 바이런적인 위엄을 부여했다."[12] 결
국 우울하고 불안정하며 세상과 동떨어진 인물이라는
천재에 대한 낭만적 이미지는 몸에서 흑담즙이 과잉일
때 나타나는 교란 현상에 대한 엘리자베스 시대의 이
론에서 전해 내려온 것이다. 한편, 로버트 버턴에 따르
면 흑담즙은 자살을 향한 "구둣주걱"이기도 하다.

> [우울한 자의] 고뇌와 극도의 비참은
> 이토록 그를 괴롭혀, 그는 삶에서 아무런
> 기쁨을 느낄 수 없게 되며, 현재의 참을
> 수 없는 고통에서 해방되기 위해 자신에게
> 폭력을 가할 수밖에 없는 처지에 이르게
> 된다. (…) 이는 흔히 일어나는 재앙이며
> 이 질병의 치명적인 결말이다. (…) 그러한
> 이들에게는 더 이상 어떠한 것도 남아 있지
> 않으며, 신이라는 의사가 은혜와 자비로써

돕지 않는 한(인간은 설득이나 의술로 그를
도울 수 없기에) 그들은 스스로를 도살하는
자가 되어 자신을 처형하기에 이른다.[13]

버턴은 자신이 죽는 날짜를 예언한 점성술을 실현하기
위해 스스로 목을 매달았다고 전해진다. 그러나 그에
게 자살은 얼마간 부차적인 문제로, 삶의 모든 측면을
감염시킨 질병의 불운한 부산물에 불과했다. 1621년에
처음 출간된 『멜랑콜리의 해부』는 방대한 분량의 백과
사전과 같은 장황한 책으로, 인용문과 일화와 확인 불
가능한 참조들로 가득하고, 반복적이고 산만할 뿐만
아니라 그 기이함이 극단에 달한다. 그는 이야기를 윤
색하고, 권위를 조작하고, 요점을 마구 벗어난다. 그래
서 이 책은 그가 자신의 고통으로 관심을 끌려는 유아
적인 욕구에 굴복할지 — 어쨌건 그는 "간지러운 곳은
반드시 긁어야만 하는 법이다"라고 말하고 있으니 말
이다 — 아니면 광적인 박식함으로 독자의 주의를 흐
트려 놓을지 확실히 정하지 못한 것처럼 읽힌다.

그러나 그는 자살에 대한 논쟁에 공헌을 남겼는
데, 그 공헌이란 바로 하나의 단순한 요소인 '공감'에
주목한 것이었다. 비록 표준이 되는 고전적 예들을 모
두 인용하고 있기는 하지만, 그러면서도 그는 자살을
존엄과 자기 긍정을 위한 이성적 행위로 보는 스토아
적 정당화를 거부했다. 대신 그는 좀 더 명백하고도 덜
미화된 진리를 주장한다. 자살은 합리적이지도, 존엄

하지도, 신중하게 이루어지지도 않는다는 것이다. 사람들이 스스로 목숨을 끊는 이유는 그들의 삶이 견딜 수 없는 지경에 이르렀기 때문이다. "이 불행한 사람들은 회복의 희망을 품을 수 없는 비참함을 위해 태어나 치유할 수 없는 아픔을 겪는다. 오래 살수록 상황은 더 나빠질 뿐이니, 오로지 죽음만이 그들을 편케 할 수 있다." 그들이 희망할 수 있는 최선의 것은 신의 자비다. 그러나 심판은 하느님의 일이지, 우리의 몫이 아니다. 이는 당시로서는 용감한 주장이었다. 그러나 버턴은 옥스퍼드의 교수이자 목사라는 이중의 부담을 지고 있었기에 자신의 목을 필요 이상으로 멀리까지 내놓고 싶지는 않았을 것이다. 끝에 가서 그가 자살을 향해 내놓은 것은 흔해 빠진 경건한 부인과 비난이었다. 그러나 그때는 이미 너무 늦었다. 그 결말에는 확신이 결여되어 있었다. 그는 갈팡질팡하고 단편적인 방식으로 절망의 혼란, 구원의 불가능성, 도덕적 해결책의 부적합함을 이해하고 있다. 이 모든 것 앞에서 그가 제공할 수 있는 선한 것이라곤 오로지 품위 있는 너그러움뿐이었다.

> 그들의 재산과 육신은 우리가 처리할
> 수 있다. 그러나 그들의 영혼이 어떻게 될
> 것인지는 오로지 하느님만이 아신다. 신의
> 자비는 다리와 개울 사이, 칼과 목 사이에서
> 찾아올 수도 있다. (…) 그가 어떤 유혹을

받았을지 누가 알겠는가? 그것은 그에게
일어난 일이지만, 언젠가는 당신의 일이 될
수도 있다. (…) 이 시대의 우리는 어떠한
자들이 그러하듯 너무 서둘러 엄격해져선 안
된다. 너그러움이 가장 훌륭한 판단을 내릴
것이다. 신이시여, 우리 모두에게 자비를
베푸소서!

버턴의 동기가 아무리 복잡하게 얽힌 것이었다 할지
라도, 또한 그가 부적절할 수도 있는 어떤 고백의 가장
자리에서 흔들리고 있는 것처럼 보인다 할지라도, 결
국 그는 도덕적인 방식으로 자신을 드러낼 준비가 되
어 있었다. 그 시대 대부분의 설교자들에게 인간의 비
참함은 독선적인 의로움을 불러일으켰지만, 버턴은 그
에 대해 연민을 느꼈으며, 이 자체로도 이미 대단한 성
취라고 할 수 있었다. 기독교의 교리가 지배하던 시대
에 연민과 같은 기독교적 덕목을 강조하는 일은 오히
려 드문 일이었기 때문이다.
　　『멜랑콜리의 해부』는 애초에 버턴의 열렬한 지지
자들만을 대상으로 출간된 책으로, 『요정 여왕』과 마
찬가지로 그 '클럽'의 일원이 아닌 자들에게는 거의 읽
히지 않았다. 하지만 이 책은 17세기 잉글랜드에서 공
감의 신경과 같은 어떤 것을 건드렸던 것 같다. 『비아
타나토스』는 던의 사후에야 출판되었고 그마저도 그의
의사에 반하는 것이었지만, 버턴의 책은 베스트셀러로

군림했다. 저자 자신도 말했듯, 처음의 세 판본은 "눈 깜박할 사이에 팔려나가 열광적으로 읽혔다". 1639년 그가 사망하기 전까지 두 판본이 더 출간되었고, 1600년대에만 세 판본이 더 출간되었다. 한 주석가에 따르면, "출판 빈도로만 따지자면 『멜랑콜리의 해부』가 셰익스피어의 희곡보다 세 배는 더 인기가 있었다".[14] 이 책은 버턴에게는 명성을, 출판사에는 막대한 수익을 안겼다. 이는 지식인들 사이에서 멜랑콜리가 성행했음을 보여 주는 사실이지만, 그 정도가 어디까지였는지는 확실하지 않다. 멜랑콜리는 아마도 책을 좋아하는 야심가들이 추구하던 질병이었을 것이다. 어쨌든 그것은 천재성과 연관되어 있었기 때문이다. 하지만 극단적인 멜랑콜리는 전혀 다른 문제였다. 그것이 '멜랑콜리' '신경증' '소외' 중 어떤 것으로 불리든, 흥미로운 사람이 되고자 하는 야망은 죽음에까지 이르고자 하는 야망과는 다른 것이다. 확실한 것은 던과 버턴이 그때까지 확정적인 방식으로 다루어지던 문제에 나름의 방식으로 새로운 요소를 추가했다는 것이다. 그들은 자살이라는 문제를 우리가 지금 거주하고 있는 의심과 불확실성의 넓은 차원으로 옮겨놓았다. 한때 자살자는 순전한 공포 속에서 부정하고 저주받은 존재, 타락한 존재로 간주되었다. 그러나 이제 그는 최소한 인간적인 존재로 보이기 시작했다. "그것은 그에게 일어난 일이지만, 언젠가는 당신의 일이 될 수도 있다."

3. 윌리엄 카우퍼, 토머스 채터턴과 이성의 시대

1676년에는 『멜랑콜리의 해부』의 여덟 번째 판이, 1700년에는 『비아타나토스』의 두 번째 판이 출간되었다. 그러나 그때쯤에는 이미 시대의 영적 기질이 상당히 냉각된 후였다. 18세기에도 여전히 멜랑콜리는 존재했지만 덜 극단적인 형태를 띠었고, 그 명칭도 변화를 겪었다. 이제 멜랑콜리는 당대의 신고전주의자들에게 적합한 더욱 합리적이고 해부학적인 용어 '스플린(spleen)'†으로 불리게 되었으며, 이는 위대한 풍자의 시대에 걸맞는 변화였다. '스플린'은 절망보다는 원한과 심술궂음으로부터 표출되는 더 제한적이고 통제된 우울을 의미한다. 결국 자살이라는 주제는 다시 한번 문학의 바깥으로 밀려나게 되었다.

자살 행위의 옳고 그름에 대한 논쟁은 전과 같이 격렬하게 이어졌지만, 경건한 전통주의자들은 이제 더 강력한 반대자들과 맞닥뜨렸다. 몽테스키외, 볼테르, 흄에다 이보다는 덜 유명한 파세라노 백작 알베르토 라디카티와 같은 인물은 감정을 더 절제해 가며 자살이라는 주제를 합리적으로 분석했다. 이와 더불어 전반적으로 인도주의적인 계몽 의식이 확산되었다. 자살

---

† 비장(脾臟)을 의미하는 영어 단어로 '우울, 성마름' 등의 뜻도 갖는다.

을 금하는 칙령은 종교개혁을 겪으면서 교회법에서 세속법으로 그대로 옮겨갔지만, 이제 그런 금지 행위는 다소 지나친 것으로, 문명에 반하는 어리석은 짓으로 여겨지기 시작했다. 법령집은 여전히 자살자들의 시체가 모독받아야 하며 그들의 재산은 왕실에서 몰수해야 한다고 명시했지만, 점점 더 많은 검시 배심원단이 이 규정을 피하여 "비정상적인 정신 상태(non compos mentis)"라는 평결을 내렸다. 이러한 일이 흔해지자 정통적인 자살 반대자들은 더욱 격렬하게 분노하는 모습을 보였다. 그들은 이 범죄의 공포가 모두에게 똑똑히 자각되어야 하며, 따라서 자살자들의 시신을 교수대에 거꾸로 매달고 시장에서 공개적으로 해부해야 한다고 주장했다.[15] 그러나 이러한 주장에 귀를 기울이는 사람은 많지 않았다. 1788년에는 호레이스 월폴이 이를 "우리 조상들의 부조리한 말뚝과 교차로"라는 경멸조의 표현으로 언급하고 지나갈 정도였다.

여기서 핵심적인 말은 '부조리'이다. 18세기의 합리주의자들이 보기에, 자살처럼 사소하고 개인적인 행위를 가공할 만한 범죄로 부풀리는 것은 부조리하고 주제넘는 짓이었다. 데이비드 흄은 "우주적인 관점에서 인간의 생명이 굴의 생명보다 더 큰 중요성을 갖는다고 할 수 없다"고 썼다. 자살에 대한 도덕적 선입견을 공격하는 흄의 위대한 글은 그가 죽기 20여 년 전에 쓰였지만, 그 글이 공식적으로 출판된 것은 그가 사망한 다음 해인 1777년에 이르러서였다. 즉각적으로 금서 조치가 시행됐다. 이 글은 당대의 가장 지적인 사람들이 낡고 비겁한 미신에 대해 느끼고 있던 분노를 탁월하게 요약하고 있었다.

> 만약 인간의 생명이 전적으로 전능자의 고유한 영역에 속하는 것으로 남겨져 있다면, 따라서 인간이 자신의 생명을 처분하는 것이 그에게 주어진 권리를 침해하는 행위라면, 생명을 보존하기 위한 행동 또한 생명을 파괴하기 위한 행동만큼이나 범죄적이라 할 것이다. 만약 내가 나의 머리 위로 떨어지는 돌을 피한다면, 나는 자연의 흐름을 방해하는 것이며, 물질과 운동의 일반 법칙을 통해 전능자가 내게 부여한 기한을 넘어서까지 나의 생명을 연장함으로써 그의 고유한 영역을 침해하는 것이 아니겠는가.
> 머리카락 한 올, 파리와 벌레 한 마리만으로도 그렇게나 중요하다는 생명을, 그 강력한 존재를 파괴할 수 있다. 이처럼 사소한 원인에 생명이 좌우되는 상황을 막기 위해 인간의 신중함을 사용할 수 있다고 간주하는 것은 부조리한 일인가? 만약 내가 실제로 해낼 수만 있다면, 나일강이나 다뉴브강의 흐름을 바꾸는 것을 범죄라 할

수는 없을 것이다. 그렇다면 몇 온스의 피를
그 자연적인 경로에서 벗어나게 하는 것이
어찌 범죄가 되겠는가? (…)

　　고대 로마의 미신은 강의 흐름을
바꾸거나 자연의 특권을 침해하는 것이
불경하다고 말한다. 프랑스의 미신은
천연두를 예방 접종하여 자발적으로
전염병과 질병을 유발하는 일이 섭리의
소관을 침해하는 것이므로 불경하다고
말한다. 현대 유럽의 미신은 자신의
생명에 종지부를 찍는 일이 창조주에 대한
반역이므로 불경하다고 말한다. 그렇다면
나는 말하겠다. 집을 짓고, 땅을 경작하고,
대양을 항해하는 것은 왜 불경하지 않은가?
이 모든 행위에서 우리가 행하는 것은
정신과 신체의 능력을 사용하여 자연의
흐름 속에 어떤 변화를 만드는 것 이상이
아니다. 그렇다면 이 모든 행위는 동등하게
무죄이거나 동등하게 유죄일 것이다.[16]

이 글에서 느껴지는 어조는 마치 어둡고 퀴퀴한 방에
서 거미줄을 쓸어 내고 창문을 여는 사람처럼 짜증이
섞여 있으면서도 활기차다. 위대한 합리주의자들은 부
조리 —— 미신, 자기중심성, 비합리성의 부조리 —— 를
깨닫는 일을 햇빛만큼이나 자연스럽고 계몽적인 행위

로 여겼다.

당대인 가운데 공개적으로 흄의 의견에 전적인 지지를 보낸 이는 아마 소수에 불과했을 것이다. 불경하다는 꼬리표는 불편한 것이기 때문이다. 그러나 은밀한 도덕적 혁명은 이미 진행되고 있었다. 자살은 금기의 세계에서 벗어나 예의범절의 영역에 자리 잡았다. 호레이스 월폴의 편지들에는 귀족들의 자살에 대한 가벼운 언급들이 가득하다. 이는 가십거리로 썩 괜찮은 주제다. 하지만 그들 중에 18세기의 전설적인 프랑스인만큼 무심하고 냉담한 태도를 보여 준 이는 없었다. 그 프랑스인은 친구가 만찬을 함께하자고 요청했을 때 이렇게 대답했다고 한다. "기꺼이 함께하겠습니다. 그런데 생각해 보니 선약이 있군요. 오늘 저녁에 자살하기로 했거든요. 그런 약속을 어길 수는 없지요." 자살 행위에 대한 정중한 반응은 하품 정도였고, 자살을 앞둔 자들을 향해서도 그렇게 무심한 태도가 권장되었다. 1690년 해나 모어는 월폴에게 다소 감정적으로 이렇게 쓴 바 있었다.

우리 집 근처에 사는 가난한 남자
하나가 극심한 궁핍과 절망에 사로잡혀
스스로 목을 매달았습니다. 그에게는 밧줄을
살 2펜스도 없어서 자기 옷을 잘라 끈을
만들어야 했어요. 사람의 발길이 닿지 않는
외딴 숲이었지만, 마침 근처에서 운동

중이던 두 사람이 그를 발견하고는 줄을
잘라 그를 구했습니다. 그는 잠시 빈사
상태로 누워 있다가 마침내는 회복되었다고
합니다. 두 사람은 얼굴이 새까맣게
일그러진 그를 우리 집에 데려왔죠. 그
비참한 장면을 완성한 것은 마비 증상을
앓고 있는 그의 젊은 아내와 아름다운 두
아이들이었습니다.[17]

월폴의 답장은 신경질적이었다. "사람들이 늘상 목을
매달거나 물에 빠지거나 미쳐야만 한다는 것은 몹시
성가신 일입니다." 귀족적인 지루함과 짜증이 섞인 이
같은 반응은 18세기의 전형적인 분위기를 보여 준다.
자살이 꽤 합리적으로 정당화되는 시대였고, 또 한편
으로는 자살을 막으려는 구식 법령들이 여러모로 무시
당하는 시대였지만, 당시 유행하던 멋스러운 예의범절
의 기준에 따르면 자살이라는 행위는 귀찮으면서도 다
소 천박한 것이었다.

　이를 문학의 관점에서 보면, 이제는 자살을 더 이
상 상상력의 세계에서 다룰 수 없게 되었음을 의미한
다. 그 세기 초에 애디슨은 로마의 자살자 가운데 가장
고귀한 인물이었던 카토에 대한 희곡을 썼다. 이 작품
은 엄청난 성공을 거두었고, 서문을 쓴 포프는 친구에
게 이러한 글을 남기도 했다. "카토는 그가 살던 로마
시대에도 우리 시대 영국에서만큼 놀라운 존재로 여겨

지지 않았다네." 애디슨의 『카토』는 세네카적 고귀함과 고상한 정치적 원칙에 숨 막힐 정도로 사로잡혀 있는 작품이었다. 매 공연마다 휘그당과 토리당은 누가 더 크게 박수를 치는지 경쟁했다. 그 작품 안에 있는 자살 행위 자체는 거의 부차적인 것으로 취급될 정도였다. 하지만 그 영향력이 완전히 사라진 건 아니었다. 수년이 지난 1737년, 애디슨의 사촌이자 포프의 『던시아드』를 통해 불멸의 존재가 된 그럽 가(街)의 작가 유스터스 버젤은 주머니에 돌을 채운 채 템스강에 뛰어들면서 다음과 같은 궁색한 유서를 남겼다.

> 카토가 행했고 애디슨이 승인한 일이
> 잘못일 리 없다.

두 행으로 이루어진 이 시는 미완성으로 남았다. 그의 뮤즈는 죽음 앞에서도 불충했던 것이다. 그러나 어쩌면 그래야만 했던 것인지도 모른다. 자살은 더 이상 영감을 주는 주제가 아니었기 때문이다. 아홉 권에 걸친 죽음의 찬가인 『밤의 사색 *Night Thought*』을 썼으며, 벽난로 위 선반에는 항상 해골을 올려 두었던, 심지어 자신의 꿈이 "무덤에서 우글거린다"고 주장하기까지 했던 에드워드 영조차 자살 행위를 (고상한 기독교적 경멸을 담은 태도로) 거부했다. 그는 자살이 느슨해진 삶에서 초래된 것이라고 비난했다. 자살에 대한 고전적 선례가 어떠했든, 그것은 이제 시에 적합한 주제로 여겨지지 않았다.

이 규칙에는 두 명의 주목할 만한 예외가 있다. 하나는 윌리엄 카우퍼로, 그는 비참하지만 정교한 방식으로 자살을 시도한 뒤 나중에 이를 세세하게 묘사했다. 다른 하나는 토머스 채터턴으로, 그는 극적으로 자살에 성공함으로써 다음 세대의 시인들에게 상징적인 인물이 되었다. 마침 어머니 쪽으로 존 던의 후손이었던 카우퍼는 박탈감과 죄책감과 상처 속에 살았던 인물로, 첫눈에 보기에는 '죽음의 유행'에 사로잡힌 고전적인 인물 같다. 그가 여섯 살이 되던 해인 1737년, 그가 깊이 사랑했고 또한 그를 깊이 사랑했던 어머니가 산고 끝에 사망했다. 1년이 지나지 않아 작고 열악한 기숙학교로 보내진 그는 그곳에서 2년간 가혹한 괴롭힘을 당하여 정신적 붕괴를 겪었다. 훗날 그는 가장 앞장서서 자신을 괴롭힌 자에 대해 다음과 같이 썼다. "나를 야만적으로 취급한 그는 내 마음속에 극히 공포스러운 모습으로 각인되었다. 그가 너무도 두려웠던 나머지 그의 무릎 위로는 시선을 들지도 못했던 것을 아직 기억한다."[18] 이러한 정신적 붕괴가 심각한 안구 질환의 형태로 표출된 것도 놀라운 일은 아니다. 시력을 잃을 위험에 처한 그는 안과 의사의 집으로 보내져 2년 동안 지냈고, 이후에는 웨스트민스터 학교로 갔다. 그의 눈 상태는 이후에도 쭉 나빴고, 14세에 천연두를 심하게 앓은 뒤에야 상태가 조금 호전되었다. 마치 하나의 고통스러운 병이 다른 병을 몰아낸 것처럼 말이다.

웨스트민스터를 졸업한 그는 변호사 사무소에서 일하다가 미들 템플로 옮겨 가 법 공부를 계속했다. 거기서 그는 나태하고 멋 부리는 생활을 했으며, 대부분의 시간을 마을의 젊은 재치꾼들과 함께 문학과 정치와 여자에 대해 논하면서, 그러니까 그 자신의 표현에 따르면 "시시덕대면서" 보냈다. 그러나 얼마 지나지 않아 템플에서 자립한 그는 배지엇이 "막연하고 문학적인, 모든 것을 관용하는 나태함"이라고 부른 상태에 빠져 또다시 우울증으로 인한 붕괴를 겪었다. 몇 달간 그는 일을 할 수도 없고, 일을 하지 않을 수도 없었다. "밤에도 낮에도 고문대 위에 있는 것과 마찬가지였다. 나는 공포 속에서 눕고 절망 속에서 일어났다." 그는 이러한 상태로 I년을 보냈다. 그리고 어느 날 바닷가에서, 우울은 그것이 시작되었을 때처럼 갑자기 사라졌다. 이후 런던으로 돌아온 그는 법률과 문학에 조금씩 손대면서 시간을 보냈다. 2년 뒤인 I754년에는 변호사 자격을 얻었고, 2년 뒤에는 아버지가 세상을 떠나면서 적지만 은혜로운 수입을 남겨 준 덕에 한동안 진지하게 법률 일을 할 필요가 없게 되게 되었다. 그는 '난센스 클럽'에서 문학 친구들과 시간을 보내면서 흔한 사랑의 좌절을 겪는 일에 전념했다. 그는 20대가 끝나기도 전에 이미 조금은 노처녀 같은 인물이 되었다. 그는 수줍음을 탔으며, 쉽게 초조해했고, 건강 염려증과 밀실 공포증에 시달렸다.

32세가 되었을 무렵 그의 유산은 거의 바닥났고,

앞날에는 희망이 별로 보이지 않았다. 다시 한번 그는 고뇌의 늪에 빠졌다. 유일한 희망은 그의 친척에게 임명 권한이 있던 상원 서기직이었다. 미래에 대한 불안과 습관적인 무력감, 궁핍에 대한 두려움에 빠져 있던 카우퍼는 농담조로 그 직을 맡고 있던 사람의 죽음을 바랐다. 그 바람은 곧 실현되었다. 서기가 사망했고, 카우퍼는 그 자리를 맡아 달라는 제안을 받았다. 그뿐만 아니라 그는 보수가 더 많은 고위 직책 두 개를 더 제안받기까지 했다. 자신의 비밀스러운 적대감이 사실상 서기를 살해한 것이라고 믿었던 그는 죄책감에 압도당했다. 결국 속죄와 화해의 일환으로 그는 더 나은 직책들을 거절하고 상대적으로 박봉이며 지위도 낮은 서기직을 선택했다. 그러나 그의 서기직 임명에 정치적 반대가 따랐고, 결국 그는 상원에서 공개 검증을 받아야 했다. 사정이 좋을 때도 지나치게 수줍음을 타던 그에게 죄책감까지 더해진 상황이었으니, 상원의원들 앞에서 적대적인 심문을 받는다는 건 견딜 수 없는 일처럼 느껴졌을 것이다. 하지만 후원자인 카우퍼 소령을 바보로 만들지 않고 그 상황을 모면할 방법은 없었다. 몇 달 전만 해도 그는 자신이 편안한 미래를 얻기 위해 가질 수 있는 유일한 희망이 의사록 서기의 죽음이라고 생각했다. 그런데 이제 그가 바랄 수 있는 것이라고는 신경쇠약뿐이었다. 그는 광기로 도피하고자 했고, 그 시도가 실패할 경우에는 스스로 목숨을 끊어 속죄하려 했다. 훗날 그는 당시를 다음과 같이 묘사했다.

나의 가장 큰 두려움은 제때 정신이 망가지지 않아 상원 법정 출석을 회피하지 못하게 되는 것이었다. 그곳에 출석하지 않는 것이 내 유일한 목적이었다. 그러나 결단을 내려야 할 날이 다가왔을 때에도 나는 여전히 제정신이었다. 비록 마음속에서는 그 반대이길 소원했고, 입 밖으로도 여러 번 그러한 기대를 표현했지만 말이다.

그리하여 나는 사탄이 줄곧 나를 이끌어 왔던 가장 큰 유혹의 문앞에 도달했다. 그것은 지옥과도 같이 어두운 일, 스스로를 살해하는 것이었다. 나는 방 안에 틀어박혀 사회로부터 멀어지고 가장 친한 친구들로부터도 멀어진 채 점점 더 침울해지고 고립되어 갔다. 재산상의 파산, 친지들의 경멸, 후원자에게 입히게 될 손해 같은 것들이 모두 저항할 수 없는 힘으로 나를 몰아세웠다. 광기에 대한 두려움과 화해한 나는 죽음에 대한 두려움과도 화해하게 되었다. 과거에는 가장 행복한 순간들에도 나의 소멸을 생각하면 몸서리를 쳤지만 이제는 그것을 바라고 있었고, 스스로 죽음을 불러오겠다는 생각은 더 이상 나에게 충격을 주지 못했다. 나는 생각했다. '어쩌면 신은 존재하지 않을지도 몰라. 신이 존재한다 해도 성서가 거짓일 수도 있겠지.
만약 그렇다면 신은 그 어디에서도 자살을
금지하지 않은 거야.' 나는 생명을 나의
재산으로 간주했고, 따라서 내 마음대로
처분할 수 있다고 봤다. 나는 위대한
이름의 소유자들이 스스로 목숨을 끊었음을
상기했다. 하지만 세상은 여전히 깊은
존경심으로 그들을 기억하고 있었다.

　　하지만 무엇보다 설득력 있었던
부분은, 그 행위가 아무리 율법에
반하더라도, 기독교가 말하는 것이 다
사실이라 가정하더라도, 차라리 지옥
속에서 비참함을 견디는 쪽이 지금보다는
더 나으리라는 믿음이었다. 나는 아버지가
11세 무렵의 나에게 자살을 옹호하는
글을 읽고 그 문제에 대해 의견을 말해
보라고 하셨던 것을 기억한다. 나는 그렇게
했고, 자살에 반대하는 논증을 펼쳤다.
아버지는 내가 든 이유를 듣고는 침묵을
지켰고, 찬성도 반대도 하지 않았다. 나는
아버지가 나와는 입장이 달랐던 저자의
편을 드는구나 추측했다. 그러나 아버지가
그랬던 진짜 이유는, 할 수만 있다면 몇
년 전 스스로 목숨을 끊어 세상을 떠난
당신 친구의 처지를 호의적으로 여겨

보려던 것이었으리라. 그만큼 그의 죽음은
아버지에게 깊은 상처를 남겼던 것이다.
하지만 막상 자살의 유혹에 빠진 나는
그 기억을 전혀 떠올리지 못했다. 자살을
둘러싼 정황들이 나에게 너무 큰 무게로
다가왔던 것이었다.

　　이 시기에 나는 한 음식점에서 나이
든 노신사와 친구가 되었다. 나는 그곳에서
그를 여러 번 보았으나 말을 걸어 본 적은
없었다. 그는 대화를 시작하며 자신이 겪은
불운에 대해 많은 이야기를 했다. 그 일이
내 마음의 문을 열었고, 나는 기꺼이 대화에
동참했다. 나중에 우리는 자살이라는 주제에
대해서도 이야기를 나누었다. 그리고 어떤
사람들이 자신의 슬픔을 무덤까지 끌고
가는 이유는 다른 이들에게서 찾아볼 수
있는 "삶을 경멸하는 분노 어린 강인함"이
부족하기 때문이라는 결론에 동의했다. 내가
주점에서 만난 다른 이는 그 문제에 관해
어떻게 생각할지 이미 결정을 내렸으며,
필요하다면 스스로 죽을 자유가 있다는 점에
대해 의심하지 않는다고 말했다. 비록 그
사람은 이후 많은 아픔을 겪고서도 여전히
살아 있지만 말이다. 이처럼 어둠의 왕좌에
앉은 이가 제 사절들을 나에게 풀어놓았다.

이 모든 악으로부터 많은 선을 이끌어
낸 주님께 감사드린다! 이처럼 서로를
몰랐던 분별 있는 사람들이 내보인 의견의
일치는 내게 그 질문에 대한 만족스러운
답처럼 보였고, 그리하여 나는 그에 따라
행동하기로 결심했다.

　1763년 11월의 어느 저녁, 날이
어두워지자마자 나는 쾌활하고 무심한
듯한 모습으로 약국에 들어가 병에 든 아편
팅크 반 온스를 요청했다. 약사가 나를
유심히 살펴보는 듯했지만 적절한 목소리와
표정을 가장하여 그를 속일 수 있었다. 내가
상원에 출석해야 하는 날은 아직 일주일
정도 남았기에, 나는 옆주머니에 병을 넣어
둔 채 다른 수가 없다는 사실이 확실해질
때까지 그 약물을 마시지 않기로 결심했다.
이미 그걸 마시게 되리라는 것은 명백해
보였지만, 그래도 나는 나에게 가능한 모든
기회를 주고 싶었고, 또 그 끔찍한 계획의
실행을 최후의 순간까지 연기하고 싶기도
했다. 그러나 사탄은 지체하는 것을 참지
못했다.

　위에 언급한 날이 오기 하루 전, 리처드
커피하우스에서 아침 식사를 하며 신문을
읽고 있을 때였다. 신문에 실린 한 편지가

내 관심을 사로잡았다. 지금은 그 내용이 정확히 기억나지 않지만, 끝까지 읽기도 전에 나는 그것이 나에 대한 비방이며 풍자라는 것을 명백히 알 수 있었다. 그 글의 필자가 나의 자살 계획을 알고, 그 실행을 굳히고 재촉하려는 의도에서 그 편지를 쓴 것만 같았다. 내 정신이 혼란스러워진 것은 아마도 이때부터였을 것이다. 어쨌든, 나는 분명 강력한 망상에 사로잡혀 있었다. 나는 생각했다. '당신의 잔혹함은 충족될 것이다. 당신의 복수는 실현될 것이다!' 나는 격앙된 감정에 사로잡혀 신문을 내려놓고 급히 방을 뛰쳐나왔다. 나는 들판으로 가 홀로 죽을 수 있는 집을 찾거나, 그게 아니라면 아무도 나를 발견하지 못할 도랑에서 음독할 결심을 했다.

들판을 1.5킬로미터 정도 걸었을 때였다. 아직 내 목숨을 살릴 기회가 남은 듯싶었다. 그저 내가 가진 자산을 처분하고 (한 시간이 채 걸리지 않을 것이다) 배에 타 프랑스로 건너가기만 하면 되었다. 그곳에서 생계를 유지할 방법을 찾지 못한다면 종교만 바꿔 어딘가 수도원에서 안락한 은신처를 찾으면 될 거라고 나 자신을 설득했다. 이 방법이 꽤 마음에 들었던 나는 급하게나마

짐을 꾸리기 위해 방으로 돌아왔다. 그러나
여행 가방을 정리하던 중 다시 마음이
바뀌었고, 다시 한번 자살이 모든 면에서
매력적인 선택지로 다가왔다.

내가 음독할 장소를 찾지 못했던
이유는 세탁부와 그의 남편이 종종 내 방에
들어오는 까닭에 방해받을 수도 있었기
때문이다. 그래서 나는 그 계획을 제쳐
두고 물에 빠져 죽기로 결심했다. 나는
즉시 마차를 불러 마부에게 타워 부두로 가
달라고 했다. 세관이 있는 부두에서 강에
몸을 던질 생각이었다. 여기서 언급하지
않으면 이상한 점 한 가지는, 내가 계획을
실행하기 좋은 장소들로부터 오히려
멀어져 자살을 시도하기 거의 불가능한
곳으로 계속해서 이끌려 갔다는 것이다.
방해가 있을 리 없는 들판에서부터 온갖
난관이 예상되는 세관으로 가게 된 것만
해도 그렇다. 이 모든 변화는 갑작스러운
충동으로 시작되었는데, 그 충동은 내가
다시 방으로 돌아가기에 충분한 시간
동안만 지속되었다가 곧 사라졌다. 프랑스로
가겠다는 계획은 몹시도 실현 가능한 것으로
보였으나, 그 목적을 달성할 수 있게 된
순간 즉각 비현실적이고 우스꽝스러울 만큼

터무니없는 것으로 느껴졌다. (…)

타워 부두에 도착한 나는 마차를 떠났다. 다시는 돌아오지 않을 생각이었다. 하지만 선창에 도착하니 수위는 낮아져 있었고, 짐꾼 하나가 마치 나를 방해하려는 듯 화물 위에 앉아 있는 모습이 보였다. 자비롭게도 바닥없는 구덩이로 향하는 길이 닫혀 버렸던 것이다. 나는 다시 마차로 가 템플로 돌아가라고 지시했다. 마차의 창문 덮개를 올린 나는 다시금 아편 팅크를 마시기로 결심했다. 그러나 신께서는 다른 운명을 예정하셨던 것 같다. 돌연 나를 산산이 뒤흔드는 갈등이 일었는데, 그것은 단순한 떨림이 아니라 경련에 가까운 격렬한 동요였다. 이로 인해 나는 사지를 움직일 수 없을 정도가 되었고, 내 정신도 육체만큼이나 흔들렸다.

죽음에 대한 열망과 그에 대한 두려움 사이에서 갈등하던 나는 스무 번이나 입에 병을 가져다 댔지만, 그때마다 저항할 수 없는 저지를 느꼈다. 내 입술에 병이 닿을 때마다 보이지 않는 손이 그것을 아래로 끌어내리는 것만 같았다. 나는 놀라움 속에서 이 모든 것을 알아차렸지만, 그것이 내 결심을 변화시키지는 못했다. 끔찍한 고뇌

속에서 숨을 헐떡이며 나는 마차의 구석으로
몸을 던졌다. 내 입술에 닿은 몇 방울의 아편
팅크와 그 증기가 나를 서서히 마비시켰다.
좋은 기회를 놓쳐 버렸다는 회한이 일었지만,
어차피 내가 그 기회를 이용하는 건 철저히
불가능한 일이었다. 결국 나는 그만 살기로
결심했다. 고통 속에서 이미 반쯤 죽어
있던 나는 다시 템플로 돌아왔다. 곧장
방으로 가서 바깥쪽과 안쪽 문을 모두 잠근
뒤 비극의 마지막 장면을 준비했다. 작은
대야에 아편 팅크를 부어 침대 옆 의자 위에
두고, 옷을 반쯤 벗은 채 담요 속에 몸을
뉘었다. 내가 저지르려는 일에 대한 공포로
몸이 떨렸다. 나는 죽음이 초래할 일들에
대한 두려움에 이토록 휘둘리는 나 자신의
어리석음과 비겁함을 매섭게 비난했고, 이
한심한 겁쟁이를 향한 경멸이 내 안에서
차올랐다. 그러나 여전히 나를 억누르는
무언가가 있었고, 그것은 이렇게 말하는
듯했다. "네가 무슨 짓을 하려는 건지 보렴.
깊이 생각해 봐. 그리고 살아."

   하지만 나는 더 이상 확고할 수 없는
결연한 마음으로 대야에 손을 뻗었다.
그런데 두 손의 손가락들이 마치 밧줄에
묶인 것처럼 꼼짝하지 않았다. 물론 두

손바닥을 이용해 대야를 입까지 들어 올릴
수는 있었다. 손가락은 죽은 듯 움직이지
않았지만 두 팔은 아무 문제 없었기
때문이다. 하지만 이 새로운 어려움은 내게
큰 놀라움으로 다가왔다. 마치 신성한
개입이 일어난 것처럼 느껴졌다. 나는 다시
침대에 누워 이 문제에 대해 깊이 생각했다.
그러는 동안 바깥쪽 문에서 열쇠 돌아가는
소리가 났고, 세탁부의 남편이 들어왔다.
그때쯤 나는 손가락을 다시 움직일 수 있게
되었다. 나는 황급히 일어나 옷을 입고
대야를 치웠고, 내 모든 힘을 다해 침착을
가장하며 식당으로 걸어 나왔다. 몇 분 뒤
나는 다시 혼자 남았다. 신이 나를 지키기
위해 그토록 분명히 개입하지 않았더라면,
아무도 나를 방해하지 않았던 그날 오후
나는 내 목숨을 끊었을 것이 틀림없다.

남자와 그의 아내가 모두 나가자 외부의
장애물이 전부 사라졌지만, 즉각 내면에서
새로운 장애물이 생겨났다. 그 남자가 집을
나서고 문을 닫기 무섭게 강렬한 깨달음의
영이 내게 임했고, 내 모든 감정에 철저한
변화가 일어났다. 깨달음의 빛 속에서 그
범죄의 공포가 뚜렷이 모습을 드러냈고,
나는 격분 같은 것에 사로잡혀 대야를 쥐고

그 안에 있던 아편 팅크를 오수가 담긴
병에 부어 버렸다. 그것으로도 만족하지
못해 병을 창밖으로 던져 버렸다. 이 충동은
소기의 성과를 얻은 후 곧 잠잠해졌다.

　　나는 감각이 무뎌진 상태로 그날의
나머지 시간을 보냈다. 어떤 방법으로
죽을지는 아직 결정하지 못했지만, 자살이
나를 구원할 수 있는 유일한 방법이라는
생각에는 변함이 없었다. (…)

　　나는 이것이 이 세상에서의 마지막
잠이 되겠거니 하며 잠자리에 들었다.
다음 날 아침 의회 법정에 설 예정이었던
나는 그날의 해를 보지 않으리라 결심했다.
평소처럼 잠을 잤고, 새벽 3시경 깨어났다.
즉시 자리에서 일어난 나는 촛불의 희미한
빛에 의지해 펜나이프를 찾아 침대로
가져갔다. 그리고 그것을 가슴에 겨눈
채로 몇 시간이 흘러갔다. 두세 번 나는
그것을 왼쪽 가슴 아래 두고 몸무게를 실어
눌렀지만, 펜나이프의 칼끝이 부러지며
뭉툭해진 탓에 찔리지 않았다.

　　그렇게 시간이 흘러 먼동이 터 왔다.
시계가 일곱 시를 알리는 소리가 들렸고,
허비할 시간이 남지 않았다는 생각이
들었다. 곧 친구가 찾아와 웨스트민스터로

가자고 할 테니 말이다. 나는 생각했다.
'이제 정말 때가 왔다. 지금이야말로 고비다.
삶에 대한 미련 때문에 꾸물거려선 안 된다.'
나는 자리에서 일어섰다. 나는 방의 안쪽
문을 걸어 잠갔다고 생각했지만, 그것은
착각이었다. 내 손길이 나를 속인 것이었다.
문은 그대로 열려 있었다. (…)

　　이제 주저할 마음은 조금도 남지
않았다. 나는 내 계획을 실행하는 데
탐욕스럽게 몰두했다. 넓은 진홍색 천의
양쪽 끝을 꿰매어 만든 내 가터벨트에는
폭 조절이 가능한 버클이 달려 있었다.
나는 버클을 이용해 올가미를 만들어 목에
걸었고, 숨이 안 쉬어지고 피도 안 통할
만큼 꽉 조였다. 올가미는 버클의 금속
막대 덕분에 단단히 고정됐다. 침대의 각
모퉁이를 감싼 조각 장식물은 한가운데를
통과하는 철제 핀으로 고정되어 있었다.
나는 가터벨트의 나머지 부분으로 고리를
만들어 그 핀 중 하나에 걸었고, 발이 바닥에
닿지 않도록 끌어올린 채 몇 초간 매달려
있었다. 그러나 철 핀이 휘어지고 장식물이
떨어지며 가터벨트도 함께 풀려 버렸다.
나는 이번에는 가터벨트를 침대의 천장
프레임에 묶은 뒤 둘둘 감아 단단한 매듭을

만들었다. 프레임은 바로 부서졌고, 나는
다시 바닥에 떨어지고 말았다.

　세 번째 시도는 성공할 가능성이
조금 더 높아 보였다. 나는 문을 열었다.
문 위쪽에는 천장까지 30센티미터 정도의
간격이 있었다. 의자의 도움을 받아 문
위쪽으로 올라선 나는 거기다가 올가미를
미끄러지지 않게 고정했다. 그러고는 발로
의자를 밀어내고 온몸을 매달았다. 매달려
있는 동안 어떤 목소리가 "끝났다!"라고
말하는 것을 세 번 들었다. 그 순간 나는 그
목소리를 들었다고 확신했지만, 그 사실은
나를 놀라게 하거나 내 결심을 흔들지는
못했다. 나는 모든 감각과 존재에 대한
의식을 잃을 만큼 오래 매달려 있었다.

　다시 정신이 들었을 때, 나는 내가
지옥에 있다고 생각했다. 나의 끔찍한
신음소리가 귓속을 쩌렁쩌렁 울려 댔고,
번갯불이 번쩍이는 듯한 느낌에 사로잡혔다.
몇 초 후 나는 내가 바닥에 얼굴을 박고
쓰러져 있다는 것을 깨달았다. 30초쯤
지난 뒤에야 다시 발을 딛고 일어설 수
있었고, 비틀거리는 발걸음으로 다시 침대에
돌아갔다. (…)

　침대로 돌아간 직후, 나는 식당에서

소리가 나는 것을 듣고 깜짝 놀랐다.
세탁부가 거기서 불을 지피는 중이었다.
아까 문을 잠그려고 했지만 그러지 못했던
것이었다. 그녀는 내가 매달려 있던 침실
문틀을 지나쳤을 텐데도 아무것도 눈치채지
못했던 것 같았다. 그녀는 내가 떨어지는
소리를 들은 뒤에야 곧장 나에게로 와
괜찮은지 물어보았다. 그리고 내가 발작을
일으킨 것은 아닌지 걱정했다고 덧붙였다.

　　　나는 한 친구에게 그녀를 보내 모든
상황을 전하도록 했고, 그를 커피하우스에
있는 내 친척에게 보냈다. 친척이 도착하자
나는 방 한가운데 놓여 있던 끊어진
가터벨트를 가리키며 내가 무슨 일을
시도했는지 알렸다. 그러자 그가 이렇게
말했다. "친애하는 카우퍼 씨, 당신 때문에
너무 놀랐습니다! 이 상태로는 직무를
할 수 없을 것이 분명합니다. 위임장은
어디 있습니까?" 나는 위임장이 보관된
서랍 열쇠를 그에게 주었다. 업무상 즉각
출석해야 했던 그는 그것을 가져갔고,
이렇게 의회와의 내 모든 연은 끝나
버렸다.[19]

어떤 측면에서 이는 자살을 전치된 공격성으로 설명

하는 초기 프로이트 이론의 사례 연구처럼 보이기도 한다. 카우퍼는 자신이 지닌 적대감(원하는 직업을 가진 사람이 죽기를 바란 것)에 끔찍한 충격을 받은 나머지 그 책임을 받아들이기보다는 공격성을 자신에게로 돌려 광기와 자살을 선택한다. 일단 그렇게 결정을 내리고 나자 모든 것이 그 결정을 강화한다. 식당과 술집에서 우연히 만난 사람들은 자살이 비참에서 벗어나는 가장 합리적인 해결책이라며 칭송한다. 그의 편집증이 심해지면서 신문에 실린 편지조차 악의적이고 개인적인 공격으로 변화해 그의 자살을 재촉한다. 무엇보다 아버지에 관한 어린 시절의 생생한 기억이 마치 지하 세계에서부터 떠오르듯 갑작스레 상기되며 자살이 해답이라는 확신을 안겨 준다. 하지만 이 모든 것에도 불구하고, 그가 반복적으로 빠져들었던 압도적인 죄책감과 저주받았다는 느낌에도 불구하고, 그가 심각한 정신 질환의 모든 증상을 보이고 있음에도 불구하고, 카우퍼는 자살을 실행하지 않았다. 대신 그의 정신증은 그를 여러 조각으로 쪼개어 각각의 자살 충동이 효과를 발휘하기도 전에 다른 자멸적 충동으로 이어지게 했다. 그 결과는 자살이 아니었다. 죽음이 찾아오게 하기보다는 그것을 피하기 위해 고안된 듯한 필사적인 몸부림들이었다. 이 모든 에피소드는 일련의 끔찍한 방법으로 구성된 현상 유지 작전처럼 보이기도 한다. 그가 죽음을 향해 취했던 몸짓들은 —— 게다가 각 몸짓은 이전의 몸짓보다 더 극단적이었다 —— 마치 죽음이 아니라 광기가 자신을 구해 줄지도 모른다는 희망을 실현하기 위해서 시도되었던 것처럼 보인다. 그는 죽기 위해서가 아니라 미쳐 버리기 위해 자살을 시도했던 것이다.

광기는 모호하지만 분명한 이점을 제공했으니, 그것은 바로 일상이 부과하는 버거운 책임들로부터의 도피였다. 카우퍼에게 그것은 자신과 맞지 않는 법률가라는 직종, 빠르게 줄어드는 개인 수입, 고독과 병적인 수줍음, 그리고 무엇보다도 그가 맡아 수행하기에는 너무 큰 죄책감을 수반했던 새 직업과 그 직업을 갖기 위해 치러야 할 공개 검증이라는 견딜 수 없는 위협으로부터의 도피를 의미했다. 요컨대 그의 왜곡된 관점 속에서 광기는 어머니가 세상을 떠난 이후로 줄곧 사무치게 결핍됐던 것, 즉 어린아이처럼 전면적인 돌봄을 받을 수 있는 피난처를 제공해 줄 듯 보였던 것이다.†

그의 고통은 분명 자신이 버림받은 존재라는 의식에 뿌리를 두고 있었던 것 같다. 처음에 그는 그것을 순전히 신학적인 방식으로 해석했다. 자신이 구원받을 길 없는 죄인이며, 신의 노여움으로 인해 영원히 저주받은 나머지 지옥도 자신을 받아 주지 않으리라고 확

---

† 그리고 그가 옳았던 것으로 밝혀졌다. 그가 정신병원에서 퇴원하고 난 이후, 그의 친척들이 힘을 모아 평생 그에게 약간의 수입이 될 만큼의 돈을 주었다. 그는 다시는 생계를 위해 일하지 않아도 되었다. (원주)

신했던 것이다.

> 인간은 나를 부인하고, 신은 나를
> 버리노라.
> 지옥만이 내 비참을 위한 안식처가 되어
> 줄 것이지만,
> 바로 그 이유로 지옥은 영원히 허기진
> 입을 내 앞에서 걸어 잠근다.

이 시구는 그가 자살을 시도하여 처음으로 정신병원에
수용되기 직전에 쓴 「사픽스Sapphics」에서 발췌한 것이
다. 이는 사실상 그가 처음으로 진지하게 쓴 시라고 할
수 있다. 또한 이 시는 그가 쓴 마지막 시이자 가장 훌
륭한 작품인 「조난자The Castaway」와 동일한 주제를 공
유한다. 그는 이 시를 36년 뒤인 1799년, 사망하기 1년
전에 마지막 광기 속에서 썼다. 이 시에서 그는 자신의
운명을 폭풍우를 만나 물에 빠져 죽게 된 선원의 운명
보다 더 불운한 것으로 묘사했다. 공교롭게도 그 선원
은 '앨비언 해안'에서 출발한 배에 탔다가 바다로 휩쓸
려 버린 인물이었다. 9년 전 그는 어머니의 초상화에
대한 시를 썼는데, 그때 정교하면서도 확장된 직유법
을 사용하여 자신의 어머니를 "앨비언 해안을 떠난 용
감한 배"에 비유한 바 있다. 그 시에 따르면 그 배는 안
전하게 항구에 도착한다. 그러나 「조난자」의 화자 즉
카우퍼 자신은 "돛이 찢기고 이음새가 벌어지고 나침

반을 잃은 채" 희망 없이 표류한다. 여기서 중요한 점은, 카우퍼에게 있어 죽음은 파괴적인 요소가 아니라는 것이다. 선원은 두 행 만에 거의 사무적이라고 느껴질 만큼 신속한 죽음을 맞이한다. "이제 노역으로 지친 그는 들이마셨다 / 숨막히는 파도를, 그런 뒤 그는 가라앉았다." 카우퍼가 세세하게 묘사하는, 진정으로 사무치는 공포는 바로 버림받았다는 느낌이다. "친구도, 희망도, 모든 것을 잃은 채 / 그는 떠다니는 자기 집을 영원히 떠난다". 이는 어린 시절 사랑이 가득한 가정 바깥으로 너무 일찍 내던져져 적대적인 세계를 떠돌게 된 카우퍼 자신과 닮아 있다.

카우퍼의 삶은 끊임없는 도피의 연속이었다. 어린 시절 그는 불행에서 벗어나기 위해 질병으로 도피했다. 이후 그는 현실을 벗어날 피난처를 찾기 위해 광기와 자살로 도피했다. 그런 뒤 그는 광기에서 벗어날 피난처를 찾기 위해 종교로 도피했다. 그리고 광기가 돌아와 종교가 더 이상 소용없게 되자, 광기와 종교 모두에서 벗어나려 시 속으로 숨어들었다. 사실 시가 그의 삶에 등장한 것은 꽤 늦은 시점이었다. 처음으로 정신병원에 입원한 이후 8년간 카우퍼는 헌신적인 과부의 보살핌을 받았으며, 노예상이었다가 복음주의 감리교 목사가 된 뉴턴이란 사람의 일을 거들며 그를 위해 찬송가 몇 편을 쓰기도 했다. 하지만 이 시절은 또다시 광기가 발작하면서 끝이 났고, 그 이후 그는 다시는 완전히 회복되지 못했다. 그때부터 그는 자신이 너무도 저

주받은 존재라 가장 온건한 복음주의 활동조차 할 수
없다고 생각했으며, 대신 정원과 반려동물들에 몰두했
다. 40대 중반에 이르러 그는 그 사랑하는 것들에 대한
시를 썼다. 이 시기에 집필한 「과업」, 「존 길핀」, 동물들
과 풍경 등에 관한 시들은 그를 당대에 가장 인기 있는
작가로 만들었다. 이 작품들은 그의 친근하고 평온한
일면을 보여 준다. 그는 런던 외곽에 사는 중산층의 삶
을 애정 어린 시선으로 관찰하며 그들의 사소한 일상
을 시에 담았다. 무엇보다 시 창작은 그의 삶을 관통하
여 이어지던 죄책감과 저주받았다는 느낌에서 벗어나
게 만들어 주는 방편이었다. 정신병원에서 생을 마감
한 카우퍼는 그곳에서 자신의 걸작 「조난자」를 썼지만,
그 시를 비롯해 그가 광기를 통해 써 내려간 절망적인
시들은 그의 '주요 작품 목록'에서 조금 비껴나 있다.

　　이는 아마 불가피한 일이었을 것이다. 당대의 취향
은 사적인 감정을 표현하는 것을 철저히 배격했으며,
그것을 표현할 시적인 스타일도 아직 존재하지 않았기
때문이다. 현재 학생들의 고전이 된 토머스 그레이의
「교회 묘지에서 쓴 애가」조차 당대에는 부적절하다는
비난을 받았고, 그는 그 비난에 따라 시를 수정한 바 있
었다. 카우퍼 자신도 이런 시대적 흐름에 깊이 물들어
있었다. 그가 엄청난 대중적 인기를 누릴 수 있었던 건
포프의 스타일을 좀 더 부르주아적이고 담백한 18세기
후반의 문학적 취향으로 가공하는 능력 덕분이었다. 그
의 시 대부분은 온순하고 가정적이며, 거의 안일하다는

느낌을 줄 만큼 안락하다. 「조난자」에서조차 그의 절망은 부드럽게 완화되어 상대적으로 점잖은 아우구스투스 시대풍으로 표출된다. 그리하여 불안을 담은 어조는 시의 밑바탕에만 잔잔히 깔리게 되는데, 이는 부분적으로는 멜로드라마적이고 부분적으로는 자기연민적이다. 한편, 그러한 특징은 시인 자신이 전부 표현할 수도, 완전히 숨길 수도 없는 어떤 부적절하고 과도한 것을 스스로 인식하고 있었다는 느낌을 주기도 한다.

흄이 "우주적인 관점에서 인간의 생명이 굴의 생명보다 더 큰 중요성을 갖는다고 할 수 없다"고 썼을 때, 그 문장은 당시의 시대적 태도를 정의한 것이었다. 자살은 누구에게나 주어진 권리라는, 이 새롭고 감탄스러우며 용감하다고도 할 수 있을 관용은 과장된 행동에 대한 본능적 반감과 감정을 억제하는 습관에 의해 균형을 이루고 있었다. 신사들은 조급한 절망에 대항해 품위와 재치가 담긴 스타일로 반응하고자 했으며, 그러한 반응에 맞설 수 있는 유일한 선택지는 틀을 완전히 깨부수고 세상으로부터 외면당하는 것이었다. 크리스토퍼 스마트는 정신병원에서 글을 썼고, 미치광이로만 여겨졌다. 블레이크도 마찬가지였는데, 그는 이 무렵에 태어나긴 했지만 이미 전혀 다른 시대와 스타일에 속한 사람이었다. 나머지 사람들로 말할 것 같으면, 가장 극단적인 사람들조차 신사적인 고전주의의 억압과 후기 아우구스투스풍 시가 제시하는 제한적이고 길들여진 양식을 극복하지 못했다.

월폴이 지속적으로 편지를 주고받던 여러 여성 팬 중 한 사람은 프랑스에서 자살은 거의 항상 경제적 파산 때문에 일어난다고, 사랑이 그 원인이 되는 경우는 드물다고 언급했다. 위대한 이성의 시대에 돈은 가장 받아들이기 쉬운 합리적 동기였다. 심지어 문학적 자살자 가운데 가장 유명한 인물인 토머스 채터턴조차 감정의 과잉이 아니라 글로는 생계를 유지할 수 없다는 사실 때문에 스스로 독을 먹었다. 이후 낭만주의자들은 그를 비운의 시인으로 둔갑시켰지만, 실제로 그는 세속적 근성의 희생자였다.

그는 사회의 밑바닥 출신이었다. 그의 아버지 쪽 집안은 여러 대에 걸쳐 브리스틀에 있는 고딕 양식의 아름다운 교회 세인트 메리 레드클리프의 관리인으로 일해 왔다. 사회적 사다리에서 한두 단계 더 올라선 그의 아버지는 지역 학교의 교사로 일했을 뿐 아니라 아마추어 음악가이자 마술 애호가기도 했다. 그러나 그는 1752년 아들 토머스가 태어나기 석 달 전에 사망했으며, 그의 아내는 토머스의 어린 시절 내내 가난에 허덕여야 했다. 그녀는 유아원을 운영하고 삯바느질을 했으며, 지역의 숙녀들이 자수를 놓을 수 있도록 모슬린 천에 인디고 무늬를 그려 넣는 일을 했다. 채터턴은 8세가 되기 직전 브리스틀에 있는 자선 학교인 콜스턴 호스피털에 보내졌고, 7년 뒤 그곳을 졸업하고 나서는 브리스틀 어느 공증인의 견습생이 되었다. 요컨대 그는 거의 앞이 보이지 않는 노동계급의 좁은 골목으로 들어선 것이었다. 거기서 그가 품을 수 있는 최선의 희망은 분투 끝에 자기 소유의 작은 공증 사무소를 열어 하층 중산계급으로 간신히 올라서는 것이었다. 채터턴은 17세가 채 되기도 전에 몇 년에 걸쳐 이른바 '롤리 시편'†의 대부분을 썼다. 양피지에 쓴 그 시는 설득력 있는 중세 필기체와 스타일을 보여 주었고, 철자법과 어휘도 중세식으로 완벽했다. 랭보 이전에 이처럼 놀랍도록 조숙한 성취를 보인 이는 그가 유일했다.

그러나 이러한 노력은 거의 결실을 맺지 못했다. 거들먹거리며 그를 후원한 브리스틀의 원로 세 명에게 정성껏 쓴 롤리 원고가 주어졌지만, 그들은 그 대가로 자비로운 교류를 허락하고 몇 실링을 쥐여 줄 뿐이었다. 채터턴은 롤리 시편 중 가장 뛰어난 작품 하나를 런던의 출판업자이자 서점 주인인 다즐리에게 편지로써 보냈다. 그러나 아무런 성과도 없었다. 다음으로 그는 호레이스 월폴을 상대로 시도해 보았다. 기본적으

---

† 　열여덟 살에 스스로 목숨을 끊은 채터턴은 자선학교에 다니면서 세인트 메리 래드클리프 교회의 고문서실에서 혼자 공부했다. 그때 그는 그 교구 내의 기록·증서·묘비 등을 근거로 하여 15세기 브리스틀 지방에 대한 상상적 세계를 창조해 내고, 그것을 가공의 인물인 '토머스 롤리'가 쓴 시의 무대로 삼았다. 채터턴의 이러한 복고 취향은 당시 유행하던 맥파슨이나 월포의 그것과는 달리 오직 과거 자체만을 위한 것이며, 그러한 태도는 고대 세계에 이상향을 설정하는 19세기 낭만주의자들에게 선구적 모범으로 여겨졌다.

로 월폴은 이상적인 후원자처럼 보였다. 부유하고 영향력 있는 인물이었던 그는 인맥이 넓고 유행을 잘 알았으며, 고딕 문화 부흥의 선구자 역할까지 맡았다. 그뿐만 아니라 그는 일종의 위서 전문가였다. 그의 소설 『오트란토 성』은 처음에 "잉글랜드 북부에 있는 고대 가톨릭 가문의 도서관에서 발견되어 1520년에 나폴리에서 흑체 활자로 인쇄된 이탈리아어 원고를 윌리엄 마셜이 번역한 것"으로 소개되었다. 또한 월폴은 『회화에 관한 일화들』이라는 저서에서 롤리 세계의 뼈대를 이루는 기둥 역할을 하는 레드클리프 교회와 "마이스터 캐닝"을 언급하기도 했는데, 채터턴은 바로 이 저서에 기여한 작품을 보낸 것이었다. 그 작품의 제목은 「영국 회화의 기원, 1469년 T. 롤리가 마이스터 캐닝을 위해 쓴 작품」이었다. 이 글은 세부 사항과 연구 내용으로 가득 찬 정교한 가짜 학술 작업이었으며, 전부 롤리의 방언으로 작성되었다. 채터턴은 여기에 몇 개의 운문 단편을 추가해 이를 더욱 매력적인 것으로 만들었다. 월폴은 매우 기뻐했다. 놀라운 발견을 한 일원이 된 데 흥분했고, 전문가로 추정되는 사람에게 자신 역시 전문가로 인정받았다는 사실에 우쭐해했다. 곧 그는 채터턴에게 공손하고도 열정적인 편지를 보냈다. 이는 학자가 다른 학자에게 보내는 듯한 편지로, 롤리 시 중 몇 편을 출판할 수 있을 것 같다는 제안도 포함되어 있었다.

　이 시점에 채터턴은 큰 실수를 저질렀다. 그는 월

폴이 작품 자체가 아니라 그것이 제공하는 속물적 허영심에 끌렸음을 간과한 것이다. 채터턴은 문학계의 큰 인물로부터 진지하게 평가받았다는 사실에 열광하며 롤리 시편들을 더 보냈고, 그러면서 자신이 여흥을 즐기는 신사가 아니라 후원자를 찾고 있는 무일푼의 16세 견습생임을 고백해 버렸다. 그는 월폴의 인색함이 그의 속물근성만큼이나 강하다는 것을 몰랐다. 채터턴이 자신을 속였을 뿐만 아니라 무언가 요구하기까지 한다는 사실에 충격을 받은 월폴은 채터턴과의 관계를 단번에 끊어 버렸다. 수년이 지난 후 월폴은 자신이 "그의 후견인이라도 된 것처럼 친절하고 다정하게 편지를 썼다"고 주장했다. 그 편지의 취지는 채터턴의 우선적인 의무란 바로 과부가 된 어머니를 부양하는 것이며, 시는 신사들의 여흥이라는 점을 알려 주는 것이었다. 먹고 사는 것이 먼저고, 도덕은 다음 일이다 (Erst kommt das Fressen, dann kommt die Moral). 채터턴은 우선 재산을 모아야 하고, 예술을 할 시간은 그 이후에나 생길 터였다. 또한 월폴은 자신이 조언을 구한 전문가들이 채터턴의 원고를 '가짜 롤리'로 확신했다는 말을 덧붙였다. 요컨대, 그는 채터턴이라는 건방진 신예를 귀족적이지만 단호한 태도로 제자리에 돌려놓았던 것이다. 그러면서도 그는 자신이 받았던 원고를 그대로 보관하려 했고, 채터턴의 분노에 찬 편지 몇 통을 받은 뒤에야 그것을 돌려주었다. 월폴은 채터턴의 건방짐을 결코 용서하지 않았으며, 그가 죽은 후에도 오랫동안 그를 야망에 찬 시시한 사기꾼으로 묘사하며 그의 이미지를 훼손했다.

채터턴도 마찬가지로 월폴을 용서하지 않았지만, 그의 복수는 아무런 효과도 없었다. 그는 원고를 되찾으려 애쓰며 월폴에게 보낸 편지에 이렇게 썼다. "저는 당신이 제게 한 행동을 이해할 수 없습니다. 처음에는 제 글이 당신을 즐겁게 했었다는 것을 아니까요. 경, 저는 부당한 대우를 받았다고 생각합니다. 그리고 경께서도 제 처지를 몰랐더라면 감히 저를 이렇게 대접하지는 못하셨을 겁니다."[20] 월폴은 이를 "몹시 건방지다"고 평했는데, 이는 꽤 정확한 표현이었다. 채터턴의 손길이 닿은 모든 글에서 나타나는 넘쳐흐르는 재능과 솜씨, 왕성한 욕구와 집요한 독창성이 그가 잘못된 계층에서 태어났다는 원죄까지 씻어 줄 수는 없었기 때문이다. 그는 지루하고 보수도 없는 견습 생활의 단조로움을 견뎌야 했고, 공증인의 집에서 하인들과 함께 먹고 살고 심부름꾼 소년과 함께 침실을 쓸 만큼 지위가 낮았다. 재능만큼이나 컸던 그의 자존심은 그로 인해 이미 상당히 악화한 상태였다. 여기에 월폴의 경멸 어린 대접까지 더해지자, 그의 자존심은 돌이킬 수 없는 상처를 받았다. 둔감하고 고압적이며 구두쇠인 브리스틀 원로들 사이에서 보내는 삶은 이제 참을 수 없을 만큼 답답하게 느껴졌다.

하지만 이로부터 벗어날 수는 없었다. 견습생이던 그는 법적으로 주인에게 묶여 있었고, 주인은 그에게

숙식을 제공할 뿐 임금은 지급하지 않았다. 어머니는 최선을 다해 그를 도와주었지만 그 액수는 미미했다. 원고를 가져가는 원로들은 가끔씩 소액의 팁을 건네줄 뿐이었다. 그의 시가 잡지에 실리기 시작했지만 원고료는 없었고, 애초에 요구하지도 않았던 것 같다. 그에게는 출판만으로도 충분했던 것이다. 그러니 빚을 지는 것은 불가피했다. 큰 금액은 아니어도 그의 처지로는 갚을 수 없었다.

1769년 8월, 월폴은 4개월이나 미룬 뒤에야 마침내 그의 원고를 돌려주었다. 같은 달, 채터턴의 가까운 학교 친구 윌리엄의 형제이자 브리스틀의 삼류 시인이었던 피터 스미스가 가족과의 불화 끝에 자살했다. 그의 나이 21세였다. 그로부터 채 3개월이 지나지 않아 채터턴의 학창 시절 스승이자 멘토였던 토머스 필립스가 갑작스레 세상을 떠났다. 필립스는 채터턴보다 몇 살 더 많았을 뿐이며, 그 자신이 시인으로서 채터턴의 첫 번째 시도를 격려해 주기도 했다. 어려운 시기였다. 채터턴은 후원자라는 사람들과 다투기 시작했고, 그들을 비롯해 자신의 화를 돋운 월폴 같은 사람들을 당시 유행하던 찰스 처칠의 풍자시 스타일로 맹공격했다. 그래봤자 그런 작업으로부터 얻을 수 있는 것은 대리만족뿐이었고, 그사이 빚은 계속 쌓여만 갔다.

1770년 4월이 되자 채터턴의 인내심은 한계에 이르렀다. 그는 새로 사귄 친구인 증류주 업자 마이클 클레이필드에게 편지를 써서 그의 친절에 감사를 표하며, 편지가 도착할 즈음 자신은 이미 죽어 있을 거라고 알렸다. 그러나 프로이트의 초기 환자인 18세의 히스테리 환자 도라가 부모에게서 바라는 것을 얻기 위해 자살 편지를 썼던 것처럼[21] 채터턴 역시 그 편지를 부치지 않고 놔두었고, 그의 주인 램버트가 그것을 발견했다. 깜짝 놀란 램버트는 이 편지를 채터턴과 아직 돌이킬 수 없을 만큼 사이가 나빠지지는 않은 후원자인 윌리엄 배럿에게 전달했다. 배럿은 조언을 하며 개입했고, 다음 날 채터턴은 배럿이 그 편지의 존재를 어떻게 알게 되었는지 모르는 상태에서 자기가 죽으려 하는 이유를 설명하는 편지를 썼다.

> 나를 미치게 하는 것은 바로 내 자존심,
> 결코 정복할 수 없는 이 타고난 저주받은
> 자존심입니다. 당신은 내 작품의 20분의
> 19가 자존심으로 이루어져 있다는 것을
> 아셔야 합니다. 나는 노예로, 하인으로
> 살아야만 합니다. 내 의지, 내 감정을 있는
> 그대로 자유로이 표현할 수 없는 삶을
> 살거나, 죽어 버리거나, 괴로운 양자택일을
> 해야만 하는 것입니다!

전례 없는 재능을 가졌을 뿐만 아니라 평생 그를 애지중지한 가족의 외동아들이었던 그에게 이러한 자존심은 자연스러운 것이었다. 또한 이 자존심은 그가 가진 재능의 본질적인 일부이기도 했다. 자기 시 안에 끔찍할 정도로 어려운 중세식 장애물을 정성 들여 만들어낸 다음, 그것들을 아무렇지도 않게 극복하도록 만들어준 것이 바로 스스로에 대한 자부심이었던 것이다. 또한 그 자존심은 그의 강렬한 인간적 매력의 일부이기도 했다. 모든 이들에게, 특히 여성들에게 그것은 거부하기 어려운 것이었다. 흔치 않은 남자다움과 자기 장악력과 독립심을 지닌 인물이었던 그는 강렬하게 현전하는 아우라와 거의 순진하다시피 한 무넘함을 번갈아 내보이곤 했다. 무엇보다 인상적이었던 건 그의 비범한 회색 눈이었다. 배럿은 그것을 두고 "두 눈 깊은 곳에서 불길이 이글거렸다"고 표현했다. 그의 후원자 중 하나였던 조지 캣콧은 이렇게 말하기도 했다. "매와도 같은 눈에서 당신은 그의 영혼을 볼 수 있을 것이다."

이러한 성정을 지닌 채터턴은 궁핍과 사회적 무력감, 경멸하는 하인들 속에서 살아가야 하는 처지, 모든 사람의 냉대와 거만함을 감수해야 한다는 계급적 숙명 앞에서 분노를 터뜨릴 수밖에 없었다. 브리스틀의 후원자 가운데 가장 어리석었던 헨리 버검은 채터턴이 빚을 갚기 위한 소액의 돈——"모두 합쳐 5파운드가 되지 않았다"——을 빌려주기를 거부해 그에게 최후의 상처를 입혔다. 채터턴의 헛된 자존심은 첫 번째 자살 편지가 발견되었을 때 이미 굴욕적으로 무너진 바 있었다. 이제 그의 자존심은 한 번 더 자살을 시도하는 것 외에 다른 선택지를 허락하지 않았다. 부활절 전

날인 성 토요일, 사무실에 홀로 남아 있었을 채터턴은 유언장을 작성하기 위해 자리에 앉았다. 글은 이렇게 시작했다. "이 글은 토요일 11시부터 2시 사이, 극심한 마음의 고통 속에서 작성되었다." 그러나 이는 고통보다 분노가 더 두드러진 글이었다. 유언장은 세 후원자를 비난하는 독설적인 두 행의 운문으로 시작되며, 그 뒤에 이어지는 산문은 그가 브리스틀의 속물근성과 그것을 퍼뜨리는 인간들에 대해 썼을 때만큼이나 경멸적인 어조를 보인다. 그러나 그는 자신이 일하는 사무소의 주인인 램버트를 언급하지 않을 만큼은 신중했다. 자살을 고려하는 순간에도 자신의 미래——그가 미래라는 것을 가질 수 있다면 말이지만——가 걸린 유일한 사람과는 적대하고 싶지 않다는 듯이 말이다.

이것은 자살 편지라고 하기에는 기이하리만치 생기 넘치는 글이어서, 마치 그가 이를 즐기는 듯 보일 정도였다. 그는 다음 날 저녁 자신이 죽을 거라고 예고하면서도, 그보다는 자신이 사람들의 가식을 얼마나 예리하고 가차없이 간파하고 있는지 보여 주는 일을 훨씬 더 중요하게 생각하는 것처럼 보였다. 그는 또다시 노트를 눈에 띄는 곳에 그대로 두었고, 또 한 번 그것은 즉시 발견되었다. 램버트와 그의 아내는 자신들의 점잖은 집에서 자살 사건이 일어날 가능성이 있다는 것에 공포를 느꼈고, 즉시 채터턴을 견습 계약에서 풀어 주었다. 이는 마치 가장 전능하면서도 유치한 환상, 자살을 통해 복수할 수 있다는 환상이 실제로 이루어진 것과 같았다. 그는 자살하겠다는 위협만으로도 실제 자살로만 얻을 수 있으리라 생각했던 것을, 즉 자유를 얻어냈던 것이다.

약 일주일 후, 그는 작가로 성공하여 부를 얻을 수 있으리라는 확신을 품고 런던으로 떠났다. 자신의 성공을 믿을 이유는 충분했다. 이미 수도의 여러 잡지에서 작품을 발표한 바 있었고, 그때마다 편집자들이 막연하고도 다채로운 약속을 하며 그를 고무했기 때문이다. 그는 런던에 도착하는 즉시 편집자들을 전부 방문했고, 늘 그러했듯 기이하리만치 정열적이고 강렬한 존재감으로 그들에게 깊은 인상을 남긴 것으로 보인다. 그들은 그의 원고를 좋게 보며 이전보다도 더 큰 것을 약속했다. 그는 롤리를 창조해 냈던 풍부한 상상력을 이용해서 이러한 암시들을 위대한 성공의 전망으로 변모시켰다. 그는 어머니와 누이에게 이를 열정적으로 설명하는 편지를 보냈고, 자신의 손길 한 번에 문이 활짝 열리고 유명인사들이 그의 동료가 되고자 아우성친다는 판타지를 꾸며 내기도 했다.

그러나 현실 속의 그는 쇼어디치의 빈민가에 있는 어머니의 먼 사촌 집에서 지냈고, 언제나처럼 침실을 나눠 써야 했다. 이번 룸메이트는 집주인의 아들이었는데, 그는 밤늦게까지 글을 쓰다가 잠자리에 들기 전 폐기된 시들을 찢어 그 조각을 바닥에 흩뿌리는 채터턴의 습관에 큰 불만을 가졌다. 채터턴은 온갖 매체에 작품을 발표하며 풍자시, 정치 에세이, 팸플릿 등을 놀라운 속도로 쏟아냈지만, 그 작업들은 체계적인 착취 속에서 이루어졌다. 편집자들은 그에게 극히 적은 보수만을 지급했고, 그마저도 제대로 안 주는 경우가 많았다. 그 모든 노력으로 그가 5월 한 달간 벌어들인 돈은 4파운드 15실링 9펜스에 불과했다. 게다가 런던에 도착한 지 채 4주도 되지 않은 5월 중순에 이미 그의 행운은 바닥나기 시작했다. 그를 가장 격려했던 편집자 둘이 정치적인 이유로 투옥당한 것이었다. 다른 편집자들은 이를 정부가 야당계 언론을 탄압한다는 신호로 해석하여 점점 더 신중해졌다. 채터턴의 미미한 수입원마저 말라 버렸다.

그러나 한 달도 채 지나지 않아 운이 다시 한번 바뀌었다. 채터턴은 당대의 정치적 영웅 중 하나인 런던 시장 윌리엄 벡퍼드를 옹호하는 공개 서한을 쓴 적 있었는데, 벡퍼드가 그 작품을 승인하며 자신에 대한 공개 서한을 한 번 더 써도 된다고 허락했던 것이다. 채터턴은 모든 능력과 매력을 동원하여 윌리엄 빙리를 설득했고, 그 결과 당시 발행되던 주간지 중 가장 권위 있는 『북런던』지에 편지를 게재해 주겠다는 약속을 받아냈다. 빙리는 그에게 무척 강한 인상을 받았고, 잡지 한 호 전부를 채터턴의 글에 할애하기로 했다. 그러나 기사가 이미 인쇄 준비를 마쳤을 때 벡퍼드가 감기에 걸렸고, 그것은 류머티스열로 악화되었다. 6월 21일에 그가 사망하자 채터턴의 기회는 사라지고 말았다. 쇼어디치에서 함께 살던 채터턴의 친척에 따르면, "그는 제정신이 아니었고, 완전히 미쳐 버렸으며, 자신이 파멸했다고 선언"했다.

그는 마지막으로 한 번 더 행운을 잡았다. 드루리 레인 극장의 객석에서 우연히 알게 된 사람이 그를 음악가인 새뮤얼 아닐드 박사에게 소개해 주었던 것이다. 아닐드의 제안을 받은 채터턴은 1년 전 브리스틀에서 썼던 오페레타를 개작해 7월 초 메릴본에 있는 한 유원지의 소유주에게 팔았다. 이 작품으로 그는 5기니를 벌었다. 이는 그가 받은 가장 큰 보수였으며, 아마도 마지막 보수였을 것이다.

감격한 그는 어머니와 누이에게 선물을 보냈지만, 동봉한 편지에는 평소와 달리 미래에 대한 장밋빛 예측이 담겨 있지 않았다. 그가 런던에 도착했던 3개월 전부터 줄곧 약속해 왔던 것을 마침내 보여 주게 되었다는 사실만으로도 충분했던 것이다. 또한 그가 받은 돈은 아마도 훨씬 더 오래전부터 그 자신에게 약속해 왔을 다른 일도 가능하게 했다. 바로 자신을 위한 방을 빌린 것이었다. 홀번의 브룩 가에 있는 다락방이었다. 그곳은 그가 평생을 통틀어 처음으로 소유한 자기만의 방이었다.

그 시점에 그의 미미한 수입원은 완전히 끊겨 버렸다. 노스 경이 이끄는 정부는 다시 한번 언론을 탄압하여 더 많은 편집자들을 투옥했고, 그 결과 채터턴이 활동할 만한 정치 풍자와 팸플릿 발행 시장을 완전히 제거해 버렸다. 게다가 여름이 길어지고 상류층의 '사교계'가 런던을 떠나 시골이나 해변으로 이동하면서 다른 종류의 작품을 팔 시장마저 사라져 버렸다. 그는 자신의 최고작이자 최후의 작품 중 하나인 「탁월한 자선의 발라드」를 썼다. 적절하게도 그 작품은 선한 사마리아인의 비유를 롤리풍으로 새롭게 쓴 것이었다. 그는 이전에 롤리 시 한 편을 실어 주었던 유일한 편집자에게 이 원고를 보냈지만 거절당했다. 선한 사마리아인도, 후원자도 채터턴을 구원해 주지 못했다.

쇼어디치에 사는 그의 친척은 웜슬리라는 석공의 가족과 집을 함께 쓰고 있었다. 채터턴이 사망한 후 웜슬리의 조카는 그에 대해 이렇게 말했다. "그는 절대 고기를 먹지 않았고, 물만 마셨어요. 공기를 먹고 사는 사람 같았지요." 그녀의 남동생은 이렇게 덧붙였다. "그는 주로 빵 한 조각이나 타르트 하나, 약간의 물로 생활했어요." 8월이 되자 그는 빵도 먹을 수 없을 만큼 형편이 나빠졌다.

실낱같은 희망이 하나 남아 있기는 했다. 브리스틀에 거주하던 당시, 채터턴은 그의 지적 발달을 전반적으로 특징지어 주는 왕성한 욕구와 유연한 응용 능력을 활용해 외과의사 배럿에게 의학의 기초를 배운 바 있었다. 18세기 당시에는 다른 의사의 보증만 받을 수 있다면 그러한 기초적 훈련만 받고도 선박 소속 의사가 될 자격을 얻을 수 있었다. 8월 12일, 그는 캣콧에게 보내는 편지 말미에 이렇게 적었다. "저는 외과의사로 해외에 나갈 계획입니다. 배럿 씨에게는 저를 도와줄 힘이 있습니다. 그분께서 의학 추천서를 써 주신다면 큰 도움이 될 것입니다. 그분이 그렇게 해 주시길 바랄 뿐입니다." 타인에게 도와 달라고 외치는 이 마지막 문장은 채터턴이 평생을 통틀어 자기 자신에게 딱 한 번 허락한 것이었다. 그러나 아무 소용 없었다. 끝까지 옹졸했던 배릿은 그의 요청을 들어주지 않았다.

그가 기대했던 것과 달리 『타운 앤드 컨트리 매거진』 8월호에는 그의 작품이 실리지 않았고, 그 잡지의 편집자들은 고료를 치르겠다는 약속도 지키지 않았다. "결코 정복할 수 없는 이 타고난 저주받은 자존심"은 그로 하여금 굶주림을 면할 수 있는 어떤 비천한 대안도 받아들이지 못하게 했다. 그는 "공기만 먹으며" 8월 24일까지 버텼다. 그날 한 가지 사건이 일어났다. 한 기록에 따르면, 그의 하숙집 주인인 앤절 부인은 "채터턴이 이삼일 간 아무것도 먹지 않은 것을 알고 (…) 그에게 저녁 식사를 같이 하자고 (…) 청했다. 그는 부인의 요청에 기분이 상했다. 그가 궁핍한 상황에 처해 있다는 암시를 주는 것만 같았기 때문이다. 그는 자신이 배고프지 않다는 점을 분명히 했다."[22] 이는 그의 성격을 잘 보여 주는 일화지만, 아마도 사실이 아닐 것이다. 자살자의 주변인들은 사건 이후 자기는 잘못한 게 없다고 주장함으로써 스스로 위안 삼으려는 경향이 있기 때문이다.

그날 밤, 하숙집의 이웃들은 그가 밤늦게까지 초조하게 방을 거니는 소리를 들었다. 그가 아침에 모습을 보이지 않자 사람들은 그가 늦잠을 잔다고 생각했다. 그가 오후에도 모습을 보이지 않자 놀란 그들은 강제로 그의 방문을 열었다. 그들은 침대에 누워 있는 그를 발견했다. 배럿은 이렇게 썼다. "경련을 일으킨 듯 일그러진 얼굴을 한 끔찍한 모습이었다." 그는 비소를 삼켰다. 방바닥에는 언제나처럼 동전보다 작은 조각으로 찢긴 원고가 흩어져 있었다.

부검 현장에 그의 시신을 확인하러 온 사람은 없었다. 사망 기록에는 그의 세례명이 잘못 기재되어 '윌리엄 채터턴'이라고 적혔다. 그는 슈 레인에 있는 극빈자들의 묘지에 묻혔다. 그의 열여덟 번째 생일까지는 아직 몇 달이 더 남아 있었다.

채터턴의 비극은 낭비의 비극이었다. 그는 재능과 활력과 약속을 끔찍하리만치 낭비했다. 그러나 이는 또한 18세기 특유의 비극, 인색함과 속물근성과 착취가 만들어 낸 비극이기도 했다. 또한 그것은 고귀한 보수주의자였던 토리당원들이 만들어 낸 비극이자 포트와인에 취한 오만함의 산물이기도 했다. 그 시대는 제 편견을 지키기 위해서라면 어떠한 재능이든 낭비할 준비가 되어 있었다. 그러나 어떤 면에서는 채터턴의 풍부한 재능 자체가 그를 자살로 몰고 간 주요 원인일지도 모른다. 그는 자신의 재능을 기반 삼아 자존심이라는 최후의 방어선을 구축했으며, 그 방어선이 무너지자 자신의 모든 재능을 경멸하듯 스스로를 파괴하게 되었던 것이다. 그 재능은 그의 주변에 있는 그 누구도 갖지 못한 것이었다. 윌리엄 제임스는 이렇게 썼다.

> 인류 공통의 본능은 (…) 세계를 항상 본질적으로 '영웅주의를 위한 극장'으로서 존속하도록 만들었다. 우리는 영웅주의 속에 삶의 궁극적 신비가 숨겨져 있다고 느낀다. 우리는 그것이 무엇이건 영웅적 기질이 없는 사람을 참아내지 못한다. 반면에 한 사람의 약점이 무엇이건, 그가 자신이 선택한 바를 위해 죽음을 감수할 준비가 되어 있고 그것을 영웅적으로 겪어 낸다면, 그 사실로 인해 그는 영원히 성스러운 존재가 된다. 그가 우리 자신보다 이러저러한 점에서 열등하다 해도, 우리가 생명을 고수하는 반면 그는 아무렇지도 않게 "그것을 꽃처럼 던져 버릴" 수 있다면, 우리는 그가 가장 심오한 방식으로 우리보다 우월함을 타고난 존재라고 간주한다. 우리 모두는 마음속으로 이렇게 느끼고 있다. 삶에 대한 고귀한 무관심은 모든 약점을 메꿀 수 있다고.[23]

이러한 관점에서 보면, 채터턴은 자신의 정당성을 입증하고 실패를 지우기 위한 목적으로 야심 차게 목숨을 끊었던 것인지도 모른다. 이는 그의 시가 여러 이유로 많이 읽히지 않았는데도 불구하고 후대의 상상력을 사로잡을 수 있었던 이유를 설명해 준다. 그는 생명력과 열정을 가장 많이 지닌 자들일수록 일찍 떠나고, 잃을 것이 적은 자들일수록 오래 머문다는 믿음에 대한 최상의 실례인 셈이다.

그러나 근본적인 물음은 여전히 남아 있다. 브리스틀에서의 삶이 불가능해졌을 때, 비록 그 시도가 단순한 제스처에 불과했다 하더라도, 그는 왜 그토록 쉽게 자살을 시도했을까? 자존심이라는 요소를 제외하면, 그가 결국 자살을 저지른 이유는 무엇이었을까? 결국 자존심은 자신의 충동을 깊이 들여다보고 싶지 않을 때 내세우는 핑계이며, 따라서 피상적인 동기에 불과하다. 나는 그가 더 나은 운을 타고났고 그를 향한 사회적 편견이 덜 가혹했더라도 자살이 그의 주요 선택지 중 하나로 남아 있었으리라 추측한다. 채터턴에게는 오늘날 우리가 잘 아는 자살 행위의 메커니즘이 처음부터 내재했던 것으로 보인다. 그의 아버지는 그가 태어나기도 전에 사망했다. 그의 아버지가 세인트 메리 레드클리프 교회의 묘지에 묻혔는지는 알 수 없지만, 채터턴과 그의 가족은 대대로 이 교회와 연관되어 있었고, 그들의 묘 역시 거기에 있었다. 확실한 것은 젊은 채터턴이 런던으로 급히 떠날 때까지 매우 소중히 여기며 간직했던 흑마술에 관한 책 한 권, 그리고 그의 아버지가 교회의 문서 보관실 바닥에 흩어져 있던 것을 챙겨 가져온 오래된 양피지 더미가 그가 받은 유산의 전부였다는 점이다. 그 양피지 중 일부는 "캐닝 씨의 상자"에서 나온 것이었다. 캐닝 씨는 롤리 시편에 등장하는 현명하고 관대한 후원자로, 채터턴에게는 사실상 성인과도 같았던 인물이었다. 아버지가 주워다 준 양피지 더미는 소년에게 엄청난 영향을 끼쳤던 것이다.

그는 몹시 조숙하긴 했지만 시작은 느렸다. 그의 누이에 따르면 "오빠는 배움에 둔해서 네 살이 될 때까지도 모르는 글자가 많았다."[24] 지역 유아원의 교사가 도저히 가르칠 수 없다는 이유로 그를 집에 돌려보낸 적도 있다. 그러던 어느 날, 그의 어머니가 남편이 남겨 놓은 오래된 음악책을 찢고 있을 때, 그는 커다란 채색 글자들에 깊이 매료되었다. 그의 어머니에 따르면 "그는 그 글자들과 사랑에 빠졌다." 그때부터 그는 빠르게 배워 나갔다. 그는 작은 판형의 책들을 싫어한 터라, 어머니가 커다란 흑체로 쓰인 중세 성서로 그에게 읽는 법을 가르쳤다. 이처럼 그는 어린 시절부터 중세 세계에 푹 빠져 있었고, 이는 그의 죽은 아버지와 직접적으로 연결되는 행위였다.

이후 롤리 시편을 쓰게 되었을 때에도 그는 단순히 운문을 쓰는 것에 만족하지 않았고, 아버지가 남긴 양피지 속 문서와 자신의 글씨체, 철자법, 어휘를 닮게 하려 각고의 노력을 기울였다. 그 결과물은 당대의 아마추어 고문서학자들 상당수가 믿을 만큼 충분히 진짜처럼 보였다. 한편, 그가 쓴 시에는 인자한 아버지와도 같은 캐닝이 자신을 흠모하는 시인 토머스 롤리를 격려하고 보살펴 주었으며(왜냐하면 롤리의 시가 캐닝 자신을 먼 미래까지 존속시켜 줄 것이기 때문이었다), 후대에 남길 또 다른 기념물로 채터턴 가문의 교회인 세인트 메리 레드클리프를 세웠다는 내용이 포함되었다. 채터턴의 이 모든 놀라운 노력은 죽은 아버지를 이상화한 이미지를 —— 자신을 위해, 오로지 자신이 설정한 조건 아래에서 —— 재창조하려는 시도로 보인다. 이러한 종류의 환상은 그에게 발작과도 같은 기이한 방심 상태가 닥쳤을 때, 특히 그가 롤리 시편을 쓰고 있던 당시에 그를 몹시 사로잡았던 것 같다. 채터턴의 친구 윌리엄 스미스(그의 형제도 자살했다)는 이렇게 말했다. "교회가 정면으로 보이는 어느 장소에 가면, 그는 늘 매우 기뻐 보였다. 그는 교회에 시선을 고정한 채로 그곳에 종종 누워 있었고, 그럴 때면 황홀경이나 무아지경에 빠진 것처럼 보였다."[25]

채터턴은 천재였다. 현실에서는 그에 합당한 성취를 거두지 못했을지 몰라도, 그 조숙함만큼은 분명 그랬다. 이에 관한 단순하고 기계적인 설명은 결코 존재하지 않는다. 내가 주장하고 싶은 바는 다음과 같다. 죽은 아버지를 되살리고자 하는 그의 욕구, 정신분석학자들의 언어로 표현하자면 그 자신 안에 아버지를 자리 잡게 하려는 욕구가 롤리 시편들의 전반적인 계획을 명확히 설명해 주며, 또한 그의 창조적 추진력에 내재한 긴박함과 진취성 또한 어느 정도 설명해 줄 수 있다는 것이다. 상황이 어려워졌을 때 자살이라는 선택지가 그에게 유난히 더 매력적으로 다가왔던 것도 이 때문일 수 있다. 실비아 플라스의 경우와 마찬가지로, 이미 세상을 떠난 사랑하는 누군가와 재회할 수 있다면 죽음은 덜 끔찍한 것으로 보일지 모른다.

그러나 그의 시에는 이러한 그림자가 전혀 드러나지 않으며, 드러난다 해도 상당히 추상화된 형태로만 나타난다. 롤리 시편들은 영국 고딕 부흥 운동의 일환이었고, 그 운동은 채터턴이 양산해 냈던 정치 팸플릿처럼 18세기적인 성격을 띠고 있었다. 또한 그가 자살한 이유 역시 18세기적이었다. 거기에 상상력이나 시적 민감성, 극단주의는 없었다. 그에게 자살은 명백하고 불쾌하고 실질적인 문제들, 즉 그럽 가에서 겪은 실패와 굶주림에 대한 해결책일 뿐이었다. 비소는 이미 불가피했던 결말을 단지 며칠 앞당겼을 뿐이다.

4. 낭만주의적 고뇌

저 유명한 18세기의 인물 존슨 박사는 채터턴이라는 사람을 알고 있었다. 박사에게 채터턴은, 썩 내키지는 않았지만 선심 쓰듯 찬사를 보낼 만한 대상이긴 했다. 그는 말했다. "이 친구는 내가 아는 한 가장 비범한 젊은이다. 그 녀석이 그러한 글들을 어떻게 썼는지 놀라울 뿐이다." 여러 가지 지표로 보아, 채터턴이 늙도록 살았더라면 그는 아마 존슨 박사로부터는 십중팔구 찬사를 받았을 것이고, 19세기 낭만주의자들로부터는 미움을 받는 작가가 되었을 것이다.[†] 그러나 그가 쓴 고딕 롤리 시편의 전성기는 그가 죽기 전에 거의 지나가 버렸고, 생전 그의 취향 역시 문예 창작보다는 풍자나 정치나 무대 쪽으로 바뀌어 갔다.

그러나 한 세대 만에 채터턴은 낭만적 시인을 상징하는 대표적인 인물이 되었다. 심지어는 '자기 중심적 숭고함(egotistical sublime)'에 심취했던 (따라서 채터턴의 생활 방식과 관심사와 재능 따위의 모든 요소에 대해 만성적인 반감을 품었을 수도 있는) 워즈워스조차 그를 "천재 소년, 그리고 자존심으로 죽어 간 잠들지 않은 영혼"이라고 일컬었을 정도였다. 콜리지는 그가 죽었을 때 애도 시를 썼고, 키츠도 그에 관해 소네트[‡]를 썼으며, 드비니는 발표 후 엄청난 성공을 거두며 굉장한 영향을 끼치게 될 희곡 한 편을 썼다. 셸리는 키츠를 추모하는 자신의 애가 「아도니스」에서 채터턴의 혼령을 아름답게 불러낸다.

> 아직 이루지 못한 명성의 상속자들이
> 인간의 생각을 넘어선 곳, 보이지 않는
> 사람들 사이에서
> 저 멀리 그들의 왕좌로부터 일어섰다.
> 채터턴은
> 창백하게 일어섰다. 그의 엄숙한 고뇌는
> 아직도 그로부터 사라지지 않았다.

그러나 낭만주의 시인들 중에는 오직 키츠만이 채터턴의 시 자체를 이용하고 이해했던 것 같다. 그는 「가을에 부치는 노래」를 쓰고 난 이틀 뒤에 친우 존 레이놀즈에게 다음과 같은 편지를 썼다.

> 나는 어찌된 일인지, 항상
> 채터턴으로부터 가을을 연상하네. 그는
> 영어를 가장 순수하게 사용한 사람이지.

---

† 그의 뒤를 이은 19세기의 낭만주의자들은 자신들이 지녔던 '타고난 천재는 요절한다'라는 관념을 나타내 주는 한 상징으로서 채터턴을 숭배하고 있었으므로, 만일 채터턴이 늙도록 살았더라면 19세기의 낭만주의자들은 실망했을 거라는 뜻이다.

‡ 「엔디미언Endymion」을 말한다.

그는 초서처럼 프랑스식 관용어나
불변화사를 쓰지 않았다네. 그게 바로
영어의 어휘를 이용한 참다운 영어식
관용어이지. 난 내 하이페리언†을 포기해
버렸네. 거기엔 밀턴식의 도치법이 너무
많았지. 밀턴식의 운문은 기교적이랄까,
장인적 기질을 갖지 않고는 쓰일 수가 없지.
나는 다른 종류의 감각에 몰두하고 싶네.
영어는 반드시 지켜져야 한다고 봐.[26]

키츠에게는 따라서 다름 아닌 채터턴의 시가 보여 주
는 모범이 필요했다. 자신의 마지막 위대한 시들을 쓰
는 데 결정적으로 필요한 요소들이 그 안에 들어 있다
고 여긴 것이다. 거기서 중요한 것은 채터턴의 삶이 선
보인 여러 특성이었던 듯하다. 어디서인지 모르게 생
겨나는 그 반짝이는 원석 같은 창조적 재능, 또 한편으
로는 자만과 조숙의 분방한 결합 같은 것들 말이다. 하
지만 그보다 더 중요했던 것은 그가 죽어 간 방식이었
다. 그 정확한 사정이나 쓰라렸던 경제적 형편 같은 것
은 반드시 낭만주의자들의 취향이라고는 할 수 없었
지만, 그 대략의 윤곽은 낭만주의자들이 이상으로 삼
았던 것이었다. 즉 시대를 잘못 타고나는 것, 낭비적인
삶, 인정받지 못함, 따돌림, 조숙 등의 요소가 그러했
다. 낭만주의자들에게 채터턴은 '소외로 인한 죽음'의
첫 본보기였다.

르네상스 시대를 풍미했던 경향, 즉 천재성과 우울증을 결합시켰던 전통적인 경향은 낭만주의자들에 의해 천재와 요절을 한데 묶어 생각하는 경향으로 변모되었다. "그의 얼굴을 가려라. 내 눈이 어지럽도다. 그는 청춘에 죽었나니." 서정의 자연스러운 유출이라는 이상, 그리고 셸리가 말한 '민감한 식물'처럼 한때 피었다가 곧 지고 마는 꽃의 이미지. 이런 것들은 그지없이 아름답고 완벽한 자연계와 일체를 이루었고, 그 결과 요절 외에 다른 방식이 추구될 가망성은 거의 없는 듯 보였다.[27] 청춘과 시는 동의어가 되어 버렸다. 그리하여 키츠는 1821년 25세에 죽었고, 셸리는 그다음 해에 29세의 나이로 죽었다. 이후 바이런이 36세의 나이로 2년 뒤 죽었을 때, 검시 해부 결과에 의하면 그의 머리와 심장은 이미 노쇠의 징후를 보이고 있었다. "그 강렬한 원자는 일순 빛나더니, 더없이 차가운 휴식 속으로 꺼져 갔다." 이것은 「아도니스」의 한 구절로, 낭만주의적 믿음을 가장 완전하고 가장 강렬하게 진술한 사례다. 다시 말해 그들은 이렇게 생각한 것이다. 시인에게 인생이란 철저히 썩어 있는 것이며, 단 하나 "영원의 흰 섬광"만이 순수한 것이고, 그것은 예민한 감수성에 의해서만 지각된다고 말이다.

---

† 키츠가 미완으로 남긴 서사시.

조용히 하라, 그는 죽지도 않았고,
잠들지도 않았다.
그는 삶의 꿈으로부터 깨어났을 뿐
폭풍우 치는 환영 속에서 길 잃은 자는
바로 우리.
유령들과 무익한 싸움만 지속하며
미친 듯한 황홀경 속에서 우리 영혼의
칼날로
베어지지 않는 공허를 내리친다. 우리는
썩는다
마치 납골당의 시체들처럼. 공포와
슬픔이
날이면 날마다 우리를 비틀고 또
소모시킨다.
그리고 싸늘한 희망들, 우리 살아 있는
육신의 진흙 속에서 우글거리는 벌레들.

키츠가 그의 욕구와 정력과 담력과 생에 대한 감각과
명민하고 쉴 줄 모르는 지성을 통해 무엇을 떠올리고
있었는가, 그것은 후대 사람들에게 중요한 문제가 아
니었다. 채터턴과 마찬가지로 키츠 역시 신화의 일부
로 변해 있었다. 비평가들에게 혹독한 취급을 받은 일,
혹은 패니 브론과의 가슴 아픈 사연 등은 실제 그가 지
닌 재능과는 관계 없는 일이었다. 마치 화가 세번이 키
츠가 죽은 뒤에 그린 병약한 모습의 초상화들이 실제

키츠가 가지고 있던 생동감과는 별로 관계없었듯이 말이다. 그러나 그런 비극적 요소들은 낭만파가 원하는 시인상에는 필수적인 요소였다. 만약 키츠가 명성을 얻었거나, 서훈을 받았거나, 결혼했거나, 중년까지 살았다면 19세기 사람들의 기준에는 영 부족한 인물이 되었을 것이다. 비록 그의 창조적 천재성이 다음과 같은 시행에서 남김없이 드러난다 하더라도 말이다.

> 서서히 번지는 세상의 얼룩에
> 그는 물들지 않는다. 그리고 이제 식어
> 버린 심장과
> 헛되이 세어 버린 머리를 슬퍼할 수도
> 없다.
> 또한 영혼의 불꽃이 꺼져 버릴 때
> 불씨 없는 재로써 슬픔 모르는 항아리를
> 채울 수도 없다.

강렬하고 진실한 생명은 중년에 이르기까지 살아남을 수 없다는 것이 낭만파의 믿음이었다. 발자크는 『나귀 가죽』에서 "감정들을 죽이고 늘그막까지 살아가든가, 아니면 열정의 순교를 받아들여 젊어서 죽든가 하는 것이 우리의 운명이다"라고 말하며 두 가지 선택 사항을 규정했다. 멋쩍게도 60대까지 삶을 부지했던 콜리지조차 그 말에 찬동했던 것 같다. 그러나 '환상을 구하는 능력'이 청춘과 더불어 가차 없이 쇠잔해 간다고 믿었던 다른 낭만주의자들과는 달리, 콜리지는 자신의 창조력 쇠퇴를 일종의 자살 같은 것으로 생각했다. 이는 그의 대작 「상심에 부치는 노래Dejection: An Ode」를 사실상 관통하는 주제이다.

> 허나 이제 고통들이 나를 철저히
> 굴복시킨다.
> 그것들이 내게서 희열을 앗아 간들
> 상관하겠냐마는.
> 아, 내게 오는 이 낱낱의 고통은
> 태어날 때 자연이 내게 준
> 형성하는 영혼을, **상상력**을 멎게
> 하는구나.
> 꼭 느껴야 할 것을 더는 떠올리지 않게
> 하고
> 그저 조용히 견디게 하려고, 그것이
> 이제 내가 할 수 있는 모든 것이므로.
> 사실, 어떤 기묘한 연구를 통해 내
> 천성으로부터
> 인간의 모든 천성을 훔쳐 내는 일,
> 그 일은 내 유일한 기술이요, 유일한
> 계획이었다.
> 부분에만 맞던 것이 전체로 번져
> 온 영혼의 습관이 되어 버릴 때까지는.

이 시가 보여 주는 천재성의 일부는 그 기묘하고도 소란한 리얼리즘에 있다. 콜리지는 바로 그러한 현실 인식으로 자신을 둘러싼 복잡한 상황과 실의의 원인들을 대면한다. 현재의 고통이 그 어느 때보다 더 거세게 그를 굴복시키고 있다면, 그것은 그 고통이 더 극심해지고 그가 더 노쇠했기 때문만은 아니다. 바로 그 스스로가 자기 자신을 배신하는 일에 협력해 왔기 때문이다.

  이것을 그는 일종의 자살이라고 간주했던 게 분명하다. 바로 그와 같은 이유로 이 구절은 그의 심중에 이미 오랫동안 자리 잡고 있었을 시, 즉 「채터턴의 죽음에 부치는 애도시」의 주제를 다시금 재생하고 있다고 볼 수 있다. 아직 크라이스트 호스피털†에 다니던 16세 학생 시절, 그는 그다지 뛰어난 작품이라고는 할 수 없는 그 시의 초고를 썼다. 그 단계에서는, 그가 채터턴의 자살에 공감하고 있었다는 유일한 암시는 마지막의 애매한 몇 행에 들어 있을 뿐이다. 훗날 콜리지가 아닌 다른 사람이 그 마지막 몇 행에 세심한 각주를 붙였는데, 그 작업이 아니었다면 그 안에 자살과 연관된 정황이 암시되어 있으리라고는 아무도 짐작하지 못했을 것이다. 이후 수년에 걸쳐 콜리지는 그 시를 수정

---

†　Christ's Hospital, 1552년에 설립된 영국의 자선 기숙학교.

가필하는 등 손질을 거듭했고, 마침내 그 시는 처음에 비해 거의 두 배로 길어졌다. 마지막 퇴고에 다다라서야 그는 자신이 자살의 유혹에 이끌리고 있음을 인정했다. 여전히 확신보다는 수사가 많았지만 말이다.

> 이제는 더 이상 그 슬픈 주제를 생각지
> 못하겠다.
> 똑같은 슬픔이 똑같은 운명을
> 불러올까 봐,
> 왜냐하면, 아, 쓰디쓴 물방울들이 우매의
> 날개로부터 떨어져
> 내 봄의 아름다운 장래를
> 먹칠하였으므로
> 그리고 고집 센 운명이 보이지 않는
> 창으로
> 내 심장에서 떨고 있는 마지막 창백한
> 희망마저 꿰뚫었으므로
> 그리하여, 우울한 생각들은 (…)

6년 뒤인 1802년에 그가 쓴 위대한 시 「상심에 부치는 노래」에도 동일한 주제와 동일한 언어의 울림들이 다시 나타난다. 이렇듯 19세기가 시작될 때까지 채터턴이 남긴 선례는 위기의 순간에 처한 시인들의 상상력을 사로잡았다. 다시 말해 채터턴은 시인들이 자신의 절망을 재는 척도가 되었던 것이다. 그가 비소를 삼켰던 것처럼, 콜리지 역시 칸트와 피히테를 과용함으로써 자신의 창작 재능에 의도적으로 독을 투여했다. 그에게는 시인으로 살아가는 일이 너무 힘들었기 때문이다. 그에게 시인의 삶이란, 고통스러운 노력과 예민하게 깎아 낸 감수성과 적나라한 감정의 노출을 끝없이 강요당하는 삶이었다. 이러한 형이상학적 압력이 촉발한 자멸을 완성한 건 아편이었다. 그는 1834년에 죽을 때까지 시를 계속 썼지만, 그것은 그 자신이 말한 대로 "희망 없는 작품"이었다. 시적으로 말해 보면, 그가 산 마지막 30년은 사후의 삶이었다.

이러한 콜리지의 상징적 자살, 즉 아편을 이용한 창조력 살해는 요절하지 않게끔 운명 지어진 사람들에게 낭만주의가 선사한 여러 대안 가운데 하나가 되었다. 보들레르 역시 아편을 상용함으로써 자신을 철두철미하게 영락의 삶 속에 빠뜨려 넣었다. '문학적 자살자(litteraturicide)'를 자처한 랭보는 20세의 나이에 시를 집어치우고 남은 생애를 에티오피아에서 장사꾼으로 끝마쳤다. 그 외에도 우리는 수많은 군소 작가들의 예를 들 수 있다. 여기에 대해서는 나중에 다시 언급하기로 한다. 현재 중요한 문제는 시인의 이미지가 낭만주의자들의 등장과 함께 근본적으로 변모했다는 점이다. 시인은 이제 비극적 인물이 되었으며, 대중들도 그에게서 그러한 역할을 기대했다.

그 바탕은 이미 마련되어 있었다. 채터턴이 죽은 지 4년이 지나는 동안 괴테가 쓴 『젊은 베르터의 고

통』이 출간된 것이다. 짝사랑과 지나친 감수성으로 무
장한 순교자 베르터는 새로운 국제적 스타일의 고통을
창출해 냈다.

베르터 유행병이라는 게 있었다. 베르터
열병, 베르터 옷차림──젊은이들은 푸른
연미복과 노란 조끼를 입고 다녔다──에다,
베르터 풍자 만화, 베르터식 자살 등이
있었던 것이다. 그의 모델이었던 청년
예루살렘의 무덤에서 그의 영혼이 엄숙히
추모되는 동안, 한편에서는 목사들이 그
수치스러운 책을 비난하는 설교를 펼쳤다.
그리고 상기한 모든 현상이 1년이 아니라
수십 년 동안 계속되었다. 독일뿐만이
아니라 영국과 프랑스와 네덜란드와
스칸디나비아에서도 마찬가지였다. 괴테
자신이 자랑스럽게 이야기한 바에 의하면
중국인들조차 그들의 도자기에 로테와
베르터를 그려 넣었다고 한다. 하지만
괴테가 가장 득의만만해졌던 순간은,
나폴레옹이 그를 만난 자리에서 그 책을
7번이나 읽었다고 말했을 때였다. (…)
그 같은 유행병이 극에 달했을 때 어떤
장교는 이렇게 말했다. "데리고 자지 못하는
처녀 하나 때문에 자살하는 친구가 있다면

그 녀석은 바보다. 그리고 세상에 한두 명의
바보가 있대도 대수로울 건 없다." 그런데
그러한 바보들이 많았다. 한 명의 '새로운
베르터'가 유별난 갈채 속에서 권총으로
자살했다. 말끔하게 면도하고 머리를 곱게
늘어뜨린 채 깨끗한 새 옷을 차려입은 그는
『베르터』 219쪽을 펴서 책상 위에 놓았다.
그런 다음 권총을 손에 든 채 관중을 끌어
모으기 위해 문을 열었다. 좌우를 둘러본
그는 사람들이 어지간히 자기를 주목하고
있다는 걸 확인하고 나서 총을 들어 오른쪽
눈에 대고 방아쇠를 당겼다.[28]

베르터 열광이 있기 전만 해도, 자살은 ── 금전 이상의
고상한 이유로 자살한 경우 ── 하나의 타락한 취미로
간주되었다. 그런데 18세기 말에 다다르자 자살은 그
러한 혐의에서 벗어났으며, 심지어 유행하기에 이르렀
다. 인간 내면의 고양된 감정은 마치 램프 속 지니처럼
거침없이 분출되었고, 바로 그 거침없음 때문에 사람
들의 옹호를 받았다. 이 새로운 분출 행위는 합리성을
편애하고, 남들의 평판에 과몰입하며, 솔직한 마음을
그대로 드러내지 않기를 권했던 고전주의 시대의 통제
로부터 해방되려는 몸짓이었다. 그리고 두 명의 자살
자 ── 베르터, 그리고 약간 부류가 다른 채터턴 ── 는
이 새로운 스타일을 표상하는 '천재'들이었다.

당시에는 천재라는 말이 빈번하게,
　　그리고 무분별하게 사용되었다. 그 말은
　　조롱이 담긴 제2의 의미를 가지고 있었다.
　　즉 '천재'란 자신에 대해 대단한 주장을
　　내세우면서도 그 주장이 단순한 오만에
　　기인한 것인지 아닌지 증명하지는 못하는,
　　다소 기이하고 거만한 청년을 일컬었다.

이렇게 보면 진정한 천재들, 말하자면 흉내만 내는 게
아니라 생산도 하는 천재들은 어떤 극적인 상태에서
살아야 한다는 말이 된다. 적어도 그들을 숭앙하는 대
중의 상상 속에서는 말이다. 낭만주의적 열병이 정점에
이르렀을 때, 이 강렬한 개성은 작품 자체보다도 더 중
요한 요소가 되어 버렸다. 분명 그때부터 작가의 생애
와 그가 남긴 작품은 불가분의 것처럼 보이기 시작했
다. 시인들이 아무리 집요하게 예술의 몰개성을 주장한
다 한들, 독자들은 키츠의 폐결핵과 콜리지의 아편 중
독과 바이런의 근친 연애가 그들 작품의 본질적 부분
을 이루고 있다고 이해하려 했으며, 그 이외의 방식으
로는 이해하기를 꺼렸다. 작가들의 생애에 새겨진 편력
은 그 자체로서 예술이었고 예술과 불가분의 것이었다.
　　다음의 글에서 베르터는 다시 한번 최초의, 최선
의 모범이 된다.

　　　당시의 독자 대중들은 작가에

대해서뿐만 아니라 소설의 등장인물들에
대해서도 한 인격체를 대하는 듯한 태도를
가지고 있었다. (…) 유명한 허구적 인물의
원형이 극도의 열의로 추적되었고, 그
존재가 일단 발견되면 그의 사생활은
더없이 무절제하고 몰염치한 침범을 받게
마련이었다. 로테의 모델이었던 호프라트
케스트너 부인은 그러한 대접을 받은
최초의 희생자였는데, 그녀는 슬프기도 하고
흡족하기도 했을 것이다. 그다음은 그녀의
남편 차례였다. 이 소란에 말려든 그는 아주
솔직하게 말했다. 알베르트†에 해당하는
자신의 입장에서 보았을 때, 괴테가
알베르트에게 고결성과 위엄을 충분히
부여해 주지 않았다고 불평했던 것이다.
한편, 불행한 예루살렘의 무덤은 순례지가
되어 버렸다. 순례자들은 그를 정식으로
매장해 주기를 거부했던 목사를 욕했고,
무덤에 꽃을 올려놓았고, 감상적인 노래를
부르고는 자신들이 겪은 감동적인 체험을
집에 편지로 써 보냈다.

---

† 알베르트는 작중에서 로테의 약혼자로 나오는 인물로, 베르
터와 여러모로 대비되는 성격을 지니고 있다.

낭만주의 혁명의 본질적인 점은 문학을 삶의 액세서리로서—말하자면 월폴이 고군분투하던 채터턴에게 정색하고 말했듯이, 재산 있고 시간 있는 신사들의 호사이자 오락으로서—가 아니라 아예 삶의 한 방식으로 만들어 준 것이었다. 그리하여 독자 대중에게는 베르터가 소설 속 인물 이상의 존재가 되었다. 베르터는 고결한 감성과 절망을 표출할 온갖 방식을 시연해 주는 존재, 즉 삶의 모범 그 자체였다. 물론 전(前) 세대의 이성주의자들도 자살 행위를 옹호했고, 또 자살에 관한 기존 법령을 수정함으로써 초기 기독교 때부터 이어져 온 금기를 완화하는 데 도움을 주기도 했다. 하지만 전 유럽의 젊은 낭만주의자들로 하여금 자살이 완전히 바람직한 행위라고 여기게 만든 것은 다름 아닌 베르터였다. 한편, 채터턴이 담당했던 그와 매우 유사한 역할은 영국의 시인들을 위한 것이었다. 그가 누린 높은 명성은 그의 글 때문이 아니고 그의 죽음 때문이었다.

낭만주의적 경향이란, 따라서 자살 지향적이었다. 누구보다도 가장 자의식적인 불행 속에서 극적인 삶을 산 바이런은 "면도날을 손에 쥐어 본 사람치고 생명의 은사슬†은 참으로 간단히 끊어 버릴 수 있겠다고 생각지 않는 사람은 없을 것이다"라고 말했다. 한편 괴테는 젊은 베르터의 비극이 엄청난 성공을 거두었음에도 불구하고 그 같은 모험에 대해서 시종 회의적인 태도를 보였다. 그는 자기가 젊었을 때 오토 황제를 숭배한 나머지(오토 황제는 칼로 자살했다) 마침내는 자기도 오토 황제처럼 죽을 용기가 없다면 죽을 만한 값어치도 없는 비겁자라고 단정을 내리게 된 경위를 이렇게 술회한다.

> 이러한 확신으로 나는 나 자신을
> 자살로부터 구해 냈다. 아니 좀 더 올바로
> 말하자면 나 자신을 자살의 환상으로부터
> 구해 냈다. 내가 수집해 둔 상당량의 무기
> 가운데는 날이 잘 갈린 값비싼 단검 한
> 자루가 있었다. 나는 이것을 밤마다 곁에
> 두고 잤는데, 불을 끄기 전에 항상 그
> 날카로운 칼끝으로 내 심장을 한두 치
> 깊이로 잘 찌를 수 있겠는지를 실험해
> 보았다. 그러나 나는 솔직히 한 번도 그 일을
> 해낼 수 없었기 때문에 마침내는 나 자신이
> 우스워지기 시작했고, 그래서 이 우울증적
> 착상을 버리고, 살기로 작정했다.[29]

자살을 해야겠다는 생각이 성숙한 괴테에게 얼마나 우스꽝스럽게 여겨졌을지는 모르나, 낭만주의자들은 여전히 밤에 잠자리에 들 때마다 자살을 생각했고 아침에 면도할 때도 다시 자살을 생각했다.

윌리엄 엠프슨은 키츠의 「우울에 부치는 노래」의

---

† 성경에 나오는 표현이다.

첫 행——"아냐, 안 돼, 망각의 강으로 가서는 안 돼. 그리고 돌아가서도 안 돼"——이 "누군가가, 혹은 시인의 심중에 있는 어떤 힘이 분명 망각의 강으로 향하고자 하는 매우 강렬한 바람을 가지고 있음을 말해 준다"고 이야기했다. "그 바람을 저지하기 위해 첫 행에서 네 개의 부정어가 동원되었음에도 불구하고" 말이다.[30] 정도의 차이는 있겠지만, 이것은 모든 낭만주의자들에게 해당하는 말이었다. 죽음이란 실로 그들의 삶을 결정적으로 좌우하는 클레오파트라였던 것이다. 그러나 그들이 죽음과 자살을 생각한 방식은 유치한 것이었다. 그들은 그것을 모든 것의 종말로 여기지 않았고, 그저 단조로운 부르주아 세계를 경멸하는 가장 멋진 제스처로 여겼다. 베르터의 자살 행진은 마치 인도의 저거너트 수레 행진과도 같았다. 이 소설이 얼마나 득세했는지의 여부는 베르터를 뒤따라 죽은 자살자의 수에 의해 측정되었다. 그것은 드비니의 희곡 『채터턴』의 경우에도 마찬가지였다. 그 책은 1830년과 1840년 사이에 프랑스의 연간 자살률을 두 배로 뛰게 했다는 공적을 세웠다. 그와 같은 선풍적인 자살 유행병에는 하나의 공통된 믿음이 있었다. 자살자 본인이 사망 현장에서 자신의 죽음으로 창출한 드라마를 자기 눈으로 직접 확인할 수 있으리라는 믿음이 그것이었다. 프로이트는 "우리의 무의식은 그 자체의 죽음을 믿지 않고, 자신이 마치 불멸한 것인 양 작용한다"고 말했다. 그리하여 자살이라는 제스처는 마술처럼 살아남는 인격을 고양했던 것이다. 이는 베르터의 푸른 연미복과 노란 조끼가 유행했던 것과 마찬가지로 문학적 허식일 뿐이었다. 프로이트는 또 이렇게 말한다.

> 우리가 허구의 세계에서, 그리고 문학과 연극에서, 삶의 상실당한 부분을 보상해 주려 하는 것은 [죽음에 대한 복합적 거부에서 기인한] 불가피한 결과이다. 그런데 그러한 세계에서도 우리는 스스로 죽을 수 있는 사람들과, 심지어는 타인을 죽일 수 있는 사람들을 발견한다. 그러한 곳에서만이 우리는 죽음과 화해할 수 있는 조건을 완성할 수 있다. 다시 말하면, 우리는 허구의 세계에 등장하는 인생이 겪는 그 모든 파란과 곡절 너머에 존재함으로써 비로소 삶을 온전히 보존할 수 있게 된다. 왜냐하면 인생이 장기 놀이 같아서는 너무 슬프기 때문이다. 장기 놀이에서는 행마를 한 번만 실수해도 놀이를 포기해야만 하는 수가 있다. 장기와 차이가 있다면, 생에서는 다시 놀이를 시작할 수도 없고 설욕전도 할 수 없다는 점일 것이다. 허구의 세계에서는 우리가 필요로 하는 생명의 복수성(複數性)을 발견하게 된다. 우리는 우리 자신과 동일시했던 허구의 주인공과

함께 죽는다. 그러나 우리는 여전히
살아남아 또 다른 주인공과 함께 다시금
안전한 죽음을 맞이할 준비를 한다.[31]

낭만주의가 절정에 달했을 때는 삶 자체가 마치 허구
인 것처럼 영위되었고, 자살은 문학적 행위가 되었다.
말하자면 자살은 당대에 유행하는 가공의 주인공 즉
인기인과 하나로 엮어 주는 몸짓이었다. 생트뵈브는
"우리 시대의 모든 르네와 모든 채터턴들이 가진 (…)
유일한 소망은 위대한 시인이 되어 죽는 것"이라고 말
했다. 알프레드 드 뮈세는 20세가 되어 유난히 아름다
운 어떤 경치 앞에서 기쁨에 넘쳐 "아, 자살하기에 참
멋진 장소가 되겠구나!" 하고 소리쳤다고 한다. 제라르
드 네르발도 어느 날 저녁 다뉴브 강변을 걷다가 그와
비슷한 말을 했다. 그리고 수년 뒤 목을 매어 자살했다.
앞치마 끈으로 목을 맸는데, 그때 정신 착란에 빠져 있
던 그는 그 끈이 '마담 드 맹트농이 생트시르 극장에서
「에스텔」을 공연할 때 둘렀던 허리띠인가?'[32]라고 생
각했다. 그러나 그는 그런 부류의 로맨틱한 고뇌를 논
리적으로 실행하고 말았던 극소수의 작가 중 하나였
다. 다른 작가들은 그런 주제를 글로 쓰는 정도로 만족
했다. 낭만주의를 신속하게 졸업하고 그보다는 훨씬
냉정한 세계로 들어가 버렸던 플로베르조차 어느 편
지에서 고백하기를, 자기도 젊었을 때는 "자살을 꿈꾸
었다"고 했다. 그와 그의 고향 친구들로 이루어진 청년

그룹은 "분명 기이한 세계에서 살았으며, 광증과 자살 사이를 오락가락했다. 그중 몇 사람은 자살했는데 (…) 한 친구는 넥타이로 목을 맸고, 또 몇몇은 권태를 벗어나기 위해 방탕에 빠져 죽었다. 얼마나 멋진 일인가!" 감회에 젖은 플로베르는 그렇게 이야기했다.[33]

마음가짐만 그러했을 뿐, 정작 재능은 낭만적 영웅들만큼 가지지 못했던 젊은 낭만파 청년들에게는 죽음이 '위대한 영감 고취자'였으며 '위대한 위로자'였다. 그들이 바로 자살을 유행시킨 이들이다. 1830년대에 프랑스에서 자살 유행병이 불던 무렵 "자살을 가장 품위 있는 스포츠의 하나로 여기고 연습했던"[34] 사람들이 바로 그들이었다. 임신한 아내를 센강에 밀어 넣었다고 기소된 어느 남자는 "우리는 자살의 시대에 산다. 이 여자는 죽음에 자신을 내맡겼다"며 스스로를 변호했다. 자신이 시인, 소설가, 극작가, 화가, 위대한 연애가, 무수한 자살 클럽의 회원임을 자처하는 젊은이들 사이에서는 자기 손으로 목숨을 끊는 일만큼 빠르고 분명하게 명성을 얻는 길이 없었다. 당시의 풍자 소설인 『제롬 파투로, 입신출세의 길을 찾다 Jérôme Paturot à la recherche d'une position sociale』의 주인공은 이렇게 말했다. "자살이 사람을 만든다. 산 사람은 별 볼 일 없고 죽은 자가 영웅이 된다. (…) 자살자는 하나같이 성공을 거둔다. 신문들은 떠들어 주고 사람들은 감동한다. 나도 단단히 준비나 해야겠다." 제롬은 조소를 받았을지 모르나, 이미 많은 젊은이가 그와 같은 말을 한 바 있었

다. 매그롱의 말에 의하면 1833~1836년 무렵의 신문들
은 청년들의 자살 기사로 가득했다. 그리하여 매일 아
침 커피를 마시던 "독자들은 약간 몸서리를 치면서도
유쾌한 기분에 빠져들 수 있었다"는 것이다.

　영국에서는 이 유행이 제대로 위세를 떨치지는 못
했다. 자살률은 상승했으나, 유독 완고하고 현실주의
적이었던 영국인들은 문학 취향의 과잉이 자살의 주
원인이라고는 생각지 않았다. 1840년에 포브스 윈슬로
라는 한 의사는 사회주의의 득세 경향이 자살 유행을
부추긴다는 글을 쓴 바 있다. 그에 따르면 톰 페인의
『이성의 시대 *Age of Reason*』가 출판된 뒤로 자살의 급격
한 증가가 있었다는 것이다. 그는 또한 자살의 원인을
"대기의 습도"에서도 찾았고, 당연히 "우리가 우려했던
바대로 우리네 공립학교 학생들 사이에서 과도하게 행
해지고 있는 모종의 비밀스러운 악덕", 즉 수음 행위에
도 그 탓을 돌렸다. 결국, 그는 이 '프랑스식 자살 열병'
의 치료책으로 냉수 샤워와 하제를 권했다. 삶의 궁극
적 문제에 대해 공립학교식 해답을 제시한 것이다.

　19세기가 이울고 낭만주의가 쇠퇴해 감에 따라 죽
음의 이상 또한 쇠퇴해 갔다. 『낭만주의적 고뇌 *Romantic
Agony*』라는 책에서 마리오 프라즈(Mario Praz)는 숙명론
이 어떻게 점차 숙명적 성(性)을 의미하게 되었는가를
보여 준다. 그에 의하면 '숙명적 여성(femme fatale)'†이
죽음이 차지하고 있던 자리를 빼앗았고, 그렇게 '지고
의 영감'을 안겨 주는 존재가 변경되었다. 보들레르는

"악마 숭배가 승리했다. 악마는 순수를 가장하고 있다"
고 말했다. 그렇게 동성애와 근친애, 피학성, 가학성,
변태 성욕 등이 자살이 떠난 자리를 점령했다. 물론 그
런 행위들이 그 당시에 자살보다 훨씬 더 충격적인 것
으로 여겨진 이유는 딱 하나였다. 자살에 대한 사회적·
종교적·법률적 금기들이 힘을 잃자 성적 금기가 강화
되었던 것이다. 하지만 '숙명적 성'은 자살에 비하면 한
결 안전하고 한결 천천히 다가온다는 이점을 가지고
있었으며, 그러한 이점은 예술에 바쳐진 '생'을 부정하
지 않고 오히려 고양해 주었다.

† '팜 파탈'은 요부라는 뜻을 가지고 있다.

5. 내일은 무: 20세기로의 전환

그렇다고 자살이 예술로부터 사라진 것은 아니었다. 오히려 그것은 예술의 구조의 일부가 되었다. 낭만주의자들은 그들의 전성기를 통하여 자살이란 천재성이 치러야 하는 많은 대가 중 하나라는 생각을 보통 사람들의 마음속에 깊이 심어 놓았다. 그러한 생각은 그 후많이 퇴색하긴 했지만, 낭만주의가 지나간 이래로는 모든 것이 바뀌어 있었다. 자살 역시 그 기간을 통해 마치 지울 수 없는 염색 물감처럼 서구 문화 속에 깊이 스며들어 왔다. 독일과 프랑스에서 창궐한 낭만적 경향의 유행병들은 전반적으로 자살을 묵인하듯 받아들이는 태도를 유럽 전역에 불러일으켰던 듯하다. 이 경우 '묵인(tolerance)'이라는 단어는 그 일상적 의미 외에도 의학적 의미를 포함한다. 이는 대중들의 태도가 더관대해졌다는 뜻이며 —— 과거의 율법이 어떠한 판정을 내렸든, 그때부터 자살은 죄악으로 여겨지지 않게되었다 —— 한편으로는 문화라는 시스템이 약물이나독물에 대해서처럼 자살에 대해서도 일종의 내성을 갖게 되었음을 뜻한다. 문화는 급등한 자살률에도 불구하고 계속 살아남았을 뿐만 아니라 그 높은 자살률 덕분에 오히려 더 꽃피게 되었는데, 그것은 마치 포나 베를리오즈가 그들의 불행한 사랑에 빠져 있는 동안 거의 치사량에 가까운 아편을 먹었는데도 불구하고 죽기는커녕 오히려 그로 인하여 커다란 영감을 얻었던 것이나 마찬가지다.

자살이 일반 사회를 구성하는 일반적 사건 가운데 하나로 받아들여지고 나자, 다시 말해 — 로마식의 고결한 대안도 아니고, 중세 때와 같은 대죄악도 아니고, 혹은 변호되거나 경고받아야 할 어떤 특수한 소송 사유로서가 아니라 — 마치 간통의 경우처럼 사람들이 이따금 별다른 주저 없이 행하는 평범한 부덕에 불과한 것으로 받아들여지고 나자, 그때부터 자살은 저절로 예술의 공동재산이 되고 말았다. 특히 자살은 그 극한의 순간순간마다 삶을 향해 날카롭고 예리하며 집중적인 스포트라이트를 비추어 주었는데, 그와 같은 특성은 낭만주의 이후부터 20세기 초반까지를 선도하던 예술가들, 예를 들어 도스토옙스키와 같은 이들의 주의를 끌었다.

'낭만주의 혁명'의 핵심에는 하나의 새로운 책임을 받아들인다는 입장이 놓여 있었다. 이를테면 오거스틴 시대† 사람들이 '세상(the World)'에 대해서 말할 때 그 세상이란 그들의 독자들, 즉 교양 있는 상류 사회를 의미했다. 그리고 그러한 세상은 런던이나 파리, 배스, 베르사유에 있는 특정한 살롱들에서만 융성했다. 그에 비해 낭만주의자들에게는, 세상이란 흔히 자연을 의미했다. 이 자연은 아마도 거친 산과도 같은

† 영문학사에서는 18세기 초를 가리킨다.

것, 분명 길들지 않은 어떤 것이었다. 시인은 그 자연 사이를 혼자서 외롭게 헤맸고, 그러한 자발적 절연-고독 상태는 나이팅게일이나 종달새나 앵초나 무지개 같은 대상들을 향한 그의 즉흥적 반응들이 선보인 강렬함으로 인해 정당화되었다. 처음에는 그 즉흥적 반응들이 순수하고 신선하고 개성적인 결과물을 내놓는다는 사실만으로도 충분했다. 또한 예술가들을 100년 동안 얽매고 있던 고전주의의 엄격한 인습으로부터 자유로워졌다는 사실만으로도 충분했다. 그러나 최초의 열광이 사라짐에 따라, 낭만주의 혁명은 애초에 생각했던 것보다 훨씬 심대한 것이었음이 밝혀졌다. 근본적인 방향 전환이 이루어져 있었던 것이다. 즉 이제 예술가는 더 이상 교양 있는 상류 사회에 책임을 지지 않아도 되게 되었으며, 오히려 그 상류 사회와 공공연하게 대적하는 경우까지 생겼다. 이제 그가 짊어진 가장 중요한 책임은 바로 자신만의 양심을 지켜야 한다는 책임이었다.

20세기 예술들은 바로 그러한 책임을 이어받고 있으며, 그것으로부터 한 걸음 더 나아갔다. 우리가 마치 프랑스와 미국의 혁명을 통해 확립된 정치적 책임——민주 정치와 자치 정치의 원칙——들을 이어받고 있듯이 말이다. 그러나 예술의 활동 무대가 된 '자아'를 발견하거나 재발견하는 일은 어떤 체험과 행위를 규정하고 판단하는 기준이 되어 주었던 기존의 가치 체계들, 즉 종교·정치·민족·문화·전통은 물론 이성 그 자체[35]까지 거의 무너뜨려 버렸다. 따라서 일종의 우울 상태가 예술을 구성하는 새로운 요소로 자리 잡을 수밖에 없었다. 키르케고르는 그 같은 사실을 최초로, 그리고 매우 분명하게 일기에 썼다.

> 한 세대 전체는, 쓰는 사람과 쓰지 않는 사람으로 나뉠 수 있다. 쓰는 사람은 절망을 표현하고, 읽는 사람은 그것을 부인한다. 부인하는 사람들은 자기네들이 더 나은 지혜를 가지고 있다고 믿는다. 그럼에도 불구하고, 그들이 쓸 수만 있다면 그들 역시 똑같은 것을 쓸 것이다. 근본적으로는 그들 모두가 똑같은 절망을 한다. 하지만 그 절망을 통해서 중요한 인물이 될 수 있는 기회를 얻지 못하는 사람들은 절망하거나 그것을 표현할 수고를 들일 이유가 거의 없다고 느끼는 것이다. 절망을 극복했다는 것이 과연 그러한 것일 수 있을까?[36]

키르케고르에게 있어서 절망은 청교도들이 생각하는 은총과도 같은 것이었다. 그것은 신의 선택을 받았다는 징표까지는 아니었지만, 적어도 어떤 영적 가능성을 뜻하는 징표이기는 했다. 도스토옙스키를 비롯한 이후 대부분의 중요한 예술가들을 살펴보면, 바로 절망 그것이 그들의 모든 창조적 노력을 규정하는 유일한 공통 특질임을 알 수 있다. 비록 한계가 있기는 했지만, 절망은 결국 새로운 영역, 새로운 규범, 새로운 관점을 위한 돌파구가 되어 주었다. 이러한 관점에 비하면 예술에 관한 전통적 개념들——사교적 장식물, 종교적 도구, 심지어 낭만주의가 주창하던 인본주의적 낙관주의의 도구로까지 쓰이던 예술——은 훨씬 편협하고 제한되어 보였다. 이제 예술의 새로운 관심사는 자아가 되었으므로, 예술의 궁극적 관심사 역시 필연적으로 바뀔 수밖에 없었다. 그것은 자아의 끝, 즉 죽음이었다.

분명 이는 전혀 새로운 발상은 아니었다. 아마도 세계 문학의 절반은 죽음에 관한 것일 테니 말이다. 새롭게 달라진 요소는 바로 죽음을 다루는 강도와 관점이었다. 이를테면 중세에는 사람들이 거의 강박적으로 죽음이라는 문제에 몰두했다. 그들에게 죽음이란 내세에 이르는 입구였다. 따라서 생 그 자체는 그리 중요하지 않고 무가치한 것이었다. 그에 비해 현대인들을 사로잡고 있는 관념은——19세기부터 시작되어 그 후 꾸준히 강화되어 온 것으로——바로 내세가 없는 죽음이다. 그리하여 이제 어떻게 죽느냐 하는 문제는 더 이상 어떻게 영생을 보낼 것인가 하는 문제를 결정짓지 못하게 되었다. 대신에 이제 죽음(의 방식)이 그가 지금까지 어떻게 살아왔느냐를 결산해 주고, 어떠한 방식으로든 그 결과를 판결해 주게 되었다.

        내 미래의 어두운 지평으로부터 한 줄기
느리고 끈질긴 바람이 나를 향해 불어오고
있었소. 그것은 내 평생, 미래의 세월 쪽에서
불어오고 있었소. 그 바람은 그 당시 내가
살아가고 있던, 미래나 다름없이 현실감
없는 세월 속에서 사람들이 내게 강요하려
했던 그 모든 관념들을 모두 쓸어 버리며
나를 향해 불어왔던 것이오.

카뮈의 『이방인』의 주인공 뫼르소는 자기를 위로하기
위해 감방으로 찾아온 신부를 상대로 긴 열변을 토하
면서, 그와 같이 황량하고도 감사할 줄 모르는 통찰을
이뤄 낸다. 죽음이 가까이 접근해 있다는 사실이, 사회
적 윤리의 기반이 되는 모든 경건한 행위들을 아무것
도 아닌 것으로 만들어 버리는 것이다. 그런데 여기서
중요한 것은 '이방인'을 도와 그처럼 엄청난 통찰에 이
르도록 한 사람이 다름 아닌 종교인이라는 점이다. 이
는 물론 종교의 전통적 힘이 약해지고, 따라서 자살의
힘이 그만큼 증대되어 있었기 때문에 가능한 일이었
다. 그런데 이 작품 속의 자살은 단순히 '이제는 용인
되고 있다'거나 '충격적인 일은 아니다'라는 정도에서
그치지 않는다. 이제 그것은 나름의 논리적 필연성까
지 갖게 되었다.

        나는 내가 신을 믿지 않는다는 사실을

밝히지 않을 수 없다. (…) 나에게는 신이
없다는 사실보다 더 높은 사상은 존재하지
않는다. (…) 인간이 해 낸 일이라고는 기껏
자살하지 않고 살아갈 수 있도록 신을
만들어 낸 것뿐이었다. 이것이 지금까지
우주 역사의 본질이었다. 이제 나는 우주
역사상 신을 만들기를 거부한 최초이자
유일한 인간이다.

키릴로프는 『악령』에서 이와 같이 말한 후 자신을 향
해 권총을 발사한다. 도스토옙스키식으로 말하자면
"논리적 자살"을 실행했던 것이다. 카뮈의 『시지프 신
화』에 따르면, 이 행위는 불가피하게 부조리한 논리를
가질 수밖에 없는 "형이상학적 범죄"다. 즉 카뮈는 키
릴로프를 20세기적 인간으로 만들어 놓는다. 이는 도
스토옙스키가 키릴로프에게 부여한 깊이 및 다양성(진
지함과 성급함이 뒤섞인 성격, 강박 경향, 논리정연함, 힘,
다감함 등)과 완벽하게 상통하는 것 같다. 그러나 정작
도스토옙스키 본인의 내면은 그의 예술 세계보다는 편
협했던 듯하다. 『악령』을 쓰고 5년이 지난 뒤, 그는 자
신이 매달 발표하던 「작가 일기」라는 특이한 기록물에
서 논리적 자살이라는 주제를 다시 꺼낸다. 소설을 창
작할 때는 작가 자신의 감정을 제한하고 둔감하게 만
드는 작업 즉 '개성의 배제'가 꼭 필요한 법인데, 「일
기」를 쓸 때의 도스토옙스키는 그러한 통제를 실행하

지 않았다. 그렇게 글 속에 삽입된 그의 개성은 어딘가 더욱 절박하게 느껴지고, 한편으로는 소설보다 더욱 전통적인 느낌을 준다.

1876년, 그는 번번이, 마치 테리어 종 사냥개처럼 자살 문제를 물고 늘어진 채 놓지 않았다. 그는 신문이며 공보 문서며 친구들의 잡문 등을 샅샅이 뒤져서 자만심이나 '치사한 이유' 혹은 신념 때문에 자살한 사람들의 사례를 찾아냈다. 그중 한 가지는 단편 소설의 소재로 삼았고, 다른 한 가지를 이용해서는 자기합리화를 위한 정교한 웅변을 만들어 냈다. 자살에 관한 한, 그는 항상 동일한 생각으로 되돌아오곤 했다. 자살이 영혼 불멸의 믿음과 떼려야 뗄 수 없는 관계에 있다는 생각이었다. 특히 그는 어느 17세 소녀의 유서에 매료되고 전율을 느꼈다. 그 유서의 내용은 이랬다. "나는 이제 긴 여행을 떠나려 한다. 내가 혹시 성공을 거두지 못할 경우에는 다들 모여서 클리코 술로 나의 부활을 축하해 주기 바란다. 그리고 내가 성공할 경우에는, 내가 완전히 숨을 거둔 다음 묻어 주기 바란다. 땅 속에 묻힌 관 속에서 깨어난다는 것은 딱 질색이니까. 그건 정말 스타일 구기는 일이다."[37]

도스토옙스키가 이 유서에 꼼짝없이 매혹당하고만 이유는 명백하다. 비꼬임과 절망감이 뒤섞여 있는 방식이 바로 자기 소설에 등장하는 주인공들의 방식과 꼭 같았기 때문이었다. 도스토옙스키 자신도 잘 알았다시피, 그런 비꼬임은 겉으로 드러나 보이는 것보다 복잡한 문제였다.

> 그 소녀가 샴페인 운운한 것은, 죽는
> 마당에 가능한 한 가장 신랄하고 더러운
> 냉소의 말을 남기고 싶었기 때문일 것이다.
> (…) 말하자면 그러한 표현을 함으로써
> 그녀는 자신이 지상에 버리고 가는 모든
> 것을 모욕하고, 세상과 세상에서의 자신의
> 모든 삶을 저주하려 했으며, 그처럼 비틀려
> 표현된 그녀의 끝없는 분노는 (…) 바로
> 그녀 영혼의 고통과 쓰라림을, 그리고 생의
> 마지막 순간에 느낀 절망을 증언한다.

소녀가 보여 주는 건방지고 냉소적인 태도의 농도는 바로 그녀 영혼의 고뇌와 정비례한다. 달리 말하면, 그녀의 고뇌가 가진 깊이는 "눈에 보이는 것들의 단순함과 생의 무의미함"에 대해 그녀가 품은 반발심의 세기와 연결돼 있다고 하겠다.

　도스토옙스키는 이 자살 사례에 여러 페이지를 할애하며, 다른 글에서도 이 사례를 자주 되풀이해 언급한다. 그는 이 문제에 대해 왜 그처럼 열을 올리는가? 왜 치통으로 화가 난 사람처럼 줄곧 욕을 퍼부어 대는가? 어쩌면 자살이라는 행위가 그 자신이 인정하고 싶은 것 이상으로 훨씬 더 유혹적이었기 때문이었는지도 모른다. 정확히 알 수는 없다. 하지만 분명한 사실이 하나 있다. (소녀 본인이 생각하기에) 황소처럼 우둔하고 미련스럽게 살아가고 있는 사람들에게 멋진 경멸을 보여 주던 그녀는, 마찬가지로 유서를 쓰던 무렵의 키릴로프와 매우 닮아 있었다는 것이다. 그들을 향해 혀를 날름 내민 얼굴 그림으로 유서를 장식하고 싶어 했던 키릴로프 말이다. 이 두 인물 모두 세상사의 기존 질서에 도전하는 몸짓을 보여 주었다고 할 수 있다. 그런데 엄밀히 따져 보면, 이러한 냉소는 심지어 도스토옙스키 본인이 작가로서 감내해야 했던 온갖 고통스러운 노력마저 의문에 부치고 만다는 사실을 파악할 수 있다. 만약 정말로 영혼이 불멸하지 않는다면, 또한 모든 가시적인 것들이 그 가시적인 표면 이상의 의미를 지니지 않는다면…… 따라서 죽음이 정말로 그의 모든 것에 종지부를 찍는 순간이 맞는다면…… 그렇다면 인생은 무의미일 뿐이고, 그런 인생이 창조한 작품 역시 무의미해지고 마는 것이다.

이러한 무서운 가능성을 인식하게 됨으로써 그가 얻은 것이 영감이었는지 분노였는지는 모르겠으나, 그는 아래의 글에서 '논리적 자살자'가 제시하는 결정적 논거를 일목요연하게 엮어 낸다.

> 나는 내일이 없다는 사실로부터
> 위협받는 상황 속에서는 결코 행복하지
> 않을 것이며 행복할 수도 없을 것이다. (…)
> [그것은] 더할 수 없이 모욕적인 일이다.

(…) 그러므로 나는 이제 원고과 변호인,
그리고 판사와 피고라는 뚜렷한 역할을 각각
맡아 이 자연에게, 무례하고 방자하게도
나를 존재케 함으로써 고통을 겪게 한 이
자연에게, 그리고 나 자신에게 적멸의 형을
선고한다. (…) 그러나 내가 자연을 벌할
수는 없는 고로, 또 그 누구의 죄도 아닌
폭정을 견디기가 어려운 고로, 나는 지금 나
자신만을 벌하고자 한다.

이 말은 키릴로프의 지론을 그 본질까지 남김없이 드러낸다. 하지만 도스토옙스키와 키릴로프 사이에는 본질적인 차이가 있다. 키릴로프는 현실의 외부에 존재하도록 창조된 인물인 까닭에, 도스토옙스키 본인이 「작가 일기」에서 더 이상 나아가지 못한 곳 너머까지 자신의 논리를 계속 밀고 나갈 수가 있었다. 따라서 키릴로프를 자살로 이끈 그의 내적 여정은 그를 더 풍부하고 인간적으로 보이도록 만들었다. 하지만 도스토옙스키 본인의 주장을 담은 '논리적 자살자'는 그에 비하면 어딘가 성급하고 조금은 우스꽝스러운 글이 되어 버리고 만다. 도스토옙스키 본인이 결국 그러한 자살을 용인하지 않을 것이기 때문이다. 키릴로프는 "인간이 해 낸 일이라고는 기껏 자살하지 않고 살아갈 수 있도록 신을 만들어 낸 것 뿐이었다"고 말했다. 만약 인간이 행하는 모든 일이 신의 뜻이라고 믿는다면, 그 뜻을 앞질러 자신의 목숨을 끊는 일은 신을 거역하는 죄악이다. 이것은 자살이 대죄임을 증명하기 위해 아퀴나스가 사용했던 고전적 논증 방법이다. 그러나 만약 신이 존재하지 않는다면, 인간의 의지는 인간의 생명이나 마찬가지로 자기 자신의 것이다. 따라서 그는 신이 된다. 이는 니체식의 허세를 담은 표현이 아니라 과장 없고 꾸밈없는 표현이다. 말 그대로, 인간을 초월하는, 혹은 인간 이상의 존재는 이 세상에 존재할 수 없다는 주장인 것이다. 따라서 인간이 자신의 의지를 표현할 수 있는 가장 본질적인 행위는 다음과 같다. 스스로 신의 역할을 떠맡아 자신에게 죽음을 부여하는 것이다.

자살은 모든 윤리적 체계를 전환하는 축에 해당한다고 지적한 사람은 훗날의 비트겐슈타인이었다.

> 자살이 허용된다면 모든 것이 허용된다.
> 어느 것도 허용되지 않는다면 자살은 허용되지 않는다.
> 이 점이 윤리학의 본질에 빛을 던져준다. 자살이란, 말하자면 기본적인 죄악이기 때문이다. 누군가 그것을 연구하려 한다면, 그것은 마치 증기의 본질을 이해하기 위해 수은의 증기를 연구하는 것이나 다름없다.
> 혹은, 자살 역시 그 자체는 선도 아니고 악도 아닌 것이 아닐까?[38]

이러한 논법은 이미 키릴로프에 의해서 극적인 방법으로 실행되었다. 키릴로프는 자신의 자살을 통해 카뮈가 후에 '부조리(the Absurd)'라고 부르게 된 모든 것을 확증했다. 부조리 사상이란 무엇인가. 이 세계는 그저 서로 모순되고 유동적이며 대립적인 개체-존재들로만 채워진 현재일 뿐, 그 바깥에는 아무것도 존재하지 않는다는 생각이다. 따라서 부조리적 세계관에는 궁극적인 해결책이 존재하지 않는다.

그러나 도스토옙스키 자신은 그의 「일기」에서 '내일은 무(無)'라는 관점을 받아들이지 않는다. 대신에 그는 자살하려는 소녀의 냉소적 태도를 비롯해 생의 무의미성에 의해 모욕받기를 거부하는 '논리적 자살자'들의 모습에 자기 자신의 무서운 고뇌를 투사하는데, 이 고뇌는 스스로의 예술가적 본능을 거의 거역하면서까지 신을 창조해 내려 고심했던 그의 긴장과 열의가 얼마나 뜨거웠는지를 잘 보여 준다. 그는 「일기」에서 이렇게 말한다. "영혼 불멸에 대한 믿음을 잃어버렸으며 정신 상태를 가축 수준 이상으로 끌어올린 사람이라면, 그 누구라도 자살을 완전하고 불가피한 필연성을 갖는 행위라고 여길 것이다." 여기에서 필연성이라는 말은 도스토옙스키 자신이 억지로 갖다 붙인 말이며, 그 어조도 매우 귀에 거슬린다. 마치 그는 그런 식으로 자살하겠다고 위협함으로써 신으로 하여금 부득불 제 모습을 드러내게 할 수 있다고 생각한 듯싶다.

이는 궁극적으로 그의 영혼과 연관된 문제였지만,

어떤 면에서는 그가 남긴 작품들에 관한 문제이기도 했던 것 같다. 현세의 삶과 '내일'이라는 저 궁극적인 무의 상태 저편에 아무것도 존재하지 않는다면, 그가 행해 왔던 그 모든 노력들 역시 아예 없는 편이 나았을 수 있기 때문이다. 이 생각이 맞는다면, 그의 모든 소설 역시 "생선 파이, 훌륭한 말(馬)들, 방탕함, 직위, 관료적 권한에 대한 애착 (…) 아랫사람과 급사들로부터 존경받는 일" 따위와 함께 부질없는 자기만족과 허영의 차원으로 떨어지고 말 것이다. 도스토옙스키가 양가감정을 가졌던 기독교 신앙은 ── 너무나 예리한 나머지 언제 어느 때 그를 다치게 할지 모른다는 위험성도 있었지만 ── 그의 보수적인 정치적 입장과 정신적 대응 관계를 이루고 있었다. 기독교는 그 궁극적인 일관성을 통해 그를 절망으로부터 구해 냈다. 그러한 종교적 전망이 없었더라면, 그는 예술가로서 구원받지 못한다는 전망을 견디지 못했을지도 모른다.

도스토옙스키는 자살 문제에 있어 19세기와 20세기의 교량 역할을 해 준다. 소설가로서의 그는 종교를 초월하는 정신적 삶의 드라마를 직접 엮어 갈 수 있는 인물들을 창조하는 능력을 지녔다. 그리하여 키릴로프는 완전한 의식을 가지고, 자신의 필연적 논리에 따라, 승리자의 태도로, 자신을 죽였다. 그러나 한 개인으로서 도스토옙스키는 그러한 논리를 거부하며 전통적인 믿음을 좀처럼 버리려 하지 않는다. 그에게 있어 기독교란, 말하자면, 소설을 계속 쓰기 위해서 그리고 소설 속에서 활기차게 살아 있는 생을 계속 찬양하기 위해서 그가 스스로에게 부여한 구실이었다. 한편 기독교는 그의 절망이 얼마나 깊은지를 보여 주는 척도이기도 했다. 그의 소설 속에서는 기독교적 사랑과 자비가 크면 클수록 그만큼 죄의식과 이중성이 더 증대된다. 성자와도 같은 풍모를 지닌 조시마 신부는 죽자마자 고약한 악취를 풍기기 시작한다. 그 묘사는 도스토옙스키가 자기 자신에게서 감지했던 감각과 어딘가 닮아 있다. 언젠가 그는 기독교에 대한 자신의 열망이 고

---

† 인생은 그 자체로서 지고의 가치를 가지고 있다고 확고히 믿는 듯했던 톨스토이조차 개종하기 전에는 그와 유사한 자살의 위기들을 여러 번 겪었다. "진리란 여기에 있었다. 즉 인생은 나에게 아무런 의미도 없었다는 데 진리가 있었던 것이다. 삶의 모든 나날, 모든 단계는 나를 그 벼랑의 끝으로 데려왔다. 거기서는 눈앞에 닥쳐 온 최후의 파멸이 뚜렷이 보였다. 멈추거나 물러서는 일은 똑같이 불가능했다. 홀로 나를 기다리고 있던 고통, 내 안의 모든 것을 소멸시켜 적멸의 상태로까지 이르게 하는 죽음을 보지 않기 위하여 눈을 감아 버릴 수도 없었다. 그리하여 건강하고 행복하게 살고 있던 나는 더 이상 쓸 수가 없다고 느꼈고, 거역할 수 없는 힘이 나를 무덤으로 끌어가고 있다고까지 느끼게 되었다. 그렇다고 반드시 자살할 의도가 있었다는 의미는 아니다. 나를 삶으로부터 떼어 놓았던 힘은 단순한 소망이 아니었다. 그 힘은 소망보다 더 강렬하고 더 충일하며 더 중요한 결과들을 갖는 어떤 것이었다. 그것은 방향만 정반대였을 뿐, 이전에 가졌던 생에 대한 집착만큼이나 큰 힘이었다. 자살 생각은 생을 더 나은 것으로 만들어 보고 싶다는 이전

약한 악취를 풍긴다는 느낌을 받았던 것이다.†

의 생각과 마찬가지로 자연스럽게 떠올랐다. 그 생각이 얼마나 내 마음을 끌었는지, 너무 쉽게 결행해 버리지 않도록 짐짓 안 그런 척 자신을 속이지 않으면 안 될 정도였다. 나는 성급하게 행동하고 싶지 않았는데, 그것은 다만 내 생각의 혼돈을 우선 없애기로 작정했기 때문이다. 일단 혼돈을 없애고 나면 그 뒤에는 언제든 자살을 할 수 있었다. 노끈을 치워 버린 덕분에 다행히도 그것으로 목매달아 죽고 싶은 생각은 피할 수 있었다. 그게 보였다면 내가 매일 저녁 혼자 옷을 걸어 두는 거멀못에 매달고 싶다는 마음이 생겼을 수도 있었다. 가지고 다니던 총도 치워 버렸다. 삶을 끝장내는 방법치고는 너무나 간단한 방법이었기 때문이었다. 나는 내가 무엇을 원하는지 몰랐다. 삶을 두려워하긴 했지만, 삶에는 뭔가 내가 바라는 것이 분명히 있었다." 이 글은 『참회록』의 일부다. 여기서 그는 자신이 나이 50세경에 체험한 삶의 위기를 가차 없는 필치로 기록해 놓았다. 톨스토이는 이 글을 약간 각색한 뒤, 그의 모든 단편들 가운데 가장 아름다운 작품이라 할 수 있는 『이반 일리치의 죽음』에 삽입했다. (원주)

6. 다다, 예술로서의 자살

눈앞에 닥친 죽음이 전 인생과 작품의 가치를 의심스러운 것으로 만들어 놓았던 중년의 위기를 맞았을 때, 톨스토이와 도스토옙스키는 교회와 세상으로부터 이단자라는 낙인(auto da fé)이 찍히고 나서야 계속 작품을 쓸 수 있었다. 그러나 T. S. 엘리엇을 예외로 하면, 그들은 소위 키르케고르의 말대로 정통 종교를 향해 "신앙의 비약"을 이룬 마지막 위대한 작가들이었다. 로런스와 예이츠는 서로 다른 방식으로 자기 나름의 유사 종교를 만들어 냈다. 파스테르나크는 스탈린의 공포 정치에서 살아남기 위해 구명 뗏목에 매달리듯 기독교에 매달렸다. 그 외의 인물들은 사교상의 목적으로 교회에 출입할 뿐이었다. 기독교는 더 이상 그들 예술의 구조에 불가결한 존재가 아니었다.

"영원히 살 수 없다면 신이 존재하든 안 하든 내게 무슨 의미가 있단 말인가?" 미겔 우나무노는 말한다. 그러나 만약 신이 존재하지 않는다면 죽음의 양상도 달라질 것이다. 죽음은 더 이상 인간적인 것, 혹은 더 나아가 초인간적인 것이기를 그친다. 절대적인 공포와 권능과 유혹 역시 마찬가지로 사라진다.

이제 죽음은 중세가 창안한 '죽음의 무도'가 아니며, 존 던이 대항하여 싸웠던 명민하고 힘센 적대자도 아니고, 낭만주의자들의 숙명적인 연인도 아니다. 그것은 심지어 죽어 가는 사람의 인격의 확장이기조차 그친다. 그것은 내세의 입구도 아니고 모든 것을 설명해 줄 수 있는 계시의 순간도 아니다. 신이 없다면 죽음은 종말에 불과하게 된다. 그 종말은 일순간의 것이며, 단호하고 궁극적인 것이다. 심장은 멎고 육체는 썩으며 생명은 다른 사람에게로 이어진다. 이것이 '내일은 무'의 정체다. 톨스토이는 그것을 깨닫고 개종하기 전 "삶의 무의미한 부조리"를 가슴 깊이 저주했다. 카뮈는 이 부조리를 인식하는 일이, 말하자면 인생에는 인생 그 자체 이상의 것은 존재하지 않음을 뚜렷하게 인식하는 일이 모든 현대 예술의 기초를 이룬다고 보았다. 그리하여 그는 자살의 문제를 논한 그의 『시지프 신화』에서 부조리 이론을 확립했다.

그러나 카뮈의 '부조리' 개념은 사실 앞으로 이루어질 일들에 대한 강령이라기보다는 20세기 이전부터 이미 강력하게 번성하고 있던 한 예술을 설명하기 위한 이론이었다. W. B. 예이츠는 이미 1896년에 그 새롭고 이질적인 면을 감지했다. 바로 그가 알프레드 자리의 『우부 왕』 초연을 관람했을 때였다. "스테판 말라르메 이후, 폴 베를렌 이후, 귀스타브 모로 이후, 퓌비 드 샤반 이후, 그리고 우리의 모든 미묘한 색채와 간결한 리듬들 이후, 그리고 나 자신의 시 이후, 콘더의 그 희미한 색조의 배합 이후 더 이상 무엇이 가능하겠는가? 우리 이후에는 '흉포한 신'밖에 존재하지 않는다."[39] 어떤 의미로는 20세기 예술 전체가 이 땅에 묶여 있는 흉포한 신을 섬기는 데 몰두해 왔다고 할 수 있다. 그

신 역시 다른 모든 신과 마찬가지로 피의 제물을 먹고
자란 신이었다. 현대전과 더불어 엄청나게 정교해진
이론과 기술은 이전보다 더욱 극단적이고 더욱 격렬한
예술을, 마침내는 더욱 자기 파멸적인 예술을 창출하
게 되었다.

이 운동 전반에 걸쳐 가장 뚜렷한 본보기는 다다
(Dada)이다. 파리에서 번성한 이 다다 운동은 자살로부
터 시작하여 자살로 끝났으며, 이 운동이 진전하는 동
안 다른 여러 자살들도 출현했다. 물론 현대 문학에서
다다의 중요성은 별로 큰 편은 아니다. 다다와 본격적
으로 관련을 맺은 건 모두 시각 예술가들이었다. 이를
테면 아르프, 슈비터스, 피카비아, 뒤샹 등이었다. 다
다의 목표는 지나치게 분산되고 지나치게 무질서해서
하나의 강령이라고도 할 수 없었다. 강령이라는 게 있
다면, 그것은 크게 두 가지였다. 20세기가 이어받은 유
산을 희화화하기. 또한 훌륭하고 세련되고 구태의연한
예술가들이 예속되어 있던 체계 전반에 압력을 가하고
일그러뜨리기.

다다이스트들은 **모든 것**에 대한 파괴적 선동을 수
행했다. 그리고 그 파괴 선동은 기존의 예술적 체계와
그 체계의 독자층을 형성하고 있던 부르주아를 넘어서
기까지 했다. 다다는 예술 자체에 대한, 심지어는 다다
자신에 대한 파괴 운동이었던 것이다.

이제는 화가도 필요 없다. 작가도 필요

없다. 음악가도 필요 없다. 조각가도 필요
없다. 종교도 필요 없다. 공화당도 필요
없다. 왕당파도 필요 없다. 제국주의도
필요 없다. 무정부주의자도 필요 없다.
사회주의자도 필요 없다. 볼셰비키도 필요
없다. 정치가도 필요 없다. 프롤레타리아도
필요 없다. 민주주의자도 필요 없다. 군대도
필요 없다. 경찰도 필요 없다. 민족도 필요
없다. 이 모든 천치들은 필요 없다. 더 이상
아무것도 필요 없다. **아무것도, 아무것도**.

　　그리하여 새로움이라는 것도 결국은
지금 우리가 원치 않는 그 모든 것들과
똑같은 것으로 변하겠지만, 다만 그것이
덜 썩어 빠진 것이 되기를, 너무 빨리
그로테스크한 것으로 변하지 않기를 우리는
바란다.[40]

다다의 그 거친 과격성과 모든 가치에 대한 전면적인
거부는 제1차 세계대전 이후의 보편적인 느낌, 즉 인
류가 윤리적으로 파탄했다는 느낌에 의해 촉진되었다.
그러나 사실 이것은 훨씬 오래전부터 시작되었던 회의
와 환멸의 과정들을 가속화한 것에 불과했다. 거의 50
년 전에 랭보는――나이 17세에 이미 현대 예술이 추
구하던 그 모든 거부와 경멸과 탐험의 정신들에 깊이
빠져들어 있었던 그는――자신을 '문학적 자살자'라고

불렀다. 그러고 나서 시간이 흘러, 겨우 몇 개의 국경 선밖에는 변경시키지 못한 4년간의 무의미한 살육이 끝나고 나자, '흉포한 신'은 이제 지평선상에서 희미하게 꿈틀거리는 위협적인 징조 이상의 존재가 되었다. 그때부터 그는 도처에서 모든 시야를 가로막으며 어둠처럼 다가왔다. 레닌조차 그것을 감지한 듯했다. 취리히에서 망명하고 있을 때 그는 '카바레 볼테르'를 찾아 다녔는데, 그곳은 바로 1916년에 다다가 시발한 장소였다. 거기서 그는 한 젊은 루마니아 다다이스트에게 이렇게 말했다. "나는 당신이 얼마나 철저한 사람인지 모르겠고, 또 나 자신이 얼마나 철저한 사람인지도 모르겠소. 내 경우 분명한 점은, 충분히 철저하진 못하다는 것이오. 누구나 충분하달 만큼 철저할 수는 없지 않겠소? 그게 누구든, 꼭 현실 그 자체만큼만 철저할 수 있을 뿐이지요."[41]

현실의 철두철미한 측면과 마주하게 되면 어떻게 대응할 것인가? 다다의 가장 중요한 신념에 따르면, 그때는 예술보다는 분노를 표출하는 일이 더 중요하다. 시인이자 의학도인 독일인 리하르트 호일젠베크(Richard Huelsenbeck)가 같은 독일 시인 후고 발(Hugo Ball)과 함께 다다 운동을 시작했다.[†] 호일젠베크는 탐탐 북을 요란하게 두들기면서 거기에 맞춰 자신의 난센스적 음향들을 음송하곤 했었다. 발에 의하면, "그는 그 [흑인들의] 리듬에 힘을 부여하고 싶어 했다".[42] 아마도 그는 문학을 북으로 두들긴 다음 땅속에 틀어넣고 싶었을 것이다. 사실 그와 그의 동료들은, 그들의 직계 후계자인 앙토넹 아르토의 말대로 "모든 글은 쓰레기다"라는 원칙 아래 독자들을 향해 갖은 욕설과 소음과 되지 않는 말들을 퍼붓느라고 전력을 기울였다.

그러나 예술이 자기 자신마저 거부하면서 파괴적이고 자기 패배적인 것으로 변할 때, 필연적으로 자살은 당연한 일이 되고 만다. 게다가 예술이 제스처와 혼동되면 예술가의 삶이, 아니면 최소한 그의 행동거지 자체가 작품이 되는 까닭에 파괴적인 다다이스트의 자살은 더더욱 당연한 것이 되고 만다. 한쪽이 무용하고 무가치하다면, 다른 한쪽도 무용하고 무가치하다. 다다는 제1차 세계대전 중에 무너져 버린 유럽 문화에 대한 반응으로 일어난 운동이다. 다다이스트들은 유럽 문화의 무의미성에 비추어 볼 때 다른 모든 전통적 가치 역시 무의미한 것에 불과하다고 열렬히 주장했다. 따라서 철저한 다다이스트들에게는 자살이 불가피한 것일 수밖에 없었다. 그것은 그들의 의무였고 궁극적인 예술 작업이었다. 이것은 키릴로프의 논리이기도 하다. 다만 키릴로프가 가진 논리의 결점을 메꿔 주는 절망

---

†   전하는 바에 의하면 발과 호일젠베크는 그들이 잘 다니던 카바레 볼테르에서 일하던 어느 가수의 예명을 찾다가 불독(佛獨) 사전에서 다다(Dada)라는 말을 발견했다고 한다. 다다는 말(馬)과 관계된 단어로, 프랑스의 어린아이들이 쓰는 말이다. (원주)

과 죄의식, 열정이 제거되어 있을 뿐이다. 다다이스트들이 논리라는 것을 믿었더라면 그들에게 자살은 논리적 장난에 지나지 않았을 것이나, 그들은 논리라는 것을 믿지 않았기에 정신병적인 장난을 택하고 말았다.

그들 모두의 모범은 자크 바셰(Jacques Vaché)였다. 그는 훗날 초현실주의의 창시자가 되는 앙드레 브르통에게 결정적 영향을 끼친 인물이었다. 바셰는 여러모로 다다의 소란스러움이나 험한 말투와는 거리가 멀었다. 겉보기에는 그도 세기말적인 특성을 지닌 청년이었다. 키가 크고 다갈색 수염을 길렀으며, 섬세한 감정과 기이한 성격을 가진 인물. 길을 걸을 때 그는 가장 친한 친구들조차 알아보지 못했고, 편지에 답장을 해본 적도 없으며, 만나거나 헤어질 때 인사말을 하는 법조차 없었다. 에밀 부비에는 이렇게 말했다. "그는 어떤 젊은 여자와 살고 있었는데, 그가 친구들을 대접하고 있을 때는 그 여자에게 한 구석에 앉아 꼼짝하지 않고 입 다물고 있으라고 강요했다. 고작, 그 여자가 차를 내올 때만, 형언할 수 없는 위엄을 드러내며 그녀의 손에 입을 맞춰 줄 뿐이었다." 그는 미술학도였고 엄청나게 박식했지만 일생을 철저한 나태 속에서 보냈다. 1916년, 브르통이 그를 만났을 때 ── 바셰가 다리 부상을 치료받던 낭트의 군 병원에서였다 ──"그는 엽서들을 그려 색칠하고 거기에 이상야릇한 제목들을 붙이는 데 신명이 나 있었다. 세상의 풍습들이 그의 상상력을 살찌우는 거의 유일한 양식이었다. (…) 아침마다 그는 손이 닿는 곳에 레이스를 깐 작은 테이블을 놓아 둔 뒤 거기에 사진 한두 장, 컵 받침 몇 개, 제비꽃 몇 송이를 이리저리 배열하면서 꼬박 한 시간씩을 보내곤 했다".[43] 그 후 몸이 좀 회복되자 그는 경기병이나 비행사 혹은 의사 차림을 하고 낭트 거리를 거닐면서 기분을 냈다. 그로부터 일 년 뒤, 브르통은 바셰와 다시 마주쳤다. 때는 아폴리네르의 『티레시아스의 유방』이 공연되던 첫날 저녁이었는데, 바셰가 거기 온 관객들을 장전된 권총으로 위협하고 있었던 것이다.

바셰는 멋쟁이에 까다로운 취미를 가진 사람이었을 뿐만 아니라 자신의 생활을 위뷔왕(王)† 식의 잔혹한 희극으로 만들었던 자로, 다시 말해 더없는 패륜아였다. 그는 자신의 지도 원칙이 'umore'('우모레'로 발음됨)라고 주장했다. 그것은 문명화의 어떤 단계에서는 인생의 무익함이 희극적일 정도가 된다는 뜻이었다. 그러나 바셰의 인생이 펼쳐 놓은 그 별난 스타일의 희극은 위태한 요소로 가득 차 있었다. 왜냐하면 그 '유머리스트(umorist)'는 마치 위뷔왕처럼 실로 악의적이고 파괴적인 우행을 주창했기 때문이다. 그 우행이란, 애초에는 절망으로 시작된 것이 완전히 360도 회전하

---

† Ubu Roi, 알프레드 자리가 쓴 희곡으로, 1896년 단 1회 공연된 뒤 폭력적이고 외설적이라는 이유로 논쟁을 불러 일으켰다. 다다 및 초현실주의에 커다란 영향을 끼쳤다.

여 난센스로 끝나 버리는 코미디였다. 바셰는 자신의
원칙에 따라 희극적으로, 그리고 악의를 품고 죽었다.
전선에 있던 당시 그는 "나는 전사당하고 싶지 않다"
고 써 보낸 적이 있었다. "나는 내가 죽고 싶을 때 죽을
것이다. 그리고 그때에는 다른 누군가와 같이 죽을 것
이다. 혼자서 죽는 것은 질색이다. 나는 내 가장 친한
친구 중 하나와 같이 죽고 싶다."[44] 그는 꼭 그렇게 죽
었다. 1919년 23세 때, 그는 과량의 아편을 먹었다. 그
뿐만 아니라 그는 친구 둘에게도 치사량의 아편을 먹
였다. 그 친구들은 그냥 놀러 왔을 뿐 자살 의도는 추
호도 없었다. 자살과 두 건의 살인, 그것은 최대의 다
다적 제스처였으며, 완전한 정신 착란적 유희였다.

　　자살의 유행병이 절정에 이르고 있을 때, 청년 낭
만파들에게 있어 자살은 위대한 예술가가 되는 것 다
음으로 뛰어난 행위였다. 그러나 완벽한 다다이스트들
에게 예술이란 오직 그 자신의 인생과 죽음을 뜻했다.
친구들이 쓴 회상록과 서간집 한 권을 제외하면 거의
아무것도 남기지 않았던 바셰가 후대 청년들에게 그처
럼 엄청난 영향을 끼칠 수 있었던 것도 그 때문이었다.
그라는 인간의 본질 자체가 그의 예술보다 더 중요했
던 것이다. 멋쟁이 세기말 선배들처럼 그도 자신의 인
생을 예술적 대상으로 취급하긴 했지만, 진정한 다다
이스트답게 그는 예술적 행위 자체를 무가치한 것으로
취급했다. 따지고 보면 팅겔리의 자동 파괴 조각과 같
은 작업——팝 예술이라는 더더욱 황량한 해안에서 떠

내려온, 없어져도 좋을 예술——은 결국 바세의 자살로부터 직접 이어져 내려온 것이라 할 수 있다.

　시인이자 미술 평론가이자 독설의 전문가였던 아르튀르 크라방(Arthur Cravant)의 경우도 마찬가지였다. 그는 바세보다 1년 앞서 죽었다. 그의 작품이라고는 사실상 독설의 난도질에 더 가까운 몇 개의 평론뿐이었지만, 그에 관한 전설은 그에게 다다의 만신전에 한 자리를 내주기에 부족함이 없었다. 1914년에 크라방 자신이 직접 출판한 잡지 『현재 Maintenant』에 게재한 강렬한 약력을 보면, 그는 "협잡꾼, 태평양의 뱃사람, 노새 마부, 캘리포니아 오렌지 수확꾼, 뱀 부리는 사람, 여관 도둑, 오스카 와일드의 조카, 벌목꾼, 프랑스 전(前) 권투 챔피언, 영국 대법관의 손자, 베를린의 운전기사 등등"이었다. 물론 이 약력은 상당 부분 사실이 아니었다(그것 자체가 결국 진정한 다다 정신의 구현이었겠지만 말이다). 자신이 스위스의 어떤 보석상에서 완전 범죄로 보석을 강탈했다고 주장했을 때와 마찬가지로, 그의 약력 역시 거의 허풍에 가까웠다. 그러나 그가 진짜로 세운 위업들은 그 자체로 충분히 비범한 것이었다. 그는 제1차 세계대전이 한창 치열했을 때 위조 여권으로 유럽 대륙을 완전히 횡단했으며, 그 뒤로도 징집 기피를 위해 미국·캐나다·멕시코 등지에서 그와 같은 묘기를 되풀이했다. (역사상 가장 난폭한 문사가 전쟁터를 싫어해서 그처럼 먼 데까지 피해 다녔다는 것은 기묘한 일이 아닐 수 없다. 아마 '합법화된' 살인이 그의 독자적인 예술가 의식을 건드렸던 모양이다.) 또한 그는 전 세계 헤비급 챔피언 가운데서도 가장 무서운 존재였던 흑인 복서 잭 존슨에게 도전했던 적이 있다. 물론 일부러 진탕 취한 채 링 위에 올라가서는 곧바로 KO 당해 버릴 만큼 자기 객관화가 되어 있긴 했었지만 말이다. 1917년에는 뉴욕의 앙데팡당 미술 전시회에 강사로 초빙을 받았는데, 여느 때처럼 고주망태가 되어 나타난 그는 5번가의 청중들에게 욕설과 상말을 퍼붓더니 옷까지 벗기 시작했고, 마침내는 수갑을 찬 채로 경찰에게 끌려 나갔다. "참 멋진 강연이었다." 마르셀 뒤샹은 말했다. 뒤샹이 그 전시회에 출품한 것이라고는 사인을 써 넣은 소변기 하나뿐이었다. 크라방이 마침내 멕시코만에서 사라졌을 때, 그러니까 그가 작은 배에 몸을 싣고 아내를 만나러 부에노스아이레스로 항해하고 있을 때, 그의 아내는 그를 찾아 중미 지역의 너저분한 감옥들을 샅샅이 찾아 헤매고 있었다. 비록 찾지는 못했지만, 그녀는 남편을 어디서 찾아야 하는지는 분명히 알았던 것이다. 어쨌든 그 항해를 통해 또 하나의 다다적 예술 작품이 완성됐다. 자살로 추정되는 행방불명.

과격성, 충격, 정신병적 유머, 자살 등이 다다의 리듬이다. "자살은 소명이다." 1929년에 결행한 자살로 다다 시대의 종언을 알린 자크 리고(Jaeques Rigaut)의 말이다. 사실 다다 운동은 브르통이 트리스탄 차라와 결별하고 초현실주의라는 경쟁 회사를 차리기 5년 전에 실질적으로 끝나 있었지만, 리고가 잠시나마 살아 남아 다다 운동을 최후로 완벽하게 꽃피웠다. 바세처럼 그도 맵시에 신경을 쓰던 멋쟁이였다. 사실 멋 부리는 정도가 너무 심해서, 그는 자신을 고용해 줄 사람이 자기를 무슨 기둥서방 같은 놈으로 여기면 어쩌나 하고 걱정했을 정도였다. 그를 고용한 사람은 침착하고 학구적인 화가 겸 비평가 자크 에밀 블랑슈였다. 리고는 그의 비서로 수년간 일했다. 리고가 죽은 뒤, 블랑슈는 멋쟁이였던 리고와 그의 너저분한 친구들 사이에 존재하는 기묘한 대조에 대해서 이렇게 썼다. "그가 내 집에 가끔 다다이스트 친구들을 데려올 때면 그의 라틴계 용모와 미국식 몸치장을 그 친구들의 그것과 비교하곤 했다. 그러다 보면 그가 애초에 따르기로 했던 길이 그의 본능에 따른 길이 아니었다는 사실을 깨닫게 되었다. 그를 그런 최후로 들어서게 한 것은 다다였을까, 아니면 맵시 있는 리츠 호텔이었을까?"

이후 밝혀진 바에 따르면, 그 대답은 '다다'였다. 한 친구는 리고를 "빈 여행 가방"이라고 불렀다. 그의 인생이라는 가방에는 어떤 신념의 짐도 들어 있지 않았다는 뜻이다. 신념 대신 거기에는 (도스토옙스키가 예언했던 것처럼) 자살이라는 '소명'이 들어 있었으며, 리고는 그 소명을 향해 접근해 가는 자신의 인생을 다다답지 않은 철저함으로 꾸며 나갔다. 작가로서의 그는 거의 모든 글을 완성하는 즉시 없애 버렸다. 블랑슈는 '가장 인습적이고 무익한 인생마저도 짐짓 받아들

이는 척하는 태도는 결국 자살하는 것이나 다름없다'
고 말했는데, 이와 마찬가지로 리고는 자신이 남긴 몇
안 되는 글 가운데 하나에서 이렇게 썼다. "삶을 경멸
하고 있음을 보여 줄 수 있는 유일한 방법은 삶을 받아
들이는 것이다. 삶이란 버리고 말고 할 만큼 가치 있는
것은 아니다. (…) 불안과 권태를 면제받은 사람이 죽
음에 관해서조차 관심을 두지 않을 수 있다면, 비로소
그는 여러 제스처 중에서도 가장 초연한 제스처를 자
살 속에서 얻을 수 있을 것이다."⁴⁵ 그의 자살은 실로
공들인 작업이었고, 이는 그가 가진 초연함이 그만큼
심오하다는 것을 뜻했다. 그의 찬양자이자 친구인 드
리외 드 로셸은 이 두 가지 특성을 적절하고 맵시 있는
표현으로 기술했다.

> 우스꽝스러운 행위, 부조리하다기보다는
> (부조리라는 말은 공연히 겁주기 좋은 거창한
> 말이다) 무덤덤하고 초연한 이 행위는
> 다음과 같이 이루어질 수 있다. "어느 날
> 새벽, 잠자리에 들다가 별생각 없이 전기
> 스위치를 누른다는 것이 잘못되어 방아쇠를
> 당기고 만다."
> 이러한 이야기는 곤자그[리고]와
> 그의 친구들을 열광케 했다. 이후 얼마간
> 그는 은총과 내밀한 영광 속에서 살았다.
> 자살을 극복했던 것이다. 그때부터 그는

알지 못했다. 그날 밤에 자신이 죽었는지
살았는지, 혹은 총을 발사했는지 어쨌는지,
불에 집어넣을 장작은 다 쪼개 놓았었는지.[46]

리고가 죽기 4년 전, 단 한때 반짝하고 끝나 버린 예술
지인 『초현실주의 혁명』은 "자살이 해결 방식이 될 수
있는가?"라는 설문을 내고 그에 대한 의견들을 실었
다. 해답은 대부분 단연 '예스'였다. 그 어조는 비록 낭
만주의자들의 경우보다 훨씬 덜 과장돼 있었지만, 그
'예스'의 확고함만큼은 90년 전의 파리에서도 만나 볼
수 있을 법한 것이었다. 낭만주의자라면 이렇게 말했
을 것이다. "귀하의 질문에 대해서는 내 침실의 벽에
써 둔 경고문을 그대로 옮겨 대답하겠습니다. '노크 없
이 들어오라, 그러나 그대는 떠나기 전에 자살해야 한
다'고 말입니다." 이 기록이 시사하는 바는 분명하다.
비록 장난스럽게나마 자살을 인정한다는 것은 새로운
예술을 받아들이고 자신을 아방가르드에 동참시킨다
는 것을 의미했다. 그러나 자살을 인정한다는 것은 자
살을 실행하는 것과는 다른 이야기였다. 대단했던 사
람들 가운데 설문에 가장 미묘한 답변을 써 보냈던 '가
장 아름다운 초현실주의자' 르네 크레벨(René Crevel)만
이 실제로 자기가 써 보낸 방식의 길을 걸었다. 그해
일찍이 그는 『우회로 *Détours*』라는 책에서 완벽한 죽음
에 관해 다음과 같이 기술했었다. "가스난로에는 차 끓
이는 그릇 하나. 창문을 완전히 닫고 가스를 튼다. 깜

박 잊고서, 성냥으로 가스에 불을 붙이지 않는다. 나쁜 소문은 염려 없고 참회의 기도를 올릴 시간도 있다.”[47] 11년 후 그는 꼭 그 같은 방식으로 자살했다. 그러나 크레벨은 예외적인 인물이었다. 그는 예의 설문에 답해 설명했던 것처럼, 어렸을 때 그가 좋아했던 어떤 사람의 자살에 지대한 영향을 받고 있었다. 따라서 그에게는 자살이 예술적 신조 이상의 어떤 것이었다. 더욱이 그는 다다이스트가 아니라 초현실주의자였다. 현재의 다른 모든 예술과 마찬가지로 초현실주의자들도 다다의 공격 원리(즉 사회의 바탕이 되는 기성의 모든 신앙과 인습, 그리고 의문의 여지 없이 받아들여지는 모든 원리를 끊임없이 공격해야 한다는 원리)를 받아들이고 있었지만, 그들은 (이미 그 자신이 초현실주의자이며 다다 역사가인) 조르주 위그네(Georges Hugnet)의 말대로 “덜 무질서하고 좀 더 격식을 차린, 즉 투쟁의 체계화를 통한 결속의 도모”를 추구하고 있었다. 초현실주의자들이 보기에 다다는 알면서도 찾아드는 막다른 골목이었다. 다다의 목표는 예술과 양립할 수가 없었으며, 그것은 우연적으로가 아니라 본질적으로 그러했다. 다다는 심미적 개념에 입각한 것이 아니라 인생을 ‘자신을 향한 불쾌한 농담’으로 보는 비뚤어진 유머 개념에 입각해 있었기 때문에 다른 길을 취하기는 거의 불가능했다. 이러한 견해의 기초가 되는 절망과 불안감은 “현실 그 자체만큼 확고”했는지도 모른다. 그러나 다다의 방식은 그 절망과 불안감을 전혀 인정하지 않았다. 미쳤던 사람들조차 —— 회고록으로 판단해 보건대 바셰, 크라방, 리고 등은 모두 조현병과 편집증 증상을 가지고 있었던 듯 보인다 —— 자신들이 분명한 광증에 시달리고 있음을 인정하지 않았다. 그리하여 그들은 자신들의 고뇌를 농담으로 만들어 버렸던 것인데, 이는 궁극적으로 자살이었으나 역시 농담이기는 마찬가지였다. 그 외의 사람들, 그러니까 자기보존이라는 측면에 있어서나 대중에게 준 충격에 있어서나 더 소박했던 이들의 경우는 단지 광증을 모방했을 따름이었다. 그들에게는 그걸로 충분했다. 광증을 모방하는 것 역시 자살과 마찬가지로 하나의 유행이었던 것이다.

"다다에는 시대가 없다. (…) 다다는 '세기의 병(mal desiécle)'이 아니라 '세상의 병(mal du mond)'이다." 위그네는 말했다. 이것은 소규모 운동에 대한 주장치고는 거창해 보이긴 하나, 역설적 의미에서는 맞는 말이라고도 할 수 있다. 다다의 업적은 생산된 작품으로 볼 때는 대단치 않을지 모르나, 예술적 해방이라는 점에서 보면 엄청난 수준이다. 다다는 무질서한 방식을 통해서나마 뒤에 오는 사람들을 위해 새로운 영역을 여는 데 도움을 주었다. 그들은 또한 자살, 광기, 일상이라는 예술에 내재한 정신병리학을 대중을 향한 기습 공격 수단으로 삼음으로써 절망을 재미있는 대안이 아니라 자신의 운명으로 받아들인 사람들의 목소리가 되어 주었다. 그리하여 다다는 모더니스트 운동을 그로테스크할 정도로 희화화했으나, 그렇다고 모더니즘의 본질적인 측면을 공격한 것은 아니었다. 사실 양자의 차이는 강조의 문제에 지나지 않았다. 모더니스트들도 출발부터 전통적 가치의 파괴를 생각했으나, 다만 다다와 달리 목청이 크지 않았을 뿐이다. 모더니스트들의 그러한 차분함은 비겁함이나 품위 같은 문제가 아니라 현실적인 문제 때문에, 즉 사라지지 않고 존속하기 위해서 생겨난 특성이었다. 20세기 예술은 무로부터 출발했을지 모르나, 그것이 발전해 온 것은 순전한 믿음에 의해서였다. 예술 자체의 가치에 대한 믿음, 본질적으로 통제 불가능하게 보이는 것을 통제할 수 있으리라는 믿음. 그리고 불완전한 것들도 나름의 조리를 가지고 있으리라는 믿음. 그리고 독자적인 가치를 창조해 낼 수 있으리라는 자기 자신의 능력에 대한 믿음.

다시 말하면, 예술이란 반예술적인 모든 요소에도 불구하고 예술가들이 예술의 가능성을 끊임없이 믿기 때문에 살아남는다. 반면 다다는 예술을 포함한 모든 것을 거부함으로써 출발했고, 결국 희화화의 논리에 의해, 즉 자기 자신을 거부함으로써 끝났다. 그처럼 많은 다다이스트들이 제 손에 죽었듯이 다다도 제 손에 죽었던 것이다.

†††

두 겹의 남자가
정원에 씨앗을 가득 심었네.
씨앗이 자라기 시작했을 때
그것은 눈으로 가득한 정원 같았네.
눈이 녹기 시작했을 때
그것은 벨트 없는 배 같았네.
배가 항해를 시작했을 때
그것은 꽁지 없는 새 같았네.
새가 날기 시작했을 때
그것은 하늘의 독수리 같았네.
하늘이 포효하기 시작했을 때
그것은 문 앞의 사자 같았네.
문이 갈라지기 시작했을 때
그것은 나의 등을 내리친 지팡이 같았네.
나의 등이 욱신거리기 시작했을 때
그것은 내 심장에 꽂힌 펜나이프 같았네.
내 심장이 피 흘리기 시작했을 때
그것은 진정 죽음, 죽음, 그리고 또 죽음 같았네.

—— 오래된 자장가

7. 흉포한 신

가치의 붕괴와 거기에 항상 수반되는 소외 현상을 논할 경우, 자칫하면 경험과는 별 관계가 없고 오직 이론하고만 대단히 깊은 관계를 가진 위기와 절망을 다루게 된다. 이는 잘못된 것이다. 삶이란, 거기에 불안을 가져다주는 궁극적인 요소가 무엇이든 간에 우선은 경험이 가르치는 방식으로 학습되고, 그러고 나서 가능한 한 이성적인 방식으로 지속되어 가는 법이다. 형이상학적인 사람과는 달리, 예술가에게는 카오스가 매시간 혹은 매일, 심지어는 해를 넘기면서까지 계속 대면해야 하는 고뇌로 여겨지지 않는다. 오히려 예술가들에게 그것은 매우 깊은 결핍으로 다가오며, 그 결핍은 예술가 스스로를 위해 무의 상태에서 어떤 새로운 질서를 만들어 내야 할 절박한 필요를 불러일으킨다. 다시 말해 그것은 창작 활동을 좌절시키기보다 그것을 진작시킬 가능성이 더 크다.

나는 이것이 바로 제1차 세계대전에 뒤이어 일어난 최초의 모더니즘 부흥의 배후에서 작용한 원동력이 아니었나 생각한다. 이를테면 바로 그러한 기운 속에서 엘리엇은 『황무지』를 썼다. 그는 당시 어떤 종류의 병을 앓고 있었고, 또 심리 치료를 받던 중이었다. 『황무지』에서는 모든 전통적 형식과 가치의 붕괴로 야기된 그의 내면 속 카오스가 외부-사회를 향해 투사되고 있다. 이때 엘리엇은 그러한 전면 붕괴의 느낌을 표현하기 위하여 그 카오스로부터 새로운 형식과 질서를 지닌 스타일을 창출해 냈다. 그 스타일은 더없이 초연하고 명철하고 정교했다.

붕괴와 부도덕에 기인한 절박한 느낌과 대면한 다다이스트들은 버릇없는 어린애들처럼 방자하게 반응했던 반면 —— 그들의 여행 가방 안에 신념마저 없었더라면 그들은 예술조차 내팽개쳤을 것이다 —— 좀 더 창조적인 정신을 가졌던 사람들은 일종의 형식화된 열정을 가지고 반응했다. 불안정의 요소가 클수록 그들의 예술적 노력도 증가했던 것이다. 그런데 예술을 경험에 충실하게 접근시키려는 그들의 노력이 커질수록 그 시도에 내포된 위험 역시 그만큼 커졌다.

이 점을 간단히 짚어 보자. 20세기 예술계의 가장 뚜렷한 특징 중 하나는, 예술가들이 재해에 휘말리는 비율이 돌연 눈에 띄게 증가했다는 사실이다. 모더니즘 이전의 위대한 예술가들 가운데서는 랭보가 스무 살에 시를 포기했고, 반 고흐는 자살했으며, 스트린드베리는 정신 이상이 되었다. 그 이후로도 재난을 겪은 예술가는 꾸준히 증가했다. 모더니즘이 처음으로 위대하게 꽃피는 동안, 카프카는 자연이 결핵으로 그를 요절시키려고 하자 자기가 쓴 모든 글을 없애 버림으로써 자신의 죽음을 예술적 자살로 바꾸고자 했다. 버지니아 울프는 호수에 투신함으로써 과도한 감수성의 희생물이 되었다. 하트 크레인은 동성애와 술의 절망적인 혼합물이던 자신의 무질서한 생애를 탐미적 대상으로 만드는 작업에 주체할 수 없이 많은 에너지를 쏟아 부었고, 마침내는 자신을 실패한 인간이라 결론 내린 뒤 배 위에서 카리브해의 물속으로 뛰어들고 말았다. 딜런 토머스와 브랜던 비한은 지나친 술로 죽었다. 아르토는 여러 해를 정신병원에서 보냈다. 델모어 슈워츠는 맨해튼의 어느 더러운 여관에서 시체로 발견되었다. 맬컴 라우리와 존 베리먼은 알코올 중독자였으며, 결국은 자살하고 말았다. 체사레 파베세, 파울 첼란, 랜들 재럴, 실비아 플라스, 마야콥스키, 에세닌, 츠베타예바 역시 스스로 목숨을 끊었다. 자살한 화가 가운데는 모딜리아니, 아쉴 고르키, 마크 거틀러, 잭슨 폴록, 마크 로스코 등이 있다. 한 세대가 아니라 여러 세대를 아우른 사람은 헤밍웨이였다. 그의 글은 인내의 극한 지점에서 마주하게 되는 일종의 육체적 용기, 그리고 그 용기에 기반한 윤리와 통제력을 선보임으로써 어떤 모범을 제시했다. 그는 이러한 물리적 아름다움이 가져올 수 있는 심미적 성취를 더욱 잘 달성하기 위해서 문체로부터 치장의 껍질을 철저히 벗겨 버렸다. 이는 고도의 경제성과 고도의 정확성을 추구하는 작업이었다. 그렇게 그는 안일해 보이는 표면 아래에 고도의 긴장을 삽입했다. 그와 같은 관점에서 보면, 헤밍웨이에게 있어 나이에 따라 자연히 나타나는 침식 현상 ── 허약, 불안, 서투름, 부정확 등 한때 고도의 기능을 보여 주던 기계와도 같은 존재가 마주한 전면적인 이완들 ── 은 글을 쓸 능력을 상실하는 것만큼 견디기 어려운 것이었을지도 모른다. 마침내 그는 부친의 선례를 따라 총으로 자살하고 말았다.

이 죽음들 모두가 나름의 내적 논리와 두 번 다시 되풀이될 수 없는 절망적 상황을 수반하고 있다. 이런 죽음들을 올바르게 이해하기 위해서는 상당히 자세한 분석이 필요할 것이고, 그것은 이 책을 쓰는 나의 목적을 벗어난다. 그러나 한 가지 간단한 사실은 알 수 있다. 즉 20세기 이전에 자살을 했거나 자살에 이를 정도의 심각한 상황을 경험한 예술가들을 개별적으로 논할 수 있었던 건, 그에 해당하는 예술가들이 드물었기 때문이라는 것이다. 그런데 20세기에 들어와서는 이 평형이 갑자기 무너진다. 마치 훌륭한 예술가일수록 상처받기도 쉬운 것처럼 보인다. 물론 이것은 확고한 법칙 같은 것은 아니다. 문인들 가운데에는 장수를 누린 노대가들이 많기도 하려니와 그 업적도 위대하다. 엘리엇, 조이스, 발레리, 파운드, 만, 포스터, 프로스트, 스티븐스, 웅가레티, 몬탈레, 메리앤 무어 등이 그랬다. 하지만 20세기 이후 재사들의 전반적인 재해율은, 예술적 작업 자체의 성격 및 그것이 요구하는 바가 근본적으로 뒤바뀌지 않았나 생각될 정도로 엄청나다.

이러한 변화에는 많은 이유가 있었을 것으로 생각된다. 그 첫째는 끊임없는 실험에의 충동이다. 즉 기존 스타일을 바꾸고 혁신하고 파괴하고자 하는 부단한 욕구 말이다. 마셜 매클루언은 말한다. "어떤 것이 제대로 작동한다면 이미 낡은 것이다." 그러나 실험 정신은 그 자체의 논리를 가지고 있어서, 형식적 기교의 문제로부터 출발한 실험 작업을 예술가 자신의 역할 자체가 바뀌어 버리는 영역으로 끊임없이 유도한다. 예술은 표현되어야 할 것에 현재의 형식이 더 이상 적합하지 않을 때 변화하므로, 모든 참다운 기교적 혁명이란 당연히 심원한 내적 변화와 상응하기 마련이다. (피상적인 변화에는 관심을 둘 필요가 없다. 왜냐하면 그것들은 단지 유행의 문제일 뿐이기 때문이다. 다시 말해 어떤 내적 필연성에 의한 것이 아니라 예술 산업의 경제학과 예술 소비자들의 수요에 의하여 지배되는 현상일 뿐이기 때문이다.) 따라서 낭만주의 시인들이 그들의 새로운 정서적 자유를 드러내기 위해 실시한 주요 행동은 바로 그들을 옭아매고 있던 고전적인 2행 각운법의 구속을 벗어 던지는 일이었다. 마찬가지로 최초의 모더니스트도 거추장스러운 전통적 각운법과 음보격을 내던지며 자유시를 택했고, 이를 통해 문학으로 하여금 감수성이 흘러가는 길을 왜곡 없이 정확하게 따라가도록 했다. 간단히 말하자면 기교의 혁신이란 어느 정도 정신적 탐험을 의미한다. 그리하여 실험이 혁신적이면 혁신적일수록 그 반응도 심원한 것이 된다. (좌익적 정치관이 모든 해답을 줄 수 있을 것처럼 보이던 1930년대나 무브먼트파 시인들이 교외 생활의 안정과 자족을 불멸의 가치로 만들기에 급급하던 1950년대의 영국에서 실험 충동이 쇠퇴했던 것은 아마도 그 때문으로 보인다.) 그렇다고 실험적이고 전위적인 겉모습만 갖추면 무엇이든 그 가치가 보장된다는 뜻은 아니다. 그러한 외양은 가장무도회용 의상처럼 쉽사리 갖출 수 있는 것이며, 속이 훤히 비치는 시스루 디자인을 통해 그 옷을 입은 자의 독창성 결핍이 쉽게 드러나 보이기 마련이다. 따라서 혁신은 소심하거나 인습적인 사람들에게는 결국 곤혹스러운 결과를 가져다주기 십상이었다. 대서양 양안에서 에즈라 파운드나 윌리엄 카를로스 윌리엄스를 단조롭게 추종하고 있는 그 아류들을 보라.

그러나 더 진지한 예술가들에게는, 실험이란 결코 기계적 조작 따위와 같은 것이 아니었다. 그러한 실험은 예술가들에게 '나는 무엇인가?'라는 영원한 물음을 탐구케 하는 상황을 제공해 왔다. 특히 그러한 탐구는 당대의 도덕이나 문화와 불화할 때조차, 심지어 그 자신이 사용하는 창작 기법과 불화할 때조차 계속 이어졌다. 진정한 예술가가 지닌 재능의 일부는 당대가 가진 긴장을 다른 사람들보다 앞서 지각하고 표현하는 불가사의한 능력에 있으며, 따라서 현대 예술 운동의 흐름은 끊임없이 (비록 작은 이탈들은 있을지언정 대체로는) 점점 더 견딜 수 없게 닥쳐오는 재앙의 예감에 대해 점점 더 내향적인 반응을 보여 주는 식으로 움직여 갔던 것이다. 따라서 콘래드의 경구를 최대로 적용해 볼 때, "침잠되어 있는 파괴적 요소 속에서" 예술가의 사회적 역할은 완전히 변화해 버린 것 같다. 즉 예술가는 낭만적 영웅이자 해방자가 아니라 희생자이며 제물이 되어 버렸다.

이러한 새로운 운명을 가장 아름답게, 그리고 분
명 가장 슬프게 이야기하는 사람은 아마도 윌프레드
오언(Wilfred Owen)일 것이다. 모더니즘의 위대한 변혁
이 충분히 전개되기 전에 죽은 그는 1917년에서 1918
년으로 넘어가는 제야에 어머니에게 다음과 같은 편지
를 썼다.

　　　　저는 저의 지난 세월이 불만스럽지
　　않습니다. 지금까지 모든 것은 한바탕
　　식으로 이루어져 왔습니다.
　　　　슈루즈베리와 보르도에서의 끔직한
　　고생 한바탕, 피레네산맥에서의 엄청난
　　쾌락 한바탕, 크레이그록하트에서의 놀자판
　　한바탕, 던스덴에서의 수도 생활 한바탕,
　　솜강에서의 그 무서운 위험 한바탕, 시는
　　언제나 한바탕, 어머님의 사랑도 언제나
　　한바탕, 억눌린 자들을 위한 동정도 항상
　　한바탕.
　　　　어머님, 저는 올해부터 '시인'이
　　되었습니다. 지금까지는 시인 행세를 못
　　했습니다만, 이제 조지 왕조 시인들과도
　　어깨를 겨룰 만하다는 평을 듣고 있답니다.
　　시인 중의 시인이 된 것 같습니다.
　　　　저는 저절로 출발이 된 셈입니다.
　　예인선들이 저를 바다 한가운데서

풀어놓았습니다. 대해의 거대한 파도가 저의
갤리언선을 맞아들이고 있는 것을 느낍니다.

작년 이맘때 저는 (지금 막 자정이
되었군요. 지금은 견디기 힘든 '변화'의
순간입니다) 광막하고 무서운 야영지의
한가운데 바람이 휘몰아치는 천막 속에서
뜬 눈으로 누워 있었습니다. 그곳은
프랑스도 아니고 영국도 아니고 도살장에
끌려가기 전 며칠간 가축들을 가두어 놓는
우리 같았습니다. 저는 그때 스코틀랜드
군인들이 술을 마시며 흥청흥청 떠드는
소리를 듣고 있었습니다. 이제 그 사람들은
죽었고, 그들도 그때 죽으리라는 것을
알고 있었습니다. 저는 그때 현재의 이
밤을 생각했습니다. 저는 정말 어찌해야
할 것인지, 우리는 어찌해야 할지 그리고
어머님은 또 어찌 될 것인지 말입니다.
그러나 오랫동안 생각하지도 않았고,
깊이 생각지도 않았습니다. 저는 생략의
대가니까요.

대개 저는 그 야영지의 모든 사람
얼굴 위에 서려 있던 너무도 야릇했던
표정을 생각했습니다. 그것은 전혀 이해할
수 없는 표정이었습니다. 전쟁이 영국에서
일어나더라도 영국에서는 볼 수 없을

표정이었고 또 그 어느 전투에서도 볼
수 없는 것이었습니다. 에타플 전투가
아니고서는 말입니다.

그것은 절망도 공포도 아니었고,
공포보다 더 끔찍한 것이었습니다. 그것은
앞을 못 보는 듯한 표정이었으며, 죽은
토끼처럼 표정 없는 표정이었습니다.

그것은 그림으로 그릴 수도 없고, 어느
배우도 흉내 내지 못할 것입니다. 그 표정을
설명하고자 한다면 제가 그 시간으로 다시
돌아가 그 사람들과 함께 있어야만 할 것
같습니다.[48]

9개월 뒤 오언은 프랑스로 돌아갔다. 그로부터 다시
두 달이 지난 후, 그러니까 전쟁이 끝나기 꼭 일주일
전에 그는 전사했다.

이 편지에는 서로 반대쪽 방향으로 끌어당기는 두
가지 힘이 작용하고 있다. 후천성과 선천성, 훈련과 본
능, 또는 엘리엇의 표현을 빌린다면 "전통과 개인의 재
능"이 그것이다. 이 둘은 서로 대조될 정도로 독립적인
개성을 지닌 요소들이지만, 그 둘 모두 그의 시에 활력
을 불어넣는 요소들과 조화를 이룬다. 처음 것은 전통
적인 것으로서, 오언에게는 불가피한 요소이다. 왜냐
하면 오언은 당시 주위에서 이미 일어나고 있던 시적
변혁과는 무관한 조지 왕조 시인들, 즉 무사안일한 예

술가들과 여전히 여러 가지 면에서 같은 의견을 나누고 있었기 때문이다. 그러고 보면 그는 "용감한 사나이이자 영국 신사"로서 필립 시드니 경이나 오츠 대위의 영웅적 전통을 따르고 있는 셈이었다. 그는 군인으로서의 의무를 이행해야 했기 때문에 프랑스로 돌아갔던 것이다. 의무란 항상 희생을 의미하기 때문에, 궁극적인 희생을 치러야 할 때조차 법석대지 않고 조용히 받아들여야 하는 것이다.

그러나 그보다 훨씬 더 강렬하게 작용하고 있는 것은 그의 글 속에 담겨 있는 그 모든 요소들에 대응하는 반영웅적 힘이다. 그것이 바로 그를 영국 모더니즘의 선구자가 되게 했던 부분이라고 할 수 있다. 그 힘은 그의 시들이 보여 주는 거칠고도 적나라한 전쟁관과 대응하며, 기교적으로는 조지 왕조 풍 시들이 선호하는 스타일 즉 낭랑한 음악적 조화에 기반한 아름다움을 효과적으로 배치하는 섬세하고도 단호한 반운(半韻)과 대응한다. 그를 '장교나 신사'로서가 아니라, 작가로서 프랑스로 되돌려 보낸 것도 이러한 제2의 힘이었다. 앞선 편지는 결국 그가 한 성숙한 시인으로서의 구실을 하게 되었다는 이야기를 담고 있지만, 전선으로 되돌아가겠다는 그의 결심 역시 그 새로이 성숙한 힘을 통해 내린 결정이었다. 그 결정은 문자 그대로 하나의 '결단'이었던 것 같다. 그도 그럴 것이, 그는 이미 장기간의 현역 복무를 했으며 그 과정에서 전쟁 신경증으로 입원까지 했던 사람이기 때문이다. 게다가 그

에게는 시작 활동을 통해 사귄 유력한 친구도 여럿 있
었다. 그중에는 프루스트를 번역한 스콧 몽크리프가
있었는데, 육군성에 근무하고 있던 그는 영향력을 발
휘하여 오언에게 영국 내의 안전한 자리를 얻어 주었
다. 그런 상황에서 다시 최전선으로 되돌아간다는 것
은 후방으로 돌아오는 것만큼, 혹은 그 이상의 많은 노
력과 인사상의 조정이 필요했을지도 모른다. 내가 생
각하기엔, 그를 다시 전선으로 이끌어 간 것은 영웅 심
리가 아니다. 그 모든 것이 시와 관계있었다. 오언이
자기 내부에서 느꼈던 그 새로운 힘들은 그가 프랑스
에서 체험했던 기이하고도 전무후무한 광경과 긴밀하
게 연결되어 있었던 것 같다.

> 대개 저는 그 야영지의 모든 사람
> 얼굴 위에 서려 있던 너무도 야릇했던
> 표정을 생각했습니다. 그것은 전혀 이해할
> 수 없는 표정이었습니다. 전쟁이 영국에서
> 일어나더라도 영국에서는 볼 수 없을
> 표정이었고 또 그 어느 전투에서도 볼
> 수 없는 것이었습니다. 에타플 전투가
> 아니고서는 말입니다.
> 그것은 절망도 공포도 아니었고,
> 공포보다 더 끔찍한 것이었습니다. 그것은
> 앞을 못 보는 듯한 표정이었으며, 죽은
> 토끼처럼 표정 없는 표정이었습니다.

그것은 그림으로 그릴 수도 없고, 어느 배우도 흉내 내지 못할 것입니다. 그 표정을 설명하고자 한다면 제가 그 시간으로 다시 돌아가 그 사람들과 함께 있어야만 할 것 같습니다.

그와 같은 마비 상태, 희망과 절망과 공포는 물론 영웅심마저 뛰어넘는 이 마비 상태는 20세기에 유행하는 모든 소외 형식들을 환원할 수 있는 최종적인 (혹은 근본적인) 개념이라고 생각된다. 그것은 일종의 핵, 공백 상태와 마비로 구성된 냉혹한 핵이다. 현대 예술이 지닌 에너지와 욕구와 그 끊임없는 다양화의 근저에는 어떠한 창조적 낙관주의와 노력으로도 완전히 깨뜨릴 수 없고 제거할 수도 없는 이러한 핵이 놓여 있다. 이런 상황은 마치 어떤 신자에게 신은 선하지 않다는, 최후의 움직일 수 없는 깨달음이 닥쳐온 것과 같다. 한 정신과 의사는 이를 더 현대적인 용어로 정의했다. 죽음과의 엄청난 대면에서 발생하는 '정신적 마비'. 다시 말하면 죽음은 도처에 있고 그 규모가 그처럼 막대하므로, 그리하여 죽음은 무차별적이고 비인격적이면서도 필연적인 것이 되며, 그리하여 결국 무의미한 것이 되고 만다. 이런 상황에서 짧은 시간이나마 살아남을 수 있는 유일한 길은 자신을 모든 감정으로부터 완전히 차단하는 것이다. 그때 인간은 상처 입을 수 없는 존재가 될 수 있다. 갑각류 동물 정도가 아니라 마치 돌덩이처럼.

정신적 폐쇄는 고도의 적응 기능에
이바지할 수 있다. 그것은 얼마간 거부의
과정을 통해 그렇게 된다. (내가 아무것도
느낄 수 없다면 죽음은 일어나지 않을 것이다.)
(…) 더욱이 그것은 완전한 무력감으로부터
생존자를 보호해 주고, 또한 그의 환경을
침범하는 힘이 그의 활성을 완전히 박탈해
버렸다는 느낌으로부터도 보호해 준다.
자신을 폐쇄함으로써 자신이 '작용되는 것'
혹은 변화되는 것에 저항하는 것이다. (…)
따라서 우리는 생존자가 자신의 현실 의식을
완전히 그리고 영구히 상실당하지 않기 위해
그러한 현실 의식을 일시적으로, 그러나
철저하게 감소시킨다고 말할 수 있다.
말하자면 그는 영원한 육체적·정신적 죽음을
피하기 위해 전환 가능한 상징적 죽음의
형식을 취한다는 것이다.[49]

우연하게도 리프턴 박사는 히로시마 원폭과 나치 강제
수용소의 생존자들이 이러한 방어 기제를 활용한 사례
들을 기술하고 있다. 그러나 도처에 편재한 전횡적인
죽음 —— 선한 사람에게나 악한 사람에게나 똑같이 내
려졌던 중세의 역병과도 같은 죽음 —— 에 대한 인식은

20세기에 사는 우리 체험의 중심부를 이루는 것 같다. 그러한 인식은 제1차 세계대전의 무의미한 살육으로부터 시작되었고, 나치와 스탈린이 만든 죽음의 수용소와 두 차례의 원폭 투하로 절정에 달한 제2차 세계대전을 통해 계속되었으며, 그 이후로도 티베트와 비아프라의 대량 학살, 베트남에서의 무의미한 전쟁, 대기를 오염시키는 원폭 실험, 거의 통제가 불가능한 방식으로 생명을 살상하는 생물학 무기의 발전을 통해 오늘에 이르렀다. 오늘, 즉 위성 궤도를 돌고 있는 핵무기의 그늘에 가려진 오늘날의 지구로 말이다.

　　물론 과장은 하지 말아야 한다. 현재 우리 대부분이 영위하고 있는 삶을 떠올려 보면, 고맙게도 이러한 재앙의 느낌은 주변적인 것에 머물고 있다. 이런 상황에서 절멸을 향한 예감을 카산드라†처럼 중언부언하는 것은 그것을 완전히 무시하는 것만큼이나 어리석은 일이며, 결국은 지겨운 일이 될 뿐이다. 그러나 다음과 같은 사실 자체는 변하지 않는다. 바로 우리의 예술과 도덕과 안보 수단이 창조되는 맥락이 갈수록 급격히 변화해 왔다는 사실 말이다.

　　　　[리프턴 박사에 의하면] 히로시마 이후

† 흉사의 예언자로, 트로이의 패망을 계속 예언했으나 아무도 믿지 않았다.

우리는 전쟁과 관련지어 어떠한 기사도도,
아무런 명예도 상상할 수 없다. 실로 우리는
가해자와 피해자 사이에 아무런 관계도
발견할 수 없으며, 그들을 구별할 수도
없다. 모두가 인종 절멸에 참여하고 있다는
점에서만 공통점을 찾을 수 있다. (…)
어느 사회에 있어서나 인간은 그의 관여를
좌절시키는 보편적인 주제와 맞닥뜨리지만,
그는 그렇게 좌절당하면서도 어쩔 수 없이
그 주제에 얽이지 않을 수 없다. 프로이트의
시대에는 그것이 성욕이었고 도덕주의였다.
오늘날의 그것은 무한한 기술의 폭력과
부조리한 죽음이다.

달리 표현하면, 앞서 말했듯이 20세기 예술이 부단히
실행해 왔던 실험주의에 추진력을 제공했던 '카오스
의식'은 두 가지 근원을 갖는다. 그중 하나는 1914년
이전의 시대로부터 직접 발단한 것이며, 또 하나는 제
1차 세계대전 중에 최초로 출현했다가 세기가 진전함
에 따라 더 강력해지고 더 피할 수 없게 된 것이다. 아
마도 이 둘 모두가 산업주의의 산물이라 할 수 있을 것
이다. 첫 번째 것은 산업혁명 중에 옛 사회적 관계 및
그와 관련된 신념 구조가 붕괴했던 것과 연관돼 있다.
두 번째 것은 과거 어느 때보다 더 편안한 생활을 영
위하기 위한 수단들을 창조하는 과정에서 나온 일종의

광적인 부산물이다. 다시 말하면, 발전한 과학 기술이 삶을 완전히 파괴할 수 있는 도구를 완성해 버렸다는 현실로부터 두 번째 카오스가 발생한 것이다. 19세기에 종교적 권위의 쇠락이 삶으로부터 그 궁극적 조리를 박탈함으로써 삶 자체를 부조리하게 보이도록 만든 것과 마찬가지로, 현대 과학 기술의 발전은 죽음을 '각자 파괴된 삶들의 내적 리듬과 논리'와는 전혀 무관하게 발생하는 것으로, 즉 일종의 무작위적인 사건으로 환원해 버림으로써 죽음 자체를 부조리한 것으로 만들어 놓았다.

이것이 바로 예이츠가 예견한 '흉포한 신'이다. 윌프레드 오언은 견딜 수 없을 만큼 강압적이고 흉포한 신의 존재를 전선에서 느꼈다. 오언은 시인의 소명에 충실하기 위해 그 "앞을 못 보는 듯한 표정, 죽은 토끼처럼 표정 없는 표정"을 설명하지 않으면 안 된다고 느꼈다. 이 충동은 그가 프랑스로 돌아가야만 한다는 것을 의미했다. 이러한 이중의 의무 —— 즉 어떻게든 부조리한 죽음을 해소해 주거나 그것을 확인해 줄 수 있는 언어를 만들어 내는 일, 그리고 그 과정에 내포돼 있는 생존의 위험을 받아들이는 일 —— 가 그 이후에 이어질 모든 것의 원형이라고 나는 생각한다. 한 히로시마 원폭 생존자는 "저 모든 인간의 언어 가운데 제 죽음의 원인을 모르는 모르모트들을 위로해 줄 수 있는 말은 존재하지 않는다"[50]고 썼다. 이 명백히 불가능한 과제에 부합하는 언어를 발견해야 한다는 압력, 그것이 20

세기에 탄생한 거의 모든 최고 야심작들의 특징이라 할 수 있는 야릇한 긴장감의 배후에 있는 힘이다.

물론 그 외에도 한결 명백하게 드러난 다른 압력들도 있다. 그중 몇몇에 대해서는 이미 언급한 바 있다. 전통적 가치들의 붕괴, 낡은 인습들에 대한 거부, 우상 파괴와 실험 작업 자체가 선사하는 작은 즐거움 등이 그것이다. 또한 마셜 매클루언이 언급한 "전자 문화"의 충격도 있다. 전자 문화는 고급한 '형식주의' 예술의 애호가와 그 예술이 지니고 있던 여러 기능을 어려움 없이 한꺼번에 찬탈해 버렸다. 그러나 이런 부수적인 압력들은 금세기의 역사적 사실들을 상상력 속에서 파악해 낼 수 있는 예술적 언어를 발견해야 한다는 절대적 요구가 지닌 압력에 미치지 못한다. 왜냐하면 잔학 행위들의 규모와 빈도가 커짐에 따라 그에 대항하려는 요구 역시 계속 더 절실해지고 있기 때문이다. 즉 '파괴적 요소'와 '비자연적이고 때 이른 죽음이라는 시대적 특질'을 밝힐 수 있는 언어를 발견하는 작업이 절대적으로 필요한 것이다.

그리고 그 언어는, 불가피하게 비탄의 언어가 아닐 수 없다. 더 자세히 말하자면, 예술은 스스로 '비탄하는' 기능을 떠맡고, 그리하여 죽음을 향한 엄청난 침잠에 뒤따르는 '정신적 마비'를 깨뜨려야 하는 것이다.

우리가 필요로 하는 책은 [카프카가
자신의 친구 오스카 폴락에게 보내는 편지에

쓰길] 우리에게 불행처럼 작용하고, 우리
자신보다 더 사랑하는 어떤 이의 죽음처럼
우리를 고통스럽게 하며, 우리가 자살의
순간에 있는 듯이 느끼게 해 주는, 혹은
모든 인간이 사는 곳으로부터 아득히 떨어진
숲속에서 길을 잃고 헤매는 느낌을 주는
책이다. 책은 우리 내부의 얼어붙은 바다를
깨뜨려 주는 도끼 같은 역할을 해야 할
것이다.[51]

분명 이런 주문에 부응하는 책들은 단순히 세상에 잔학 행위들이 벌어졌다는 사실만으로는 쓰일 수 없을 것이다. 잔학 행위 자체는 수사학적 표현 외에는 아무런 언어적 변화도 보장해 주지 못한다. 그것은 하나의 제스처에 불과하다. 또한 이 제스처가 스스로 도출해 내는 결과라고는 수백만의 죽음들을 싸구려로 만드는 것뿐이다. 이때 필요한 것은 훨씬 더 힘들여 이룩한 어떤 것, 자신만의 개성을 보유한 어떤 것이다. 즉 예술이 상속받게 된 그 모든 모호한 우울 상태와 편집증에 대해 형상과 조리와 어떤 무상(無狀)의 아름다움을 부여하는 창조 행위 그 자체다. 프로이트는 제1차 세계 대전에 대해 쾌락 원칙 너머에 있는 죽음 본능을 가정함으로써 이러한 창조적 요구에 응답했다. 한편 예술가는 이 문제를 이렇게 받아들이게 된다. '쾌락 원칙을 넘어설 뿐만 아니라 그와 동시에 쾌락을 줄 수도 있을

만한 언어를 창조해야 한다.'

　이것은 궁극적으로 예술가에게 희생양의 역할을
강요하는 압력이다. 예술가는 그가 자신의 관객 혹은
독자와 공유하는 속박들, 즉 그들 모두가 지지하는 죄
들과 불투명한 적의들을 해방하는 비탄의 언어를 만들
어 내야 하며, 그러기 위해 자신을 위험 속에 내맡기고
자기 안의 상처받기 쉬운 영역을 탐구한다. 이는 마치
상상 속에서 자신의 죽음을 상징적·시험적으로 실행
해 보는 것과 같다. 가능한 모든 죽음의 가능성을 머릿
속에서 시연해 보는 것이다. 카뮈는 "자살이란 훌륭한
예술 작품처럼 마음의 침묵 속에 이미 준비되어 있다"
고 말했다. 그러한 불가피한 결론 역시 점점 더 들어맞
는 것처럼 느껴진다. 어떤 압박하에서는, 위대한 예술
작품이란 일종의 자살이기 때문이다.

그러한 차원의 죽음으로 들어가는 데에는 상반된 두
가지 길이 있다. 하나는 '전체주의 예술'이라고 부를
수 있는 것을 통하는 길이다. 오해가 없기를 바란다.
이 전체주의 예술은 전체주의 사회가 선호하며 추구해
온 예술과는 아예 본질적으로 다른 것이다. 그 예술은
인간을 비인간화하는 과정을 인간적으로 조망해 내기
위해 역사적 상황에 정면으로 맞서고, 그러면서 그와
다소 거칠게 대결한다. 두 번째 길은 내가 다른 곳에서
'극단주의 예술'이라고 칭했던 것이다. 이 예술론은 '파
괴'가 전적으로 인간의 내부로 향했으며, 따라서 예술

가는 생존 가능성과 불가능성, 그리고 견딜 수 있는 것과 견딜 수 없는 것 사이에 존재하는 그 협소하고 난폭한 영역을 오직 자기 내면 안에서 신중히 탐색하게 된다고 말한다. 이 두 가지 접근 방식의 공통점은 예술가와 그가 다루는 소재 사이의 관계가 변화하면서 발생했다는 것이다.

'전체주의 예술'에게 있어 그러한 '변화'는 불가피하고도 씁쓸한 것이었다. 왜냐하면 경찰 국가가 펼치는 공포 정치는 전통적으로 예술의 기반이 되어 온 강력한 개인주의——개인의 독창적인 통찰의 가치에 대한 절대적 믿음——를 불가능하게 하는 상황을 만들어 냈기 때문이다. 예술가가 마치 기술자나 공장 노동자나 관리자처럼 국가 정책에 이바지하는 정도에 따라 평가받는다면, 그의 예술은 선전의 위치로——어느 때는 그 형태나마 세련되지만, 대개의 경우는 그렇지도 못한—— 전락하고 만다. 그와 같은 역할을 거부하는 예술가는 모든 것을 거부하는 셈이 된다. 그리하여 그는 잉여적인 존재가 된다. 전통적 의미와 가치를 지닌 예술이 이러한 압제 상황에서 만들어 낼 수 있는 결과물은 자살이다. 결국은 자살과 마찬가지가 되고 마는 침묵이다.

아마도 이것이 바로 1917년의 격동기 이전에 작품을 쓰기 시작했으며 '침묵과 망명과 교활함'이라는 조이스적 대안을 거부했던 한 세대의 러시아 시인들이 마주하게 된 엄청난 재해율을 설명해 줄 수 있을 것이다. 1926년 세르게이 예세닌이 최후의 위대한 탐미적 제스처로서 자신의 손목을 베어 그 피로 이별의 시를 쓰고 죽은 뒤, 마야콥스키는 그를 비난하며 다음과 같이 썼다.

이러한 삶 속에서 죽기는 어렵지 않다.
산다는 것이 더욱 어렵다.

그러나 그로부터 5년이 채 못 되어, 러시아의 혁명 시인 영웅이자 장전된 리볼버로 러시안룰렛 게임을 두 번씩이나 했던 천성적 도박사인 마야콥스키도 결국 자신의 정치적 원칙들이 자신의 시를 그 근원으로부터 오염시키고 있다는 결론을 내렸다. 그리하여 그는 마지막 러시안룰렛을 시도했고, 거기서 지고 말았다. 그는 유서에 "나는 이 방식을 다른 사람들에게는 권하지 않는다"고 간결하게 적었다. 그럼에도 몇몇 사람은 그의 뒤를 그대로 따랐다(만델스탐이나 바벨처럼 숙청을 통해 사라진 사람들은 별개로 하자). 보리스 파스테르나크는 그들 모두를 향한 하나의 비문(碑文)을 썼다. 그 글은 다음과 같다.

가장 중요한 점에서 출발하자면 이렇다.
우리는 자살에 선행하는 내면의 고통에
대해서는 아무것도 모른다는 점이다. 고문대
위에서 육체적 고문을 당하는 사람들은

지속적으로 의식을 상실한 상태에 있다. 또한 견딜 수 없을 만큼 커다란 고통의 강렬함은 그들의 종말을 앞당긴다. 그러나 그처럼 사람의 운명이 집행자의 처분에 좌우되는 경우, 그는 고통으로 의식이 혼미해질 때조차 적멸하지 않는다. 왜냐하면 그는 자신이 종말하는 순간에 존재하고 있고, 그의 과거가 그에게 속해 있으며, 따라서 그는 그 지난 기억들을 이용할 수도 있고, 그러한 사실은 그가 죽기 전에 도움을 줄 수 있기 때문이다.

반면 자살을 작정한 사람은 그의 존재에 하나의 완전한 종지부를 찍는다. 그는 자신의 과거로부터 등을 돌리고 자신을 파산자로 선언하며 자신의 기억들을 실재하지 않았던 것으로 단정한다. 과거의 기억들은 그에게 더 이상 아무런 쓸모도 없으며 그를 구원해 주지도 못한다. 그는 자기 자신을 그 기억들이 미치지 못하는 곳에 위치시킨다. 그의 내면적 삶의 연속성은 무너지고 그의 인격은 종말에 선다. 이런 그를 자살로 이끄는 결정적인 요소는 그 결심의 확고함이 아니다. 그 요소는 아마도 이런 것들일 테다. 누구에게도 속하지 않은 채 존재하는 고뇌.

고통을 느끼는 자의 부재에도 불구하고
존재하는 고통. 삶이 멈춰 버려 더 이상
그것을 채워 줄 수 없으므로 오직 공허해질
수밖에 없는 어떤 기다림.

　　내 생각에는 마야콥스키는 자존심
때문에 자살했던 것 같다. 그는 그 자신 속에
있는, 혹은 그와 가까이 있는 그 어떤 것을
용납할 수 없었던 것이다. 즉 그의 자존심이
그것에 굴복할 수 없었던 것이다. 예세닌도
자신이 행할 행위의 결과에 대해 올바로
생각해 보지도 않은 채 목을 맸던 듯하다.
그는 마음속 깊은 곳에서 이렇게 말하고
있었다. "누가 알겠는가? 어쩌면 이것은
아직 끝이 아닐지도 모른다. 아무것도 아직
결정된 것은 없다." 마리아 츠베타예바는
항상 창작함으로써 일상의 현실에 대항해
왔다. 그러나 그런 사치가 자신의 형편에
넘치는 행위임을 깨달았을 때, 그리고
아들을 위해 한동안 신에 대한 열정적인
몰두를 단념하고 냉정한 정신으로 주위를
돌아보아야 한다고 느꼈을 때, 그녀는
혼돈을 목격했다. 그것은 예술에 의해서도
걸러지지 않은, 고착된, 낯선, 움직이지 않는
혼돈이었다. 공포 때문에 어디로 달아나야
할지도 모르는 채 그녀는 죽음 속으로

숨어들었다. 베개 밑으로 머리를 숨겨
넣듯이 밧줄 속으로 머리를 밀어 넣었던
것이다. 내 생각에 파올로 야시빌리는 마치
마법에 홀린 듯이 1937년 시갈료프시나†에
완전히 사로잡히면서 머리가 이상해진
듯하다. 그는 밤에 잠들어 있는 딸을
바라보다 자신이 딸을 바라볼 자격이 없다는
생각에 사로잡혔고, 다음 날 아침 친구
집에 찾아가 그 친구의 이중 총신 엽총으로
자신의 머리를 박살 냈다. 한편 파데예프는
정치사의 안팎을 그처럼 교활하게 넘나드는
동안 그에게서 한시도 떠나지 않던 표정을,
그 용서를 비는 듯한 미소를 여전히 띤 채,
자신을 향해 방아쇠를 당기기 직전 혼자
이렇게 중얼거렸다. "자, 이제 다 끝났다.
안녕, 사샤."

분명한 것은 그들 모두가 형용할 수
없는 고통을 겪었다는 것이다. 그것은
정신병을 일으킬 정도로 극심한 고통이었다.
우리가 그들의 재능과 빛나는 이름에 머리를

---

† Шигалёвщина, 도스토옙스키의 『악령』에 등장하는 시갈
료프의 사상을 일컫는 말. 시갈료프는 인격의 자유를 얻는
인류의 10분의 1이 나머지 10분의 9에 대한 무한한 권리를
얻는 사회를 주장한다.

숙여 경의를 표하듯이, 우리는 또한 그들의
고통 앞에서도 머리를 숙여 연민을 보내야
한다.[52]

파스테르나크는 그 자신도 현장에 있었던 사람답게 뼈
저린 어조로 쓰고 있다고 나는 생각한다. 그렇다고 그
가 자살을 고려해 본 적이 있다는 뜻은 아니다. 그 점
은 우리가 관심 가질 문제도 아니다. 내가 말하고 싶
은 것은 다만 자살이 피할 수 없는 사회적 현실이 되는
상황을 그가 견뎌 냈다는 사실이다. 그가 묘사하고 있
듯이, 그가 체험한 상황은 한나 아렌트의 말대로 전체
주의 체제가 전권을 획득할 때 이루어지는 상황과 완
전히 흡사하다. 전체주의 국가의 희생자처럼, 자살자
는 자기 자신의 역사와 자신의 일과 자신의 기억과 자
신의 모든 내적 삶을 말소하는 행위에, 다시 말해 그를
하나의 개인으로 규정해 주는 모든 것들을 말소하는
일에 수동적으로 참여한다.

　　　　강제 수용소는 죽음 그 자체를 익명적인
　　　　것으로 (포로가 죽었는지 살았는지를
　　　　알기 불가능하게) 만들었고, 이를 통해
　　　　죽음으로부터 죽음이 갖는 의미를, 즉
　　　　완성된 생의 종말이라는 의미를 박탈해
　　　　버렸다. 어떤 의미에서 이 수용소들은 개인
　　　　고유의 죽음을 앗아가 버렸으며, 그럼으로써

그 개인은 아무것도 가진 것이 없고 또한
어느 누구에게도 속하지 않았다는 사실을
증명해 주었다. 그러한 죽음은 그 개인이
전혀 존재하지 않았다는 사실을 확인해 주는
도장을 찍어 줄 뿐이었다.[53]

아렌트가 이야기하는 수백만의 몰살된 사람들에게나,
파스테르나크가 이야기하는 자살자들에게나 공포의
상황은 똑같은 것이었다. 즉 그것은 "예술로도 걸러지
지 않고 고착되어 있는, 낯선, 움직이지 않는 혼돈"이
다. 그러나 이 자살자들은 적어도 자유의 마지막 한 조
각은 붙들고 있었다. 그들은 자신의 목숨을 버릴 수 있
었던 것이다. 이것은 얼마간 정치적인 행위이다. 마치
1969년 프라하에서 있었던 얀 팔라치라는 학생의 자기
희생처럼, 항거의 몸짓이기도 하고 체제에 대한 단죄
이기도 한 것이다. 그것은 또한 자기 자신의 진실을 확
인하는 행위이기도 하다. 예술가는 삶과 자기 자신의
진실에 너무도 큰 가치를 부여하는 까닭에 그 진실들
이 완전히 전도되는 것을 견뎌 내지 못한다. 그리하여
전체주의 국가는 예술가들에게 마치 선물인 양 자살을
선사하는데, 그것은 그가 이전에 남긴 모든 작품의 가
치를 확인해 주는 최후의 예술 작품이 된다.

파스테르나크가 이런 식으로 말소되기를 거부하
고 어떤 정치적 기적을 통해 계속 시와 소설을 써 나갔
던 것은, 마치 더는 남아 있지 않은 그 모든 개인적 가

치들이 아직도 여전히 남아 있다는 듯이 작업을 이어
갈 수 있었던 것은 그 고유의 천재성과 특이성 덕분이
었다. 물론 그는 자신의 묵계를 지키기 위해 고립과 우
울이라는 대가를 치러야 했다. 다른 사람들의 경우, 그
만큼 깨끗하게 빠져나간 사람은 거의 없다. 그러나 더
럽혀진 몸으로 살아남은 사람들이든 죽어 버린 사람
들이든, 그 누구도 전체주의 체제의 진전으로 출현한
자연의 완전한 부패상을 숨김없이 드러내 보여 주지
는 못했다. 반드시 노력이 부족해서 그런 것만은 아니
었다. 수많은 시도가 있었음에도 불구하고, 경찰의 공
포와 강제 수용소는 예술가들이 거의 다루기 불가능한
주제들임이 밝혀졌다. 그곳에서 일어난 일은 상상을 초
월하는 것이었으므로, 결국 예술과 예술의 전통적인 기
반이었던 인간의 모든 가치를 뛰어넘어 버렸던 것이다.
　　가장 강력한 예외는 폴란드인인 타데우시 보로프
스키이다. 파스테르나크가 경의를 표했던 러시아 시인
들은 쓰는 일을 계속하다가 마침내 그들의 생애와 작
품이 역사에 의해 말소되어 버렸다고 느끼게 되었던
반면, 보로프스키는 바로 그와 같은 말소로부터 출발
했다는 점에서 남다르다. 그가 쓴 아우슈비츠 이야기
가운데 하나인 「나치스」에서 그는 신랄하게 다음과 같
이 말한다. "사실 나 역시 거짓말을 할 수도 있을 것이
다. 문학이 진실을 표방하는 척하며 익숙하게 사용해
왔던 그 유서 깊은 방법을 이용해서 말이다. 그러나 나
에게는 상상력이 부족하다." 그는 자신의 상상력이 부

족하다고 말하면서 수용소 생활의 견딜 수 없는 사실들을 회피하려 드는 문학의 인습적 수단들, 예컨대 멜로드라마적 속임수, 자기 연민, 선전 등을 모두 피해 갔다. 그 대신 그는 문예적 장식뿐만 아니라 감정 자체마저 배제한 간결하고 냉정한 문체를 완성했다. 그 문체 속에서, 아우슈비츠에서의 광적이고 괴이한 삶은 아무런 논평 없이, 그래서 아무런 가식 없이 스스로 말하게끔 되었다. "축구 시합을 할 때 스로인을 두 번 하는 사이 내 등 뒤에서 3천 명이 살해당했다."[54] 마치 크리켓 경기가 펼쳐지는 영국 시골의 잔디밭처럼 평화로운 배경, 거기서 한가로이 진행되는 축구 시합. 이 목가적이고 전원시적인 묘사에 뒤따르는 문장은 폭탄처럼 폭발한다. 보로프스키가 수행하는 예술은 일종의 축소-삭감이다. 그의 산문과 이야기들은 그곳에서 기술되는 삶들처럼 벌거벗겨져 있으며, 모든 것을 박탈당하고 있다. 폴란드의 한 비평가는 이렇게 지적한다. 그의 비극관은 "두 개의 가치 체계 사이에서 불가피하게 하나를 선택해야 했던 상황에 바탕을 두는 비극의 고전적 개념과는 관계가 없다. 보로프스키의 소설에 등장하는 주인공은 모든 선택의 기회를 박탈당한 인물이다. 그는 모든 선택이 저열하기 때문에 아무것도 선택할 수 없는 상황에 처한다." 나치의 가스실 속 죽음은, 죄가 있든 없든 관계없이 모든 사람에게 주어졌기 때문에 "주인공의 몰개성은 상황 자체의 몰개성을 수반했다."[55] 보로프스키 본인은 자신의 소설들을 "어떤 종류의 윤리의 극단적 한계까지 따라가 보는 여행"이라고 불렀다. 그의 소설은 모든 윤리가 부재하는 곳에서 만들어진 윤리이며, 그와 동시에 리프턴이 "정신적 마비"라고 부른 것의 극단적 형태를 기술하기 위해 최소한의 언어만을 이용해 능숙하게 구현한 웅변적 언어이기도 하다. 보로프스키는 자신의 산문을 수용소 생활에서 보는 사실들과 이미지들로 환원 축소하고, 거기에 자기 의견을 집어넣기를 거부한다. 또한 그는 이러한 생략과 침묵을 통해 수용소 수감자들의 삶을 장악하고 있던 정신 상태를 정확히 규정하고자 애쓴다. '잔혹하고 비인격적이고 착취적이며 죽어가듯 활력을 잃어버린 상태.' 사회 윤리적 측면에서 말하자면, 그 정신 상태는 자살자의 그것처럼 일종의 사후적 생존 상태라고 할 수 있다. 앞서 파스테르나크는 이런 상태에 빠진 사람을 다음과 같이 묘사한 바 있다. "[그는] 자기 존재에 하나의 완전한 종지부를 찍는 (…) 자신의 과거로부터 등을 돌리고 (…) 자신을 파산자로 선언하며 자신의 기억들을 실재하지 않았던 것으로 단정한다."

이것이 이른바 '전체주의 예술'이다. '극단주의 예술'이 자살 미수자들의 예술이라면, 이것은 자살 성공자들의 예술이다. 보로프스키는 그것을 이루기 위해 단계적으로 삼중의 자살을 했다. 실제 그는 아우슈비츠에서 다른 일반 죄수들과 운명을 같이 나누기 위해 병원 간호병이라는 비교적 편한 자리를 자진하여 단념하는 대단히 용기 있는 행동을 했다. 하지만 그의 소설 속 일인칭 단수 화자는 냉담하고 타락한 사람으로, 수용소 서열에서 좋은 자리를 차지하고 있다. 그 화자는 수용소에서 살아남은 예술가로서 등장하는데, 그는 동료 희생자들을 간수들보다 더 미워하고 있다. 왜냐하면 희생자들의 나약성이 자신의 나약성을 드러내고, 그들의 죽음 하나하나가 그 죽음을 거부하려는 더 큰 노력과 더 깊은 죄의식을 요구하기 때문이다. 그리하여 그의 첫 번째 자살, 자기 파괴는 도덕적인 것이 된다. 즉 그는 자신이 묘사하는 악독한 사람과 자신을 동일시함으로써 다른 수많은 사람들이 죽어 갔을 때 자신은 살아남았다는 죄의식을 누그러뜨리고 있었던 것이다. 두 번째 자살은 그의 강제 수용소 이야기들이 쓰인 다음에 이루어졌다. 즉 그는 문학을 완전히 포기하고 스스로 스탈린의 정치관에 빠져 버렸던 것이다. 마지막 자살은 실제적인 것이다. 그는 아우슈비츠의 치클론 B 가스에서 빠져나온 지 5년 뒤인 1952년, 그의 나이 27세였던 때 집에서 가스를 틀어 놓고 죽었다.

불행한 시대의 정치가들과 경제학자들은 '생각할 수 없는 것에 관해 생각하기'를 두고 유창하게 이야기할 수 있을지도 모른다. 그러나 작가들에게는 그 문제가 더 뼈저리고 급박하며, 심지어 훨씬 더 어려운 것이다. 앞서 이야기했던 히로시마 생존자처럼, 보로프스키도 그가 아는 것을 적절히 전달할 수 없었다는 데 대해 절망했었던 듯하다. "나는 내가 체험해 온 것을 이야기하고 싶었다. 그런데 이해할 수 없는 언어를 사용하는 작가를 도대체 누가 믿어 줄 것인가? 그건 마치 나무나 돌멩이를 설득하려는 것과 같은 짓이다."그에게 있어 언어의 요건은 결국 '박탈'로 판명되었다. 그의 언어는 바로 전체주의 희생자들의 삶처럼 인격을 상실당하고 박탈당한, 치장도 비판도 없이 그저 사실과 이미지들만을 보여 주는 일종의 '전체주의 예술'이었다. 그와 비슷하게 페터 바이스는 「취소」라는 다큐멘터리 희곡을 창작하면서 아무것도 새로 창조해 내지 않았고 아무것도 첨가하지 않았다. 그는 그저 빈 무대와 누군지 모르게 분장시킨 익명의 배우들을 이용했고, 모든 대사는 아우슈비츠 전범 재판이 남긴 실제 기록물을 기술적으로 재편집한 것이었다. 그 결과는 수용소에 관한 어떠한 '상상적' 재창조 작업보다도 훨씬 더 충격적이었다.

한편, 그와 비슷한 곳에 당도한 사무엘 베케트는 스펙트럼의 다른 끝에서 시작했다. 말, 말, 말에 대한 아일랜드인 특유의 천재성을 가지고 출발한 그는 콜리지가 "죽음 속의 삶(Life-in-Death)"이라고 부른 세계를 창조함으로써 완결지었다. 그의 인물들은 사후적이고 움직임 없는 삶을 영위하며, 모든 인간적 특질과 욕망과 재산과 희망을 상실하고 있다. 그들에게 남은 것은 언어뿐이다. 그들은 자신들에게 주어진 현재의 불모성을 완화해 보기 위해 사물과 감정이 아직 살아 있던 시간-과거를 희미하고도 의식적인 주문을 통해 불러낸다. 이때 베케트의 초연함과 그 흠 잡을 데 없는 타이

밍 감각은 이 전반적인 무력함으로부터 희극을 창출해 내는데, 이 희극성은 결국에는 그 황량함을 더욱 완벽하게 만드는 데 기여할 뿐이다.

베케트는 비극을 만들고 싶은 유혹마저 거부함으로써, 그리고 자신의 언어를 살아남을 수 있는 한에서 최소한으로 양식화함으로써 그의 세계를 난공불락으로 만든다. 마치 생명체가 다 타 버린 별을 포기하듯, 신이 포기해 버린 세계를 창조하는 것이다. 이와 같은 종말적 우의를 표현하기 위하여 그는 모든 치장을 배제한 최소한의 기교를 이용한다. 이는 보로프스키의 강제 수용소 이야기와 닮아 있으며, 그와 똑같은 박탈 상태에 있다. 즉 베케트는 '내부 세계의 전체주의'와 맞닥뜨린 것이다.

전체주의 문학과 극단주의 문학이 만나는 곳이 이곳이다. 노먼 메일러가 서구의 근대적·통계적 민주 정치를 "전체주의적"이라고 말했을 때, 그 말은 예술가가 독재 체제에서처럼 실제로 구속당하고 재갈이 물려지고 활동을 제한당한다는 뜻이 아니었다. 그런 생각은 가장 극심한 편집증 환자라도 정당화할 수 없는 환상일 것이다. 메일러가 말하려 했던 바는 다음과 같다. 대중 민주 정치, 대중 윤리, 대중 매체는 개인과는 무관하게 번성하며, 개인이 거기에 참여하고자 할 때는 반드시 자신의 본능과 통찰들이 최소한 부분적으로나마 왜곡되는 것을 감수해야 한다는 것이다. 개인이 사회적인 안락을 얻기 위해서는 그의 영혼이라고 불렸던 것, 즉 그를 다른 사람들과 구별해 주는 특징과 그의 유일성과 정신적 에너지와 자아를 희생해야 한다. 여기에 더하여, 개인의 의식이 인식의 말단에서부터 끊임없이 분출해 들어오는 폭력에 의해 물들어 가고 있다는 문제가 있다. 수많은 국지전, 반란, 시위, 정치적 암살 같은 사건들이 마치 텔레비전 화면에 나오는 또 하나의 속보처럼, 말하자면 그저 눈길만 살짝 돌려도 눈에 뜨이는 것이다. 그 외에도 또한 '공포의 균형'을 이룰 것으로 기대되는 '궁극적 폭력'†의 실현 가능성에 대한, 표면에 드러나 있지는 않으나 결코 외면할 수 없는 인식이 있다. 이 모든 요소가 합해진 결과, 정치적 현상으로서가 아니라 정신적 상태로서의 전체주의가 가능해진다.

"극단적인 질병에 대해서는 극단적인 치료책이 있다"고 몽테뉴는 말했다. 우리가 지금 논의하고 있는 상태의 경우, 역사적으로 그 치료책은 근본적이고 심원한 예술적 혁명이었다. 워즈워스와 콜리지가 『서정가요집』을 내고 엘리엇이 『황무지』를 냈을 때 이루어진 혁명 같은 것이다. 어떤 의미로 보면, 방금 언급한 시인들이 성취한 혁명적 성과는 '주관적 관점이 최고'라는 초기 낭만주의자들의 주장과 함께 시작되었던 혁명을 비로소 완성하는 일'이었다. 그러나 감정의 자연스러운 분출에 내포된 그 이상은 원칙적으로는 받아들여질 수 있었으나 실제로는 다 적용되지 못했다. 왜냐하면 그 이상이 결코 부정할 수 없는 것들을 부정하는 듯 보였기 때문이다. 다시 말해 낭만주의는 예술가가 지닌 지성, 특히 그의 영감을 가치 있고 실용적으로 사용한다는 현실적 인식을 부정했으며, 또한 대체로 단조롭고 지루한 창조 작업의 전 과정 역시 부정했다. 이러한 낭만주의의 과도한 부분들은 매슈 아널드, 플로베르, 제임스, 엘리엇, 조이스 등이 매우 중요시했던 기준에 의해 끊임없는 견제를 받으며 균형을 이루게 되었다. 그 기준이란 다음과 같다. 우선 예술가는 인격으로서의 자신과 분리되어 완전히 초연한 창조자로 존재할 것. 그리고 작품은 객관적, 자율적, '자기충족적'일 것. 다시 말해 (콜리지의 표현을 빌리면) "그것이 다른 방식이 아니고 바로 그렇게 되어야만 하는 이유"를 가질 것. 이러한 개념들은 일련의 고전주의에 대항하는 식으로 작용했다. 그 결과 19세기와 20세기의 최고 예술가들은 자신들의 믿음에 내재한 취약성과 자만으로부터, 때로는 철저한 몽매로부터 보호받을 수 있었다. 또한 셸리로부터 긴즈버그에 이르는 퇴폐적 낭만주의의 특성, 즉 감정과 지성의 분열로 인해 혼란에 빠진 영혼‡으로 변하지 않도록 보호받을 수 있었다.

---

† 　궁극적 폭력이란 핵무기처럼 압도적 위력을 가진 무기를 뜻하며, 공포의 균형이란 이 궁극적 폭력 수단을 서로 보유함으로써 서로를 향한 공포심을 통해 전쟁을 막는다는 개념을 뜻한다.

‡ 　엘리엇이 낭만주의 시의 약점으로서 지적한 개념이다.

그리고 이 모든 것의 반대가 오늘날의 예술, 아널 드 이후이자 엘리엇 이후의 예술이다. 여기서는 작품이 자신만의 독자적인 법칙을 가지고 따로 구획되지 않고 예술가의 삶과 끊임없이 상호 육성하는 관계 속에 있다. 다시 말해서 예술 작품의 존립이 의존적·잠정적으로만 이루어지는 것이다. 그런 예술은 각각의 경험에 내재한 에너지와 욕구와 기분과 혼란을 가장 명확한 언어로 해석해 내며, 이를 통해 일시적인 평온을 선사하고, 그런 다음 개인의 생애 속을 계속 전진한다 (혹은 그곳을 향해 다시 돌아간다). 이 점을 최초로 암시한 사람은 카뮈였다. 그는 『시지프 신화』에서 한 사람이 창조한 작품들은 오직 그 작가의 죽음을 통해서만 "그 분명한 의미를 끄집어낼 수 있다"고 말했다. 그는 또한 말했다. "작품들은 다름 아닌 그 작가 자신으로부터 가장 분명한 조명을 받는다. 죽음의 순간에 이르면 그때까지 계속 쓰여 온 그의 작품들은 실패의 집산에 지나지 않는다. 그러나 그 실패들이 모두 동일한 반향을 가지고 있다면, 창작자는 자신이 처한 상황의 형태를 용케 되풀이하여 그려 냄으로써 그가 소유한 불모의 비밀이 허공에 울려 퍼질 수 있도록 이끌었다고 볼 수 있다." 이러한 생각은 미국 시인 헤이든 커루스 (Hayden Carruth)에 의해 받아들여져서 오늘날 예술의 상황을 기술하는 데 웅변적으로 적용되었다.

　　[인생은] 그 실제성에 있어서 (체험 그

자체가 아니라) 체험에 대한 우리의 자체적
해석이며 재조직이고 은유적 구성이다.
그것은 연속적인 상상적 행위들의 결과이다.
즉 그것은 하나의 예술 작품이다. 바꾸어
말하면 한 예술 작품은 인생이다. 그것이
경험의 밑바탕에 충실한 것이라면 말이다.
그리하여 한 세기 동안 예술가들은 아널드적
인생 비평으로부터 실존적인 생을 창조하는
행위로 이행해 왔으며, 이러한 이행을 통해
얻은 것과 잃은 것 두 가지는 모두 엄청난
것들이다.

　　　가장 큰 손실은 아마도 예술에 대해
우리가 안다고 생각했던 것 가운데 상당
부분을 잃게 되었다는 것이다. 왜냐하면
이제 우리는 예술이 어떤 방식으로 무한한
것인지를 정확히 알았기 때문이다. 예술은
자유롭고 책임질 줄 안다는 데서 무한하며,
그 점에서 하나의 인생이다. 그것의 유일한
끝은 심장이 폭발할 때나 태양이 폭발할 때
오는 우연적 중단뿐이다. 그럼에도 개개의
예술 '작품(piece)'†은 어떤 의미에서는
분명 객체적인 것이라 할 수 있다. 그것은

---

† 　　'단편적인 조각'의 의미를 포함함.

지면 위에, 혹은 캔버스 위에 놓여 있기
때문이다. 실질적으로 말해서 무한한
객체란 무엇이겠는가? 그것은 하나의 단편,
우연적인 단편이다. 그것은 본질적인 형태를
갖지 않은 채, 모든 방향에서 저 너머에
있는 것을 향해 차츰 변화해 가는 단편이다.
그리하여 지난 20년 동안 우리의 예술은
우연성·단편성·개방성 등의 성격을 갖게
되었다.

　　문학에서 특정한 '작품'이란, 구조적으로
볼 때 원형보다는 선형에 가까운 것이며,
의도 면에 있어서는 종말적이라기보다는
확장 가능한 것이고, 또 어떻게 보면
실체와 연결돼 있다기보다는 그 실체를
아예 포괄하는 것이다. 적어도 창작된
작품들의 경향은 그러했다. 그리고 이러한
경향은 말할 필요도 없이 자전적이다.
창작은 체험의 소용돌이 속에서 이루어지는
예술가에 의한 자기 창조 행위이다.[56]

그리하여 고전주의와의 결별은 새로운 형태의 낭만주
의 ── 여전히 지나치게 안락하고 자기탐닉적이며 무
비판적이어서 당대의 현실을 나타내기에는 적합하지
못한 ── 를 낳는 대신에 실존주의 예술을 낳았다. 이
실존주의 예술은 고전주의 선조들만큼 긴장되고 엄격

하면서도 그보다 훨씬 덜 제한되어 있는데, 왜냐하면 실존주의 예술이 다루는 주제가 지난 수백 년 동안 예술가들이 ── 특히 18세기 작가들과 신고전주의 작가들이 ── 그처럼 초조하고 못마땅한 듯한 태도로 회피해 버린 그 격렬한 혼돈들이기 때문이다.

예를 들어 T. S. 엘리엇의 어느 시는 불투명하다. 그것은 그 안으로 빛을 모아들여 그 시 자체의 완벽한 이미지만을 반사한다. 그에 비해 로버트 로웰의 시는 구성의 신중성에 있어서는 그에 못지않지만, 마치 투명한 필터와도 같아서 그것을 통해 시인 자신의 모습을 환히 들여다볼 수 있게 한다. 노먼 메일러의 경우도 그와 비슷하다. 『밤의 군대들 *The Armies of the Night*』에서 메일러는 그 자신도 실제로 동참했던 현대 역사의 한 단편(1967년 국방성을 향한 행진)을 다룬다. 그는 그 실제 사건에 부수되는 모든 익살과 혼란과 정치적 소용돌이를 담아내며, 그와 동시에 서로 갈등하고 서로가 서로의 발목을 붙드는 그 모든 순간을 마치 민완 기자처럼 그려 낸다. 이때 그는 그러한 순간들을 예술가로서 발전하고 있는 그 자신의 의식이 지닌 충혈된 눈동자에 비친 반영처럼 그려 낸다. 그리고 이를 통해 각각의 사건과 순간 들을 첨예한 일관성을 갖춘 어떤 내적 시나리오로 변모시킨다. 힘의 정치학이 체험의 정치학에 의해 대치된 것이다.

물론 이러한 변화의 그 어떤 측면도 예술가를 예술이라는 노동으로부터 면제해 주지 않는다. 그것이

긴즈버그를 추종하는 고백파 시인들이 그처럼 슬퍼 보이는 여러 이유 가운데 하나이다. 한 예술가가 '체험'이라는 혼란스러운 세계를 더 직접적으로 대면하면 할수록, 그의 지성에게는 통제력과 주의력을 더욱더 강화해야 한다는 요구가 주어진다. 또한 그가 아는 것을 약화하거나 그릇되게 하지 않기 위해 그가 개발해야 할 상상력의 질량은 갈수록 더 무거워진다. 그러나 이런 요구 혹은 의무에 요구되는 지성은 고전주의 예술이 필요로 하던 지성과는 본질적으로 다르다. 그것은 잠정적이며, 불만족의 상태에 있고, 안정되어 있지 않다. D. H. 로런스가 자신의 자유시에 대해서 말했듯이, "그것에는 완결이 없다. 그것은 만족스러운 안정성을 갖지 않는다. 다시 말하면 불변적인 것을 좋아하는 사람들을 만족시킬 수 없는 것이다. 그 어느 것도 만족시키지는 못한다. 그것은 즉각적이고 순간적이다."⁵⁷ 그리하여 문제는 다음과 같다. 안정된 고전주의적 조화가 아닌, 실험적이고 유동적이며 끊임없이 즉흥적으로 이루어지는 삶 그 자체의 균형을 이루기 위해 완벽하게 작동해야 할 예술적 지성을, 예술가는 어떻게 다룰 것인가. 앞 문장에서 언급한 균형은 항상 위태로운 상태에 있으므로 이와 관계된 일은 많은 모험을 수반한다. 안 그래도 예술가는 때로 고통스러운 불안 상태에 이를 정도로 자신의 내면적 삶의 진실에 관여하고 있으므로, 이 모험은 더욱 도전적인 일이 된다. 아널드 이후의 예술과 내가 말하는 부조리한 죽음의 차원이 결합하는 곳이 바로 여기다. 내 생각에, 지난 15년 동안의 예술적 혁명은 메일러가 의미하는 바의 전체주의에 대한 반응으로서 일어났다. 저 바깥의 어떤 다른 나라 혹은 어떤 다른 정치 체제 속에 존재하는 수많은 개별적 현실로서의 전체주의가 아니라, 우리가 숨 쉬고 있는 사악한 대기의 일부인 전체주의에 대해서 말이다. 인간 자아에 깃든 허무주의적 성향과 파괴적 성정은 —— 정신분석학의 덕분으로 우리가 뚜렷하고도 점진적으로 의식하게 된 바와 같이 —— 난폭한 우리 사회가 가진 허무주의적 경향을 정확하게 반영한 것임이 밝혀졌다. 분명 우리는 그것을 외부에서 정치적으로 통제할 수는 없다. 하지만 우리는 적어도 우리의 내부에서 예술적으로 그것을 통제하려고 노력할 수는 있다.

여기서 중요한 단어는 '통제'다. 극단주의 시인들은 견딜 수 있는 것과 견딜 수 없는 것을 갈라 주는 경계, 무너지기 쉬운 그 경계를 따라 정신적 탐험에 몰두한다. 그러나 그들은 또한 자신들의 표현이 지녀야 할 명료함과 정확함과 확고한 직접성에도 그만큼 몰두한다. 이 점에서 그들은 초현실주의자들보다는 엘리엇을 비롯한 1920년대의 대가들이 세운 기준, 즉 정신에 더 많은 부담을 가하는 고도의 기준과 더 많은 공통점을 가진다. 초현실주의자들은 그런 기준보다는 무의식이 내보이는 재치나 별스러움에 관심을 가졌던 것이다. 초현실주의자들은 아무런 억제 없이 내달리는 정신이 발견해 내는 우연적이고 기괴한 연결들로부터 본질적으로 풍경화 예술을 창조해 냈다. 그에 비해 극단주의 예술가들은 그 밑의 단계, 즉 프로이트가 "꿈의 작업" 이라고 지칭한 것이 시작되기 전의 단계에 몰두해 있다. 다시 말하면 그들은 꿈의 원료들에 몰두하는 것이다. 즉 꿈들이 생략하거나 전위시키거나 위장시켜 표현하는 그 모든 슬픔과 죄의식과 적의를, 그들은 직접적이고 날카롭고 능숙하고 완전한 의식을 가진 채 표현하고자 한다. 극단주의는 요컨대 초현실주의보다는 정신분석과 더욱 많은 공통점을 가진다고 할 수 있다.

시의 경우, 영어권 시인으로서 그와 같은 스타일을 가진 네 명의 대표자를 들자면 로버트 로웰, 존 베리먼, 테드 휴스, 실비아 플라스를 꼽을 수 있다. 이들은 모두 고도로 훈련되어 있었으며, 문학 형식이 요구하는 규칙과 그 규칙에 내재된 예술적 가능성을 잘 인식하고 있었다. 그들 모두는 궁극적으로는 엘리엇으로부터 이어받은 치밀한 구조를 갖추었으며, 따라서 신중하고 긴장된 지적 스타일로 출발했다가 각자 다른 방향으로 나아갔다. 그들이 지향하는 시 속에서는 방법론이 무시할 수 없을 만큼 중요한 요소로 자리 잡고 있다. 하지만 그것은 내부의 어떤 절박성보다는 하위에 있으며, 그 절박성은 시가 겨우 견딜 수 있을 정도의 한계까지 그들을 끊임없이 밀어붙인다. 이는 불가피한 과정이다. 그들이 저마다 어떤 종류의 개인적 심연의 가장자리로부터 의식적으로 시들을 건져 올리고 있기 때문이다. 이런 점에서 볼 때 매우 중요한 작품이

로웰의 『인생 연구』다. 거기서 그는 자기 초기 시의 특징을 이루었던 것, 즉 고도로 정교한 로만 가톨릭의 상징으로부터 등을 돌리고 떠난다. 성직(聖職)을 내버린 그는 훨씬 투명하고 자유로워 보이는 스타일을 얻었는데, 이는 주기적으로 발작을 일으켰던 그가 자기 내면의 혼돈과 마주하기 위해서* 선택한 방식이었다. 어떤 기묘한 창작 논리에 의해서, 즉 얼마간은 그의 위대하고 천부적인 재능 때문에, 또 얼마간은 독자들 본인은 인식하지 못하는 그들의 요구 —— 예술로 구원받지 못한 삶이 얼마나 혼란스럽고 우울할지 가늠하지 못하는 독자들이 들이대는 엄격한 심미적 잣대 —— 에 의해, 그는 더욱 단순한 형식으로 더욱 개인적인 이야기를 썼다. 그러면 그럴수록 그의 작품은 더욱 진실해졌고 더욱 권위 있는 것이 되어 갔다. 겉보기에는 개인적인 것으로 보이는 것을, 그는 우리 모두의 불안한 상황을 집중적으로 다룬 시로 변모시켰던 것이다. 이와 무척 유사하게, 존 베리먼도 「브래드스트리트 여사를 찬미하는 노래Homage to Mistress Bradstreet」의 공적·문학적 세계와 작별했고, 이후 여전히 양식화되어 있으면서도 훨씬 더 개인적인 영역인 「꿈 노래Dream Songs」의 세계로 전환했다. 이 시기의 작품들은 처음에는 비행과 고뇌와 숙취와 그다음 날 아침의 절망에 관한 기이한 시적 일기로부터 시작하여, 차츰 아버지의 자살, 친구들의 요절, 그리고 자살에 이를 정도로 절망적인 자신의 상황에 관한 이야기로 넘어간다. 시 안에서, 그

이야기들은 정화되고 더 심화되었다. 베리먼은 이전에
는 항상 강모(强毛)처럼 튼튼한 정신의 힘을 가진 시인
이었다. 그런데 이제는 슬픔과 상실감이 그의 작품에
절박함이라는 새로운 차원을 첨가하고, 그때부터 그의
작품들은 하나같이 죄의식과 증오와 속죄라는 비탄의
전 과정을 통과하게 되었다. 이 기나긴 과정은 마침내
자기 자신의 숙명적 죽음을 아름다우리만큼 투명하게
받아들이면서 끝난다. 말하자면 그는 자기 자신의 비
문을 쓰는 것으로 끝맺는다.

더 젊은 세대에 속하는 테드 휴스나 실비아 플라
스는 그보다 훨씬 먼 길을 따라 출발했고, 허무주의의
오지를 더욱 깊게 탐색했다. 테드 휴스는 날카로운 디
테일과 의외의 초점 이동으로 가득 찬 색다른 동물 연
작시로 출발한다. 그는 이 시들을 통하여 자기 내부에
서 감지되는 모든 예측 불가한 폭력성을 그 온갖 짐승
들에게 훌륭하게 투사한다. 그 동물들은 마치 악령에
씌기라도 한 듯 점차 중심 세력으로 부상한다. 묘사는
독백으로 바뀌고, 그 독백 속에서는 죽이는 일도 위장
되거나 변명되지 않는다. 결국 시인 자신도 그 내부의
폭력성으로 인해 잡아먹고 잡아먹히는 존재가 된다.
유고슬라비아의 시인 바스코 포파(Vasco Popa)의 예를
따라, 휴스는 마치 정신 이상을 겪는 어린애들이 게임
을 할 때처럼 자신의 개인적 괴물들을 독단적인 규칙
에 종속시켜 강력히 통제한다. 그는 또한 보기 드문 집
요함으로 어둠을 탐색한다. 현재까지 그가 거둔 성과

는 반(反)서사시적 반(反)영웅인 크로를 만들어 낸 것인데, 크로가 가진 남다른 특징은 생존력이다. 그는 항상 위세당당하고 강단이 있어 어떠한 곤경과 마주할지라도 오뚝이처럼 일어선다. 그는 마치 희망처럼 죽여 없앨 수 없는 존재다. 그러나 그를 죽여 없앨 수 없는 이유는 바로 그에게 희망이 없기 때문이다. 그는 파멸에 대해서만 반짝이는 눈을 가졌으며, 그의 염세관은 확고 불변이다. 휴스가 그리는 여러 동물들은 서로 다른 방식을 통해서, 그러나 근본적으로는 어떤 본능적인 은총에 의해서 모두 구제된다. 그에 비해 크로는 구제 불가능한 존재이며 순수한 죽음 본능이다.

극단주의적 충동을 전면적으로, 아니, 그야말로 최종적으로 발현한 시인은 실비아 플라스다. 다시 한번 간단히 요약해 보자. 초기 시의 섬세하고 다소 기교적이었던 스타일에 그녀 자신이 불만을 느끼기 시작한 시기는 대체로 로웰의 『인생 연구』 출간과 일치했다. 로웰은 '고백 시'가 빠질 수 있는 어리석은 곤경에 빠지지 않고도 그와 같은 일들을 시로 쓸 수 있다는 사실을 입증해 주었다. 이러한 결론은 플라스가 줄곧 기다려 왔던 구실, 즉 그녀가 앞으로 하려는 바를 정당화해 줄 구실이 되어 주었다. 또한 그것은 그녀가 어렸을 때 겪은 아버지의 이른 죽음 이래로, 그리고 스무 살 때 그녀가 자살을 기도했던 이래로 꾸준히 쌓여 오기만 했던 아픔을 풀어 줄 수 있는 열쇠이기도 했다. 생애 마지막 몇 달 동안 쏟아져 나온 빛나는 시들 속에서, 그녀는 로웰이 입증한 성과를 논리적 목적지로 삼아 자신의 분노, 죄의식, 거부, 사랑 그리고──그녀로 하여금 마침내 자신의 목숨을 끊게 한──파괴성 사이의 연관성을 치밀하게 탐색했다. 그녀는 자신의 시가 가치 있는 것이 되기 위해서는 다름 아닌 자신의 죽음과 같은 진지한 문제와 정면으로 대결하지 않으면 안 된다고 판정했던 듯하다. 그럼으로써 그녀는 소위 긍정의 생애를 살아가는 대부분의 시인들보다 더 많은 독창성과 냉소적 에너지를 자신의 시에 부여할 수 있었던 것이다.

그러한 길은 통과 불가능한 것으로 보였지만, 그녀는 그렇지 않다는 사실을 입증했다. 하지만 그 길은 일방통행이었고, 그녀는 그 길을 따라 너무 멀리 간 나머지 되돌아오지 못했다. 그녀의 자살 행위 그 자체는 베리먼의 자살이나 로웰의 발병, 휴스의 개인적인 공포와 마찬가지로 부차적인 것이었다. 그 행위는 그녀의 작품에 아무것도 첨가해 주지 못하며, 작품에 관해 아무것도 입증해 주지 못한다. 자살은 그녀가 자신의 휘발성 소재들을 다루면서 취했던 하나의 모험이었을 따름이다. 사실 극단주의자들이 공유하는 것은 어떤 스타일이라기보다는 모험의 가치, 혹은 더 나아가 '모험이 필요하다'는 믿음이다. 그들은 세기말적 탐미주의자들마냥 모험을 거부하지 않으며, 히피풍의 모호한 사랑으로 이루어진 바닷속──온화하고 따뜻하지만 그 밑바닥은 진흙탕인──에 빠져들지도 않는다. 불멸이 아닌 숙명적 사멸, 바로 그것을 드러내는 어렴풋한 예후들과 정면 대결하겠다는 결의, 그리고 그것을 자기 가까이로 끌어와서 이해하고 받아들이고 관리하기 위해 모든 상상의 자원과 기교를 동원하겠다는 태도. 바로 이것이 전위를 흉내 내는 유행의 무리로부터 진정으로 앞서가는 예술을 구별해 준다고 하겠다. 이러한 조건 속에서도 예술가에 따라서는 로버트 프로스트나 에즈라 파운드처럼 오랫동안 살 수 있다. 그러나 최소한 그의 창작 속에만큼은, 역시 상상력의 자살이, 반드시 일어나게 마련이다.

내가 말하려는 바는, 가장 훌륭한 현대 예술가들은 앞서 언급했던 히로시마 생존자가 불가능하다고 생각했던 것을 해냈다는 사실이다. 그들은 자신들의 개인적인 고난으로부터 "제 죽음의 원인조차 모르는 모르모트들을 위로할 수 있는 공적 언어"를 창조해 냈다. 이는 고급 예술이 더 주목받아야 한다고, 더 나아가 그 생명을 계속 이어 가야 한다고 주장하기에 알맞은 근거일 것이다. 예술이 자신의 권리를 쟁취하려 들기는커녕 그 스스로도 차츰 확신을 잃어 가는 듯한 이런 시대에는 더욱, 상기한 작업들을 통해 더 많은 확신을 얻어야 할 것이다. 이러한 고급 예술들은 그들의 독자나 관객이 자신들의 에너지를 공유할 수 있도록 죽음의 모습을 취함으로써 윤리적으로도 살아남게 된다. 이 숙제를 성취하기 위해 예술가는 스스로 희생양 역할을 맡는다. 자신이 지닌 죽음과 취약함을 다름 아닌 자신에게 투여해 시험하는 것이다.

이렇게 말하고 나면, 예술은 죽음뿐만 아니라 다른 여러 현상에 관한 것이기도 하지 않느냐는 반문이 나올지도 모른다. 사실 그러한 호전적 반문이 가끔 있다. 예를 들어 예술이 현대 그 어느 때보다도 섹스에 몰두하고 있지 않은가 하는 반문이다. 그러나 내가 보기엔, 성의 노골적 표현은 예술의 새로운 물꼬를 트는 작업이라기보다는 오히려 일종의 보수주의에 기반한 특성이 아닐까 싶다. 어쨌거나 바로 그 성에 대한 싸움에서는, 이미 20세기 초의 사반세기 동안 프로이트와 로런스가 싸워 이겨 놓았다. 보수적인 인물들은 이 결론에 대고 투덜거리거나 때로 항의할지도 모르지만, 『포트노이의 불평』이 전무후무한 베스트셀러로 자리잡는 사회에서 성의 허용 여부는 더 이상 문제가 되지 않는다. 문제는 어떤 예술이 저항을 종용하느냐다. 삶의 실상을 알려 주는 예술은 여기에 부합하지 않는다. 저항을 종용하는 예술은 부조리하고 제멋대로이고 까닭 없고 부당하며 '필연적으로 우리가 만들어 낸 사회의 일부이기도 한' 죽음과 폭력의 실상을 전하는 예술이다. 감상자가 상상을 통해 죽음과 폭력의 실상을 인정한 뒤, 그것을 자기 온몸의 마디마디로 받아들이기를 강요하는 예술.

카뮈는 그의 『작가수첩』에 이렇게 썼다. "단 한 가지 자유가 있을 뿐이다. 죽음과 화해할 수 있는 자유. 그 이후로는 모든 것이 가능하다."

†††

세상에는 글을 쓰는 사람과 글을 쓰지 않는 사람, 두 종류의 사람이 있다. 쓰는 사람은 절망을 표현하고, 쓰지 않는 사람은 그것을 못마땅해하며 자신이 더 나은 지혜를 가졌다고 믿는다. 그러나 만약 그들이 글을 쓸 수 있다면 그들도 똑같은 것을 쓰게 될 것이다. 본질적으로 그들은 모두 똑같이 절망한다. 그러나 절망을 통해 중요성을 가진 존재가 될 기회를 얻지 못한다면, 절망에 빠지고 그것을 드러내는 수고를 할 가치가 없다. 이것이 절망을 정복한 것이라고 할 수 있을까?

—— 쇠렌 키르케고르

삶이라는 게임에서 가장 큰 판돈, 즉 생명 자체를 걸 수 없을 때 삶은 빈약해지고 흥미로운 면을 잃어버린다. 이를테면 미국식의 가벼운 연애처럼 삶은 얕고 공허해진다. (…) 전쟁은 죽음에 대한 관습적인 태도를 쓸어가 버릴 것이 분명하다. 죽음은 더 이상 부정될 수 없다. 우리는 그것을 믿어야만 한다. 사람들은 실제로 죽는다. 한 명씩 죽는 것이 아니라, 하루에 수만 명이 죽는다. (…) 삶은 분명 다시금 흥미로운 것이 되었다. 삶은 본래의 충만함을 회복했다.

—— 지그문트 프로이트

죽음과의 전투는 모두 시작되기도 전에 이미 패배
한 싸움이다. 그 전투의 찬란함은 결과에 있는 것이
아니라 오로지 그 행위의 품위에 있다.

—— 파울루이스 란스베르크

나는 마음속에서 모든 것을 저울질하고, 모든 것을
떠올려 보았다.
앞으로 올 세월은 호흡의 낭비처럼 보였고,
지난 세월 역시 호흡의 낭비였다
이 삶, 이 죽음에 비하면.

—— W. B. 예이츠

진보적인 영혼에게 내밀하게 주어진 공포는 언제나
자살이지, 살인이 아니다.

—— 노먼 메일러

하나의 계급으로서 자살을 감행하는 것은 지식인들
의 의무다.

—— 체 게바라

남몰래 가장 두려워하던 일은 언제나 일어난다. (…)
필요한 것은 약간의 용기뿐이다. 고통이 더 뚜렷하
고 결정적인 것이 될수록 삶에 대한 본능은 더욱 강

하게 자신을 주장하고, 자살에 대한 생각은 물러나게 된다. 생각만 했을 때는 자살이 쉬워 보였다. 연약한 여자들도 그것을 해냈다. 자살에는 자부심이 아니라 겸손이 필요하다. 이 모든 것이 역겹다. 말이 아니라 행동이다. 더 이상 쓰지 않겠다.

—— 체사레 파베세의 마지막 일기 도입부

제 5 장

에필로그 · 해방

†

크나큰 고통 뒤에는, 형식적인 감정이 찾아온다 ─
신경은 무덤처럼 격식을 갖추어 앉아 있고 ─
굳어 버린 심장은 질문한다, 고통을 견딘 이가 그였는지,
그것이 어제였는지, 몇 세기 전이었는지.

발은 기계적으로 움직인다 ─
땅 위를, 혹은 공기중을, 혹은 무(無) 위를 ─
아무것도 개의치 않는
나무로 만든 뻣뻣한 길,
석영의 만족감, 돌과도 같은 ─

이것은 납의 시간이다 ─
살아남는다면 기억되리라,
얼어붙은 사람들이 눈을 떠올리는 것처럼 ─
처음에는 한기 ─ 그다음은 마비 ─ 그리고 놓아 버림 ─

── 에밀리 디킨슨 ──

제5장
에필로그·해방

이렇게 된 마당에야, 나는 내 자신이 자살 실패자라는 얘기를 고백하지 않을 수 없다. 아마 이런 고백은 꽤나 형편없어 보일 것이다. 세상에 스스로 자기 목숨을 끊는 것만큼 손쉬운 일은 없어 보이기 때문이다. 실제로 이 문제에 관한 최후의 권위자라 할 수 있는 세네카는 출구가 도처에 널려 있다고 오만스럽게 지적했다. 모든 벼랑과 강, 모든 나무의 가지 하나하나, 우리 몸속의 핏줄 하나하나가 우리를 해방하리라는 것이었다. 그러나 막상 닥치고 보면 그렇지가 않다. 자기가 죽는 방식을 되는 대로 아무렇게나 선택하는 사람은 아무도 없다. 스스로 목매달아 죽기로 결심한 사람은 결코 달리는 기차에 뛰어들지 않는다. 죽는 방식이 더 세련되고 고통이 없는 것일수록 그 실패율은 더욱 커진다. 최소한 그 점만은 내가 보증할 수 있다. 나는 자살을 목표로 두고 장기간에 걸쳐 집요하리만큼 신중하게 계획을 쌓아 올렸다. 자살이 내 인생 불변의 초점이 되면서 다른 모든 일은 우스꽝스러운 심심풀이로밖에 보이지 않았다. 때때로 느닷없이 터져 나오는 작품, 세상의 그 모든 자질구레한 성공이나 실망, 심지어 침착해지거나 긴장이 풀리는 순간조차 저 깊은 밑바닥을 향해 우울을 한 층 한 층 뚫고 끝없이 내려가는 여정의 일시적인 정지에 불과한 것처럼 느껴졌다. 엘리베이터가 깊은 지하실을 향해 내려가다가 한 순간씩 멈춰 서는 것처럼 말이다. 그 어느 순간에도 저 밑바닥을 향해 내려가는 도정에서 벗어난다든가 혹은 그 방향을 바꾼다거나 하는 생각은 들지 않았다. 그러나 이 모든 몰입에도 불구하고 나는 정말로 그 일을 해내지는 못했다.

지금 생각해 보면, 나는 그 당시 스스로 인식하던 것보다도 더 오랫동안 그 죽음이라는 것을 잉태하고 있었던 것 같다. 내가 어린아이였을 때, 나의 양친이 정말 꼭 죽으려는 마음에서가 아니라 반쯤은 어쩔 수 없는 마음으로 가스 오븐에다 머리를 집어넣은 일이 있었다. 아니, 그들이 내게 해명한 바에 따르면 그랬다고 한다. 어린 시절의 나에게 그 행위는 어떤 찬란한 몸짓 같아 보였다. 하지만 그것은 이내 긴장의 베일로 둘러쳐진 자그마한 영역에, 말하자면 일종의 수수께끼 속에 감추어져 버렸고, 이후로는 아무런 설명 없이 일종의 암시로서만 간간이 드러날 뿐이었다. 게다가 그 암시마저 금세 감추어졌다. 그것은 숨겨진 것, 매력적이긴 하지만 아이들을 위한 것은 아닌 그 무엇이었다. 마치 섹스처럼. 그러나 그건 역시, 어른들 사이에선 분명히 일어나는 일이었다. 그 행위에 어떠한 히스테리와 코미디가 뒤따른다 해도——어린아이에겐 가스 오븐 속에다 고깃덩어리 집어넣듯 자기 머리를 집어넣는 행위는 비극적이라기보다는 우스꽝스러운 일로 보일 테다——자살은 결코 부인될 수 없는 하나의 사실이자 문제였다. 그것은 너무도 무시무시하긴 하지만, 사람들이 실제로 행하는 일이었다. 내 차례가 왔을 때, 나는 자살이라는 것을 나 혼자의 힘으로 몸소 발견해 낼 필요가 없었다.

아마도 바로 그 때문에, 훗날 성인이 된 나는 사정이 유독 견디기 힘들어질 때마다 마치 해자를 두른 부유한 저택에 살던 마리아나†처럼 "죽어 버렸으면" 하고 스스로에게 버릇처럼 되풀이하여 말하곤 했는지도 모른다. 그 말은 과거로부터 울려 나온 메아리였으며, 나를 나 자신의 사납고 거친 어린 시절과 연결해 주었다. 나는 아무런 생각 없이, 그리고 묵주 알을 세는 가톨릭 신부처럼 무의식적으로 그 말을 중얼거리곤 했

---

†   셰익스피어의 『자에는 자로 *Measure for measure*』에 등장하는 인물.

다. 그것은 악마를 물리치기 위한 나만의 독특한 주술적 의식이었으며, 말로 대신하는 초조한 안면 경련증이었다. 드와이트 맥도널드는 언젠가 "손을 어떻게 처리해야 할지 모를 때는 담배를 피워라, 마음을 어떻게 처치해야 할지 모를 때는 『타임』을 읽어라."라고 말한 적이 있다. 그와 비슷한 내 대응책은, 그 한마디 말을, 그 뜻이 완전히 사라진 것처럼 느껴질 때까지 되풀이하여 말하는 것이었다. "죽어버렸으면, 죽어버렸으면, 죽어버렸으면……" 하고 말이다. 그러던 어느 날 나는 내가 중얼거리고 있는 말의 진의를 깨달았다. 그때 나는 모든 부부가 하는 정석대로의 부부 싸움을 한 뒤, 햄스테드 히스의 변두리를 따라 걸어가던 중이었다. 그런데 갑자기 그 말이 흡사 난생처음 들어 보는 것처럼 내 귀에 들려 왔다. 나는 가만히 선 채 그 말에 주의를 기울였다. 그 말을 천천히 반복하면서 거기에 귀를 기울인 나는 내가 진심으로 그렇게 말하고 있음을 깨달았다. 그것은 너무나도 자명한 해답 같았다. 나는 이미 여러 해 동안 그 해답을 알았으면서도 스스로 그것을 인정하지 못하도록 막고 있었던 것이다. 나 자신이 어떻게 그토록 오랫동안 아둔할 수 있었는지 이해할 수 없었다.

그 이후로는 빠져나갈 길이라곤 단 한 가지밖에 없었다. 물론 그 길에 이르는 데에는 오랜 시간 ── 실제로 여러 달 ── 이 걸렸지만 말이다. 우리 ── 아내, 아이, 가사 도우미, 나, 그리고 트렁크를 겹겹이 얹은 짐 보따리——는 미국으로 옮겨 갔다. 나는 뉴잉글랜드의 어느 대학에서 한 학기 동안 강의할 계약을 맺은 뒤, 상당히 적적한 교외에 있는 커다란 교수 저택을 빌려 놓았다. 학교와 16킬로미터, 제일 가까운 상점과도 3킬로미터 떨어져 있는 그 집은 게르만풍의 음울함이 서려 있는 데다가 사는 비용이 너무도 비싸게 먹혔다. 게다가 자동차 운전을 할 줄 모르는 내 아내에게는 시베리아 벌판만큼이나 외로운 곳이었다. 이웃들도 대개 그녀보다 두 배쯤 나이가 많았다. 대학 당국은 대개 우리를 무시했고, 도와줄 기색조차 보이지 않았다. 집안엔 텔레비전조차 없었다. 결국 내가 텔레비전 한 대를 빌렸고, 아내는 마음 붙일 곳 하나 없이 두 달 동안 그저 텔레비전 앞에만 앉아 있었다. 이윽고 아내는 모든 걸 포기한 채 짐을 꾸려 아이와 함께 영국으로 가 버렸다. 아내를 비난할 수도 없었다. 나는 그저 얼빠진 것 같은 비참한 상태 속에 계속 머물렀다. 얼어붙은 눈 비탈 아래로 굴러가는 최후의 미끄러짐이 이미 시작된 상황이었고, 그건 이제 막을 도리가 없었다.

아내를 비난할 건 없었다. 그 가련한 여자가 내게——그리고 내가 그녀에게——불러일으켰던 그 적의와 절망감은 순전히 어린애 같은 유치한 원인에서 나온 것이었다. 아마 그 문제와 관계없는 외부인이라 하더라도 그 사실만은 내게 일러 줄 수 있었을 것이다. 그리고 나 역시 정신이 맑은 순간엔 그 점을 인식했다. 나는 그녀를 과거에 깊이 뿌리박고 있는 내 괴로움을 덮기 위한 핑계로 사용했던 것이다. 물론 그러한 사실을 단순히 두뇌로 인식하는 건 아무 소용없는 일이었고, 어쨌거나, 내 정신이 맑은 순간이 그리 많지도 않았다. 삶이 너무도 혼란스럽고 너무도 꽉꽉 막힌 것처럼 느껴졌기에 숨쉬기조차 힘들었다. 나는 숨 쉴 공기도 없고 출구도 없는, 폐쇄되고 응집된 세계에 살고 있었다. 내 그런 점이 사교적인 측면에서 유달리 눈에 띄었으리라고는 생각지 않는다. 나는 그저 평소보다 좀 더 긴장하고 좀 더 초조해하고, 좀 더 술을 많이 마셨을 따름이다. 그 표면 아래서는 조금씩 미쳐가고 있었지만. 나는 이미 자살의 폐쇄된 세계에 들어섰고, 내 인생은 나 스스로 억제할 수 없는 힘에 의해 살아지고 있었다.

학교의 크리스마스 방학을 맞은 나는 두 주일을 런던에서 보내기로 결심했다. 나는 스스로에게 말했다. 아마도 사정이 좀 나아지겠지, 최소한 아들 녀석이라도 보게 될 테니까. 그래서 나는 선물을 잔뜩 꾸려 가지고 제트기에 올라탔다. 죽도록 취한 채. 비행기 안의 내 좌석에 앉자마자 곧 의식이 나가 버렸고, 다시 깨어난 건 눈부신 해돋이 때였다. 저 아래로 어둠에 잠긴 섬들 ─ 헤브리디스제도였던 것 같다 ─ 이 보였고, 동녘 바다는 불타오르고 있었다. 그 고도에서 세상은 고요하고 생생하고, 견딜 수 있을 것처럼 보였다. 그러나 스코틀랜드의 프레스트윅 공항에 착륙했을 무렵엔, 교수형을 즐겨 언도하는 가혹한 판사의 검은 모자처럼 구름장들이 낮게 드리워져 있었다. 우리 승객들은 활주로 위에서 무력하게 기다리고 또 기다렸다. 드디어 빗방울이 기체를 때려 대기 시작했고, 마침내 런던 공항의 습기를 품은 안개가 서서히 걷혔다.

예정보다 몇 시간 늦게 집에 닿았다. 집안에는 아무도 없었다. 난로의 불이 활활 타오르고 있었고, 시계는 똑딱거렸고, 전화기는 말이 없었다. 나는 두려움과 기대 속에서 텅 빈 집안을 두루두루 돌아다니며 물건들을 만지작거렸다. 15분 뒤에 현관 쪽에서 소란스러운 소리가 들리더니, 고함을 치면서 계단을 뛰어 올라온 아들 녀석이 품 안으로 뛰어들었다. 아이의 어깨 너머로는 머뭇거리며 복도에 선 아내의 모습을 볼 수 있었다. 그녀 역시 겁에 질린 것처럼 보였다.

"당신이 행방불명이 된 줄 알았어." 아내가 말했다. "터미널로 내려갔는데, 당신이 보이질 않잖아."

"공항에서 곧장 엘리베이터를 탔어. 전화는 했지만 당신은 집을 떠난 뒤였을 테니까. 미안해."

싸늘하고 확신이 없는 태도로, 그녀는 내가 키스하도록 뺨을 내밀었다. 나는 여전히 아이를 두 팔에 안은 채 거기에 따랐다. 크리스마스까지는 아직도 일주일이나 남아 있었다.

우리에겐 가망이 없었다. 몇 시간도 채 되지 않아 우리는 다시 서로에게 등을 돌렸고, 그날 밤이 다 가기 전에 나는 술을 마시기 시작했다. 나는 대개는 여럿이서 함께 어울려 술을 마시는 사람이다. 다른 사람들처

럼 틈이 나면 술을 마실 때도 있지만, 그건 진짜 내 스
타일은 아니다. 게다가 나는 내 자제심을 극히 높이 평
가한다. 그러나 이번에는 목이 타들어 가는 것 같았고,
그 절박한 필요에 의해 술병에 손을 대고 말았다. 나
는 침대에서 빠져나오기 전부터, 거의 두 눈을 뜨기도
전부터 술을 마시기 시작했다. 아침 내내 쉼 없이 마셨
고, 그러다가 마침내 점심 무렵이 되어 뱃속에 위스키
반병이 들어가고 나서야 비로소 차츰 인간다운 기분이
들었다. 취하지는 않았다. 맨 처음 반병은 그저 평소에
술을 처음 입에 댈 때와 같은 정도의 침착한 기분을 가
져다주었을 따름이다. 물론 그걸 딱히 침착한 기분이
라고 말할 수는 없겠지만 말이다. 점심 시간에는 한 친
구—역시 의기소침하고 또한 술에 빠진—가 선술
집에서 나와 합세했고, 우리는 폐점 시간†까지 진탕만
탕 마셨다. 아내들과 함께 집에 돌아와서도 우리는 남
은 오후와 저녁 내내, 그리고 늦은 밤까지 끊임없이 술
을 마셨다. 중요한 건 오직 하나, 멈추지 않고 계속 마
시는 것뿐이었다. 이런 식으로 나는 그날 하루 동안 위
스키 한 병과 상당한 양의 와인과 맥주를 마셨다. 그럼
에도 별 효과를 얻지는 못했다. 저녁 무렵 내 아들 녀
석이 잠자리에 든다고 했을 때는 조금 비틀거렸던 것
같기도 하지만, 그 정도 마시는 것쯤이야, 우리 모두가
사로잡혀 있던 만취의 광란 중 작은 일부에 지나지 않
았다. 우리는 유행가가 담긴 음반을 소리 높여 틀어 놓
았고, 춤을 추었고, 힘겨루기 시합을 했다. 한 팔로 밀

기, 물구나무서기, 재주넘기도 했다. I파인트들이 맥주 잔을 이마에 얹은 채 맥주를 쏟지 않고 누웠다가 도로 일어서는 시합을 했다. 멈춰서 생각하고 느끼지 않기 위해 할 만한 것이면 뭐든 다 했다. 긴장이 너무도 극심했으므로, 그렇게 폭음이라도 하지 않았더라면 우린 아마 갈가리 찢겨 나갔을 것이다.

우리와 줄곧 어울리던 그 부부는 성탄절 휴가에 스키를 즐길 거라며 크리스마스이브에 떠나 버렸다. 아내와 나는 그냥 남겨진 채 서로를 노려보았다. 침묵 속에서, 매우 조심스럽게, 우리는 크리스마스트리를 장식하고 선물을 쌓아 놓으면서 기다렸다. 할 말은 아무것도 남지 않았다.

그날 오후 늦게 나는 얼마간 서성거리다가, 내가 미국으로 떠나기 전에 때때로 만나보곤 했던 심리 치료사에게 전화를 걸었다. "제가 지금 상당히 좋지 않은 상태인데, 좀 만나 뵐 수 있을까요?"

잠시 침묵이 흘렀다. "그건 좀 어렵겠는데요." 이윽고 그가 입을 열었다. "정말로 몹시 심한 상태입니까, 아니면 박싱데이‡까지 기다릴 수 있겠습니까?"

거지 같은 새끼가, 하고 나는 생각했다. 이놈한테도 크리스마스가 있다니, 될 대로 돼라. "예, 기다릴 수

---

†   오후 3시에 폐점함.

‡   크리스마스 다음 날.

있습니다."

"정말입니까?" 안심했다는 듯한 목소리였다. "여섯 시 반 즈음에 오시면 됩니다, 아주 절박한 경우라면 말이죠."

여섯 시라면 아이가 잠자리에 들 시각이었다. 나는 아이 곁에 있고 싶었다. "아, 괜찮습니다." 내가 말했다. "나중에 다시 제가 전화하지요, 해피 크리스마스." 크리스마스가 도대체 뭔가? 나는 아래층으로 내려갔다.

여태껏 살아오면서 나는 크리스마스를 혐오해 왔다. 불필요한 선물, 억지로 짜내는 쾌활함, 그 고된 희생, 맥 빠짐. 크리스마스란 지뢰밭을 걷듯이, 끊임없이 주의를 쏟으며 빠져나가야 하는 날이었다. 그래서 나는 침대에서 일어나기 전에 독한 위스키 한 잔으로 우선 힘을 냈다. 거기에다 내 아들의 흥분까지 합해지자 크리스마스라는 날에 희망의 반짝거림이 더해지는 듯했다. 녀석은 화려한 포장지와 리본과 나비 리본에 둘러싸여 앉은 채, 기쁨으로 환성을 질렀다. 세 살 때라면 크리스마스는 그래도 즐거움이 될 수 있었다. 어쩌면 이 위기를 무사히 넘길 수 있을지도 모른다는 기분이 차츰 들기 시작했다. 어쨌거나, 불더미에서 내 결혼 생활을 끌어내려고 미국에서 곧장 날아오지 않았던가? 아니, 내가 정말 그랬던가? 어쩌면 나는 이 결혼을 무사히 구해 낼 수 없다는 것을 알았는지도, 심지어 구해 내길 원치 않았는지도 모른다. 나는 단지 나 자신

을 파멸시키기 위한 그럴듯한 핑계를 찾고 있었는지도
모른다. 아마도 바로 그 때문에 나는 선물 포장을 끄르
기도 전에 또다시 그 모든 것에 발동을 걸었는지도 모
른다. 침묵 속의 분노(아이 앞에서는 그러지 않았지만),
서로에 대한 소리 없는 비난, 서로의 움츠림. 내가 몇
달 전에 처치해 버리기로 결심했던 내 인생 전체에 비
하면 결혼은 그 일부에 지나지 않았다.

　　그 뒤에 일어난 일들은 지금 별로 기억하지 못한
다. 아이와 장인과 장모를 위해 정석대로 칠면조 요리
를 먹었다. 저녁에는 근사하지만 좀 활기 없는 디너 파
티에 나갔고, 그리고 거기서 연이어, 그보다 좀 더 열
에 들떠 있는 어딘가로 갔다는 생각이 든다. 그러나 확
실치는 않다. 지금 기억할 수 있는 거라곤 평범하면서
도 아직 생생한 두 장면뿐이다. 내가 잘 모르는 다른
부부 한 쌍과 함께 우리는 집으로 돌아왔다. 남자는 시
인으로서는 성공하지 못했지만 저널리스트로 전향하
여 성공한 인물로, 작고 날렵하고 쾌활했다. 그의 아내
는 지금은 얼굴조차 떠오르지 않지만, 그 남자는 아직
도 가끔 텔레비전 화면에서 볼 수 있다. 런던보다는 품
위 있는 외국의 수도에서 노숙하게 보도를 보내오는
모습을. 내게 아직 남아 있는 그때의 첫 번째 기억은,
그 남자가 우리의 낡은 피아노 앞에 앉아 1930년대의
댄스 음악을 연주하던 일이다. 그때 그의 아내는 자기
남편의 뒤에 서서 노래를 불렀다. 나는 피아노에 기대
어 가락도 맞지 않는 콧노래로 따라 불렀다. 그리고 내

아내는 소파 위에 몸을 묻은 채 얼굴을 찡그리고 있었다. 우리 모두 몹시 취해 있었다. 그보다 더 뒤의 기억은, 내가 현관문 앞에 선 채 얼음 덮인 계단을 내려가던 그들 부부와 농담을 나눴던 순간이다. 그들은 정문을 빠져나가다가 뒤돌아서 손을 흔들었고, 나도 손을 흔들어서 답했다. "해피 크리스마스"라고 우리는 서로에게 외쳤다. 나는 문을 닫고, 아내에게 되돌아갔다.

그 이후부터 내가 병원에서 깨어나 노르스름한 안개 속에서 내 쪽을 향해 흐물거리며 다가오는 아내의 얼굴을 보았을 때까지의 일은 전혀 기억에 남아 있지 않다. 그때 아내는 울고 있었다. 그러나 그것은 사흘 뒤의 일이었다. 사흘 간의 망각, 내 머릿속의 빈 구멍.

그것은 이제 십 년 전의 일이다. 그리고 나는 오랜 시간을 거치면서 겨우 차츰차츰, 여러 사람들이 마지못해 변명하는 듯이 회상하는 암시와 단편적인 얘기들을 통해 실제의 진상을 조각조각 꿰맞출 수 있었다. 자살 미수자에게 그의 어리석음을 상기시켜 주려는 사람은 아무도 없다. 심지어 그들 자신조차 그 과거를 다시 떠올리게 될 만한 상황을 피하려 한다. 눈치와 경험이 그들에게 금지령을 내린 것이다. 아니면, 그들을 당황케 하고 입 다물게 만드는 것은 내가 자살에 '실패'했다는 사실 그 자체일까? 분명 성공적인 자살은 다루기 곤란한 미묘함을 전혀 불러일으키지 않는다. 그때는 남아 있는 모두가 자신만이 품고 있던 이야기를 털어놓으며 다 같이 함께하는 것이다. 그러나 내 경우에는 달랐다. 내가 아는 사건의 진상은 부분적이며, 또한 남의 이야기를 통해 들은 간접적인 것들뿐이다. 단 하나의 정확한 기술은 속기로 이루어진 음산한 진료 기록밖에 없다. 그렇다고 그게 문제가 되지는 않는다. 어차피 그 어떤 '진상'도 지금의 나에겐 개인적으로 큰 의미를 갖지 못하기 때문이다. 마치 그 모두가 다른 세상에 사는 다른 사람에게 일어났던 일만 같다.

지금 생각해 보면, 그 시인 겸 저널리스트가 자기 아내와 함께 돌아가 버리자 아내와 나는 최후로 끔찍한 싸움을 벌였던 것 같다. 전례 없이 지독한 싸움으로, 위층 손님 방에서 누가 묵고 있었든 그 손님이 잠결에 다 들을 수 있을 정도로 격렬한 말다툼이었다. 싸움 끝에 아내는 휑하니 집을 나가 버렸다. 아내가 느닷없이 짐을 싸 들고 미국으로부터 돌아왔던 때, 우리의 원래 집에는 세를 준 사람들이 아직 살고 있었다. 그래서 아내는 그 근처에 있는 아파트, 화려하지만 낡아 가기 시작한 빅토리아풍 아파트의 좀 지저분한 한 층을 임대했다. 아내는 아직도 그곳 열쇠를 갖고 있었으므로 거기서 그날 밤을 보낼 심산으로 그리 갔던 것이다. 끓어오르는 절망감 속에서, 그녀가 집을 나가 버린 상황은 나에 대한 최후의 일격으로 여겨졌을 것이다. 아니, 그것은 내가 기다리고 기다렸던 둘도 없는 구실이었다는 게 좀 더 알맞은 말이리라. 나는 위층 침실로 올라가 마흔다섯 알의 수면제를 삼켰다.

나는 대서양 양안의 의사들을 통해 그 수면제들

을 적립 스탬프를 모으듯 몇 달 동안 집요하게 모아 왔었다. 그 당시 밤잠을 두 시간 이상 연속해 자 본 적이 거의 없었으므로, 내가 수면제를 먹는 일은 정당하다고까지 할 수 있는 행위였다. 그러나 나는 언제나 의사들로부터 필요 이상의 수량을 확보했다. 미국을 떠나기 몇 주일 전부터 나는 수면제 복용을 중단하고, 스스로 느끼기에도 이제 곧 다가올 것 같은 그때에 대비하여 수면제들을 저장해 두기 시작했다. 마침내 그때가 닥쳐왔을 때는 마치 과자처럼 알록달록한 수면제 알들이 가득 찬 갑 하나가 대기하고 있었다. 나는 그 전부를 한꺼번에 삼켰다.

다음 날 아침, 위층 손님방에 묵고 있던 손님이 내게 차를 한 잔 갖고 왔다. 침실엔 커튼이 드리워져 침침했던 탓에 그는 내 모습을 제대로 보지 못했다. 그는 나의 불규칙한 숨소리를 들었지만, 숙취 때문이겠거니 생각했다. 그래서 그는 나를 그냥 그대로 놔두었다. 아내가 정오에 돌아와 한눈에 상태를 알아보고 앰뷸런스를 불렀다. 병원으로 옮겨졌을 때 나는 "의식불명, 약간의 치아노제 현상, 입에는 구토물, 맥박 빠름, 숨소리 미약함"의 상태였다고 의사 보고서에 씌어 있다. 나는 사전에서 '치아노제'라는 단어를 찾아보았다. "피의 산소 부족으로 인해 피부 전체가 검푸르게 변하는 병적인 상태"를 가리키는 말이었다. 혼수상태 속에서 토했고, 토한 것이 다시 삼켜진 모양이었다. 그것이 오른쪽 폐를 막으면서 내 얼굴마저 검푸르게 변했던 것이다.

의사들이 내 위장에서 바르비투르산염을 빨아올리자 나는 다시 한번, 그것도 한층 심하게 토했고, 토하는 도중에 그 토사물이 또다시 양쪽 폐로 흘러 들어가 폐는 더 심하게 막혔다. 그때 나는——다시 한번 그 단어를 사용하자면——'극심한 치아노제' 상태로 변했다. 나의 온몸은 토리당을 상징하는 푸른색으로 변했다. 의사들은 속에 든 내용물을 빨아내려고 애썼고, 산소를 공급하고 관장 주사를 놓았지만 아무런 효과가 없었다. 의사들이 내 아내에게 살아날 가망이 거의 없다고 말한 것이 바로 이때였던 것 같다. 그 사건 전체에 관해 그녀가 내게 들려준 얘기는 그것뿐이었다. 그 사건은 그녀에게 엄청난 쓰라림의 근원이 되었던 것이다. 내 양쪽 폐가 여전히 막혀 있었으므로 의사들은 기관지경을 사용했다. 이번에는 "상당한 양의 점액"을 빨아낼 수 있었다. 호흡용 관이 내 목구멍에 삽입되자 차츰 숨을 깊숙이 들이마셨다. 우선 위험한 고비는 넘겼다.

그것이 12월 26일, 박싱데이의 일이었다. 그다음 날도 여전히 의식이 없었고 그다음 날도 대부분은 의식이 없었지만, 의식불명 상태는 서서히 약해졌다. 폐가 아직 그대로 막혀 있었으므로 계속 파이프를 통해 산소를 주입하고 정맥주사로 영양을 보급했다. 혼수상태가 점점 옅어짐에 따라 불안도 점점 커졌다. 세 번째 날인 12월 28일에 나는 의식을 되찾았다. 의사들이 내 한쪽 팔에서 튜브를 떼어 내는 것을 느낄 수 있었다. 흐릿한 시야 속에서 나는, 눈물을 머금고 머뭇거리며 미소 짓는 아내의 모습을 보았다. 그 모습이 몹시도 흐릿하게 보였다. 곧 나는 잠에 떨어졌다.

그다음 날 대부분을 나는 소리 없이 울면서 보냈다. 모든 것이 두 겹으로 보였다. 여성 의사 두 명이 부드러운 태도로 철저히 캐물었다. 활짝 핀 아름다움과 커다란 덩치를 가진 물리치료사 두 명이 내게 운동을 시켰다. 내 폐는 그때까지도 좋지 않은 상태였던 것 같다. 먹을 수도 없는 음식이 담긴 쟁반이 한꺼번에 두 개나 나왔고, 이따금 글자 맞추기 퀴즈를 풀어 보려고 애썼지만 성공하지 못했다. 병동은 늙은 쌍둥이들로† 들끓었다.

어느 시점에, 경찰이 왔다. 그 당시에도 자살은 역시 범죄였던 것이다. 그들은 위압적이면서도 다소 동정하는 태도로 침대 곁에 앉아 질문을 했지만, 내 대답을 원치 않는 게 분명해 보였다. 경찰은 내가 설명하려고 하자 정중하게 내 말을 막으며 말했다. "우발적인 사고였죠, 안 그렇습니까?" 나는 애매하게 동의의 표시를 했다. 그리고 경찰은 가 버렸다.

한밤중에 깨어난 나는 누군가 가냘프게 울부짖는 소리를 들었다. 간호사 한 명이 희미한 불빛이 비치는 복도를 부산스럽게 달려 내려갔다. 그런 뒤 병동의 다른 쪽에서 더 가냘픈 신음 소리가 들려왔다. 그것은 흐릿한 어둠 속에서, 어느 다른 장소로부터 어렴풋하게 새어 나온 듯한 소리였다. 그러나 그 둘 중 어느 것도 수술이나 사고를 당한 뒤에 고통과 통증으로 격렬하게 내지르는 소리가 아니었다. 그 흐느낌의 가락은 형언할 수 없이 애잔하고 쇠잔했다. 그러고 나자 갑자기, 모든 것이 이중으로 보이는 내 시력에도 불구하고, 환자들이 왜 그토록 늙어 보이는지 알 것 같았다. 그곳은 더 이상 가망 없는 환자들의 최후 병동이었다. 내 주위의 모든 노인네들이 죽지 않기 위해 가냘프게 발버둥치고 있었다. 나는 서른한 살이었고, 그 모든 일에도 불구하고 아직 살아 있었다. 침대 안에서 몸을 꼼지락거리던 나는 몸 밑에 깔린 방수포를 처음으로 감지했다. 의식불명 상태에서 어린애들처럼 오줌을 쌌던 게 분명했다. 온 세상이 부끄러워졌다.

다음 날 아침엔 모든 게 이중으로 보이던 상태가 가셨다. 병동 벽면은 후줄근한 누런색이어서 구석마다 안개가 잔뜩 낀 것 같았다. 나는 비틀거리며 화장실로 갔다. 그곳 역시 더럽고 고약한 냄새가 코를 찔렀다. 나는 다시 비틀거리며 침대로 되돌아와, 잠시 쉬다가 아내에게 전화를 걸었다. 수면제와 폭음이 나를 죽이지 못한 바에야 그 어느 것도 나를 죽이진 못하리라. 나는 아내에게 집으로 돌아가겠다고 말했다. 나는 죽지 않았다. 그러므로 앞으로도 죽지 않을 것이었다. 어차피 병원에 그대로 머물러 봐야 별 뾰족한 수가 나오

---

† 시야가 이중으로 보이기 때문이다. 앞서 의사와 물리치료사가 두 명인 것도 그래서이다.

는 것도 아니었다.

의사들은 그렇게 보지 않았다. 나는 아직 위험 단계조차 벗어나지 못했다는 것이다. 양쪽 폐가 나쁜 상태다. 신열이 있다. 언제라도 더 악화할 수 있다. 위험한 일이다. 어리석은 짓이다. 우린 책임질 수 없다. 나는 무덤덤하게, 갓 태어난 아이처럼 허약하게 그냥 누운 채 그들이 왈가왈부하는 말들을 그대로 흘려보냈다. 결국 그들의 충고에도 불구하고 퇴원한다는 점을 인정하고 그들에게서 책임을 면제한다는 서류에 서명했다. 한 친구가 자동차로 나를 집까지 데려다주었다. 침실로 이어지는 계단을 한 층 올라가는 데에도 온 힘을 끌어모아야 했다. 몸이 무너질 것만 같았고, 흡사 종잇장으로 만들어진 양 투명해진 것 같았다. 그런데 파자마로 갈아입고 침대 속에 자리 잡자, 온몸에서 내가 느끼기에도 고약한 냄새가 풍겨 나왔다. 질병과 오줌과 시큼하고 묽은 죽음의 땀 냄새였다. 그래서 나는 한동안 쉬다가 목욕을 했다. 한편 아내는 병원 측의 지시에 따라 국립보건소 의사에게 전화를 걸었다. 그 의사는 한 마디 말도 없이 아내의 설명을 듣고 있다가 일언지하에 왕진을 거절했다. 내가 죽을 거라고 생각한 의사는 이미 엄청난 사망자 숫자가 올라 있을 자신의 기록에 나를 더 보태고 싶지 않았던 게 틀림없었다. 아내는 발끈하여 수화기를 쾅 내려놓긴 했지만, 내 푸르죽죽한 얼굴과 완전히 쇠약해진 몸을 보더니 두려워했다. 의사를 불러와야 했다. 마침내, 나를 병원에서 집으로 태워다 준 친구가 자신의 주치의를 불렀다. 권위 있고 저명한 그 의사가 당장 달려와 모두를 안심시켰다.

이것이 29일 목요일 저녁의 일이었다. 금요일과 토요일 내내 나는 침대에 멍하니 누워 있었다. 가끔씩 내 폐에 도움이 될 거라는 운동을 하기 위해 몸을 일으켰다. 아들과 조금 이야기를 나누었고, 책을 읽어 보려고 하다가 깜박깜박 잠에 떨어지곤 했다. 그러나 대개는 아무 일도 하지 않고 지냈다. 내 정신은 텅 비어 있었다. 때때로 나는 들이키고 내쉬는 내 숨소리에 귀를 기울였고, 때로는 내 심장이 고동치고 있는 게 어렴풋이 느껴지기도 했다. 그게 내게 혐오감을 가득 불러일으켰다. 나는 정말 살아 있고 싶지 않았던 것이다.

금요일 밤에는 끔찍한 꿈을 꾸었다. 아내와 내가 잔뜩 화가 난 채 서로를 위협하고 발을 쾅쾅 구르며 야만인의 춤을 추고 있었다. 춤 동작이 점차 더욱 광폭해져서 마침내 내 몸속의 모든 신경과 근육이 팽팽하게 뻗쳐 나오는 것이, 흡사 통제할 수 없는 맹렬한 전기 기계에 걸려 온몸이 조각조각 잡아 끊기는 것 같았다. 깨어났을 때는 땀에 흠씬 젖어 있었는데도 얼어 죽을 것처럼 이빨이 덜덜거렸다. 그러다가 금방 다시 깜박 잠에 떨어졌는데 역시 비슷한 악몽을 겪었다. 이번에는 사냥당하고 있었다. 무슨 짐승이었는지 하여간에 짐승이, 개가 쥐를 물고 흔들 때처럼 나를 붙잡고 흔들어 댔다. 다시 한번 관절과 신경과 근육이 찢겨 나가는 것 같았다. 결국 잠에서 깨어나 누운 채로 커튼만 뚫어

지게 바라보았다. 나는 눈을 동그랗게 뜬 채 무서움에
떨고 있었다. 혼수상태에 빠졌을 때조차 나를 거부했
던 그 죽음을 꿈속에서 맛본 것만 같았다. 아내가 나와
한 침대에서 자고 있었지만, 그녀는 내 손이 절대 미치
지 못하는 곳에 있었다. 오랫동안 그냥 누운 채 땀을
흘리며 온몸을 떨었다. 그토록 외로운 마음이 든 건 처
음이었다.

　　토요일 밤이 섣달그믐날이었다. 내가 미국에서 오
기도 전부터 우리는 그날 파티를 열기로 정해 놨었다.
그걸 이제 와서 취소할 도리는 없을 것 같았다. 침대
에서만 지내겠다고 의사에게 약속했으므로, 나는 파자
마에다 가운만 걸친 채 침대에서 왕자처럼 알현을 받
았다. 그것은 사람을 짜증스럽게 만드는, 거드럭거리
는 듯한 몰골이었다. 친구들은 의무감 때문에 나를 보
러 올라왔다. 친구들한테는 내가 폐렴에 걸렸다고 말
해 둔 터였다. 그들은 따분해 보였다. 아래로부터 들려
오는 음악과 여러 목소리들이 유혹했고, 어쨌거나 이
제는 밑져 봐야 본전이라는 생각이 들었다. 그래서 나
는 10시 30분에 침대에서 일어나 나와서는, 새해를 맞
기 위해서라고 말했다. 내가 다시 침대로 돌아간 때는
다음 날 새벽 여섯 시였다.

　　오전 열 시에 다시 일어났고, 아래로 내려가 집안
정리를 거들었다. 그동안 아내는 계속 잠들어 있었다.
새해의 떠들썩한 술잔치가 남긴 잔해는 나 자신이 이
끌어 온 끔찍한 생활의 잔해처럼 보였다. 나는 쾌활한

기분으로, 정말 하고 싶은 마음으로 일을 하기 시작해 쓸고 닦고 쓸데없는 물건들을 내버렸다. 점심시간에 아내가 간밤의 숙취로 비틀거리며 내려왔을 때, 집안은 반짝반짝 빛이 났다.

　일주일 뒤 나는 대학의 한 학기를 마저 끝내기 위해 미국으로 돌아갔다. 돌아가기 위해 짐을 싸다가 즐겨 입는 재킷 호주머니에서 밝고 노란 색깔의 어뢰처럼 생긴 커다란 수면제 한 알을 발견했다. 그것은 미국을 떠나던 날, 심한 불면증 환자인 한 미국인을 속여서 얻은 것이었다. 나는 그것을 빤히 쳐다보고 손바닥 위에서 이리저리 굴려 보면서, 그날 밤에 내가 어떻게 이걸 빼먹었을까 하고 의아해했다. 그 한 알의 수면제가 치명적으로 보였다. 마흔다섯 알로도 나는 살아났다. 마흔여섯 알이었다면 성공했을까? 나는 그것을 세면대에 놓고 물로 떠내려 보냈다.

　그건 그렇다 치고. 물론 내 결혼 생활은 끝났다. 체면 때문에 우리는 몇 달을 더 끈기 있게 버텼다. 그러나 우리 둘 다 그러한 위협의 그늘 아래서 그대로 살아갈 수는 없었다. 우리가 헤어질 무렵에는 아무것도 남아 있지 않았다. 어쩔 수 없이, 나는 사람들이 기대하는 대로 슬픈 몸짓을 해 보였다. 그러나 마음속에서는 이제 아무렇지도 않았다.

　사실 어떤 면에선 나는 **죽었었다**. 초긴장, 지긋지긋할 정도로 넘쳐나는 감수성, 자아의식, 오만함, 관념주의 같은 것들이 청년기의 내게 찾아들어서는 때가

되었는데도 떠나지 않는 지겨운 손님처럼 계속 머무
르고 있었지만, 결국 그것들은 수면제가 일으킨 혼수
상태를 살아 넘기지는 못했다. 마치 뒤늦게나마, 마침
내, 서글프게 내 삶의 순결을 잃어버린 것 같았다. 젊
은이들이 대개 그러하듯 나 역시 교만하고 방어적이었
으며, 내가 진심으로 뜻하지 않은 열광과 알지도 못하
는 죄의식으로 가득 차 있었다. 그랬기 때문에 나는 내
가련한 아내에게, 너무 젊어서 무슨 일이 일어나고 있
는지 알지도 못하는 그녀에게 엉망진창의 파괴자 역할
을 억지로 뒤집어씌웠던 것이다. 우리가 5년 동안 혼
란 속에서 엎치락뒤치락하던 모습은 물에 빠져 허우적
거리는 사람들이 서로 살아 보겠다고 서로를 밑으로
잡아당기는 꼴과 흡사했다. 그러다가 마침내 나는 완
전한 정지 상태 속에 사흘간 누워 있었고, 거기서 깨어
난 뒤에는 모든 사람과 모든 사물에게서 현기증 나는
듯한 심한 반동밖에 느끼지 못했다. 허약해진 몸뚱어
리, 미약한 숨결, 극히 미미한 감정의 움직임조차 내게
혐오감을 가득 불러일으켰다. 나는 다만 혼자 있고 싶
었을 따름이었다. 그러다 몇 달이 흘러가며, 나는 전보
다 덜 논리적이고 덜 낙관적이고 덜 상처받는 생활방
식 속에 서서히 자리 잡기 시작했다. 무감각한 중년으
로 넘어갈 태세를 갖추었던 것이다.

　　무엇보다도, 나는 실망했었다. 어찌 된 일인지, 죽
음이 나를 떨쳐 버렸다는 기분이 들었다. 나는 죽음으
로부터 그 이상을 기대하고 있었는데 말이다. 나는 뭔

가 압도적인 것을 기대했었다. 나의 그 모든 혼란을 정화해 줄 체험을 기대했었다. 그러나 결과를 보라. 그러한 체험은 내겐 승인되지 않았던 것이다. 내가 죽음에 관해 체험한 거라곤 그 뒤에 겪은 그 무시무시한 악몽이 전부다. 어쩌면 내가 죽음에 대해 그렇게 기대했던 건 내 청년기가 꾸물거리면서 뒤늦게까지 연장된 탓인지도 모른다. 청년들이란 언제나 너무 많은 것을 기대하니까 말이다. 그들은 순차적이며 불충분한 것이 아닌 즉각적이고 완벽한 해답을 원하곤 한다. 혹은 어쩌면 영화 탓인지도 모른다. 한때 나는 죽음이란 히치콕 감독이 만든 그 낡은 스릴러 영화들의 결말 같은 것이리라고 생각했었다. 주인공이 어릴 적 외상의 순간을, 공포와 분열이 처음 일어났던 그 상황을 성인이 되어 다시 경험하고, 그럼으로써 자유와 평안을 얻는다는 식의 결말 말이다. 이는 많이 모방되면서 정석이 되다시피 할 정도로 설득력 있는 플롯이다. 히치콕은 그 플롯을 가장 훌륭하게 사용한 인물이긴 하지만, 그 아이디어 자체를 창안하지는 않았다. 그는 당시까지만 해도 제대로 정리도 안 된 채로 정신분석학에서 얘기되던 '몰아 작용' 즉 '콤플렉스를 제거하고 감정을 정화하는, 진실이 가져다주는 결정적 순간'이라는 새로운 개념을 대중화하고 있었을 따름이다. 이 개념의 배후에는 생의 마지막 순간에 고해성사를 하거나 회심해야 한다는 종교적 믿음이 있으며, 물에 빠져 죽는 사람은 마지막으로 가라앉을 때 자신의 인생을 다시 체험한다고 말하는 늙은 아낙네들이 있다. 또다시 그 뒤를 살펴보면 그보다 더 유구한 전통, 즉 최후의 심판과 내세의 전통이 깔려 있다. 인간은 모두 죽음으로부터 무엇인가를 기대한다. 그것이 설사 파멸일 뿐이라 하더라도.

내가 얻은 것은 망각뿐이었다. 어느 모로 보나 사실상 나는 죽었었다. 검푸르게 변한 얼굴, 일정치 않은 맥박, 미약한 호흡. 의사들은 나를 포기했었다. 나는 생명의 가장자리까지, 건너편 길의 거의 끝까지 갔었다. 그러고서, 그 모든 것에도 불구하고, 서서히 그리고 내키지 않는 마음으로 그 길을 한 발짝씩 되돌아왔다. 그런데도 나는 여전히 그것에 대해 아무것도 모르고 있었다. 속았다는 기분이 들었다.

어째서 나는 그토록, 모종의 해답을 발견할 것이라는 확신으로 가득했을까? 한 인간이 다른 방법이 아닌 특정한 방법 하나를 골라 죽음을 택하는 데에는 언제나 그 나름대로 특별한 이유가 있는 법이며, 나 자신이 딱히 수면제를 삼킨 것에도 충분히 그럴듯한 이유가 있었다. 물론 그 당시엔 그러한 이유를 인식하지 못했지만 말이다. 나는 어린아이일 때 큰 발목 수술을 받으며 전신 마취를 했었다. 수술은 큰 성공을 거두진 못했고, 그 사실은 일정한 간격을 두고 어린 시절 내내 나를 괴롭혔다. 그 아픔의 공격을 예고하는 것은 언제나 똑같은 꿈이었다. 나의 온 가족과 관련된 복잡한 산수 문제를 풀어야만 하는 꿈. 내가 정답을 구하느냐 못 구하느냐에 온 가족의 안녕이 달려 있었다. 그 산

수 문제는 내가 성장함에 따라 변해 갔다. 내가 산수를 더 많이 배우면 배울수록 그 문제는 점점 더 까다로워졌고, 언제나 나보다 한 발짝 앞서 있었다. 마치 홍당무가 언제나 당나귀보다 한 발 앞에 매달려 있는 듯한 꼴이었다. 물론 문제 자체가 아무리 복잡하다 하더라도 그 해답만큼은 지극히 간단한 것일 터였다. 나는 그 사실을 그냥 알고 있었다. 단지 그 답이 잡히지만 않을 따름이었다. 그러다 열네 살이 된 나는 맹장염 수술을 받았고, 그때 다시 한번 전신 마취를 겪었다. 그 무렵은 산수 문제 푸는 꿈을 1~2년간 마주하지 않던 때였다. 그런데 에테르를 들이마시기 시작하자 그 모든 것이 다시 일어났다. 맨 처음 들이킨 자극적인 에테르가 폐에 들어간 순간, 나는 그 문제가 네온사인처럼 반짝이는 것을 보았다. 이번엔 미적분 문제였는데, 나의 온 가족이, 말하자면 그 산수 문제의 여러 항에 매달린 채 모여 있는 게 보였다. 숨을 내쉬고 다시 한번 에테르를 허파 가득 빨아들였을 때, 산수 문제의 숫자들이 컴퓨터 회로처럼 빙빙 돌았고, 그 방정식을 푸는 절차가 눈앞을 질주했고, 나는 해답을 얻었다. 간단한 두 자리 숫자였다. 나는 그 과정을 전부 알고 있었다. 그래서 사흘 뒤에 의식이 돌아왔을 때에도 나는 그 간단한 숫자를 기억했고, 심지어 그 숫자가 나온 경위와 절차까지 기억했다. 그러자 세상의 모든 근심이 사라졌다. 이윽고 그 꿈은 서서히 시들어 갔고 다시는 되풀이되지 않았다. 나는 죽음이 그와 같은 것이리라 생각했다. 위험한 고비를 거듭 거쳐 온 인생을 한꺼번에 설명해 주고 정당화해 주고 구원해 주는 전능한 환영(幻影), 혹은 뒤엉킨 두뇌의 회로 속에 급작스레 나타나는 최후의 심판 같은 것. 그러나 그와는 달리 내가 실제로 얻은 것은 머릿속의 텅 빈 공동, 완전한 제로, 무(無)였다. 나는 사기를 당했던 것이다.

자살을 시도하고 몇 달이 지난 뒤, 그래도 내 나름대로 해답을 얻었다는 사실을 차츰 깨닫게 되었다. 나로 하여금 스스로 목숨을 끊도록 종용했던 절망감은 아무것도 섞이지 않은 순수한 절망감, 마치 앞뒤를 가리지 못하는 무분별한 어린애가 느끼는 것과 같은, 절대적이고 해결 불가능한 절망감이었다. 그런데 유치하게도 나는 죽음이 그러한 절망감을 종식해 줄 뿐 아니라 설명까지 해 줄 거라는 기대를 품고 있었던 것이다. 결국 죽음이 나를 거부했을 때부터 서서히 깨달은 것은 그때까지 내가 틀린 언어를 사용해 왔다는 사실이었다. 그 절망감이라는 것을 나는 미국식으로 해석해 놓았던 것이다. 너무도 많은 미국 영화, 미국 소설, 미국으로의 잦은 여행 등이 내가 이해하던 것을 낯설고 낙천적인 언어로 바꾸어 놓았다. 언제부턴가 나는 불행하다고 하지 않고 내게 '문제들'이 있다고 생각하게 됐다. 그것은 낙관적 표현 방법이다. 문제가 있다는 것은 해답이 있다는 뜻이기 때문이다. 반면에 불행이란 그저 더불어 살지 않으면 안 되는 생활 조건, 곧 기후와도 같은 것이다. 어떠한 해답도 결코 존재하지 않음을, 심지어 죽음 속에도 존재하지 않음을 일단 인정하고 나자, 놀랍게도, 내가 행복하든 불행하든 크게 상관없다는 사실을 발견하게 되었다. '문제들'도, '문제들의 문제'도 더 이상 존재하지 않았다. 그리고 그러한 생각 자체가 이미 행복의 시작에 해당하는 것이었다.

그토록 명백한 것을 그토록 힘들게 배웠다는 것, 어른이 되기 위해 죽음의 거의 끝까지 가야 했었다는 사실이 지금으로서는 너무도 우스꽝스러워 보인다. 아직도 어딘가 속았다는, 놀림당했다는 기분이 남아 있고, 또한 내 어리석음에 대한 부끄러움도 남아 있다. 그렇긴 해도 결국, 망각도 한 가지 체험이다. 죽음이 단지 하나의 끝, 더도 덜도 아닌 확실한 끝이라는 사실을 내 육체와 신경 감각을 통해 스스로 발견한 이래로 모든 것은 전과 같지 않았다. 그러한 자그마한 인식 자체가 죽음의 한 형태가 아닐까 싶다. 어쨌거나 결국 수면제를 삼킨 젊은이와 거기서 살아남은 사람이 완전히 다른 인물인 이상, 누군가 혹은 무엇인가가 죽은 것임이 분명하다. 수면제 사건 이전의 나는 지금과는 완전히 다른 인생, 다른 사람이었다. 지금의 나로서는 그것들을 거의 알아볼 수도 없고 크게 좋아하지도 않는다. 물론 어쩌면, 그 이전의 인간이 오만하긴 했어도 지금의 나보다 훨씬 더 매력적인 인간이지 않았을까 생각되긴 하지만 말이다. 한편으로는 그때 그 인간의 격정과 절망감은 지금의 나에겐 있을성싶지 않고, 서글프고 묘하게도 사라져 버린 것 같다.

내 머릿속의 텅 빈 공동은 오랫동안 사라지지 않았다. 그 사건 이후로 5년 동안 흡사 무슨 신경 중추가 끊겨 작동하지 않게 된 것처럼 순전한 공백 상태가 주기적으로 찾아왔다. 그럴 때면 며칠 동안 망령이나 걸어 다니는 송장 같은 모양으로 줄곧 돌아다녔다. 그렇게 마비된 듯한 몽롱한 상태 속에서, 역시 난 결국 죽은 게 아닐까 생각하곤 했다. 하지만 만일 내가 죽었다면, 어떻게 그걸 알 수 있을까?

때가 되자 그 느낌마저 사라졌다. 몇 년 뒤 사건이 일어났던 그 집이 팔렸을 때, 나는 그 터무니없이 엄청났던 고통과 낭비를 쓰라리게 후회했다. 그 이후로 내 자살에 얽힌 일화는 위력을 잃었다. 그것은 빛바랜 낡은 내력, 반쯤 잊힌 어떤 사람에 대한 가십과도 같은, 그저 그런 재미밖에 주지 못하는 짤막한 이야기와 다를 바 없는 것이 되었다. 코리올라누스가 말한 대로, "어딘가 다른 곳에도 세상은 있다".

자살에 관해서 말하자면, 자살을 하나의 병으로 얘기하는 사회학자와 심리학자는 자살을 가장 악독한 대죄라고 부르는 가톨릭교도나 무슬림만큼이나 나를 당황케 한다. 내가 보기엔 자살은, 그것이 도덕을 초월한 문제인 것과 똑같이 사회적·심리적 예방을 초월한 문제다. 내게 자살이란 강요당하고 궁지에 몰리고 자연에 어긋나는 숙명에 맞서게 된 우리가 때로 스스로를 위해 일으키는, 무시무시하면서도 전적으로 자연스러운 반응인 것 같다. 그러나 자살은, 더는 내게 주어진 몫은 아니다. 이젠 아무래도 이전처럼 낙관적인 사람은 못 되기 때문인지도 모른다. 지금 나는, 죽음 그것이 내게 최후로 닥쳐 올 때는 어쩌면 자살보다 더욱 불결하고 틀림없이 자살보다 훨씬 더 불편하리라고 예측하고 있다.

†††

삶은 사실상 하나의 전쟁이다. 악은 무례하고 강하
며, 아름다움은 매혹적이지만 드물고, 선은 쉽사리
약해지고, 어리석음은 쉽사리 반항으로 흐르고, 사
악함이 승리하고, 멍청한 자들이 큰 자리를 차지하
고, 지각 있는 자들은 작은 곳에 머무르며, 인류는
대체로 불행하다. 그러나 있는 그대로의 세상은 환
상도, 환영도, 한밤의 악몽도 아니다. 우리는 영원히
다시 깨어난다. 우리는 그것을 잊을 수도, 부인할 수
도, 없앨 수도 없다.

　　　── 헨리 제임스

신은 무에서 모든 것을 창조했다. 그러나 그 무가
틈을 뚫고 나온다.

　　　── 폴 발레리

원주(原註)

제2장
자살의 역사적 배경

1. E. H. Carr, *The Romantic Exiles*, Harmondsworth 1949, p. 389에서 인용.

2. 둘 다 다음에서 인용했다. Glanville Williams, *The Sanctity of Life and the Criminal Law*, New York, 1957, and London, 1958, p. 233.

3. Emile Durkheim, *Suicide*, trans J. A. Spaulding and G. Simpson, New York, 1951, and London, 1952, pp. 327~30을 보라. (에밀 뒤르켐, 『자살론』)

4. Giles Romilly Fedden, *Suicide*, London and Toronto, 1938, p. 224에서 인용. 이 부분에서 나는 학문적으로 깊이 있으면서도 드물게 읽기 쉬운 이 책에 무척 의존했으며, 깊이 감사하는 마음이다.

5. Fedden, op. cit., p. 223.

6. *The Connoisseur*, quoted in Charles More, *A Full Enguiry into the Subject on Suicide*, 2 vols., London, 1790, I, pp. 323~24.

7. Fedden, op. cit., pp. 27~48에 여러 사례가 수록돼 있다.

8. Glanville Williams, op. cit., p. 233.

9. *The Times*, 21 January, 1970. 26일 자와 27일 자도 보라.

10. John Donne, *Biathanatos*, Part 1, Distinction 3, Section 2, Facsimile Text Society, New York, 1930, p. 58.

11. Freud, "Totem and Taboo", *Complete Psychological Works*, ed. James Strachey et al, vol. xiii, London, 1962, 특히 pp. 18~74를 보라. (지그문트 프로이트, 『종교의 기원』, 열린책들)

12. J. G. Frazer, *The Golden Bough*, abridged edition. New York, 1959, and London, 1960, p. 467. (제임스 조지 프레이저, 『황금가지』)

13. More, op. cit., I, p. 147을 참고하라.

14. Rapin's *Introduction to the History of England*, quoted by More, op. cit., I, p. 149 fn.

15. Gregory Zilboorg, "Sicide Among Civilized and Primitive Races", *American Journal of Psychiatry*, vol. 92, 1936, p. 1, 362.

16. Durkheim, op. cit., p. 218을 보라.

17. op. cit., p. 1, 368.

18. J. Wisse, *Selbstmord und Todesfurcht bei den Naturvolkern*, Zutphen, 1933, pp. 207~8, quoted by Zilboorg, op. cit., pp. 1, 352~53.

19. Fedden, op. cit., pp. 55, 59를 보라.

20. Libanius, quoted by Durkheim, op. cit., p. 330.

21. Fedden, op. cit., p. 83.

22. 두 인용 모두 다음에서 가져왔다. Fedden, op. cit., pp. 79-80.

23. Fedden, op. cit., p. 50.

24. Helen Silving, "Suicide and Law", in *Clues to Suicide*, ed. Edwin S. Shneidman and Norman L. Farberow, New York, 1957, and Maidenhead, 1963, pp. 80~81에서 인용.

25. Fedden, op. cit., p. 93을 보라.

26. Donne, op. cit., p. 54.

27. Fedden. op. cit,. p. 84에서 인용.

28. Donne, op. cit., pp. 64~65를 보라.

29. ibid., p. 66.

30. ibid., p. 60.

31. ibid., pp. 63, 65.

32. Gibbon, *Decline and Fall of the Roman Empire*, II, P 401, quoted by More, op. cit., I, p. 290. (에드워드 기번, 『로마제국 쇠망사』, 민음사)

33. Helen Silving, loc. cit., p. 81~82.

34. Glanville Williams, op. cit., p. 226; Perlson and Karpman, "Psychopathologic and Psycopathetic Reaction in Dogs", *Quarterly Journal of Criminal Psychopathology*, 1943, pp. 514~15를 인용.

35. Henry Morselli, *Suicide*, London, 1881, p. 3.

제3장
자살, 그 폐쇄된 세계

1. K. R. Eissler, *The Psychiatrist and the Dying Patient*, New York and Folkstone, 1955, p. 67.

2. Erwin Stengel, *Suicide and Attempted Suicide*, revised edition, Harmondsworth, 1969, p. 37.

3. Muralt's *Letters on the French and English Nations*, quoted in Charles More, *A Full Enquiry into the Subject of Suicide*, 2 vols., London, 1790, I, p. 377.

4. *The Spirit of the Laws*, translated by Mr Nugent, London, 1752, Book xiv, ch, xii, pp. 330~31.

5. Stengel, op. cit., p. 22를 보라.

6. Cesare Pavese, *This Business of Living*, translated by A. E. Murch, London and Toronto, 1961, p. 59. 이하 파베세의 모든 글은 이 책에서 인용한 것이다.

7. Forbes Winslow, *The Anatomy of Suicide*, London, 1840 p. 202. (포브스 윈슬로,『자살의 해부학』, 유아이북스)

8. Jack D. Douglas, *The Social Meanings of Suicide*, Princeton, 1967, and London, 1968, p. 275.

9. Stengel, op. cit., p. 14.

10. Margarethe von Andics, *Suicide and the Meaning of Life*, London and Washington, 1947, p. 94 et seq.

11. J. Tas, "Psychical Disorders Among Inmates of Concentration Camps and repatriate", *Psychiatric Quarterly*, vol. 25, 1951, pp. 683~84, 687.

12. Robert E. Litman, "Sigmund Freud on Suicide", in *Essays in Self-Destruction*, ed. Edwin. S. Shneidman, New York, 1967, pp. 324. ff. 이는 명료하고, 통찰력을 주며, 매우 유익한 에세이다.

13. Ludwig Binswanger, "The Case of Ellen West", in *Existence*, ed. Rollo May, et al, New York, 1958, p. 295.

14. Paul Friedman (ed.), *On Suicide—With Particular Reference to Suicide Among Young Students*, New York and Folkestone, 1967.

15. Sigmund Freud, "Mourning and Melancholia", *Complete Psychological Works*, ed. James Strachey et al., xiv, London, 1964, p. 252. (지그문트 프로이트, 『정신분석학의 근본 개념』, 열린책들)

16. Leonard M. Moss and Donald M. Hamilton, "Psychotherapy of the Suicide Patient", in *Clues to Suicide*, ed. Edwin S. Shneidman and Norman L. Farberow, New York, 1957, and Maidenhead, 1963, pp. 99~110.

17. Freud, op. cit., xiv, p. 247.

18. Freud, "The Ego and the Id", *Complete Psychological Works*, xix, London, 1964, p. 53.

19. ibid., p. 58. (지그문트 프로이트, 『정신분석학의 근본 개념』, 열린책들)

20. S. A. K. Strahan, *Suicide and Insanity*, London, 1893, p. 108을 보라.

21. Fedden, op. cit., p. 305을 보라.

22. Hannah Arendt, *The Human Condition*, Chicago, 1958, and London, 1959, p. 319. (한나 아렌트, 『인간의 조건』, 한길사)

23. Nadezhda Mandelstam, *Hope Against Hope*, New York, 1970, and London, 1971, p. 261.

24. *Artaud Anthology*, ed. Jack Hirschman, San Francisco, 1965, and Great Horwood, 1967, p. 56.

25. Paul Valéry, *Oeuvres*, Paris, 1962, II, pp. 610-11,

26. Neil Kessel, "Self-Poisoning", in *Essays in Self-Destruction*, (위의 12번 주를 참고하라), p. 35.

제4장
자살과 문학

1. Elliott Jaques, 'Death and the Mid-Life Crisis', *International Journal of Psycho-Analysis*, Vol. 46, 1965, pp. 502~14.

2. *The Divine Comedy of Dante Alighieri*, with translation and comment by John D. Sinclair, London and New York, 1948, I, p. 117.(본문의 『신곡』 번역은 열린책들에서 출간한 김운찬 역본에 따른 것이다)

3. J. Huizinga, *The waning of the Middle Ages*, New York, 1954, p. 147. (『중세의 가을』, 문학과지성사)

4. *The Essayes of Michael Lord of Montaigne*, trans. John Florio, Oxford, 1929, II, p. 25.

5. 다음을 볼 것. M. D. Faber, 'Shakespeare's Suicides', in *Essays in Self-Destruction*, ed. Edwin S. Shneidman, New York, 1967, pp. 31~37.

6. *The Complete Poetry and Selected Prose of John Donne*, ed. Charles M. Coffin, New York, 1952, pp. 387~88 (본문에 등장한 시 번역은 지식을만드는지식에서 출간한 김영남 역본 『던 시선』에 따른 것이다)

7. *Biathanatos*, New York, 1940, pp. 17, 18.

8. Donald Ramsay Roberts, 'The Death Wish of John Donne', *Publications of the Modern Language Society of America*, LXII, 1947, pp. 958~76.

9. Izaak Walton, 'The Life of John Donne', in *Walton's Lives*, London and New york, 1951, p. 56.

10. ibid., p. 62.

11. Coffin, op. cit., pp. 375~76.

12. Lawrence Babb, *The Elizabethan Malady*, East Lansing, 1951, p. 184. 다음도 참조하라. Babb's *Sanity in Bedlam*, East Lansing, 1959.

13. *The Anatomy of Melancholy*, Part I, Section 4, Mem. I; sixteenth ed., 1838, p. 285. 이하 인용문들은 동일한 섹션에서 가져왔다. (한국에서는 『멜랑콜리의 해부』로 출간되었으나 축약본임)

14. Bergen Evans, *The Psychiatry of Robert Burton*, London and New York, 1944, p. vii.

15. S. E. Sprott, *The English Debate on Suicide from Donne to Hume*, La Salle, Illinois, 1961, pp. 121~22.

16. David Hume, *Essays Moral, Political and Literary*, London, 1898, 2 vols, II, pp. 410, 411~12.

17. Horace Walpole, *Correspondence*, ed. W.S. Lewis, vol.31, London and New Haven, 1961, p. 337.

18. Robert Saouthey, *The Life and Works of William Cowper*, London, 1836, I, p. 7.

19. Ibid., pp. 120~31.

20. 다른 표시가 없는 경우 채터턴의 모든 인용문들은 다음에서 따왔다. John Cranstoun Nevill, *Thomas Chatterton*, London and Toronto, 1948.

21. 다음을 보라. Sigmund Freud, 'Fragment of an Analysis of a Case of Hysteria' (1905), *Complete Psychological Works*, VII, London, 1964, p. 21 et seq.

22. John H. Ingram, *The True Chatterton*, London, 1910, p. 280.

23. William James, *The Varieties of Religious Experience*, London, 1902, p. 364. (윌리엄 제임스, 『종교적 경험의 다양성』, 한길사)

24. Cit. Ingram, op. cit., p. 31.

25. Ibid., p. 112.

26. *The Letters of John Keats*, ed. by Maurice Buxton Forman, third

ed., London and New York, 1948, p. 384.

27. 영국 낭만주의에 관한 초창기 글들을 참조하라. Edward
    Young's *Conjectures on Original Composition*, 1759: "An Original
    may be said to be of a vegetable nature; it rises spontaneously
    from the vital root of genius; it grows, it is not made…" Cit.
    Raymond Williams, *Culture and Society 1780-1950*, London,
    1958, p. 37.

28. 이것과 다음 두 개의 인용은 Richard Friedenthal, *Goethe: His
    Life and Times*, London and New York, 1965, pp. 128, 130,
    219에서 가져왔다.

29. *Cit.* Forbes Winslow, *The Anatomy of Suicide*, London, 1840, p.
    118.

30. *Seven Types of Ambiguity*, London, 1930, and New York, 1931, p.
    205.

31. "Thoughts for the Times on War and Death" (1915), in *Complete
    Psychological Works*, xiv, London, 1964, p. 296.

32. Maxime Du Camp, *Literary Recollections*, London, 1893, I,
    p. 112; II, p. 122.

33. *Correspondance*, Paris, 1887~93, II, pp. 191, 58.

33. 이 단락의 모든 인용은 다음에서 가져왔다. Louis Maigron,
    Romanticism et les Moeurs, Paris, 1910. 그는 '낭만주의와
    자살'이라는 제목의 특히 매혹적이고 유익한 장을 썼다.

15. 이것은 뒷받침 없이 서 있는 주장이다. 나는 이 주제를
    다음의 에세이에서 논의했다. *Beyond All This Fiddle*, London,
    1968, and New York, 1969, pp. 7~11.

36. *Soren Kierkegaard's Journals and Papers*, ed, and trans H. V. and E.
    H. Kong, Bloomington, Indiana, 1967, and London, 1968,
    p. 345.

37. 이것과 다음 두 개의 인용은 *The Diary of a Writer*, translated
    by Boris Brasol, London and New York, 1949, pp. 469, 472~73,
    546에서 가져왔다.

38. Ludwig Wittgenstein, *Notebooks, 1914-16*, ed. Anscombe, Rhees

and Von Wright, Oxford and New York, 1961, p. 912. Entry
dated 10. 1. 17.

39. *Autobiographies*, New York, 1953, and London 1955,
pp. 348~49.

40. 'Manifesto by Louis Aragon at the Second Dada manifestation',
5 February 1920, at the *Salon des Independents*. Maurice Nadeau,
The History of Surrealism, trans. Richard Howard, London, 1968,
p. 62에서 인용.

41. *The Dada Painters and Poets: An Anthology*, ed. Robert
Motherwell, New York, 1951을 보라. 달리 명시하지 않은
경우 이 장의 모든 인용은 여기서 나온 것으로, 이 책은 모든
중요한 역사, 선언문, 회고록을 모은 것이다.

42. Hans Richter, *Dada*, London and New York, 1965, p. 20.

43. André Breton, "La Confession dédaigneuse", *cit*. Nadeau, op. cit.,
p. 54.

44. Richter op. cit., p. 172를 보라.

45. *La Révolution Surréaliste*, no. 12, December 1929.

46. ibid.

47. Nadeau, op. cit., p. 102를 보라.

48. Wilfred Owen, *Collected Letters*, ed. Harold Owen and John Bell,
London and New York, 1967, p. 521.

49. Robert Jay Lifton, *Death in Life. The Survivors of Hiroshima*,
London and New York, 1968, p. 500. 추가로 pp. 479~-541, "The
Survivor"를 보라.

50. Keisuke Harada, cit. Lifton, op. cit., p. 528.

51. 앤 섹스턴이 *Selected Poems*, London, 1964, p. ix에서 제사로
사용했다.

52. Boris Pasternak, *An Essay in Autobiography*, trans. Manya Harari,
London and New York, 1959, pp. 91~3. (보리스 파스테르나크,
『어느 시인의 죽음』, 까치) '시갈료프시나'의 의미는 Mrs
Harari's notes, "Shigalyov methods"를 따랐다. 시갈료프는
도스토옙스키의 『악령』에 등장하는 음모자로, "무한한

자유에서 출발하여 무한한 독재에 이른다"고 말한다. 또
다른 공모자에 따르면 그는 이렇게도 말한다. "모든 사람은
서로를 감시하고 고발해야 한다. (…) 모두는 노예이며
그들의 노예 상태 안에서 평등하다."

53. Hannah Arendt, *The Origins of Totalitarianism*, New York, 1951, pp. 423~24. (한나 아렌트, 『전체주의의 기원』, 한길사) 또한 "Totalitarianism in power", pp. 376~428 전체 장을 보라.

54. *This Way for the Gas, Ladies and Gentleman*, London: and New York, 1967, p. 64. 나는 "The Literature of the Holocaust", op. cit., pp. 22~23에서 보로프스키와 강제 수용소에 관한 글을 쓰는 일반적인 문제에 관해 논의했다.

55. Andrzej Wirth, "A Discovery of Tragedy", *The Polish Review*, Vol. 12, 1967, pp. 43~52.

56. Hayden Carruth, "A Meaning of Robert Lowels", *The. Hudson Review*, Autumn 1967, pp. 429~47.

57. Introduction to *New Poems*, in Phoenix, London, 1961 p. 221.